Antonia Pauly, 1961 in Köln geboren, studierte Archäologie, Byzantinistik und Vor- und Frühgeschichte, Promotion 1991. Neben wissenschaftlichen Tätigkeiten widmet sie sich dem Schreiben. Sie veröffentlichte den Episodenroman »Zimmer mit Meerblick«. Im Emons Verlag erschien »Der Büttel zu Cöln«.

Dieses Buch ist ein Roman. Die Handlung ist frei erfunden, wenngleich im historischen Umfeld eingebettet. Authentisch sind zum Beispiel alle Ereignisse, welche durch Auszüge aus Originalurkunden belegt sind. Die Hintergrundrecherche wäre ohne das Historische Archiv der Stadt Köln, welches am 3. März 2009 eingestürzt ist, in diesem Umfang nicht möglich gewesen.
Der Anhang enthält ein Nachwort der Autorin, Übersetzungen der Kölschen Ausdrücke, ein Glossar sowie ein Verzeichnis der historischen Eigennamen und Orte.

ANTONIA PAULY

Tod auf dem Mühlenschiff

EIN KRIMI AUS DEM MITTELALTER

Nach einer Idee von Wilhelm H. Wichert

emons:

Mix
Produktgruppe aus vorbildlich bewirtschafteten Wäldern und anderen kontrollierten Herkünften
www.fsc.org Zert.-Nr. GFA-COC-001223
© 1996 Forest Stewardship Council
FSC

Umschlagzeichnung: Heribert Stragholz
Druck und Bindung: CPI – Clausen & Bosse, Leck
Printed in Germany 2009
ISBN 978-3-89705-678-7
Ein Krimi aus dem Mittelalter
Originalausgabe

Zum Andenken an Gertrud Burr

Im 13. Jahrhundert ist es, wo der Genius der Welt,
der schaffend in der Finsternis gesponnen,
die Decke hinwegzieht, um einen Teil
seines Werks zu zeigen.
Friedrich von Schiller (Historische Schriften)

Kapitel 1

Ludwig Titz stand auf dem Plankendeck und beobachtete die Bewegung des großen Schaufelrads zu seinen Füßen. Nach einer Weile nickte er zufrieden. Das lang gestreckte, unterschlächtig angetriebene Rad lief nun wieder in seinem gleichmäßigen Rhythmus. Offenbar war es ihm gelungen, den Fremdkörper, der die Rotation des Rades ins Stocken gebracht hatte, gänzlich zu entfernen. Zu viel Unrat trieb in den Wassern des Rheins, der von den stromaufwärts lebenden Menschen ebenso wie von den Cölnern selbst ungeniert als Müllhalde benutzt wurde. Titz spuckte aus. Als verantwortlicher Müller auf der Pollux musste er sich tagtäglich mit derartigen Problemen herumschlagen.

Die Rheinmühle Pollux war – seit ihr Zwillingsschiff Castor vor zwei Jahren durch unsachgemäßes Heizen im Winter einem Brand zum Opfer gefallen war – die von der Stadt aus gesehen letzte Getreidemühle in der Underrey. Somit hatte sie einen favorisierten Platz dort, wo die Strömung des Flusses – eine stets sich erneuernde Energiequelle – an den meisten Tagen des Jahres am kräftigsten floss. In zwei Reihen lagen die Cölner Mühlenschiffe in Höhe des Bayenturms, inter Tuitium et Coloniam, zwischen Duyts und Cöln. Von den insgesamt sechsundzwanzig Rheinmühlen gehörte die Hälfte dem Erzbischof Sifrid von Westerburg, die übrigen dreizehn waren im Besitz der politischen und wirtschaftlichen Führungsschicht der Rheinmetropole. Von den Mühlen, derer jede einzelne etwa fünfunddreißig Fuß in der Länge sowie fünfzig Fuß in der Breite maß, profitierten die näher zur Insel Werthchen gelegenen nicht ganz so gut von der Strömung wie die zur Insel Oisterwerth hin verankerten. Jede einzelne Rheinmühle bestand aus drei kastenförmigen, vorn leicht ausfallenden Schiffskörpern und einem Plankendeck. Bord an Bord fest miteinander verbunden waren das Middelschiff, welches das Mühlhaus mit dem Mahlwerk trug, und das Landtschiff mit dem Wohntrakt des Mühlhauses.

Die Verbindung zum dritten Schwimmkörper, dem Achs- oder

Wellschiff, war ein offenes Plankendeck, welches sich über das Wellschiff hin fortsetzte. An diesem Plankendeck befand sich das mächtige Wasserrad. Es war rund achtzehn Fuß breit und sechs Fuß hoch und ragte oben nur ein kleines Stück weit über die Bordkante hinaus.

Das Plankendeck ging nahtlos in das Achsschiff über. Von hier aus mussten nicht nur der Lauf des Rades gewartet, die Strömung verfolgt, der Schiffsverkehr auf dem Rhein kontrolliert und eventuell drohende Gefahren für die schwer zu verteidigenden Flussmühlen im Auge behalten werden, nein, es war außerdem ein ganz hervorragendes Plätzchen, um das bunte Treiben am Rheinufer der Metropole Cöln zu beobachten. Die der Pollux näher gelegene Duytser Seite bot wenig Interessantes, die Stadtansicht jedoch war von der Stromseite aus geradezu majestätisch.

Ludwig Titz liebte die Momente, in denen er seine Arbeit kurz unterbrechen konnte, um von dem flachen Deck aus seine Blicke hinüber nach Cöln schweifen zu lassen. Er sah weit gereiste Handelsschiffe im Hafen vor Anker liegen, die von den unermüdlich betriebenen Kränen be- oder entladen wurden.

Die Stadt war für die Seeschiffe der südlichste Punkt auf der Rheinstrecke und für die vom Oberrhein kommenden Lastkähne, Flöße und Segler die nördlichste Station, die sie ansteuerten. In Cöln wurden alle Waren aus den Nordseeländern sowie aus den großen Metropolen Frankreichs und Italiens umgeladen und mussten drei Tage lang in der Stadt gestapelt werden.

Seit Erzbischof Konrad von Hochstaden der Stadt Cöln im Jahre 1259 dieses Stapelrecht verliehen hatte, durfte »kein Kaufmann aus Ungarn, Böhmen, Polen, Bayern, Schwaben, Sachsen, Thüringen, Hessen oder irgendwelchen anderen östlichen Gebieten, der mit Waren ganz gleich welcher Art zum Rhein kommt, über Cöln hinaus und auf dem Rhein aufwärts über Rodenkirchen hinausfahren. Kein Flame, Brabanter oder sonst jemand von jenseits der Maas und aus den Niederlanden darf nach alter und rechtsgültiger Gewohnheit über Cöln hinaus weiter als bis Riehl«.

Auch Waren, die auf dem Landweg nach Cöln kamen, unterlagen dem Stapelrecht. In den vorgeschriebenen drei Tagen des

Stapels hatten fremde Kaufleute den Cölnern das Vorkaufsrecht einzuräumen. Die Stadt nutzte diese Zeit, um alle Produkte genauestens zu prüfen; entsprachen sie den Anforderungen, so erhielten sie das Gütesiegel des »Cölner Brands« in Form des städtischen Dreikronenbrandzeichens. Nicht einwandfreie oder verdorbene Waren durften weder in Cöln zum Kauf angeboten noch weiterbefördert werden. Sie wurden zurückgeschickt, verbrannt oder in den Rhein geworfen.

Der Müller hob die Hand zum Gruß, als ein riesiges Floß dicht an der Mühle vorbeiglitt.

»Willkommen in Cöln«, grüßte er die Flößer.

»Ahiu«*,erwiderten sie und hielten auf das Rheinufer zu.

Titz verfolgte das schwierige Anlegemanöver des sperrigen Gefährts und sah dahinter die Stadt mit ihrer Großen Mauer. Diese war vor dreißig Jahren vollendet worden und machte Cöln schier uneinnehmbar. An einer Stelle auf der Mauer erhoben sich die Flügel einer Bockwindmühle, die seit vielen Jahrzehnten dort stand, den Schiffsmühlen aber nur geringe Konkurrenz machte.

Sein Blick glitt weiter zum Hafen. Zwischen den großen Schiffen, zumeist breitbauchige Niederländer mit einem Segel, lagen kleinere trapezförmige Lastkähne, Oberländer, einzelne Kriegsschiffe mit kastellartigen Aufbauten und jede Menge Fischerboote. Daneben dümpelten die Rheinfähren, die Schalden, die eine erstaunlich große Personenzahl von Ufer zu Ufer befördern konnten. Es kam jedoch vor, dass sie ihre eigene Leistungsstärke überforderten, und so war es im vergangenen Jahr unweit der Mündung des Neckars in den Rhein, in der Stadt Heidilberc, zu einem Fährunfall wegen Überlastung gekommen, bei dem viele Menschen ihr Leben lassen mussten.

Das Ufer beschrieb einen weiten Bogen, hinter dem sich das Häusermeer sanft ansteigend erhob: lang gestreckte Dachflächen und gezackte Firste, Konglomerate kleinerer Gebäude, unterbrochen von massiven Bauwerken, und das Ganze überragt von Hunderten von Türmen und Kuppeln. Die Stadt bot vom Rhein aus betrachtet ein wahrhaft phantastisches Panorama.

Hinter dem Mauerkranz der Stadtbefestigung standen dicht

* mittelhochdeutsche Form des späteren »Ahoi«

an dicht die Häuser der vordersten Reihe, in deren Erdgeschossen Geschäfte aller Art, Wirtshäuser und handwerkliche Betriebe untergebracht waren. Schiffszimmerer, Brauer, Korn,- Salz-, Kohle- und Holzmüdder hatten hier ihre Quartiere.

Dahinter konnte man die Türme der unzähligen Kirchen Cölns ausmachen: zentral, in Flussnähe, der mächtige, von vier kleinen Ecktürmen flankierte Turm von Groß St. Martin, dahinter das nur zu erahnende hohe Kirchenschiff der Minoritenkirche und das inzwischen weithin sichtbare Chorskelett des gotischen Doms, der immer weiter in den Himmel wachsen wollte. Seinen mächtigen Strebepfeilern schien etwas Unaufhaltsames innezuwohnen. Im Norden, direkt am Rheinufer, zeigte die Stiftskirche St. Kunibert ihre Vierecktürme, und ganz im Süden der Stadt erhoben sich steil die beiden spitz zulaufenden Türme von St. Severin. In den weiter vom Wasser entfernten Stadtteilen fielen, wenn man den Blick von Süden nach Norden gleiten ließ, vor allem drei sakrale Bauten auf: St. Pantaleon mit seinen beiden schlanken, runden Türmen, die Begräbnisstätte der Kaiserin Theophanu, dann im äußersten Westen die eleganten Türme und der überkuppelte Zentralbau von St. Aposteln am Novo Mercato sowie die mit einem eigentümlich hohen Pyramidendach versehene Kirche St. Gereon.

Müller Titz war nicht nur beruhigt, dass die Blockade am Mühlrad behoben werden konnte, sondern auch rundum zufrieden mit seinem Dasein. Er sog die laue Frühlingsluft dieses Märztages Anno Domini 1276 tief in seine Lungen, die jede Unterbrechung ihres staubigen Alltags zu schätzen wussten. Als er vor gut fünf Jahren nach seiner Wanderschaft in die große Stadt gekommen war, hatte er nicht damit rechnen können, dass sich seine Zukunft so bald so sorgenfrei gestalten würde. Das Müllerhandwerk hatte er von Kindesbeinen an in der kleinen Wassermühle seines Vaters in Embe Inferoris, dem östlichen der beiden Embedörfer, erlernt. Doch es war keineswegs sicher gewesen, dass er in Cöln eine angemessene Arbeit finden würde.

Er streckte seine Glieder und richtete sich zu seiner vollen stattlichen Größe auf. Dabei straffte er die mageren Schultern nach hinten, um der berufsbedingten Tendenz zu einer buckeligen

Haltung entgegenzuwirken. Ludwig Titz war von schlanker Statur, aber einer jener sehnigen Typen, denen man die Kraft, über die sie tatsächlich verfügten, nicht zutraute. Seine Kleidung und das kurz gehaltene braune Haar waren von Mehlstaub bedeckt, der sich auch in dem leichten Flaum auf seinen Wangen festgesetzt hatte. Ein Lächeln umspielte seine freundlichen Gesichtszüge.

Ja, er hatte wirklich Glück gehabt damals, als er nach nur wenigen Wochen die Anstellung als Mühlenknecht auf der Pollux bekommen hatte. Und nur drei Jahre später hatte man ihn, obwohl mit Mitte zwanzig noch sehr jung, zum hauptverantwortlichen Müller der stolzen Rheinmühle gemacht, als sein Vorgänger an einem Lungenleiden starb.

»Heda, Meister Titz, der Roggen für das Johanniterspital ist fertig!«

Die hohe, stets gut gelaunte Stimme des Lehrbuben Gabriel riss den Müller aus seinen Gedanken. Er gönnte seinen Atemwegen einen letzten tiefen Zug in der klaren Flussluft und wandte sich dann dem Mühlhaus zu.

»Gut, wiegen wir es ab«, sagte er und betrat das Halbdunkel des Holzgebäudes. Sein Blick fiel auf den Sinnspruch, den einer seiner Vorgänger auf einem Holzbrett an die Wand genagelt hatte:

Wenn ich eine Mühle hätt
Und ein schönes Weib im Bett
Und dürfte keine Steuern zahlen,
Dann würd ich ohne Sorgen mahlen.

Das Rattern des Getreides im Mahlwerk und das knarzende Geräusch der aufeinander reibenden Mahlsteine waren so laut, dass man in dem dämmrigen Raum fast schon schreien musste, um sich zu verständigen.

»Sag auch dem Martin Bescheid«, trug Titz dem eifrigen Jungen auf, der leicht hinkend, weil er von einer schweren Krankheit ein krummes Bein zurückbehalten hatte, gleich loszog, um den zweiten Lehrling dazuzuholen. Gemeinsam hievten sie die schon abgefüllten Säcke mit dem Roggen auf die flache Waage, die gleich neben der Tür stand, neben der die Boote festzumachen pflegten. Vier Säcke waren es, deren Gesamtgewicht etwas mehr als einen halben Malter ergab. Der Müller notierte die Zahl mit einem Griffel auf seiner Wachstafel. Er war des Schreibens zwar nur mangelhaft mächtig, die für den Mühlenbetrieb notwendigen Ausdrücke und Zahlen beherrschte er jedoch problemlos.

»Die Ladung wird heute noch abgeholt«, sagte Titz, »ihr könnt die Säcke also gleich hier an der Tür stapeln.«

Gabriel Knieps und Martin Weyer taten wie ihnen geheißen und wandten sich dann wieder dem Inneren des Mühlentraktes zu, wo sie fortfuhren, das zu mahlende Getreide in den Trichter der Mühle zu schütten. Schon bald versetzte das Rotabulum den Trichter wieder in eine rüttelnde Bewegung, um die gleichmäßige Zufuhr des Mahlguts zu gewährleisten.

Auch der Müller machte sich wieder an die Arbeit. Es gab viel zu tun. Der Rhein führte derzeit aufgrund der Schneeschmelze sehr viel Wasser, und der Fluss wies eine kräftige Strömung auf, die es auszunutzen galt. Man war auf den Schiffsmühlen noch dabei, die Rückstände des extrem harten Winters aufzuholen. Ende Januar 1276 hatte es so bitteren Frost gegeben, dass man wegen des gefährlichen Eisgangs alle Mühlen ans Ufer in ihr Winterwich hatte ziehen müssen. Mehrere Wochen hatte die Kälteperiode angehalten; eine Zeit des Müßiggangs für die Arbeiter der Rheinmühlen.

Titz suchte seinen Gesellen auf, um mit ihm die einzuhaltenden Termine zu besprechen, und fand ihn schließlich, wie er seine Notdurft vom Plankendeck aus direkt in den Fluss verrichtete. Blasius Frechen war der Vierte der Mannschaft, die dauerhaft auf der Pollux lebte und arbeitete. Als Mühlenknecht war er dem Müller unterstellt. Bis zum Brand der Castor hatte er dort diesen Posten innegehabt und war dann auf die Pollux gewechselt. Als kurz darauf der Müller der intakten Mühle starb und es darum ging, einen der beiden Knechte zum Vormann zu machen, war Blasius Frechen sich sicher gewesen, dass die Wahl auf ihn fallen würde. Er war nicht nur deutlich älter und erfahrener als Ludwig Titz, sondern auch ungleich mehr Jahre bei denselben Brotherren im Dienst gewesen. Dass man schließlich dem Jüngeren den Vorzug gegeben hatte, war ein Umstand, den er nie ganz hatte verwinden können. Nicht nur der Unterschied in der Entlohnung fuchste ihn, sondern vor allem die Tatsache, dass er bei der jetzigen Konstellation wohl nie mehr die Chance bekommen würde, zum Müller aufzusteigen.

»Welche Lieferungen stehen heute noch an, Blasius?« Titz kam sofort zur Sache.

»Alles wieder in Ordnung mit dem Rad?«, wollte der grobknochige Knecht zuvor wissen.

»Ja, ja. Ich habe einen alten Sack herausgezogen, der sich verfangen hatte, und jetzt läuft es wieder wie am Schnürchen. Also?«

»Ein Backhausauftrag und drei oder vier kleinere Mengen für privat«, gab Frechen Auskunft. »Die Namen müssten ja auf deinem Brett stehen.«

Ohne mit der Wimper zu zucken ignorierte Titz die beabsichtigte Spitze seines Untergebenen, der sich standhaft weigerte, die Tafel mit den Aufträgen zu benutzen. Akribisch mussten hier verschiedene Angaben festgehalten werden: der Name des Mahlgastes, die Getreideart und die Menge des Mahlgutes; zusätzlich wurde durch ein Zeichen vermerkt, ob der Auftrag mit Priorität zu behandeln war.

»Und was ist mit der Gerste für das Haxenhaus?«, fragte Titz den Knecht.

»Ach ja, die kommt auch noch heute dran. War das alles?«

»Ja, danke.«

Der Mühlenknecht drehte sich um, doch sein Vorgesetzter hielt ihn zurück: »Einen Augenblick.«

»Was gibt's denn noch?«

»Ich übertrage dir für heute Abend die Verantwortung für die Mühle, da ich nicht an Bord sein werde.«

Auf einer Rheinmühle musste ständig jemand anwesend sein, da es jederzeit notwendig werden konnte, das dreiteilige Schiff zur Gänze oder einzelne Pontons aus dem Weg zu steuern, wenn es wegen starker Strömung oder hohen Verkehrsaufkommens auf dem Rhein zu Kollisionen mit anderen Schiffen zu kommen drohte. In der Regel lagen die Cölner Mühlen das ganze Jahr über im Rhein verankert und waren zusätzlich mit zumeist zwei Ketten an Pfählen aus Eichenholz befestigt, die man in den Flussgrund gerammt hatte. Durch dicke Taue waren die Mühlen außerdem mit dem Ufer verbunden, um sie bei jedweder Gefahr sofort an Land ziehen zu können.

Die Verpflichtung des Müllers, seine Mühle mit aller Kraft zu schützen, stand gleich an erster Stelle des Berufseids, den auch Titz hatte ablegen müssen: »Zom eirstenn sall der molner das mollenerff treuwlichenn verwarenn in sturm, in winde, in issevart, in wassers noetenn mit seins selbs lyve nach allet seiner macht unnd up den mollenn zu sein, so wanne des noit ist.«*

»Freunde haben mich in der Stadt zum Essen geladen«, erläuterte Titz sein Anliegen, »und ich werde erst morgen zur Prim wieder zurück sein. Ist das für dich in Ordnung oder wolltest du auch an Land?«

»Nee, geht schon klar, Meister«, nickte Blasius in seiner mürrischen Art und strich sich mit der linken Hand über seine Halbglatze.

Ludwig Titz wandte sich der Wachstafel mit seinen Aufzeichnungen zu: B – Klappergasse – R – 1/4 Sümmer hatte er notiert und daneben einen kleinen Pfeil → für »eiliger Auftrag«. Die Kürzel, die er verwendete, hatte er sich nicht selbst ausgedacht, es waren vielmehr handelsübliche Zeichen, die der Müller genauso verstehen musste wie der Mahlgast, der Torschreiber, der Moltener und der Kornmüdder, nach dessen Bericht die städtischen Brotpreise festgelegt wurden.

Das B bedeutete Backhaus; es konnte auch ein H für Haushalt, ein K für Kirche, ein P für Pister, ein Kl für Kloster, ein Sp für die Hospitäler oder ein W für Wirtshaus dort stehen. Danach wurde der Name des Kunden notiert, beziehungsweise bei den Bäckereien der Standort ihres Gewerbes. Den Bauern, Bäckern, Klöstern et cetera stand die Wahl der Mühle frei, mehr noch: Den Müllern war es bei Turmhaft verboten, Mahlgäste auf bestimmte Mühlen zu verweisen.

* Zum Ersten soll der Müller das Mühlenerbe treulich verwahren bei Sturm, Winden, Eisgang, Wassersnöten mit seinem eigenen Leben und allem, was in seiner Macht steht, und er soll auf der Mühle sein, wann immer es vonnöten ist.

Auf der Wachstafel folgten nun die Angaben zur Getreideart: R = Roggen, W = Weizen, G = Gerste und H = Hafer – und zur Menge. So war die Buchführung einer Rheinmühle recht übersichtlich, und die Müller oder Mühlenknechte bedurften keiner allzu großen Schreibkünste.

Titz las weiter: H – Jacob von Reidt – W – 1/10 Sümmer; H – Goddert Hardevust – R – 1/8 Sümmer; H – Emundt Quattermart – W – 1/8 Sümmer; W – Haxenhaus – G – 1/3 Sümmer →. Der Müller nickte. Das war gut zu schaffen. Die beiden Achtelteile Mehl für die Privatleute Quattermart und Hardevust hatten automatisch Vorrang, auch wenn kein Pfeil darauf hinwies. Sie gehörten zu den fünf bürgerlichen Eignern der Pollux, den Mühlenerben, wie sie sich neuerdings nannten.

Die Eigentumsverhältnisse waren im Falle der Pollux relativ übersichtlich. Bei anderen Mühlen war der Besitz weitaus komplizierter geregelt, war doch jeder Eigneranteil beliebig oft teilbar, und so kamen völlig abstruse Bruchzahlen zustande. Manche Flussmühle wurde unter mehreren Dutzend Eigentümern aufgeteilt. Für den verantwortlichen Müller konnte dies zu mancherlei Verwirrung führen, und Titz war froh, dass es bei ihm doch recht wenige Probleme in dieser Hinsicht gab.

Kurz vor der Non legte ein Boot an der Pollux an. Der Gewürzhändler Jacob von Reidt kam wie immer höchstpersönlich, um sein Mehl abzuholen. Und wie jedes Mal drängte sich Blasius Frechen vor, ihm die Ware auszuhändigen. Bei den meisten Mahlgästen hielt sich der Mühlenknecht eher zurück, aber bei einigen Personen schien er stets gesteigerten Wert darauf zu legen, dass nur er das gemahlene Getreide übergab. Ludwig Titz zuckte mit den Achseln und ließ ihn gewähren.

»Alles glattgelaufen?«, fragte Jacob von Reidt den Mühlenarbeiter.

»Auf mich könnt Ihr Euch verlassen, das wisst Ihr doch«, nuschelte Blasius Frechen.

Mit den Mahlgästen, die er bediente, sprach er stets im Flüsterton. Dann hob er den Sack mit dem gemahlenen Getreide ins Boot des Kunden und ließ blitzschnell die Münze, die dieser ihm zusteckte, in seiner Schürze verschwinden.

»Bis zum nächsten Mal, Herr von Reidt«, verabschiedete er sich, »Ihr wisst ja, wo Ihr mich findet.«

***

Elisabeth strich sich eine Strähne ihrer rotblonden Locken aus dem Gesicht und fuhr fort, die Möhren, die vor ihr auf der groben Tischplatte lagen, zu schaben und in kleine Rädchen zu schneiden. Der einfache Holztisch bildete den Mittelpunkt der Stube im ersten Stockwerk des Eckhauses in der Waldemansgasse zum Alten Ufer hin. Als sie vor etwas mehr als vier Jahren die kleine Wohnung gemeinsam mit ihrem frischgebackenen Ehemann bezogen hatte, war sie ihr wie das Paradies auf Erden erschienen.

Der Raum maß ungefähr zwanzig Fuß in der Länge und ebenso viel in der Breite. Eine geräumige Bettstatt belegte den Winkel rechts hinter der Eingangstür. Sie war mit weichen Plûmfederen bestückt und bot mehreren Personen Platz zum Schlafen. Aus einem hellen, freundlichen Stoff hatte die Hausfrau einen Vorhang genäht; dieser Betthimmel trennte das Möbelstück nicht nur optisch vom übrigen Raum ab und hielt kühle Zugluft fern, sondern bot den Ruhenden auch einen gewissen Schutz vor Ungeziefer. Das Bettgestell bestand aus Kopf-, Fuß- und Seitenbrettern; die Schlafunterlage war aus gespannten Strängen hergestellt. Darunter gab es drei große Truhen, die Stauraum für Kleidung, Bettzeug und Hausrat boten. Als ein weiteres zentrales Stück der Einrichtung beherrschte der Ofen die diagonal zum Bett gelegene Ecke. Der leicht gewölbte Herdsockel aus Lehm war mit einer Holzverschalung verkleidet. Von dem offenen Herd zog der Rauch durch ein Loch in der Hauswand direkt nach draußen. Diese Rauchlücke befand sich unmittelbar neben dem kleinen einzigen Fenster der Stube, welches auf den Rhein hinauszeigte. Um den Ofen herum hingen Töpfe, Kessel, Pfannen und sonstiges Kochgerät an Haken in der Wand; daneben stapelten sich hölzerne Schüsseln, Näpfe und Teller auf einem niedrigen Holzregal. Außerdem gab es noch zwei voluminöse Truhen, kastenförmige Möbel, die alles aufnahmen, was im Haushalt und zum Leben benötigt wurde, sowie eine Wasserschüssel auf einem hölzernen

Gestell. Um den mittig im Raum stehenden Tisch herum gruppierten sich drei Stühle und eine Bank.

Die junge Frau schob eine fertig geputzte Möhre zu ihrem kleinen Sohn hinüber, einem herzigen Geschöpf mit samtweichen Bäckchen, großen grünen Augen und dunklen Ringellocken. Er riss das Gemüsestück mit seinen Patschhändchen begeistert an sich. Valentin hatte einige Wochen zuvor seinen zweiten Geburtstag gefeiert. Er war ein liebes Kind, weinte selten und war zutraulich gegen jedermann. Nun thronte er neben seiner Mutter in einem sicheren Hochstuhl und kaute zufrieden an dem gelblichen Gemüsestängel.

Wirklich sehr praktisch, dieser Kinderstuhl, dachte die Frau und erinnerte sich an den Tag zu Beginn des letzten Winters, an dem ihr Mann mit dem neuen Möbelstück in der Tür gestanden hatte. Mit vor Stolz und Kälte gleichermaßen geröteten Wangen hatte er berichtet, dass diese Konstruktion für das Kleinkind seine eigene Idee gewesen war und ein befreundeter Tischler den Stuhl nach seinem Plan angefertigt habe.

Elisabeth stieß einen glücklichen Seufzer aus und blickte liebevoll auf das Kind an ihrer Seite. Keine Minute hatte sie in den vergangenen Jahren ihre Entscheidung für Florian bereut. Am Neujahrstag des Jahres 1272 hatte sie dem gut aussehenden Mann, der ihr vom Augenblick ihres Kennenlernens an so gut gefallen hatte, das Jawort gegeben.

Florian Grimm war nicht nur attraktiv, sondern inzwischen auch zu einem treu sorgenden Ehemann und Familienvater herangereift. Leider ließ ihn seine Tätigkeit als Büttel zu Cöln nicht so viel Zeit mit Frau und Kind verbringen, wie er es gern getan hätte, brachte doch sein Beruf sehr unregelmäßige Arbeitszeiten mit sich. Florians Rhythmus war nicht von den Stunden des Tageslichts abhängig, wie es auf die meisten anderen Berufsgruppen zutraf, sondern er musste oftmals auch des Nachts in den Straßen und Wirtshäusern der Stadt für Ruhe und Ordnung sorgen. Doch zumindest bezog er in seiner Position – der Büttellohn war zahlbar aus den vom städtischen Gericht verhängten Bußgeldern – ein festes wöchentliches Sockelgehalt, welches der kleinen Familie ein gutes Auskommen sicherte, und manchmal erhielt Florian Grimm für besondere Erfolge auch eine zusätzliche Vergütung.

Elisabeth erhob sich und nahm einen Kessel von der Wand. Mit einer flinken Handbewegung wischte sie die Möhrenscheiben vom Tisch in das Kochgefäß und stellte es auf den Herd. Aus einem zweiten Topf stieg bereits der angenehm herzhafte Duft des Schweinebauches, den sie am Morgen auf dem Markt erstanden hatte und der nun langsam vor sich hinschmorte. Sie nahm den großen Krug, der stets neben dem Ofen auf dem Boden stand, und übergoss das Gemüse mit Wasser. Dabei stellte sie fest, dass sie wohl auch noch zum Pütz unten in der Gasse würde laufen müssen, um den Krug wieder aufzufüllen, denn der Inhalt des Gefäßes ging zur Neige.

Glücklicherweise gab es überall in der Stadt öffentliche Brunnen, die aus den teilweise unterirdisch verlaufenden Bächen und aus dem Grundwasser des Rheins gespeist wurden. Auf den Vorzug einer mustergültigen Wasserleitung, welche Cöln in früheren Zeiten mit frischem Wasser direkt aus der Eiffila versorgt hatte, musste man in diesen Zeiten leider verzichten, denn die Konstruktion der Römer war vollständig zerfallen und niemand erinnerte sich mehr an sie.

Vielleicht könnte Florian ihr den Gang zum Brunnen später auch abnehmen.

***

Im Laufe des Nachmittags wurden auch das Mahlgut der Johanniter, das für die Bäckerei in der Klappergasse und die Gerste für das Brauhaus am Rhein abgeholt.

Die Sonne stand schon tief, als ein größeres Boot an der Schiffsmühle festmachte. Es hob sich von den üblichen Kähnen nicht nur durch seine Ausmaße ab, sondern verfügte außerdem über eine bequem gepolsterte Sitzbank und ein Verdeck als Schutz gegen Regen oder Sonneneinstrahlung. Goddert Hardevust und Emundt Quattermart kamen heute höchstpersönlich, was den Müller überraschte.

»Die herrliche Frühlingsluft hat uns zu diesem kleinen Ausflug auf dem Fluss verführt«, erklärte der in der ganzen Stadt als Schwerenöter bekannte Hardevust.

»Und wir können die Gelegenheit nutzen, uns vom reibungslosen Betrieb unserer Mühle zu überzeugen«, fügte Quattermart hinzu.

»Willkommen, die Herren«, grüßte der Müller seine Arbeitgeber ehrerbietig. »Im Moment können wir nicht klagen. Wir haben reichlich zu tun hier draußen.«

»Das war nach der langen Ausfallzeit im Winter auch nötig«, sagte der eine der beiden Patrizier. »Man musste ja geradezu zweifeln, ob so eine Schiffsmühle überhaupt noch ein profitables Geschäft darstellt.« Bei diesen Worten blickte er seinen Begleiter bedeutungsvoll an. Mühlenbetriebe gab es auf dem Rhein schließlich genügend, und auch wenn die Pollux über einen Mangel an Kundschaft nicht klagen konnte, so waren doch die Einnahmen, welche für die Eigner heraussprangen, eher mäßig.

Beide Herren waren stattliche, modisch gekleidete Erscheinungen. Über eng anliegenden Leibröcken trugen sie Surkots aus prächtigen Stoffen – der eine dunkelbraun, der andere in einem satten Grün gehalten und beide mit glitzernden Goldbordüren versehen. Die weit geschnittenen Mäntel hatten sie offen über die Schultern gelegt, Riemen mit aufwendig verzierten Tasseln verhinderten ein Hinunterrutschen.

Emundt Quattermart war der ältere der beiden. Sein dichtes, gewelltes Haar zeigte bereits die ersten grauen Strähnen. Stahlblaue Augen, eine markante Nase und ein energisch vorspringendes Kinn wiesen ihn als einen Mann aus, mit dem man sich besser nicht anlegte. Goddert Hardevust war fast genauso groß wie der andere, aber etwas schmaler gebaut. Dünne blonde Haare fielen ihm bis fast auf die Schultern, und sein wenig interessantes Antlitz mit den wässrigen Augen war von auffällig ungesunder Gesichtsfarbe.

»Dann lasst uns mal einen Blick auf die Tafel werfen«, forderte der ältere Mühlenerbe Ludwig Titz auf.

Der Müller erläuterte ihnen die Aufzeichnungen der vergangenen drei Tage, die dort noch schriftlich fixiert waren. Sie wurden von den Patriziern aufmerksam und wohlwollend zur Kenntnis genommen.

»Da ist ja einiges an Molter zusammengekommen. Thilman, Ephraim und Linhardt werden sich freuen, wenn wir ihnen dieser Tage Bericht erstatten. Sonst irgendwelche besonderen Vorkommnisse?«, fragte Quattermart.

»Nein, der Betrieb lief glatt und ohne größere Probleme«, gab der Müller Auskunft.

»Wir gehen noch bis zum Achsschiff vor. Ihr könnt unser Mehl inzwischen für den Transport vorbereiten.«

»Eine Frage noch«, bat Titz. »Wenn Ihr gestattet, würde ich gerne mit Euch übersetzen. Ich bin heute in der Stadt zum Nachtmahl geladen. Keine Sorge! Blasius Frechen und die beiden Lehrjungen bleiben hier auf dem Schiff.«

»Gern. Dann macht Euch mal selbst mit den Säcken bereit«, lachte Quattermart.

Die Patrizier schlenderten über das Plankendeck, wobei sie sich angeregt unterhielten. Titz beobachtete, wie sie mit weit ausholenden Gesten mal in die Breite der Rheinmühle zeigten, mal an das Ende des Schiffes, das frei im Wasser lag – also nicht an die anderen Mühlen grenzte, da die Pollux die letzte Mühle in der Reihe war.

Ludwig Titz hatte das Mahlgut der beiden verladen, sich dann vom gröbsten Mehlstaub befreit und für den Abend gekleidet. Nun stand er fix und fertig vor dem Mühlhaus und fing an, ungeduldig zu werden, denn die Unterhaltung der Mühleneigner zog sich in die Länge. Wartend nahm er vom Winde hinübergewehte Gesprächsfetzen wahr, die ihn stutzen ließen – »… viel mehr Platz …«, »… und Trockenräume …«, »… ein zweites Rad …«, doch er konnte sich keinen Reim darauf machen.

»Den Rest besprechen wir bei unserem nächsten Treffen«, hörte er Quattermart noch sagen, bevor die beiden Eigentümer ihn mit einer großzügigen Handbewegung aufforderten, ihr Boot zu besteigen. Über eine kleine Trittleiter gelangten die drei Männer hinab in das auf den Wellen schaukelnde Gefährt. Ludwig Titz war froh, das komfortable Boot benutzen zu dürfen, in welchem man sich nicht gleich, wie in vielen der kleineren Fährboote, nasse Füße holte.

***

Elisabeth drehte sich um, als sie einen leichten Luftzug im Rücken verspürte.

»Mein kleiner Schatz!«, hörte sie ihren Mann beim Eintreten

rufen und sah, wie er sich sofort zu Valentin hinabbeugte und ihm einen herzhaften Kuss auf den Hinterkopf drückte.

»Da«, kommentierte das Kleinkind die stürmische Begrüßung.

»Und mein großer Schatz«, fügte er an Elisabeth gewandt hinzu, »der größte Schatz meines Lebens!« Zärtlich nahm er seine Frau in die Arme und freute sich wie jedes Mal an der Berührung ihres vollen Busens und ihres weichen, rundlichen Körpers.

»Florian! Gut, dass du daran gedacht hast, heute früher zu kommen!«

»Daran gedacht? Woran habe ich gedacht?«

»Aber Liebling, du weißt doch, dass wir heute zum Nachtmahl einen Gast geladen haben!«

Florian Grimm stutzte einen Augenblick und sah sie mit seinen grünen Augen fragend an. Dann entsann er sich der Verabredung. »Ja, richtig! Jetzt fällt es mir wieder ein. Daher also die herrlichen Düfte in unserer Stube. Ein ordentliches Stück Fleisch, nehme ich an?«

»Schweinebauch, vom Schlachter Hanß«, sagte Elisabeth, »der einzige Fleischer in der Stadt, bei dem ich mich darauf verlassen kann, dass seine Ware halbwegs frisch ist und vor lauter Würmern nicht im Topf noch zuckt.«

»Wunderbar! Das ist genau das Richtige für Ludwig. Auf der Mühle bekommt er überwiegend Fisch zu essen. Und auch ich kann eine herzhafte Mahlzeit heute gut vertragen. Es war ein recht anstrengender Tag. Der für die Ordnung bei Gericht zuständige Büttel liegt noch immer krank danieder, und so musste ich ihn vertreten, was nicht gerade zu meinen Lieblingsbeschäftigungen gehört, wie du weißt.«

Florian hatte seinen rot-weißen Surkot abgelegt und sich auf die Bank sinken lassen. Dankbar nahm er den Becher mit Wasser entgegen, den Elisabeth ihm reichte.

Als Büttel für den ordnungsgemäßen Ablauf eines Gerichtstages zu sorgen brachte vielfältige Pflichten mit sich: Früh am Morgen musste er kreuz und quer durch die Stadt laufen, um die streitenden Parteien zu laden, oder für anstehende Strafprozesse die bereits inhaftierten Verbrecher aus dem Gefängnisturm holen und zwangsweise vorführen. Während der Verhandlungen fungierte der Büttel als Platzanweiser. Außerdem oblag es ihm, die Zeugen und Eideshelfer vorzustellen und die Ruhe aufrechtzuerhalten, was, je nach Art der Gerichtssache, nicht immer einfach war. Schließlich war der Büttel auch noch für die Übergabe der Verurteilten an den Scharfrichter zuständig, welcher dann die per Gericht zugesprochene Strafe – nicht selten das Todesurteil – vollstreckte.

Ein Büttel war zwar eine Respektsperson, doch der Beruf brachte es mit sich, dass viele, die Florian Grimm kennenlernten, ihm erst einmal mit einer gewissen Scheu entgegentraten. So war es auch mit Ludwig Titz im November 1270 gewesen. Die beiden jungen Männer waren etwa gleichzeitig nach Cöln gekommen, um in der pulsierenden großen Stadt ihr Glück zu machen. Auf der Suche nach einer Unterkunft waren sie sich begegnet und hatten schließlich ein gemeinsames Quartier bezogen. Dem Müllerburschen war der Gedanke, mit dem gerade zum Büttel bestellten Fremden zusammenzuziehen, zunächst nicht ganz geheuer gewesen, doch die horrenden Mietpreise für Zimmer hatten ihn endlich doch dazu bewogen. Es war damals nur zu wenigen Wochen des Zusammenlebens gekommen, denn Titz hatte kurz darauf eine Anstellung als Mühlengeselle auf der Pollux gefunden und war dorthin übersiedelt. In der kurzen gemeinsamen Zeit jedoch hatten die beiden sich so gut verstanden, dass eine dauerhafte Freundschaft daraus gewachsen war.

Die Stunde der Vesper war bereits überschritten, als der Gast endlich die Grimm'sche Stube in der Waldemansgasse betrat.

»Guten Abend und Dank für die Einladung«, grüßte er und fügte, seine Verspätung entschuldigend, hinzu: »Zwei der Mühlenbesitzer kamen noch spät zur Pollux heraus. Ich konnte mit ihnen übersetzen, aber zuvor haben die beiden eine halbe Ewigkeit auf dem Plankendeck zugebracht.«

Ludwig Titz nahm unbefangen auf der Bank neben dem Büttel Platz. Seinen knielangen Kittel und die grobe Leinenschürze hatte er gegen ein dunkelblaues Wams mit eng anliegenden Ärmeln und eine ebenfalls blaue Tunika getauscht. Auf seinen Beinlingen und den knöchelhohen Schlupfschuhen waren noch letzte Spuren von Mehlstaub auszumachen.

»Was wollten denn die Eigner persönlich bei euch da draußen auf dem Rhein? Schicken sie nicht für gewöhnlich ihre Boten, wenn etwas transportiert oder ausgerichtet werden soll?«, fragte Florian seinen Freund.

»Ja, ich fand es auch seltsam, dass der Quattermart und der Hardevust sich plötzlich so aufgeschlossen gegenüber dem Betrieb auf der Pollux zeigten.«

»Ah, zwei der Schöffen gehören zu den Besitzern der Pollux! Ich kenne die Herren, da ich von Zeit zu Zeit beruflich mit dem Schöffenkollegium zu tun habe. Diesen beiden Patriziern gehört deine Mühle, nicht wahr?«, erkundigte sich der Büttel.

»Nein, noch drei weiteren: Thilman Overstolz, Ephraim Meir und Linhardt vom Spiegel sind ebenfalls an der Pollux beteiligt. Overstolz und Ephraim Meir halten je zweieinhalb Zehntel, Emundt Quattermart zwei Zehntel und Goddert Hardevust und Linhardt vom Spiegel je eineinhalb Zehntel an der Schiffsmühle«, erklärte Titz. »Normalerweise schicken sie nur ihr Getreide, und wenn das Mehl zurückgeht, lasse ich durch den Boten die aktuellen Zahlen übermitteln. Die können sie dann mit denen des Molteners vergleichen, und damit haben sie sich bisher immer zufrieden gegeben.«

Die Miene des Müllers nahm einen skeptischen Ausdruck an. »Je mehr ich darüber nachdenke, desto sonderbarer erscheint mir das brennende Interesse an der Mühle, welches die Herren heute plötzlich an den Tag legten. Die Unterhaltung, die sie führten, kam mir sehr kurios vor. Nicht, dass ich das ganze Gespräch mitbekommen hätte, aber ich konnte doch einige Brocken aufschnappen, und diese geben mir zu denken, zumal es sich eindeutig um die Pollux zu drehen schien, wie ich auch ihren Gesten entnehmen konnte.«

Ludwig Titz berichtete, was er von der Konversation der beiden Patrizier mitbekommen hatte, doch auch Florian Grimm fiel keine plausible Erklärung dazu ein.

»Vielleicht wollen sie Reparaturarbeiten an der Mühle ausführen lassen«, mutmaßte er.

»Ich weiß nicht«, grübelte der Müller. »Irgendwie klang das, was ich aufgeschnappt habe, nicht nach Ausbesserungsarbeiten. Ohnehin ist die Technik unserer Cölner Rheinmühlen perfekt.

Ich bin sicher, über kurz oder lang werden sich derartige Schiffsmühlen auf allen Strömen Europas tummeln.«

»Europa? Was genau meint das eigentlich?«, fragte die Hausfrau.

»Als Europa bezeichnen wir einen der drei Kontinente unserer Welt«, erläuterte der Gast. »Die eine Hälfte der Erdscheibe wird ganz und gar von Asien eingenommen, die andere teilen sich Afrika und Europa.«

»Wie klug du bist!«, staunte Elisabeth.

»Ich habe in meinen Wanderjahren jede Menge interessante und belesene Menschen getroffen; da erfährt man schon so einiges.«

Die Frau stellte zwei mit Gruit gefüllte Krüge vor die Männer hin. »Nun lasst euch erst mal das Bier schmecken. Es steht zwar schon ein paar Stunden, aber es ist von guter Qualität, und das Essen ist auch gleich fertig.«

»Das Gruit ist bestimmt vom Wille, dem alten Gauner, oder?«, lachte der Gast.

»Wie hast du das nur erraten«, erwiderte Elisabeth und wandte sich wieder den Töpfen zu.

Sie dachte an die Zeit vor ihrer Heirat mit dem Büttel zurück. Damals hatte sie als Schankmagd im Haxenhaus, einem gut besuchten Brau- und Wirtshaus am Rhein, gearbeitet. Dort war sie auch ihrem jetzigen Ehemann zum ersten Mal begegnet. Im Laufe eines Jahres waren sie sich langsam nähergekommen, und schließlich hatte der Wirt, Bartholomäus Wille, sie gehen lassen, wozu er anfangs ganz und gar nicht bereit gewesen war.

Florian verkehrte nach wie vor dort, so wie auch in den übrigen Wirtshäusern der Stadt, denn die Kontrolle des verbotenen Glücksspiels, dem in den Braustuben gerne gefrönt wurde, sowie die Oberaufsicht über die Dirnen Cölns fielen in sein Aufgabengebiet. Elisabeth kam nur noch ganz sporadisch ins Haxenhaus, wenn sie zum Beispiel – wie heute – frisches Bier zum Bewirten eines Hausgastes dort holte.

Die Freunde unterbrachen ihre Unterhaltung, als Elisabeth Schüsseln mit dem dampfenden Gemüse und dicken Fleischstücken servierte. Auch für den kleinen Valentin hatte sie einen Napf gefüllt und abkühlen lassen, und so widmeten sich alle vier nun der üppigen Mahlzeit.

»Ah, so gut habe ich schon lange nicht mehr gegessen!«, freute sich der Gast und kratzte auch noch den letzten Rest aus seiner Schüssel. »Hat durchaus Vorteile, eine Frau daheim zu haben, die einen bekocht, was Florian?«

»Es hat viele Vorteile, so eine Frau wie Elisabeth die Seine nennen zu können«, antwortete er und warf seiner Gattin einen liebevollen Blick zu. »Was ist mit dir? Möchtest du dich nicht auch langsam nach einer Frau umsehen und eine Familie gründen?«

»Manchmal denke ich tatsächlich darüber nach, aber mein Leben auf dem Mühlenschiff lässt sich nur schwer mit einem Hausstand vereinbaren. Außerdem habe ich kaum Gelegenheit, mich nach der Rechten umzuschauen. Ich bin fast ständig draußen auf dem Rhein.«

»Dabei könnten wir dir behilflich sein. Oder, Elisabeth? Gibt es unter deinen Freundinnen nicht eine, die passend für unseren Freund Titz wäre?«

»So einen guten Mann wie dich nähme doch jede gerne«, meinte die Frau lächelnd an den Müller gewandt. »Ich lasse mir mal durch den Kopf gehen, welche dich verdient hätte.«

In Gedanken ging sie sogleich ihre Freundinnen, Bekannten und die wenigen Verwandten durch, wobei sie lange bei ihrer Lieblingsbase Carolina verweilte.

Der Rest des Abends verlief in heiterer Runde. Nach dem Essen brachte Elisabeth ihren Sohn zu Bett, räumte den Tisch ab und zündete die Talglichter an. Zur Schlafenszeit zauberte sie einen bequemen Strohsack aus einer der Truhen unter dem Bett und richtete dem Gast damit eine Schlafstatt.

Kapitel II

Matheiß Beltz war kaum größer als ein Knabe, doch sein Oberkörper wies eine gut ausgeprägte Muskulatur auf. Das eisgraue Haar war noch erstaunlich dicht, was einen krassen Kontrast zu seinem fast zahnlosen Mund darstellte. Sein Alter konnte man nur schätzen, doch gab es im Cölner Hafen niemanden, der sich an eine Zeit ohne den alten Fährmann erinnerte.

Zusammengekauert saß er im ersten Morgengrauen in seinem Kahn und wartete auf Fahrgäste. Sein ganzes Leben lang hatte er sich gewünscht, eine Schalde, ein großes Fährboot, das nicht nur Personen, sondern auch Pferde und andere Tiere sowie Waren aller Art transportieren konnte, sein Eigen nennen zu können, aber es hatte nun mal nur zu einer bescheidenen Esche gereicht. Mit der steuerte er überwiegend die Rheinmühlen an, denn die großen Fähren konnten dort nicht festmachen.

Als Beltz den Müller der Pollux erblickte, wurde er sofort munter.

»Meester Titz! Morje, morje! Ene heiße Fäjer opjejabelt hück Naach?« Er kicherte und rieb sich die erstarrten Hände.

»Morgen Mattes«, antwortete Ludwig Titz. »Du weißt doch: Ein bisschen Spaß muss sein. Kannst du mich gleich zur Mühle rüberbringen, oder sollen wir noch etwas warten, bis der Nebel sich gelichtet hat?«

Dichte Schwaden feuchten Frühnebels lagen über dem Fluss. Nur vereinzelt riss der Vorhang auf und gab den Blick auf die untere Reihe der Mühlenschiffe frei.

»Mer fahre! Hopp ald hinge rin!« Der Alte löste das Tau und griff schwungvoll nach dem Ruder. Dabei stieß er sich den Ellbogen am Rand des Bootes an. »Autsch! Ming Vexeerknöschelsche!« Er fuhr sich mit der anderen Hand kurz über die schmerzende Stelle. »Määt nix. Loss jeit et!«

Mit voller Kraft stieß der kleine, drahtige Mann vom Ufer ab, und die Esche entfernte sich. Während der Überfahrt wurde kein Wort gewechselt. Matheiß Beltz war allgemein dafür bekannt, dass sich seine Gesprächigkeit ausschließlich auf die Stunden bezog, die er im Hafen zubrachte. Dort allerdings pflegte er sich mitunter auch mit sich selbst zu unterhalten, wenn es an anderen Gesprächspartnern mangelte.

Er brachte den Müller an der Reihe der Schiffsmühlen mit ihren wuchtigen Rädern vorbei sicher zu seinem Arbeitsplatz, nahm eine kleine Münze in Empfang und verabschiedete sich wie immer mit dem Ausruf: »Zoröck en et hillije Cölle!«

Titz fand seine drei Mitarbeiter beim Frühstück vor. Wie die Hühner auf der Stange saßen sie auf der langen Bank, die eine ganze Wand des Mühlhauses einnahm. Er gesellte sich zu ihnen und genehmigte sich ebenfalls eine dicke Scheibe Roggenbrot mit Brombeermus. Das gelbliche Tongefäß mit dem süßen, dunklen Brotaufstrich hatte der Lehrbursche Martin von seinem letzten Besuch zu Hause mitgebracht. Seine Mutter war stets darauf bedacht, dass es ihrem Sohn da draußen auf dem Rhein an nichts fehlte, und die ganze Mannschaft profitierte von diesem Anliegen.

Gestärkt machten sich die Mühlenarbeiter kurz darauf an ihr Tagwerk. Schon bald war nur noch das knarzende Geräusch der beiden riesigen, mit Furchen versehenen Steine zu hören.

Die Lehrlinge schütteten das Getreide durch den Trichter auf den Bodenstein, dann senkte sich der obere Reib- oder Läuferstein hinab und zermalmte die Körner. Martin und Gabriel beobachteten, wie das Mahlgut durch die Furchen der Steine nach außen transportiert wurde und in einem bereitstehenden Holzbottich landete. Von dort mussten sie das grobe Mehl nochmals in den Trichter schaufeln, denn heute standen feinere Mehlsorten auf dem Plan, sodass der Prozess mehrere Male wiederholt werden musste.

Beim anschließenden Sieben und Sichten trennten die Lehrjungen noch Mehl und Kleie voneinander. Letztere würde am Ende der Arbeitswoche von einigen Bauern abgeholt, die Schweinezucht betrieben, denn Kleie bildete die Hauptnahrung zur Mast dieser Nutztiere, die im Alter von etwa einem bis anderthalb Jahren ihr volles Gewicht erreicht hatten und dann als Lieferanten für die in Cöln überaus beliebten Würste geschlachtet wurden.

Als Titz nach einigen Stunden aus dem Mühlhaus trat, hatte die Sonne den Nebel besiegt und verbreitete eine angenehme Wärme. In einiger Entfernung sah er ein Boot, welches an der Reihe der Schiffsmühlen vorbeisteuerte und eindeutig auf die Pollux zuzuhalten schien.

Beim Näherkommen erkannte er den alten Fährmann Matheiß mit dem Fahrgast Daim Pechleffel, dem rothaarigen Zimmermann und Schiffsbauer. Er wurde für alle anfallenden Reparaturen auf der Mühle herangezogen, weswegen man ihn auch Mühlenarzt nannte. Die Stirn des Müllers legte sich in grüblerische Falten. Er konnte sich nicht erinnern, den Zimmermann wegen Ausbesserungsarbeiten an Bord gebeten zu haben. Rasch ging er ins Mühlhaus zurück, um die Sache mit seinem Gesellen abzuklären.

»Hast du den roten Pechleffel bestellt? Gibt es irgendetwas zu reparieren?«, fragte er.

»Nein, wieso sollte ich?«, entgegnete Blasius Frechen. »Derartige Dinge fallen wohl kaum in mein bescheidenes Aufgabengebiet.«

Titz ließ die trotzige Bemerkung unkommentiert und verließ das Holzgebäude dieses Mal durch die andere Tür, um den Handwerker zu erwarten, der auch wenig später die Anlegestelle erreichte. Der alte Fährmann verschwand mit seinem »Zoröck en et hillije Cölle!«, und Müller und Zimmermann begrüßten sich herzlich.

»Ich soll hier einige Vermessungen vornehmen und noch heute zum Hause Quattermart bringen. Es wäre sehr eilig, trug man mir auf.«

»Was, das ist alles?«, fragte Titz. »Hat man dir nicht gesagt, wozu du diese Vermessungen anstellen sollst?«

»Nee, und ich hab auch nicht weiter gefragt. Nur, dass ich vielleicht in Kürze einen sehr lukrativen Auftrag bekäme, stellte man mir in Aussicht. Welcher Art dieser jedoch sei, wurde nicht gesagt. Keine Ahnung also! Ich leg dann mal los!« Damit machte sich Pechleffel daran, seiner Aufgabe nachzukommen.

Der Müller ließ ihn gewähren, auch wenn er gern versucht hätte, mehr über diese seltsame Weisung der Mühleneigner zu erfahren. Doch der Zimmermann schien sein Tun ganz und gar nicht zu hinterfragen, und er hatte tatsächlich nicht den Eindruck gemacht, als wüsste er etwas, das die Neugier des Müllers stillen könnte.

Wieder im Mühlhaus wandte Titz sich der Wachstafel mit den Aufzeichnungen zu und las laut vor sich hinmurmelnd die für diesen Tag angesetzten Mahlgäste und Getreidemengen davon ab: »B – Sternegaß – R – 1/2 Malter; H – Gisbert Vogeley …«

Beim Nennen dieses Namens mischte sich der Geselle Blasius, welcher sich neben den Müller gestellt hatte, ein. »Die Auslieferung übernehme ich«, sagte er diensteifrig.

»Mit den Gewürzhändlern der Stadt bist du wohl ganz dicke, was?«, fragte der Müller. »Aber gut, natürlich kannst du das übernehmen.« Er sah, wie Frechen kaum merklich zusammenzuckte, als das Wort »Gewürzhändler« fiel.

Der Mühlenknecht beruhigte sich aber gleich wieder, als er merkte, dass sein Meister sich in seiner Arglosigkeit offensichtlich nichts weiter dabei dachte. Eigentlich konnte er mit seinem direkten Vorgesetzten recht zufrieden sein. Man hätte ihm auch jemand Unangenehmeren als diesen Titz vor die Nase setzen können. Dennoch wurmte es ihn nach wie vor, dass er bei der Wahl des Müllers übergangen worden war.

Die Sonne hatte den Zenit bereits überschritten, als Daim Pechleffel seine Vermessungen abschloss und mit der Esche, die das Mehl für die Bäckerei in der Sternengaß abholen kam, zurück in die Stadt fuhr.

Zur Stunde der Dämmerung wurde die Pollux abermals von hohem Besuch beehrt. Emundt Quattermart machte sich zum zweiten Mal an zwei aufeinander folgenden Tagen die Mühe, sich persönlich hinaus zur Mühle zu begeben. Dieses Mal war er in Begleitung seines Freundes Thilman Overstolz, Miteigner der Pollux.

Ludwig Titz konnte seine Verwunderung nicht länger verbergen. Dieser Besuch war noch unerklärlicher als der gestrige, da es im Moment keinerlei Mahlgut für die Patrizierhäuser abzuholen gab.

»Stehen uns größere Veränderungen auf der Pollux bevor?«, wagte er deshalb zu fragen.

»Veränderungen? Welche Art von Veränderungen meinst du?«, gab Quattermart zurück.

»Ich weiß es nicht. Aber Eure häufigen Visiten auf der Mühle entsprechen nicht den üblichen Gepflogenheiten, und heute Mittag war der Zimmermann Pechleffel in Eurem Auftrag bei uns auf der Mühle, um irgendwelche Vermessungen vorzunehmen. Plant Ihr, die Pollux umzubauen oder zu erweitern?«

Die beiden Patrizier warfen sich einen besorgten Blick zu. »Keine nennenswerten Umbauten«, ergriff nun Thilman Overstolz das Wort. »Hier und da ein paar kleine Verbesserungen. Erneuerungen, wie wir es gerne nennen. Aber nichts, was den Tagesablauf stören könnte. Ihr fahrt hier wie gewohnt mit eurer Arbeit fort.«

Damit entfernten sich die Herren, um sich wie schon am Tage zuvor einem lebhaften Vieraugengespräch auf dem Plankendeck hinzugeben.

Titz zuckte mit den Schultern. Als einfacher Müller und Arbeitnehmer konnte er sich seinen Brotgebern gegenüber kaum noch neugieriger zeigen. Doch seine Skepsis blieb.

Kurz vor der Schlafenszeit – die Mühlenerben waren längst nach Cöln zurückgekehrt, die Arbeit ruhte, und auch das Vesperbrot war schon eine Weile her – trat der Müller nochmals ins Freie, um sich an der frischen Abendluft zu erfreuen. Ein leises Klirren, das seitlich von ihm aus der Dunkelheit drang, ließ ihn aufhorchen.

»Wer da?«, raunte er in die Richtung, aus der er das Geräusch wahrgenommen hatte, und machte gleichzeitig zwei Schritte auf die Stelle zu. Fast wäre er dabei über den mächtigen, mannsschweren Notanker gestolpert, der an der Außenwand des Mühlhauses stand. Jetzt erkannte er den fast blanken Schädel seines Gesellen, der auf den Holzplanken hockte und versuchte, einige glänzende Münzen hastig wieder in einem Beutelchen zu verstauen.

»Schöner Abend heute, nicht wahr?«, wollte Blasius Frechen sogleich ablenken.

»Was sind das für Münzen? Woher hast du so viel Geld?«, begehrte der Meister zu wissen. »Hast du jemanden bestohlen?«

»Stehlen? Ich? Ich bin ein ehrlicher Mann!« Die Entrüstung in der Stimme des Mühlengesellen klang nicht ganz echt und wollte auch nicht zu seinem verschlagenen Gesichtsausdruck passen. »Das ist mein sauer Erspartes! Im Übrigen geht es dich gar nichts an, woher ich die paar Münzen habe. Auch wenn wir hier wie eine glückliche kleine Familie auf engstem Raum zusammenleben, so muss doch nicht unbedingt jeder alles vom anderen wissen. Ich frag dich ja auch nicht, was du gestern die ganze Nacht über in der Stadt getrieben hast.«

Einen solch ergiebigen Wortschwall hatte Titz von seinem Untergebenen schon lange nicht mehr zu hören bekommen. In der Regel pflegte sich der Geselle eher einsilbig zu geben. Seine ungewöhnliche Gesprächigkeit machte den Müller stutzig, und er fragte sich, was sein Untergebener wohl zu verbergen habe. Seine Stimme hatte aggressiv geklungen, als ob er sich verteidigen müsse, wo doch eigentlich gar kein Angriff erfolgt war.

»Ist schon gut«, beschwichtigte Titz ihn nun, denn er selbst war von Natur aus eher so geartet, dass er Konflikten wenn möglich aus dem Weg ging. »Ich wollte mich nicht in deinen Kram einmischen.«

Frechen erhob sich schwer – er war von Gestalt deutlich beleibter als notwendig – und nuschelte im Davontrotten: »Das möchte ich dir auch nicht geraten haben!«

***

Fünf Männer hatten sich in dem von vielen Kerzen hell erleuchteten Nebenzimmer des Hauses Hardevust in der Glockengasse eingefunden.

Ein Diener machte die Runde um den viel zu großen Tisch und füllte dabei die Pokale aus edlem Glas mit goldgelbem Wein. Goddert Hardevust, der Gastgeber und einzige Junggeselle an diesem Abend, deponierte mittig auf der Tischplatte mehrere lange Pergamentrollen, die Thilman Overstolz mitgebracht hatte. Außerdem hatte er vier massive Gebilde aus Messing, die Raubtiertatzen nachahmten und später beim Entrollen der Pergamente zum Beschweren der Ecken dienen sollten, bereitgelegt. Unruhig strich er sich über sein spitzes Kinn und blickte in die Runde.

Zu seiner Linken hatte Emundt Quattermart Platz genommen, dessen Gattin Constantine aus der Familie des Gastgebers stammte.

Neben diesem saß Thilman Overstolz. Seine Gesichtszüge wurden von einer mächtigen Nase beherrscht, über der nachdenkliche braune Augen im tiefen Schatten gewaltiger Brauen lagen. Er gehörte einem der ältesten und stolzesten Geschlechter der Rheinmetropole an und war seit vielen Jahren mit seiner Frau Adelheid, die ihm zwei Söhne geschenkt hatte, glücklich.

Der Nächste in der Runde war Ephraim Meir, ein Mann von schmächtigem Körperbau, der sich schon durch seine Kleidung von den anderen abhob. Er trug seinen langen, kaftanähnlichen Judenrock und den vorgeschriebenen spitzen Hut mit sichtlichem Stolz. Sein immenses Vermögen bildete Grundlage genug, um die diffamierenden Kleidervorschriften für Juden, die seit fast einem Jahrhundert in Deutschland galten, nicht als Diskriminierung, sondern vielmehr als Auszeichnung zu betrachten. Auch der spitze Bart, ein weiteres Kennzeichen seiner Religionszugehörigkeit, fehlte nicht. Seinen kleinen schwarzen Äuglein wohnte ein listiger Ausdruck inne.

Der Letzte der Versammlung war der wohlhabende Gewürzhändler Linhardt vom Spiegel. Er war eine imposante Erscheinung mit einem Anflug von Beleibtheit, der seiner Figur jedoch nicht schadete, sondern ihm nur mehr Ansehen verlieh. Sein Haar war voll und dunkel, das Gesicht etwas bleich, aber glatt und rund, nur über die breite Stirn liefen ein paar feine Falten, die ihm stets einen leicht melancholichen Ausdruck verliehen, was damit zusammenhängen mochte, dass er vor Jahren seine geliebte Gemahlin im ersten Kindbett verloren hatte.

Alle Anwesenden zählten zu den mächtigsten und reichsten Bürgern der Stadt Cöln, und jeder von ihnen übte neben seiner Kaufmannstätigkeit noch ein öffentliches Amt aus.

Emundt Quattermart und Goddert Hardevust saßen im Schöffenkolleg. Als Scabini standen sie dem Burggrafen oder dessen Stellvertreter, dem Greve, als Urteilsfinder bei Rechtssachen zur Seite.

Linhardt vom Spiegel gehörte der Richerzeche an, einem Zusammenschluss vermögender und einflussreicher Männer, welcher schon seit über hundert Jahren ebenfalls behördliche Funktionen übernahm. Jeweils ein Schöffe und ein der Richerzeche zugehöriger Beamter teilten sich den Posten des Magister civium, des Bürgermeisters, wobei derjenige, der zugleich Mitglied des Schöffenkollegs war, das Stadtsiegel trug.

Thilman Overstolz war Ratsherr, und zwar einer der führenden Männer dieses Verwaltungsgremiums, das sich immer größeren Einflusses erfreute. Der Aufstieg des aus neunundvierzig Mann bestehenden Rates, des Consiliums, hatte sich vor allem in jener Zeit vollzogen, als die Auseinandersetzungen zwischen der Stadt und dem ehemaligen Erzbischof Engelbert von Falkenburg in den letzten Jahren eskaliert waren und der innerstädtische Konflikt auch eine Spaltung der Familien der Oberschicht mit sich gebracht hatte. In der Runde galt er, gemeinsam mit Quattermart, als Wortführer.

Einem ganz anderen Rat gehörte Ephraim Meir, der Fünfte in der Runde, an. Er stellte eines der zwölf Mitglieder des Judenrates, des Gremiums, welches unter Leitung eines Rabbiners – in Cöln liebevoll Judenbischof genannt – alle Verwaltungsdinge, Rechtsgeschäfte und religiösen Angelegenheiten der jüdischen Gemeinde der Rheinmetropole regelte.

Es war kein Zufall, dass die kleine Gruppe Vertreter aller in der Stadt wichtigen Organe umfasste. Die Idee, zu deren Verwirklichung sie sich regelmäßig trafen, würde nicht nur das gesamte wirtschaftliche und öffentliche Leben in Cöln revolutionieren, sondern bei ihrer Realisierung zugleich einen Machtfaktor darstellen, wie er nördlich der Alpen seinesgleichen nicht hatte.

Das Treffen der fünf mächtigen Männer begann wie jedes andere dieser Art mit einer feierlichen Erneuerung ihres Schwures. Dazu legten sie ihre rechten Hände übereinander und beeideten mit den Worten »Tempora mutantur et nos mutamur in illis«,* ihr Wissen und alles in diesen vier Wänden Besprochene streng geheim zu halten.

Anschließend wurde die erste Pergamentrolle geöffnet und ausgebreitet. Auf dem großformatigen Schriftträger war ganz klar der

* Die Zeiten ändern sich, und wir ändern uns in ihnen.

Bauplan einer Schiffsmühle mit ihrem mächtigen Mühlrad zu erkennen. Linhardt vom Spiegel, der mehr technischen Verstand besaß als die Übrigen, ergriff das Wort und erläuterte in knappen Sätzen die baulichen Maßnahmen, die zur Realisierung ihres Planes notwendig sein würden. Er versäumte nicht, nochmals auf den allen hinlänglich bekannten Umstand hinzuweisen, dass es sich um etwas wirklich Großes, noch nie da Gewesenes handele.

»Wir alle, die wir uns hier zusammengefunden haben, sind fortschrittliche Köpfe. Außerdem verfügen wir über den nötigen Mut und die finanziellen Mittel, die sich bei Gelingen unseres Plans noch erheblich verbessern dürften. Wir leben in einem Jahrhundert und in einem Zentrum der technischen Neuerungen und werden unendlichen Ruhm ernten, wenn wir die neue Manufaktur erst mal in Betrieb genommen haben. Eine solche Mühle gab es noch nie, und wir müssen Sorge tragen, dass sie in Cöln die einzige ihrer Art bleibt.«

»Nicht zu vergessen das Schnippchen, welches wir unserem verehrten Herrn Erzbischof Sifrid von Westerburg mit unserem Projekt schlagen«, ergänzte Goddert Hardevust.

Nun berichtete Emundt Quattermart von seinen beiden Besuchen auf der Pollux und fasste auch die Messergebnisse des Schiffsbauers Pechleffel zusammen, wobei er nochmals betonte, dass dieser bislang noch nicht über Sinn und Zweck der Vermessungsarbeiten informiert worden war.

»Unser Müller Titz macht mir allerdings Sorgen«, fügte er schließlich hinzu. »Er macht sich schon jetzt Gedanken über unser Vorhaben, wie ich bei unseren Fahrten zum Mühlenschiff feststellen musste. Das ist zu früh – entschieden zu früh!«

»Er kann aber doch nicht wissen, um was es geht«, warf Hardevust, der Jüngste der Tischrunde, ein.

»Natürlich nicht«, antwortete Quattermart. »Doch seine Wissbegier ist für uns gefährlich.«

Thilman Overstolz unterbrach die Diskussion über die Neugier des Polluxmüllers: »Wir müssen noch über eine weitere Sache reden, die sehr wichtig für unser Vorhaben ist: die Lumpensammler! Wie viele wird es in Cöln geben? Fünfzig, sechzig oder mehr? Ist das genug?«

»Sicherlich nicht«, überschlug der Patrizier vom Spiegel. »Wir werden die gesamte Region mit einbeziehen und eventuell zusätzlich noch Material aus anderen Städten einführen müssen.« Auch diese Schwierigkeit wurde noch weiter erörtert, bevor man den geschäftlichen Teil des Abends beendete und Goddert Hardevust zu einem Nachtmahl ins Speisezimmer bat.

Beim Essen sprach man über den Tod des bekannten Grafen Diether von Katzenelnbogen. Er war nicht nur einer der mächtigsten Burgenbesitzer am Mittelrhein gewesen, sondern zudem in zweiter Ehe verheiratet mit Margarethe, einer Tochter des Grafen Wilhelm von Jülich – dem Erzfeind des Cölner Erzbischofs und seit 1263 außerdem Cölner Ehrenbürger.

»Sein Sohn Wilhelm wird wohl die Burg Rheinfels, die größte Wehranlage im Rheintal, übernehmen«, sagte Emundt Quattermart.

»Wenn Eberhard ihn lässt«, meinte Overstolz skeptisch. »Diethers Sohn ist noch sehr jung, und sein Bruder Eberhard war schon damals vor sechzehn Jahren nicht begeistert über die Teilung der Grafschaft Katzenelnbogen. Es wäre durchaus denkbar, dass er nun versucht, sich die gesamten Güter wieder unter den Nagel zu reißen. Vor allem die zu Diethers Besitz gehörigen Rheinzölle dürften ihn interessieren.«

»Hm, möglich«, erwiderte Quattermart. »Auf jeden Fall sollten wir zu beiden baldmöglichst Kontakt aufnehmen. Es ist immer hilfreich, sich mit den Herrschern der näheren und ferneren Umgebung gut zu stellen, erst recht, wenn diese eine wichtige Zollstation unterhalten. Mit den Rheinzöllen hier im Gebiet unseres Erzbischofs müssen wir uns eh bezüglich aller Warentransporte abfinden, und den Leinpfad hat Sifrid von Westerburg ja auch inne. Doch was Eberhard betrifft, so hast du vollkommen recht. Man weiß nie so genau, was er denkt und wem er als Nächstes die Treue schwört. Erst fährt er zur Königskrönung Ottokars nach Böhmen, und seit einem Jahr nun gehört er zum direkten Gefolge unseres Königs Rudolf.«

»Ich werde wohl zur Beisetzungszeremonie nach Sankt Goar reisen«, überlegte Linhardt vom Spiegel laut. »Bei dieser Gelegenheit könnte ich mich mit Eberhard und Wilhelm ganz unverfänglich unterhalten. Weiß jemand, auf welches Datum die Bestattung angesetzt ist?«

»Soweit ich unterrichtet bin, wurde noch kein Tag festgelegt«, antwortete Thilman Overstolz. »Aber ich halte es für eine gute Idee, dass einer aus unserer Runde zur Beerdigung den Rhein hinauffährt. Die Beziehungen zu den am Rhein gelegenen Herrschaftsbereichen ist immens wichtig und wird es noch mehr, wenn unser Projekt angelaufen ist, denn dann werden wir uns sehr bald auch Gedanken über den Export unserer Ware machen müssen.«

Kapitel III

Das Wetter im April des Jahres 1276 blieb milde, doch setzten gegen Mitte des Monats starke Regenfälle ein. Der Wasserpegel des Rheins stieg immer weiter, und alle, die im oder am Fluss lebten und arbeiteten, beobachteten die bräunlichen Fluten mit zunehmender Besorgnis. Nur die wenigsten hatten das verheerende Hochwasser von 1207 selbst miterlebt, aber die Kunde von der Katastrophe, welche über hundert Menschen in Cöln das Leben gekostet hatte, war noch nicht verklungen.

Auch die Schiffsmühlen waren vom Wasserstand abhängig, der ihren Betrieb aber bisher nicht gefährdete, sondern ganz im Gegenteil für eine enorme Strömung und somit für kräftig ratternde Mühlräder sorgte.

Doch an diesem verregneten Apriltag mühte sich Müller Titz zum wiederholten Male mit Unrat ab, der sich im Mühlrad verfangen hatte. Der hohe Wasserstand kam zwar dem Antrieb des Rades zugute, andererseits wurde in diesen Tagen eine solche Menge Abfall – Holzbruchstücke aller Art, Mist, Stoff- und Lederfetzen, Bauschutt, Hausmüll und Ähnliches mehr – mit den Fluten des Rheins angeschwemmt, dass es ständig zu Blockaden oder Stockungen kam. Solche Probleme hatte es beim Mühlenbetrieb in seiner Heimat nie gegeben.

Ludwig Titz hatte sich nach den langen Jahren in der heimatlichen Wassermühle am Finkelbach nur langsam an das völlig anders geartete Leben auf dem Rhein gewöhnt. Die Launen des Stroms, Fluten und Stürme, in das Tagesgeschäft mit einzubeziehen war eine neue Erfahrung für ihn gewesen. Hin und wieder dachte er an die Heimat und die väterliche Mühle am Finkelbach zurück.

Dieser Bach, an dem die von seinem Vater betriebene Mühle lag, lief von Höllen herkommend an Embe Inferoris vorbei, wurde unterwegs von zahlreichen Quellen gespeist und mündete schließlich bei Blerichen in die Arnefe. Er führte meist reichlich Wasser, und dort, wo er eine versumpfte Talniederung durchfloss, lag an einem flachen, jedoch hochwasserfreien Hang die kleine Siedlung, in der Ludwig aufgewachsen war. Gemeinsam mit seinen Geschwistern hatte er eine sorglose Kindheit verbracht. Die Jungen des Dorfes liebten es, bei den Gänsen im Embebroech, dem Brachgelände im Talgrund, zu spielen. Spannend waren auch die Felder, auf denen man – besonders nach heftigen Regengüssen – mit etwas Buddelei die interessantesten Dinge aus römischer und fränkischer Zeit finden konnte: Knochen, Keramikscherben und manchmal sogar Waffenteile oder hübsche Schmuckstücke. Vermatscht bis zum Hemdkragen kehrten die Jungen dann bei Einbruch der Dämmerung zum Mühlhaus zurück, wo die Mutter Hafer- oder Gerstenbrei in einem voluminösen Kessel vorbereitet hatte. Die Arbeit des Vaters als Müller war zwar nicht dazu angetan, Reichtümer anzuhäufen, aber die neunköpfige Familie hatte auch nie Hunger leiden müssen.

Ludwig Titz erinnerte sich an die Abende im Familienkreis, wenn der Vater kleine Anekdoten wie diese erzählte: »Einmal wettete ein Müller mit einem Bauern um ein Fass Bier, dass er aus einem Sack Korn so viel Mehl machen könne, um zwei Säcke damit zu füllen. Da nun das Korn gemahlen war, schüttete der Müller das Mehl in einen Sack. Der Bauer wollte nun sehen, wo denn der zweite Sack herkommen sollte. Da nahm der Müller einen leeren Sack und zog diesen über den bereits gefüllten. Da waren sie beide voll, und der Bauer hatte die Wette verspielt.«

Die Titz'sche Mühle gehörte zu einem großen Hof, welcher zu den Besitzungen der Abtei Knechtsteden zählte. Kurz nach Ludwigs Fortgang aus dem heimatlichen Dorf hatte das Kloster sich, von Schulden bedrängt, gezwungen gesehen, seinen Hof dem Kapitel von St. Aposteln in Cöln zu verkaufen, der von da an Apostelhof hieß. Der Entschluss, die Heimat zu verlassen, war ihm nicht leicht gefallen. Doch waren zwei seiner Brüder älter als er, und für drei Müller war am Finkelbach kein Platz. Sein jüngerer Bruder war im väterlichen Betrieb ebenfalls überflüssig, aber er war ein wenig einfältig, und so hatte man ihn dem Pfarrer von St. Martin in Embe Inferoris übergeben, bei dem er als Kirchendiener ein schlichtes Auskommen fand. Von seinen drei Schwestern war eine bereits unter der Haube gewesen, als er damals nach Cöln aufgebrochen war, die zweite hatte sich als Magd im Hause von Vercken – dem Stammsitz der alteingesessenen Jülicher Adeligen – verdingt, und die jüngste hatte noch zu Hause gelebt.

Ludwig Titz war in den vergangenen Jahren nur ein einziges Mal als Besucher in sein Heimatdorf zurückgekehrt, doch bei aller Vertrautheit hatte er gespürt, dass sowohl die Verbindung zu Embe Inferoris als auch zu seiner Familie gekappt war.

Durch den Regenschleier sah Titz nun, wie der Müller der Nachbarmühle mit dem gleichen Problem kämpfte, nur dass es bei diesem noch schwieriger zu sein schien, das Rad wieder frei zu bekommen.

»Heda Adolff«, rief er zu ihm hinüber. »Brauchst du Hilfe?«

»Lass mal, geht schon«, keuchte Adolff Mullem. »Ein verfluchter Tierkadaver, der sich nicht an einem Stück herausziehen lässt.« In hohem Bogen beförderte er einen gerade losgezerrten Brocken des Aases in den Fluss zurück, weit genug von den Mühlen entfernt, dass er nicht abermals zum Störfaktor werden konnte.

»Hoffentlich hört es bald auf zu pissen«, schrie er gegen den Regen an. »Noch zwei Tage so ein Scheißwetter, und wir dürfen die Mühlen an Land bringen. Unsere Kanoniker haben schon gestern einen Boten hergeschickt und sich nach der Lage erkundigt.«

Die neben der Pollux gelegene Rheinmühle Cono gehörte einigen der fünfzehn Kanoniker des Stifts St. Gereon, welches nach der erzbischöflichen Domkirche den höchsten Rang unter den sakralen Institutionen der Stadt einnahm. Alle Stifte Cölns waren reich, doch St. Gereon war ein Zusammenschluss von Mitgliedern der begütertsten Familien des Rheinlands.

»Hast recht«, auch Titz musste brüllen, »wenn es so weitergeht, müssen wir die Arbeit einstellen.« Damit wandten sich beide wieder der mühsamen Säuberung der Mühlräder zu.

Nach einer Weile stiller Plackerei rief Adolff Mullem: »Das wäre mir alles andere als lieb. Ich erwarte in diesen Tagen eine riesige Getreideladung aus Ressa uber, wo unsere Stiftsherren viel Land besitzen.«

»Woher?«

»Ressa uber, am Niederrhein. Ist 'ne verflucht fruchtbare Ecke.

Die ernten im Sommer so reichlich, dass sie auch jetzt noch ungeheure Mengen an Korn und Hopfen schicken.«

»Man müsste mehr Zeit zum Reisen haben«, schrie Titz gegen das anhaltende Regengeplätscher. »Die Welt rückt immer enger zusammen, jeder noch so entlegene Fleck ist mittlerweile gut erreichbar, und man selbst kennt alles nur vom Hörensagen.«

»Das stimmt wohl. – Ah! Jetzt hab ich dich!« Mit einem letzten kräftigen Ruck hatte der Conomüller sein Rad von dem Tierkadaver befreit. »Stellt ihr drüben auf der Pollux eigentlich schon Nachtwachen auf wegen der Überflutungsgefahr?«

»Bisher noch nicht, aber ich denke, ab heute werden wir wohl nicht mehr darum herumkommen. Meine Leute werden sich freuen!«

»So wie meine. Auch ich werde heute diese unliebsame Order geben müssen. Nichts für ungut, Meister Titz!«, rief er seinem Nachbarn noch zu, bevor er im Inneren des Mühlhauses verschwand.

Auf der Pollux hatte Titz die Plackerei im strömenden Regen beendet und wollte soeben ins Mühlhaus zurückkehren, als er eines Bootes gewahr wurde, das, heftig in der Strömung schaukelnd, auf die letzte Mühle der Underrey zusteuerte. Verblüfft erkannte er in dem Fahrgast einen seiner Brotherren.

»Herr Hardevust«, rief er erstaunt, als das Boot angelegt hatte und der Mann an Bord der Mühle gekommen war. »Was um des Himmels willen treibt Euch bei diesem Wetter hinaus auf den Rhein? Wollt Ihr Befehl geben, die Mühle einzuholen?«

»Noch nicht, noch nicht. Das Rad läuft doch bei dem vielen Wasser ganz hervorragend, wie ich sehe. Stellst du ordnungsgemäß Nachtwachen auf?«

»Selbstverständlich! Die beiden Jungen übernehmen die erste Schicht, Frechen die zweite und ich selbst die letzte.«

»Gut, gut. Aber eigentlich hat mich ein anderer Grund heute hergeführt.«

»Es muss sich wohl um etwas von enormer Wichtigkeit handeln, da Ihr Euch dieses elendige Wetter antut. Wie kann ich Euch helfen?«

»Du kannst uns in der Tat helfen«, setzte Hardevust an.

Die beiden stellten sich dicht an die Außenwand des Mühlhauses, und der Patrizier zog sich seinen aus feinstem Kalbsleder gefertigten Hut mit der halbrunden Krempe tiefer ins Gesicht. Goddert Hardevust war bekannt für seinen eitlen Kleidungsstil und die Arroganz, mit der er ihn zu präsentieren pflegte.

»Wir Mühlenerben haben Großes vor mit der Pollux!« Der Patrizier schilderte Titz in groben Zügen, was die fünf Eigner der Rheinmühle in Planung hatten. Bei ihrer letzten Zusammenkunft hatte man sich darauf geeinigt, dass es wohl das Beste wäre, den Müller als Komplizen zu gewinnen, ihn notfalls zu bestechen.

»Das ganze Vorhaben unterliegt natürlich der strengsten Geheimhaltung«, schloss Hardevust nun. »Wenn auch nur das Geringste unseres Plans bis zum Erzbischof vordringt, haben wir ein Problem. Wahrscheinlich würde es zu einem gewaltigen Aufstand kommen.«

Hardevust wartete die Wirkung seiner Worte ab und entfernte ein Stückchen Dreck von seinem Mantel. »Du siehst so skeptisch drein? Gefallen dir unsere Pläne etwa nicht?«

»Doch, doch«, antwortete Titz zögerlich.

»Bedarf es näherer Erklärungen zu unserem Vorhaben? Hast du vielleicht nicht alles verstanden? Ich hoffe, dir sind die Dimensionen unseres Projektes hinreichend klar?«

»Ja. Doch, ich habe das Ausmaß Eures Projektes und die umwälzenden Veränderungen, die seine Durchführung nicht nur auf der Pollux mit sich bringen wird, durchaus verstanden. Doch wäre es mir lieber ...« – der Müller zauderte ein wenig – »Ihr hättet mir dies alles nicht anvertraut. Ich ziehe es vor, zum jetzigen Zeitpunkt noch nicht über Eure Ziele Bescheid zu wissen. Lasst uns dieses Gespräch als nie stattgefunden betrachten.«

»Ich denke nicht, dass du als unser Untergebener in der Position bist zu entscheiden, ob dieses Gespräch stattgefunden hat oder nicht!« Die Stimme des Mühleneigners klang auf einmal ziemlich scharf. Dann machte er, einen schmeichlerischen Ton anschlagend, einen letzten Versuch, den Müller umzustimmen: »Vergiss nicht, dass ich dir als Mitwisser ein gar hübsches Sümmchen angeboten habe – unter Umständen wären wir bereit, die genannte Zahl auch noch zu erhöhen. Du könntest reich werden und deiner Frau – falls du denn eine hast – viel mehr bieten als bisher. Überdies werden die Neuerungen auf der Pollux uns allen, die wir daran beteiligt sind, großen Ruhm eintragen. Und das nicht nur hier in Cöln. Unser aller Namen werden weit über die Grenzen der Stadt hinaus bekannt werden. Es ist für dich wahrlich eine große Gunst, dass wir dich in unsere Pläne mit einbeziehen.«

»Euer Vertrauen ehrt mich sehr. Aber eine solch umwälzende Veränderung auf der Mühle vor dem Erzbischof und Kurfürsten, unserem Stadtherrn, geheim zu halten, erscheint mir nicht recht. Ich bin ein einfacher Mann und habe stets gesetzestreu gelebt. Ich bitte Euch nochmals, haltet mich heraus aus Euren kühnen Plänen.«

»Dazu ist es bereits zu spät. Kapierst du das denn nicht? Ich habe dich soeben in unser Vorhaben eingeweiht. Das lässt sich nicht mehr rückgängig machen. Also hast du auch gar nicht mehr die Wahl, ob du mitmachen möchtest oder nicht.« Goddert Hardevust zog sich seinen Mantel enger um die Schultern und wandte sich zum Gehen.

»Aber es gefällt mir ganz und gar nicht, den Mitwisser in Eurem Komplott zu spielen und Sifrid von Westerburg zu hintergehen.«

»Du wirst hier nicht gefragt, ob dir etwas gefällt oder nicht! Du tust, was man dir sagt!« Hardevusts Augen funkelten jetzt wütend.

»Mit Verlaub, ich bin immer noch ein freier Mann, auch wenn ich Euch dienstlich unterstellt bin. Und ich lasse mich nicht von Euch gegen unseren verehrten Erzbischof aufhetzen!« Ludwig Titz hatte diese Worte mit einer für ihn untypischen Heftigkeit ausgestoßen.

»Ist das dein letztes Wort?«, fragte der Patrizier drohend.

»Ja«, erwiderte der Müller.

Als sein Brotherr die Mühle wieder verlassen hatte, stellte Titz einige Überlegungen zu dem seltsamen Gespräch an. Sollte das Anliegen der Patrizier irgendwie mit der Neuordnung der Schiffsmühlen in Zusammenhang stehen?

Vor dem Hintergrund des jahrzehntelangen Kampfes, den sich ein Teil der Cölner Bürger mit den Erzbischöfen um die Vorherrschaft in der Stadt geliefert hatte, war es auch zu einer langwierigen Auseinandersetzung zwischen den bürgerlichen Mühleneignern und den erzbischöflichen Stadtherren gekommen. Die einflussreichen Patriziergeschlechter Cölns hatten sich in zwei Lager gespalten: Auf der einen Seite standen die Familien, die dem Erzbischof die Treue hielten, auf der anderen diejenigen Cölner Bürger unter Führung der Overstolzen, die sich für die städtische Emanzipation einsetzten.

Der Streit um die Rheinmühlen hatte seinen Anfang genommen, als im Dezember 1260 Erzbischof Konrad von Hochstaden mehrere Patrizier enteignet und geächtet hatte, darunter auch Rheinmühlenanteilseigner. Die Mühlenschiffe und alles sonstige Vermögen wurden konfisziert und unter Konrad und seinen bürgerlichen Parteigängern je zur Hälfte aufgeteilt. Mit dieser Geste gedachte der Erzbischof, sich die ihm treuen Bürger gewogen zu halten und sie im Kampf gegen die Abtrünnigen an sich zu binden, was Gottfried Hagen in seiner Reimchronik mit den Worten schilderte: »He geschoif, dat sie sich vereinden unde eme sworen unde hulden, dat si eme alle helpen soilden weder de besten van der stat.«*

Der nächste Erzbischof, Engelbert II. von Falkenburg, hatte weitere massive Versuche unternommen, die städtische Freiheit zu beseitigen, aber bewirkt, dass die ehemaligen Getreuen Konrads von Hochstaden ihre Hälfte der Rheinmühlen wieder an die ursprünglichen Eigner zurückgaben. Trotz zahlreicher Schiedssprüche war es in der Regierungszeit Engelberts II. nie zu einer endgültigen Einigung hinsichtlich der Mühlen auf dem Rhein gekommen. Zu festgefahren waren die verfeindeten Lager in der Stadt.

Sifrid von Westerburg, der vom Papst im März des Vorjahres entgegen der Wahl des Domkapitels als Cölner Erzbischof eingesetzt worden war und von diesem sogar das Pallium dazubekommen hatte, suchte einen dauerhaften Ausgleich mit Stadtbürgern und Mühleneignern.

Am XV. März 1276 hatten sich alle bürgerlichen Besitzer von

* Er schaffte es, dass sie sich vereinigten, ihm schworen und ihm huldigten, dass sie alle ihm helfen sollten gegen die Besten der Stadt.

Mühlenanteilen mit Erzbischof Sifrid und dem Domkapitel auf einen Vergleich eingelassen: Die Hälfte aller Rheinmühlen sollte auch künftig im Besitz der Erzbischöfe verbleiben, im Gegenzug erhielten die Patrizier von Sifrid die feste Zusage zur Errichtung eines Monopols. Der Bau weiterer Mühlen auf dem Fluss sollte ab sofort bei Strafe und Exkommunikation verboten sein. Dieses Versprechen erleichterte den bürgerlichen Mühleneignern den endgültigen Verzicht auf die Hälfte der Mühlen, obgleich fünfzig Prozent des erwirtschafteten Gewinns nach wie vor an den Stadtfürsten abzuführen waren. Der Vergleich betraf sechsundzwanzig noch existierende von ehemals vierunddreißig Rheinmühlen. Dreizehn waren von nun an also fest in der Hand des Domkapitels und dreizehn zu unterschiedlichen Anteilen in Bürgerhand. Die gütliche Einigung wurde in einem schriftlichen Bericht festgehalten:

»In nomine domini amen. Allen Gegenwärtigen und Künftigen. Wir, Sifridus dei gratia sancte Coloniensis Ecclesie archiepiscopus* und die erfgenozen an der mulen, die vur kollen upme rine hangent** – vronemulen dicitur*** – zu ewigem Gedenken.

Damit unseren Nachfahren und Erben vielfältige Beunruhigung nicht verborgen bleibe, die in der vergangenen Zeit über die Großen der Stadt Cöln und uns als Beteiligte dieser Unruhen hereinbrach, halten wir es für angezeigt und zu ihrer Warnung für notwendig, in diesem Schreiben darzulegen, wie es dazu kam, dass die Hälfte der Mühlen, die auf dem Rhein das Korn mahlen und die von alters her in ihrer Gesamtheit uns gehörten, auf Dauer an den Herrn Erzbischof gefallen ist. Unsere Erben mögen dadurch vorsichtiger sein und bei sich selbst verhüten, was ihren Vorgängern zugestoßen ist.

Geschehen aber ist, dass Bruderschaften und Volk der Stadt Cöln ihre städtischen Oberen als umsichtige Lenker des Gemeinwesens missachteten. (...)

Zur damaligen Zeit hegte der ehrwürdige Vater, Erzbischof Engelbert von Cöln, der dem genannten Herrn Erzbischof Kon-

* Sifrid, von Gottes Gnaden Erzbischof der heiligen Kirche Kölns
** Erben der Mühlen, die auf dem Rhein liegen
*** Fronmühlen genannt

rad unmittelbar nachgefolgt war, einen unstillbaren Groll gegen die Großen der Stadt und uns. Von solcher Wut wurde er gegen sie getrieben, dass daraus für die Stadt Cöln im Inneren Streit, außen Verfolgung und viele Gefahren entstanden und bis zu seinem Tode kein Interessensausgleich erreicht werden konnte.

Nach seinem Tode folgte der ehrwürdige Vater, Herr Erzbischof Sifrid von Cöln, den wir eifrig im Dienst des Friedens und der Eintracht von Stadt und Cölner Bürgern wirken sahen. Zugunsten eines gesunden Verhältnisses zwischen den Großen und den anderen Cölner Bürgern bemühte er sich auch um die Mühlen, und so schlossen wir eine Übereinkunft, wie es unsererseits und von unseren Nachfolgern bezüglich der Zahl der Mühlen und der Auszahlung der Anteile zu halten ist. Deshalb soll jeder mit dem ihm zugeschriebenen Anteil zufrieden sein, so wie sich unsere Namen und die unserer Nachfolger im Mühlenbesitz in den Quaterni verzeichnet finden.

Weil aber vierunddreißig Mühlen bleiben, an denen jeder seinen bestimmten, in diesen Urkunden zugeschriebenen Anteil besitzt, so soll man auf immer wissen, dass die Hälfte der sechsundzwanzig Mühlen, die jetzt auf dem Rhein Korn mahlen, in vierunddreißig Mühlen geteilt wird. Jedem wird dadurch sein Anteil unter Bezug auf die vierunddreißig Mühlen zugeteilt, wie es in diesem Quaternus geschrieben steht. Actum et datum anno domini Millesimo Ducentesimo Septuagesimo Sexto.«*

Müller Titz kannte die Einzelheiten dieser Vereinbarung wie jeder, der mit den Cölner Schiffsmühlen zu tun hatte. Die Aufteilung der sechsundzwanzig Rheinmühlen in zwei Hälften war beschlossene Sache; die Neuberechnung der jeweiligen Anteile fand jedoch noch immer unter Berücksichtigung der ehemaligen vierunddreißig Mühlen statt. Aber wie passte diese Regelung mit den Worten zusammen, die Goddert Hardevust eben an ihn gerichtet hatte? Waren die Herren Patrizier und Sifrid von Westerburg einander vielleicht doch nicht so freundlich gesinnt, wie es nach außen den Anschein hatte?

* Gezeichnet und datiert im Jahr des Herrn 1276.

Kapitel IV

Mit einem dumpfen Aufprall sank der Körper des Mannes zu Boden und blieb reglos auf dem nassen Holz liegen. Eine massige dunkle Gestalt beugte sich über ihn, stieß ihn mit dem Fuß an und grunzte zufrieden. Dann richtete sich die Gestalt wieder auf und warf einen schweren, länglichen Gegenstand schwungvoll in die Fluten des Rheins. Mit wenigen Schritten erreichte sie ein an der Mühle festgemachtes Boot, bestieg es und verschwand geräuschlos in der Schwärze der Nacht.

***

Seit Wochen standen die Schleusen des Himmels offen. Erstaunlicherweise blieb der Rhein in seinem Bett, doch der anhaltende Regen hatte die Straßen, Gassen und Plätze der Stadt in einen einzigen Morast verwandelt.

Elisabeth Grimm hastete an der Steinmasse von Groß St. Martin vorbei. Sie lief leicht vornübergebeugt, um das herabströmende Wasser nicht voll ins Gesicht zu bekommen. Den wollenen Umhang raffte sie mit einer Hand eng um den Körper. An ihrem anderen Arm hing ein Korb mit dem Gemüse, das sie vom Heumarkt nach Hause trug. Den kleinen Valentin, der am Morgen zu husten begonnen hatte, hatte sie in der Obhut einer Nachbarin gelassen. Vorwärtsstolpernd wich sie zwei Schweinen aus, die in den Gassen der Stadt herumliefen und sich bei diesem Sauwetter am wohlsten fühlten.

Ein Stück weiter streifte sie ein struppiger grauer Hund, der wie vom Leibhaftigen gejagt an ihr vorbeischoss. Tatsächlich wurde er von einem Hundesleger* verfolgt, einem groben, langen Kerl, von dessen kahlem, grindigem Schädel das Wasser herabtroff, als er unter wüsten Flüchen seinen Kopf schüttelte und mit einem kräftigen Stock in der Luft herumfuchtelte. Immer wenn die Hundeplage in der Stadt allzu groß wurde, ließ man

* Hundefänger

von auswärts einen Mann kommen, dessen Aufgabe es war, die Zahl der streunenden Köter zu dezimieren. Diese brutale Arbeit war in Cöln so verpönt, dass kein Einheimischer sie übernehmen wollte.

Als Elisabeth endlich das Alte Ufer passierte, hielt sie kurz inne und blickte auf die wogenden Fluten des Rheins hinaus. Behäbig wälzte sich der Strom durch sein Bett, welches in den vergangenen Tagen beträchtlich an Breite zugelegt hatte, aber die Wassermassen noch halten konnte. Mit einem tiefen Seufzer wandte sie sich ab und strebte ihrem Heim in der Waldemansgasse zu.

Die Holztür zur Erdgeschosswohnung klemmte, und Elisabeth musste ihr erst einen kräftigen Tritt verpassen, bevor sie aufsprang. Sie trat in die Stube. Ihr Sohn saß mitten auf dem Tisch und zerkaute ein Stück Brotfladen. Seine Patschhändchen und sein Speichel hatten das Backwerk schon vollständig aufgeweicht, was den Genuss jedoch nicht zu schmälern schien. Ein leises Lächeln huschte über das Gesicht der Mutter, welches sich aber gleich wieder verflüchtigte und einem Ausdruck von Betrübnis Platz machte.

»Lisbeth, mein liebes Mädchen, du bist ja tropfnass«, rief Frau Appelsack. »Komm, setz dich erst mal hier an den Ofen und erzähle.«

Christina Appelsack war Witwe, und Elisabeth wusste es zu schätzen, dass sie sich hin und wieder bereitwillig um Valentin kümmerte. Sie war aber auch eines der bekanntesten Klatschmäuler der Stadt und nun, wo sie wegen des schlechten Wetters mehrere Tage in Folge nicht vor die Tür gegangen war, begierig darauf, die neuesten Ereignisse zu erfahren, die man sich auf dem Wochenmarkt erzählte. Besonders interessiert war sie an Skandalen, wie zum Beispiel, wessen Sohn sich wieder einmal mit der Magd herumgetrieben, wer wen sitzen gelassen hatte oder welches Kind so völlig aus der Art geschlagen war. An ihrem stumpfen graublonden Haar zupfend, das sie mit einem gebogenen Holzkamm zu einer für häusliche Zwecke übertrieben kunstvollen Frisur aufgesteckt trug, fuhr sie fort:

»Du scheinst nicht nur keinen trockenen Faden mehr am Leibe zu haben, sondern machst auch einen ganz verstörten Eindruck auf mich. Ist etwas Böses geschehen in der Stadt? Ein Verbrechen? Eine Familientragödie vielleicht?«

Christina konnte es sichtlich kaum erwarten, mit Informationen versorgt zu werden. Normalerweise tat Elisabeth ihr gern den Gefallen und berichtete alles, was ihr unterwegs zu Ohren gekommen war. Doch an diesem Tag war ihr nicht nach Plaudern zumute.

»Nun sag schon!«, insistierte Frau Appelsack. »Geht es um Elfriede? Hast du Neuigkeiten von der Ärmsten und ihrer Raserie of Unsinnichkeit*? Wie lange schon rate ich ihr, endlich nach Cornelimünster zu pilgern, um den Schutzheiligen der Maniekranken um Hilfe zu bitten. Ach Gott, ach Gott, das arme Kind!«

»Ich habe nichts Neues von Elfriede gehört«, sagte Elisabeth matt. »Es geht um etwas völlig anderes, aber das erzähle ich dir später.« Ausweichend fügte sie hinzu: »War mein Kleiner brav?«

Glücklicherweise ließ sich die Witwe leicht ablenken: »Ach, der Valentin macht mir doch nie Kummer! Er ist ja so ein liebes Kerlchen. Ganz der Herr Papa!«

Christina kniff den Jungen vorsichtig in sein speckiges Beinchen, was dieser mit einem Tritt gegen ihre Hand und einem lauten »Aua, Tina« quittierte.

»Aber nun sag schon«, setzte die Witwe erneut an. »Ich sehe dir doch an, dass du irgendetwas Furchtbares zu hören bekommen hast. Ein schrecklicher Unfall? Erzähl es mir, dann wirst du dich gleich erleichtert fühlen.«

»Jetzt nicht. Ich muss noch das Essen vorbereiten«, sagte Elisabeth und hob ihren Sohn vom Tisch. Ihn fest an der verklebten kleinen Hand packend, steuerte sie auf die Tür zu. »Und vielen Dank fürs Aufpassen.«

»Gern geschehen. Kommt ruhig jederzeit vorbei, ihr beiden«, lächelte die Nachbarin freundlich, fügte aber, als Mutter und Kind ihre Stube verlassen hatten, hinzu: »Eigentlich dachte ich immer, eine Hand wäscht die andere, doch diese Schankmagd macht ja das Maul nur auf, wenn sie gerade selbst in Plauderlaune ist. Hübsch ist sie ja, aber der Florian hätte was Besseres verdient. Nicht so eine Launische. Ach, so ein stattlicher Mann!«

* Epilepsie

Mit einem lauten Knall schloss sie die Tür, die Elisabeth mit ihren vollen Händen nur hatte anlehnen können.

Auch in der oberen Stube verbreitete der Ofen eine angenehme Wärme. Elisabeth verfrachtete Valentin in seinen Hochstuhl und drückte ihm ein hölzernes Pferdchen zum Spielen in die Hand. Er hustete nun noch stärker und wurde zunehmend quengeliger. Sie streifte den durchnässten Umhang ab und zog sowohl den Kinderstuhl als auch einen Hocker für sich selbst an das prasselnde Feuer.

Genauso saß sie auch wieder da, als ihr Mann einige Stunden später von der Arbeit zurückkehrte. Ihre Augen waren gerötet und brannten. Sie hatte inzwischen einen Eintopf aus verschiedenen Gemüsesorten zubereitet und versucht, sich mit allen möglichen anderen häuslichen Tätigkeiten abzulenken, doch ihre Gedanken waren immer wieder zu dem schrecklichen Gehörten gewandert.

Gleich die erste zärtliche Berührung Florians zur Begrüßung verursachte einen Ausbruch ihrer bis dahin mühsam beherrschten Gefühle. Nun rannen die Tränen unaufhaltsam die Wangen hinab, Schluchzen ließ ihren ganzen Oberkörper erbeben, und nur stockend konnte der Büttel aus seiner Frau herausholen, was der Anlass für ihre Trauer war.

Schniefend und mit vielen Unterbrechungen berichtete Elisabeth von dem grausamen Unfall, der sich auf der Rheinmühle Pollux ereignet haben sollte. Den Müller selbst habe man tot aus dem Rad gezogen, so wurde auf dem Markt gemunkelt. Er müsse wohl beim Beheben eines Schadens das Gleichgewicht verloren haben und in das mächtige Mühlrad gestürzt sein.

Florian hielt seine weinende Frau ganz fest umschlungen. Er wusste, dass dieses Ereignis sie zwangsläufig an den Unfalltod ihres ersten Ehemannes erinnern musste.

Dieser hatte als Räderknecht im Hafen gearbeitet, an einem der großen Kräne auf der Kaimauer. Es war eine der härtesten und stumpfsinnigsten Tätigkeiten, die ein Mensch nur ausüben kann, doch die Mechanik der Verladekräne funktionierte nun einmal so, dass ein hohes Laufrad mit mehreren Männern besetzt wurde, die es durch Treten in Gang hielten. Wenn bei leichteren Lasten nicht alle Räderknechte zum Einsatz kamen, gab es die Möglichkeit, sich kurz neben dem Rad auszuruhen. In einem solchen Augenblick, als Elisabeths Mann eine kurze Verschnaufpause machen durfte, hatte sich ein Frachtgut vom Haken gelöst und ihn unter sich begraben. Tobias Fragner war keine große Liebe für die damals noch sehr junge Frau gewesen, doch er hatte es stets gut mit ihr gemeint und mit seinem schmalen Gehalt dafür gesorgt, dass es wenigstens am Allernötigsten nie fehlte.

Unwillkürlich löste sich Elisabeth aus der Umarmung ihres zweiten Gatten und meinte mit einem Hoffnungsschimmer in den Augen: »Vielleicht war es gar nicht unser Freund Titz. Oder er ist nur verletzt. Es wird so viel getratscht in der Stadt, und dabei wird alles Mögliche verdreht und übertrieben. Ludwig stürzt nicht so einfach ins Mühlrad, dafür ist er viel zu geschickt!«

»Bei diesem schauerlichen Wetter …«, sagte Florian nachdenklich. »Die Mühlen liegen derzeit nicht ruhig im Wasser wie sonst. Sie schwanken gewaltig in den Fluten und es ist nicht so einfach, auf dem rutschigen Holz Halt zu finden.«

»Dennoch! Bitte Florian, finde heraus, was an dem Gerede dran ist.«

»Natürlich, ich möchte doch selbst wissen, ob dem guten Titz tatsächlich etwas zugestoßen ist. Gib mir nur rasch eine Schüssel Suppe zum Aufwärmen, und dann gehe ich noch mal zum Holzmarkt rüber. Sicherlich wissen die Fischer und Fährleute mehr als die Weiber auf dem Heumarkt.«

Die unregelmäßigen Arbeitszeiten des Büttels erwiesen sich an diesem Tag als Vorteil. Es war früher Nachmittag gewesen, als Elisabeth ihm die Hiobsbotschaft überbracht hatte. Vor seiner Ehefrau hatte er sich stark und besonnen gegeben, in Wahrheit aber war auch ihm der Schrecken gehörig in alle Glieder gefahren. Bilder aus der Vergangenheit, die ihn gemeinsam mit seinem Freund Titz zeigten, schossen wie Blitze durch sein Gehirn. Konnte es wahr sein, dass es diesen kräftigen jungen Mann so urplötzlich und auf fatale Weise aus dem Leben gerissen hatte?

Nach wenigen Minuten erreichte er die Gegend um den Holzmarkt. Es war noch deutlich vor der Stunde der Vesper, und die meisten, die in dieser Ecke des Hafens arbeiteten, waren noch zugegen. Nachdem er mit einigen Zimmerleuten und Räderknechten gesprochen hatte, die nicht viel mehr als die Marktweiber wussten, wandte sich Florian Grimm den am Ufer vertäuten Booten zu. Der Regen hatte ein wenig nachgelassen, doch die seit dem frühen Morgen in ihren Wasserfahrzeugen ausharrenden Gestalten waren vollkommen durchnässt. Bald hatte der Büttel ein paar Fischer ausgemacht, welche die Ereignisse aus nächster Nähe mitbekommen hatten.

Übereinstimmend berichteten sie, dass es kurz nach der Prim ein großes Geschrei draußen bei den Rheinmühlen gegeben habe und dann einige Zeit später ein Toter an Land gebracht worden war. Über die Details jedoch konnten sich die Fischer nicht einigen.

»Von dä Oberrey koom dä Duude«, rief einer zum wiederholten Male.

»Enä, von dä Underrey«, erwiderte ein anderer beharrlich.

»Do häs jo net hinjeluurt. Woorst met dem Trine am pussiere.«

»Quatschverzäll! Dat woor vill späder hee.«

»Dat Trine woor hee, als dä Duude erüvver kom.«

»Enä, woor et net!«

»Endoch!«

»Enä!«

»Endoch!«

»Schluss jetzt!« Florian Grimm legte eine gehörige Portion Autorität in seine Stimme. »Ob die Trine gerade hier war oder nicht, interessiert mich nicht im Geringsten, aber darüber, von welcher Mühlreihe das Boot kam, das den Toten gebracht hat, solltet ihr euch schon einigen.«

»Von dä Underrey!«

»Von dä Oberrey. Ich han et janz jenau jesenn.«

»Von dä …«

»Nun langt es mir aber«, musste der Büttel die Streitenden abermals zur Ruhe bringen. »Bis ihr euch geeinigt habt, ist der Tote schon dreimal unter der Erde. Sagt mir lieber, wer ihn von den Mühlenschiffen her ans Ufer transportiert hat, den Rest finde ich dann schon ohne eure Hilfe heraus.«

»Dä ahle Mattes.«

»Jo, dat stemmt. Un hä koom von dä Oberrey.«

»Enä, von dä Underrey.«

Der Büttel überließ die Fischer ihrer Zankerei und ging ein Stück an der Kaimauer entlang zurück, die an dem Uferstück zwischen Mühlen- und Salzgasse errichtet worden war.

Der Fährmann Matheiß Beltz pflegte mit seinem Boot in Höhe der Kirche der Rheinschiffer und -fischer zu liegen. St. Maria Lyskirchen, eine eher bescheiden wirkende Pfarrkirche, war mit der Fassade zum Fluss hin erbaut worden. Kurz vor dem Sakralbau machte Florian Grimm die im Boot kauernde Silhouette des Gesuchten aus.

Der Stammplatz des alten Beltz durfte mit Fug und Recht als die günstigste Anlegestelle im ganzen Hafenbereich gelten, die ein Boot nur haben konnte. Der Alte hatte sie sich, obwohl er nur einen recht kleinen Kahn besaß, nie von den Fährleuten der größeren Schalden streitig machen lassen. Von hier aus bekam er reichlich Aufträge für Überfahrten zu den Rheinmühlen und manchmal auch ans andere Flussufer.

Die zentrale Lage war ein Privileg, das Matheiß sich in den Jahrzehnten seiner Tätigkeit auf dem Strom erkämpft hatte. Besonders praktisch war die Nähe zur Rheingassenpforte, demjenigen der zweiundzwanzig Tore und Pforten in der rheinseitigen Mauer, welches fast alle Waren zur Ein- oder Ausfuhr passieren mussten. Von seiner Anlegestelle aus hatte der alte Fährmann einerseits eine gute Sicht auf die Insel Werthchen, die wie eine lang gestreckte Düne den Rhein in ihrer hohen und ausgedehnten Form quasi in zwei Arme spaltete und als Hinrichtungsstätte für die Katharer diente; andererseits konnte er das ufernahe Geschehen der Stadt und den Limpat im Auge behalten. Auf dem Treidelpfad für die Schiffe, die auf der linken Flussseite rheinaufwärts gezogen werden mussten, war immer etwas los.

Das Ziehen der schweren Schiffe mit Pferdekraft war nicht nur sehr mühselig und ausgesprochen zeitraubend, sondern überdies wegen des enormen Aufwandes an menschlicher und tierischer Arbeitskraft auch eine ziemlich kostenaufwendige Angelegenheit. Zum Treideln wurde ein starkes Seil am Top des

Mastes befestigt, welches dann über einen Block am Schiffsrumpf, den sogenannten Hundskopf, gelegt wurde. Die Pferde mussten immer leicht schräg, vom Wasser abgewandt, laufen. Da dies nicht ihrer natürlichen Gangart entsprach, verdeckte man ihnen das linke Auge mit einer Scheuklappe, verpasste ihnen also eine schääl Sick.

Der Büttel erreichte Matheißens Kahn und sprach den Fährmann an: »Den ganzen Tag hier draußen, trotz des Sauwetters, was?«

»In Cölle räänt et winnisch, ävver off un dann vill«, rezitierte der Alte einen stadtbekannten Spruch. »Bloß dat Jlidderrieße bruche ich net!« Zur Verdeutlichung rieb er sich mit beiden Händen über seine schmerzenden Schultern. Das Rheuma war bei denen, die am und auf dem Wasser ihren täglichen Dienst versahen, eine sehr häufige Krankheit.

»Du hattest heute einen unangenehmen Dienst zu verrichten, habe ich gehört – einen Toten von den Mühlen holen. Keine schöne Aufgabe.«

»Wat mut, dat mut. Schwemme kunt hä jo net mih, dä ärme Düvel, stief wee dat dä woor. Han in jään jehat, dä Müller.«

»Wer war der Tote, Matheiß? Welcher Müller? Von der Pollux sagt man, stimmt das?«

»Dä Titz von dä Pollux, jo dat stemmt. Han ihn jään jehat. Wor ne nette Kääl. Evver mer sin jo net fimpschisch.«

»Ja, ich hatte ihn ebenfalls sehr gern«, sagte der Büttel.

Matheiß Beltz schüttelte sachte sein graues Haupt: »En et Rad jefalle beim Brassele, heest et. Nette Kääl jewäse, dä Titz.«

»Bist du dir auch ganz sicher, dass es sich bei dem Toten um Ludwig Titz handelte?«

»One Zwiefele! Ming Auche sin noch verdamp joot.«

»Dank dir, Matheiß, für deine Auskunft. Morgen darfst du mich zur Mühle übersetzen. Ich werde dort die übrigen Arbeiter befragen müssen.«

»Kloor, Meester Büttel.«

Florian Grimm ging, tief in seine trüben Gedanken versunken, den Leystapel in nördlicher Richtung davon. Für weitere Befragungen war es inzwischen zu spät geworden, doch am folgenden Tag wollte er unbedingt auch die Mühlenarbeiter und das für die

Getreidetransporte zuständige Hafenpersonal aufsuchen, um mehr über den Unfall des Freundes in Erfahrung zu bringen.

Er beschloss, vor dem Nachhausegehen noch seine abendlichen Verpflichtungen in verkürzter Form zu erledigen. Dazu gehörte vor allem eine Runde durch die Wirtshäuser Cölns, wo es nicht nur häufig zu Schlägereien unter Betrunkenen kam, sondern auch die Hübschlerinnen beaufsichtigt werden mussten und Kontrollen bezüglich des verbotenen Glücksspiels durchzuführen waren. Letzteres Laster grassierte wie eine Seuche in der Stadt – er hatte schon diverse versteckte Kegelbahnen und getarnte Glücksräder entlarvt, seit er den Posten als Büttel zu Cöln angetreten hatte. Am meisten zu schaffen machten ihm jedoch die auswärtigen Spielerbanden, die ehrliche Leute mit widerlichen Tricks um ihr Hab und Gut brachten.

Die Kirchenglocken hatten bereits Komplet geschlagen, als Florian endlich nass, müde und erschüttert von der Gewissheit, dass es sich bei dem Unfallopfer tatsächlich um Ludwig Titz gehandelt hatte, die Stube in der Waldemansgasse betrat.

Gerade noch hatte er überlegt, wie er es seiner Frau am schonendsten beibringen könnte, als er registrierte, dass sie bereits wieder von ganz anderen Sorgen geplagt war.

»Was ist mit ihm? Der Kleine ist ja ganz rot im Gesicht!«

Elisabeth saß auf der Bettkante und hielt den Zweijährigen auf dem Schoß, ihn ohne Unterlass vorsichtig hin und her wiegend.

»Valentin ist krank. Und das, obwohl ich ihn bei dem Regen heute gar nicht vor die Tür genommen habe. In der Früh hat er ja nur ein wenig gehustet und war dann mittags etwas unruhig. Doch kaum warst du fort, da fing er an zu weinen, und sein Stimmchen war ganz rau, als ob es ihm im Hals wehtue. Dann wurde es schlimmer. Sein Kopf und seine Händchen wurden immer heißer. Ich habe Frau Appelsack hochgebeten. Sie versteht sich auf allerlei Kräuter und Tinkturen, wie du weißt. Sie meinte, Valentin habe starkes Fieber, vielleicht ein Luftröhren-Katarrh, und sie riet mir, ihm ein kaltes Bad zu geben.«

»Ein kaltes Bad?«, rief Florian entsetzt. »Das könnte doch wohl nur schaden! Hoffentlich hast du den Rat nicht befolgt.«

»Nein, ich habe nur seine Waden mit kühlen Lappen umwickelt. Das hat auch unsere Mutter immer getan, wenn eines von uns Kindern fieberte. ›Das zieht die Hitze aus dem Körper‹, pflegte sie zu sagen.« Zärtlich strich sie dem Kleinen über die schweißnasse Stirn.

»Soll ich nicht besser einen Bader oder Wundarzt herholen?«

»Noch nicht. Jetzt ist er gerade eingeschlafen. Vielleicht geht das Fieber ja von allein zurück.«

Doch diese Hoffnung sollte sich nicht erfüllen. Es wurde eine lange, lange Nacht. Der Atem des Kindes ging kurz und röchelnd, rastlos warf es das Köpfchen hin und her. Noch mehr als einmal war Florian drauf und dran loszueilen, um sachkundige Hilfe zu holen. Es wäre aber mitten in der Nacht ein schwieriges Unterfangen gewesen, jemanden zu finden, der bereit war, in die Waldemansgasse zu kommen, und das kranke Kleinkind der feuchten Nachtluft aussetzen mochten die besorgten Eltern auch nicht wagen.

»Wenn er nur durchkommt. Ich würde es nicht ertragen, Valentin zu verlieren«, sagte Elisabeth angsterfüllt. »Falls es bis zur Prim nicht besser geworden ist, musst du den Wundarzt herbitten.«

Wie durch ein Wunder war die Krise kurz vor der entscheidenden Stunde überwunden. Valentin lag jetzt ruhig im Arm seiner Mutter, die Körpertemperatur war gefallen, und auch sein Atem ging wieder regelmäßiger.

Die durchgestandenen Ängste hatten die wirrsten Gedanken in ihr hervorgerufen. Es war ihr vollkommen ernst gewesen, dass sie den Tod des Jungen nicht hätte ertragen können. Aber was dann? Ihrem eigenen Leben ein Ende bereiten? Der Gedanke ließ sie zusammenzucken. Unvorstellbar! Alle Qualen der Hölle würden sie hernach erwarten. Und dennoch: Ohne ihr Kind hätte sie nicht weiter zu existieren vermocht.

Nur langsam fiel die Anspannung der vergangenen Stunden von Elisabeth ab. Florian zog sie dicht an sich heran und hielt sie einfach nur fest in seinen Armen. Mit unendlicher Liebe schauten die Eltern auf das Kind und richteten schließlich ihre müden Blicke erleichtert einander zu.

Kapitel V

Bei Anbruch des neuen Tages hatte sich die Wolkendecke gelichtet und einer, wenn auch noch zaghaften, Sonne Platz gemacht. Ein Morgen, als ob die Welt neu geschaffen wäre, aus dem Nichts.

Florian Grimm hatte Frau und Kind in ruhigem Schlaf zurückgelassen und ging nun gemächlichen Schrittes den Buttermarkt entlang. Er musste einen Satz zur Seite machen, als ein mit Weinfässern beladenes Fuhrwerk dicht an ihm vorbeiholperte. Für gewöhnlich bediente er sich einer eher forschen Gangart, doch nach den Ereignissen des vergangenen Abends und der sorgenvollen Nacht hatte er das Bedürfnis, ein wenig zur Ruhe zu kommen und seine Gedanken zu ordnen. Die frische, klare Luft, welche nach den vielen Regentagen die Stadt erfüllte, half ihm dabei.

Die quälende Unruhe um den Gesundheitszustand seines Sohnes war einstweilen überstanden. Als Grimm von zu Hause aufgebrochen war, hatten Valentins Bäckchen wieder ihre natürliche rosige Farbe angenommen, und er konnte davon ausgehen, dass ein tiefer Schlaf das Seinige zur vollständigen Genesung des Kindes beitragen würde.

Weniger tröstlich waren seine Gedankengänge bezüglich des Unfalls, dem sein Freund Titz zum Opfer gefallen war. Er war etwa im gleichen Alter wie er selbst gewesen – viel zu jung also zum Sterben. Die Vorstellung, jetzt schon abtreten zu müssen, ließ den Büttel erschauern. Zumindest jedoch hinterließ der Müller weder Ehefrau noch Kinder. Florian Grimm bog nach rechts in die Rheingasse ab und strebte dem niedrigen, lang gestreckten Holzbau zu, in dem die städtischen Schreiber und Kontrolleure den Hin- und Hertransport des Getreides überwachten.

Jeder, der in Cöln eine Mühle in Anspruch nehmen wollte, musste sich zuvor in die sogenannte Weinschule begeben, um die Mahlakzise zu entrichten. Nach Zahlung der Steuer in barem Geld händigte der Schreiber den Mahlgästen ein Zeichen aus, auf dem alle wichtigen Angaben vermerkt waren: der Tag, der Name des Mahlgastes und der beauftragten Mühle sowie die zu mahlende Getreideart- und menge. Etwa drei Viertel des gesamten in der Stadt Cöln konsumierten Getreides stellte üblicherweise der Roggen, ein Fünftel entfiel auf den Weizen, und daneben passierten kleinere Mengen Gerste, Hafer und Buchweizen die Weinschule. Der Büttel wollte herausbekommen, wer am Vortag in den frühen Morgenstunden zur Pollux hinausgefahren war und somit eventuell als Unfallzeuge in Frage kam.

Er betrat den Raum des Schreibers, und die Amtspersonen begrüßten einander distanziert. Sie hatten schon miteinander zu tun gehabt und waren sich in ihrer Gegensätzlichkeit nicht sonderlich sympathisch. War Florian Grimm ein gutaussehender, vor Gesundheit strotzender Kerl, der seiner Arbeit mit Schwung und Eifer nachging, so traf dies alles auf den Schreiber der Weinstube ganz und gar nicht zu. Heinrich Zuck war nur um einige Jahre älter als der Büttel, doch seine gelblich-fahle Gesichtshaut, sein gebeugter Rücken und die ihm angeborene Griesgrämigkeit, gepaart mit einer langsamen, umständlichen Art, zur Sache zu kommen, ließen ihn wie einen alten Mann wirken.

Trotz fehlender freundschaftlicher Gefühle war Zuck unumwunden bereit, dem anderen behilflich zu sein.

»Viel war gestern nicht los – wie denn auch, bei dem Wetter. Da holt man sich ja den Tod oder Schlimmeres!« Wie zur Bestätigung nieste er mehrmals kräftig. »Aber nun scheint die Regenperiode ja vorüber zu sein – Gott sei's gelobt.«

Er wischte sich mit dem Handrücken den Schleim ab, der aus seiner Nase quoll. »Einen Augenblick. Ich versuche, mich zu erinnern. Zur Pollux, sagtet Ihr?«

»Ja, alle, die gestern früh zur Pollux gefahren oder von dort gekommen sind«, bestätigte der Büttel.

»Pollux ... Da gab es übrigens gestern ein Unglück. Habt Ihr davon gehört? Ich sag es ja immer: Das Leben ist eine Hühnerleiter – kurz und beschissen. Die Pollux also? Gestern in der Früh? Da ist nur der Meister Olop von der Bäckerei in der Antonsgasse hinausgefahren, mit – einen Moment, gleich entsinne ich mich – ah ja – mit 1/5 Malter Roggen. Und er hat sein Mehl auch gestern wieder abgeholt. Das war – ja wann war denn das? – das war etwa zur Non. Es schüttete, als er zurückkam. Zweimal bei dem sintflutartigen Regen über den Rhein! Sicherlich ist er heute krank.«

Der Schreiber schüttelte bedauernd den Kopf und schniefte vernehmlich.

»Wenn die Fuhre gestern auch wieder zurückkam, müsstet Ihr doch eigentlich den Laufzettel hier haben. Kann ich den bitte kurz einsehen?«, fragte Grimm.

»Laufzettel? Welcher Laufzettel? Ach, Ihr meint das Zeichen! Ja, ja, das hat er wieder hergebracht. Alles ordnungsgemäß abgelaufen. Hat seine Akzise bezahlt. Wartet ...«

Nach kurzem Suchen hatte Heinrich Zuck das richtige Stück Pergament gefunden. Der Büttel nahm es in die Hand und las: »ordnung wie es des gemähls wegen in hillijer stadt Cöln, so auff dem Rhein gemahlen wirdt, zu halten sey: tag des Quirinus von Nuys – B – Antonsgasse – R – 1/5 Malter. Das zeichen bey dem pfortenschreiber ahn der Rheingaßen ablegen und von diesem, welcher solches mit zehlung der säck zu buch setze, bestätigen zu lassen.«

Florian Grimm sah von dem Geschriebenen auf. Seine Mutter hatte ihn als Knaben für einige Jahre in ein Zisterzienserstift, welches der Abtei Heisterbach unterstand, gegeben, und so war er des Lesens und Schreibens in überdurchschnittlichem Maße mächtig.

»War das der einzige Mahlgast der Pollux gestern?«, fragte er weiter.

»In der Früh, ja. Ihr fragtet doch nach den Morgenstunden. Am Mittag kam noch das Mehl für den Pister vom Stift Sankt Ursula und für das Backhaus vom Weyertor von der Pollux herein, außerdem die Fuhre für ...«

»So genau muss ich es gar nicht wissen«, unterbrach der Büttel die Aufzählung Zucks, bedankte sich und ließ den Steuerbeamten mitten in einem weiteren Niesanfall zurück.

Alles Getreide, das auf den Rheinmühlen gemahlen werden sollte, ging nach dem Bezahlen der Mahlakzise zur Rheingassenpforte hinaus. Hier saß der Torschreiber Werner Eyffeler, ein grundsolider Mensch mit einem ausgeprägten, wenngleich etwas eigentümlichen Sinn für Humor. Seine Aufgabe war es, das Zeichen des Weinschulenschreibers mit dem Inhalt der Getreidesäcke zu vergleichen und die Übereinstimmung zu bestätigen, damit niemand mehr Getreide zum Tor hinausschaffte, als er zuvor in der Weinschule versteuert hatte.

Der gestrige Tag war ihm noch in lebhafter Erinnerung, und vom Büttel zu den frühen Morgenstunden befragt, sagte er: »Der Antonsgassenbäcker, ja, der ist zur Pollux rausgefahren und kam bleich wie sein Mehl zurück.« Grinsend strich er sich über sein feistes Kinn.

Auf die Frage, was er von dem Unfall des Müllers mitbekommen habe, antwortete er: »Der ist gestern auch in die Stadt gekommen. Fein sauber in einem Sack verschnürt. Der Müller selbst in einem seiner Getreidesäcke, haha! Wer hätte das gedacht, dass es den so bald erwischt!«

»Hat man den Leichnam hier durch die Rheingasse in die Stadt gebracht oder durch den Filzengraben?«

»Nee, nee, nicht durch den Filzengraben! Dieser spezielle Mehlsack wurde wie jeder andere auch hier durchs Tor geschleppt. Hätte der Titz sich nicht träumen lassen, dass er noch mal selbst Mehlsack spielen darf!«

Um weiteren derben Bemerkungen über seinen toten Freund zu entrinnen, verabschiedete sich Florian Grimm hastig und setzte seinen Weg fort.

Überall im Hafen hörte er die Menschen über den Unfall des Müllers reden. Jeder wollte so viel wie möglich darüber aufschnappen und zugleich selbst ein neues Detail beisteuern. Dem Büttel kamen im Vorübergehen blutrünstige Beschreibungen der Leiche und die wüstesten Spekulationen über den Unfallhergang zu Ohren.

Florian Grimm kannte die Sensationslust der Leute und ihren Hang zu Übertreibungen und wusste, dass dererlei Auskünfte ihn nicht weiterbringen würden. So suchte er als Nächsten den für die Underrey zuständigen Moltener auf.

Der Molterschreiber, der kein Stadtbeamter war, sondern im Dienst der Mühleneigentümer stand, kassierte und protokollierte die Gebühr, welche für die Benutzung der Mühle anfiel. Verantwortlich für die Buchführung der Pollux und der übrigen in dieser Reihe liegenden Mühlen war Conrad Saurmann. Der Moltener war erst vor wenigen Wochen mit dieser Aufgabe betraut worden, als es zu dieser Neuregelung bezüglich der Mühlen auf dem Rhein gekommen war, die mehr Aufwand um die Organisation des Mühlenbetriebs mit sich bringen sollte.

So erkundigte sich Florian Grimm in der Amtsstube des Molteners zunächst freundlich, ob dieser mit seiner neuen Tätigkeit zufrieden sei. Dann erst kam er auf sein Anliegen zu sprechen und konnte von Conrad Saurmann tatsächlich einige ergänzende Angaben erhalten.

»Gleich in der Früh, als ich meinen Dienst begann, kam die schreckliche Nachricht von der Pollux. Bäcker Olop hatte eine Mahlfuhre, hat bei mir die Molter entrichtet und kam wenig später völlig verstört vom Fluss zurück. Ich schickte natürlich gleich einen Boten zum Overstolzenhaus, und kurz darauf erschienen die Herren Thilman Overstolz und Ephraim Meir – das sind zwei der Polluxeigner – im Hafen. Sie sorgten dafür, dass ein Fährmann – ich glaube, es war der alte Beltz – hinausfuhr, um den Corpus des Müllers zu bergen. Sie brachten ihn dann in einen Mehlsack gewickelt hierher zu mir. Man konnte ihn ja schlecht in dem fürchterlichen Regen auf der Kaimauer liegen lassen.«

Noch im Nachhinein sah Florian Grimm dem Moltener das Unbehagen an, welches ihm das Deponieren der Leiche in seiner Amtsstube bereitet hatte. Seine kleinen dunklen Augen, die tief in ihren Höhlen lagen, hatten einen halb angewiderten, halb ängstlichen Ausdruck angenommen, und das kurze Ziegenbärtchen, welches sein spitzes Kinn noch zusätzlich verlängerte, zitterte bis in die letzten Haarauswüchse.

»Wohlgefühlt habe ich mich nicht dabei. Aber was soll man machen? Stunden hat es gedauert, bis ein Fuhrwerk kam und den Toten entfernte!«

»Wisst Ihr vielleicht, wo man ihn hingebracht hat, wo er bestattet werden soll?«

»Ich hörte etwas vom Friedhof des Stifts Sankt Aposteln. Der Müller stammte wohl aus einer Gegend nordwestlich von Cöln, in der die Kanoniker von Sankt Aposteln Besitztümer haben, und so meinte der hohe Herr Overstolz, es sei das Beste, wenn diese sich um die Beerdigung des Müllers kümmerten. Man könne aus der Mühlenkasse, im Namen aller fünf Eigner, eine Spende ans Stift machen, falls die Stiftsherren nicht ohne weiteres bereit wären, den Toten auf ihrem Friedhof aufzunehmen.«

»Ein Tag für die Beerdigung war wohl noch nicht vorgesehen?«, fragte der Büttel.

»Gestern noch nicht, aber eben erfuhr ich, dass der Mahlbetrieb auf der Pollux morgen für ein paar Stunden eingestellt werden soll, um den anderen Mühlenarbeitern die Gelegenheit zu bieten, ihrem Meister das letzte Geleit zu geben.«

»Ich danke Euch für diese Mitteilung und auch für alle weiteren Informationen«, sagte Florian Grimm und ließ sich nochmals bestätigen, dass er die Namen der Eigentümer der Pollux richtig in Erinnerung behalten hatte.

Der Büttel überlegte, ob er als Nächstes das Backhaus in der Antonsgasse aufsuchen oder zuerst der Rheinmühle einen Besuch abstatten sollte. Er entschied sich für Ersteres und lenkte seine Schritte die Rheingasse hoch, an der Kirche St. Maria im Capitol vorbei, weiter durch die Blindgasse und die Cäcilienstraße, von der die Antonsgasse rechts abzweigte. Das Zunftzeichen der Bäcker, in Form einer Brezel, führte ihn direkt zu Meister Olop.

Um sich von seiner düsteren Gemütslage abzulenken, rief sich Florian Grimm die unterschiedlichen Zunftzeichen der Bäckerzunft in Erinnerung: Es gab eines, welches nur die Brezel, ein anderes, das einen Brotlaib neben der Brezel zeigte und ein drittes mit zwei aufrecht stehenden Löwen, die gemeinsam eine Brezel hielten. Die Entstehung dieser Zunftzeichen hatte eine interessante Geschichte. Vor langer Zeit sollte ein Sklave Brot für seine Herrschaft backen und vergaß, das dafür notwendige Salz beizumischen. Dadurch bekam das Brot einen ganz faden Geschmack, und die Herrschaft erzürnte sich sehr. Der Sklave wurde zum Tode verurteilt und sollte den Löwen zum Fraß vorgeworfen werden. Er flehte und bettelte aber so lange um sein Leben, bis die Herrschaft sich erweichen ließ und Mitleid hatte. Man wolle ihm sein Leben schenken, wenn es ihm bis zum nächsten Mondwechsel gelänge, ein Gebäck zu erfinden, durch welches die Sonne dreimal hindurchscheinen könne. In seiner Todeszelle bekam er Teig, um ein solches Gebäck herzustellen. Tag und Nacht probierte der junge Sklave dieses und jenes, aber es wollte ihm einfach nichts Rechtes einfallen. Der Tag nahte, an dem er an die Löwen verfüttert werden sollte. Schon hörte er die Schritte des Henkers. Alle Hoffnung aufgebend, wischte er mit einer kraftvollen Geste den gerade zu einer langen Rolle geformten Teig vom Tisch. Die Zellentür ging auf und der Henker erstarrte in ehrfürchtigem Erstaunen: Auf dem Boden lag ein Gebäckstück, durch das die Sonne dreimal durchscheinen konnte. Es war die Brezel!

Florian Grimm betrat den vorderen Teil der Olop'schen Backstube. Hier standen zwei Brothenken, dicke Pfähle, aus denen seitlich paarweise dünne Stäbe herausragten. Auf diesen lagerten waagerecht und vor Mäusefraß geschützt die flachen Brotlaibe. Weiter hinten sah Florian Grimm den aus Ziegelsteinen gemauerten Backofen, der mit Reisig von innen befeuert wurde.

Der Bäcker war gerade dabei, vor dem Einschießen der Brote Glut und Asche aus dem Ofen zu räumen und den Ofenboden mit dem feuchten Foitelwisch zu kühlen, damit die Unterseite der Laibe nicht verbrannte. Neben dem Ofen stand ein riesiger Bottich, in dem der aus Mehl und Wasser angesetzte Sauerteig quoll.

Bäcker Olop war keineswegs krank geworden, wie Heinrich Zuck vermutet hatte. Er erfreute sich bester Gesundheit, wie er da rotwangig aus dem Backofen hervorkroch, und stimmte, sobald er den Anlass des Büttelbesuches erfuhr, ein fürchterliches Lamento an: »Jesses, wor dat jruselig, wie dä do en däm Rään eröm lit. Un all dat Bloot!«

»Blut?«, hakte Grimm nach. »Wieso war Blut zu sehen, wo es doch so stark geregnet hat?«

»Na jo, net derek, ävver met su enem Loch em Dääts … do moss vell Bloot jeflosse sinn.« Die Aussage des Bäckers wurde von einer lebhaften Gestik begleitet. Er wischte sich die Hände an seiner langen Schürze ab und formte sie zu einem brötchengroßen Kreis, um die Wunde am Kopf des Toten zu verdeutlichen.

»Das hast du mit eigenen Augen gesehen, die Kopfverletzung, meine ich?«

»Klor, esu jrooß!« Nochmals hob Olop seine zu einem Kreis geformten Hände an.

»Der tote Müller muss aber doch noch andere Verletzungen gehabt haben, wenn er ins Mühlrad gestürzt ist?«

»Dä Ärm wor janz blau, ävver wat do jenau passeet es, dat

weeß ich nit. Ävver wie dä do looch! Op dä Planke un dä Däats no hinge eraf. Dä Maag dät et enem erömdrihe!«

»Er lag also rücklings auf dem Plankendeck der Mühle, und nur der Kopf hing herab?«

»Sach ich doch: Dä Däats hing üvver dem Rhing.«

»Wenn nur der Kopf über das Plankendeck hinausragte, dann ist das Gerede von einem Sturz ins Mühlrad nicht unbedingt nachvollziehbar. War der Tote eventuell schon aus dem Radgetriebe herausgezogen worden, als du auf der Pollux eintrafst?«

»Nä, bestemmt net. Dä Frechen hät dä Titz jo net jefunge. Ich woor dat! Ich han dä Duude zoesch jesenn!«

Der Bäckermeister berichtete ausführlich, wie er sein Getreide ins Mühlhaus getragen und wie Blasius Frechen ihn in Empfang genommen hatte. Da dieser sich aber stets weigerte, die Wachstafel mit den Mahlangaben zu beschreiben – wahrscheinlich könne er das einfach nicht, mutmaßte Olop –, hätten sie gemeinsam nach dem Müller gesucht. Als sie ihn im Mühlhaus nicht finden konnten, sei zuerst er und hinter ihm der Geselle auf das Plankendeck hinausgetreten. Auf den ersten Blick hatten sie den in einigen Fuß Entfernung liegenden Körper gar nicht wahrgenommen, aber schließlich sei er es gewesen, der ihn, mit dem Kopf nach unten liegend, entdeckt hatte.

Sich plötzlich seiner Wichtigkeit bewusst werdend, straffte der Bäcker die Brust und schlug sich mit der flachen Hand auf die selbige.

Um viele neue Erkenntnisse reicher trennte sich der Büttel endlich von dem erzählfreudigen Bäcker. Das Gehörte gab ihm schwer zu denken.

Dass sein Freund Titz auf unnatürliche Weise zu Tode gekommen war, daran bestand nun keinerlei Zweifel mehr, aber das Wie schien ihm nicht ganz so eindeutig zu sein. Verletzungen hatten sein Kopf und – wie der Bäckermeister ihm mitgeteilt hatte – sein Arm in Form einer bläulichen Verfärbung aufgewiesen. Sollte es vor seinem Tod zu einer tätlichen Auseinandersetzung gekommen sein? Natürlich war es möglich, dass der Müller auf dem glitschigen Holz ausgerutscht, unglücklich gefallen, dabei mit dem Schädel und dem Arm auf eine harte Kante aufgeschlagen war.

Aber was, wenn es kein Unglücksfall gewesen war? Was, wenn es sich gar nicht um einen Unfall gehandelt hatte, sondern …

Der Verdacht, der den Büttel beschlich, war noch zu vage, um wirklich Gestalt anzunehmen, doch als er etwas später mit gequälter Miene wieder im Hafen eintraf, hatte sich die Idee bereits festgesetzt.

Der alte Fährmann erfasste die aufgewühlte Verfassung des Büttels dank seiner enormen Menschenkenntnis sogleich und brachte ihn ohne überflüssige Worte zur letzten Rheinmühle der Underrey hinaus.

Florian Grimm hieß Matheiß Beltz an der Anlegestelle der Pollux warten und betrat das Mühlhaus. Er hielt kurz inne, um seine Augen an das Dämmerlicht und seine Ohren an den Lärm des Mahlvorgangs zu gewöhnen. Dabei sah er sich das Räderwerk an, auf welches das Mühlrad seine Kraft übertrug.

Es bestand aus einem riesigen Kammrad mit sechsundfünfzig Zähnen, in die das Getriebe mit seinen sieben Stöcken eingriff. Die Zahl der Kammradzähne stand also zur Zahl der Getriebestöcke in einem Verhältnis von acht zu eins, was bedeutete, dass der Läuferstein, der obere der beiden Mahlsteine, bei jeder Umdrehung des Mühlrads acht Mal gedreht wurde. Florian Grimm staunte noch über den Transmissionsmechanismus der Mühle, als ein rundlicher, nahezu kahlköpfiger Mann auf ihn zutrat.

Der Knecht war von oben bis unten mit Mehlstaub bedeckt. Seine Miene verriet keine Spur von Trauer wegen des tragischen Unfalls, der sich auf der Mühle ereignet hatte. Vielmehr sprach ein Anflug von überzogener Bedeutsamkeit aus ihr, als er sich nun vorstellte.

»Blasius Frechen, ich bin der Verantwortliche auf der Pollux. Und wer seid Ihr? Ich habe Euch noch nie hier draußen auf dem Rhein gesehen.«

»Florian Grimm, Büttel zu Cöln. Ich komme, um mich über die Umstände des gestrigen Todesfalles zu informieren.«

»Seit wann schickt man wegen eines bloßen Unfalls eine Amtsperson? Wird es eine Untersuchung geben?«

»Bisher besteht kein Anlass für eine offizielle Untersuchung. Doch scheinen mir die Angaben, die verschiedene Leute im Hafen zu den näheren Umständen des Unfalls machen, recht unklar und widersprüchlich. Außerdem war Ludwig Titz ein Freund von mir.«

»Ein Freund, aha! Es ist also mehr ein persönliches, denn ein dienstliches Interesse, welches Euch herführt.« Die leichte Spannung, die noch kurz zuvor die Worte des Mühlengesellen begleitet hatte, wich sichtlicher Beruhigung.

»Was wollt Ihr also wissen? Ich gebe Euch bereitwillig Auskunft, wenn Ihr mich nicht zu lange aufhaltet. Schließlich muss alles seine Ordnung haben, und ich als Müller der Pollux möchte Euch natürlich Eure Arbeit möglichst erleichtern.«

»Ihr seid also zu Titzens Nachfolger berufen worden? Und das schon so bald nach seinem Tod?«

»Einen verbürgten Bescheid hat man mir noch nicht zukommen lassen, aber es ist doch wohl ein ganz klarer Fall, dass ich nun, da der gute Titz – Gott hab ihn selig – nicht mehr ist, zum Müller ernannt werde. Außer mir arbeiten nur noch die beiden Lehrburschen auf der Pollux.«

»Dann zeigt mir mal die Stelle, an der Ihr Euren toten Meister gestern gefunden habt.«

Gemeinsam verließen sie das Mühlhaus auf der Plankendeckseite. Die etwa fünfzehn Fuß lange Konstruktion, welche den Raum vor dem Mühlrad überbrückte und derart Haupt- und Achsschiff miteinander verband, wurde von der wärmenden Mittagssonne bestrahlt. Die dicken Holzplanken, die noch am Vortag eine gefährliche Rutschfalle gebildet hatten, waren getrocknet.

»Hier, genau hier hat er gelegen, und sein Körper war ganz steif«, erklärte Blasius Frechen und deutete auf eine Stelle direkt neben dem Mühlrad, das sich in schnellem, stetem Rhythmus rückwärts drehte.

Der Büttel blickte interessiert auf das imposante Rad, dessen zwölf Schaufeln aus solidem Eichenholz gefertigt waren. Das gemächliche Eintauchen jedes einzelnen Schaufelblatts ins Wasser verursachte kaum mehr als ein leises Plätschern. Jede Schaufel des mächtigen Mühlrads war mit sechs Speichen am Wellbaum befestigt. Dieser übertrug die Wasserkraft auf das im Mühlhaus gelegene Kammrad.

Die Funktionsweise der Mühlenmechanik bestand also im Wesentlichen aus einem Ineinandergreifen der beiden Räder und dem Übertragen der Kraft auf eine senkrechte Achse, die durch den Bodenstein hindurchging und mittels eines schwalbenschwanzförmigen Mühleisens den darüber befindlichen Läuferstein drehte. Die beiden Steine mussten von Steinmetzen exakt aufeinander passend zurechtgehauen werden, wobei die Mahlflächen eine gewisse Rauheit aufweisen mussten.

»Er lag auf dem Rücken, hörte ich, und der Kopf hing über die Planken hinaus. Ist das so richtig?«, fragte Grimm.

»Ja, das kommt hin«, antwortete der Geselle. »Der Kopf hing nach unten, und zwar hier, gleich neben dem Rad, als wir ihn fanden. Das Getriebe innen im Mühlhaus ruht des Nachts, und bei Sonnenaufgang schmeißen wir es wieder an.«

»Wenn sein Kopf gar nicht ins Mühlrad hineinragte, dann können die schweren Kopfverletzungen, die zum Tod des Müllers geführt haben sollen, nur schwerlich von den Schaufeln herrühren«, überlegte Büttel Grimm halblaut.

»Keine Ahnung! Darüber habe ich mir keine Gedanken gemacht. Er wird wohl früh aufgestanden und dann unselig gestürzt sein.«

»Hier auf den glatten Planken? Wie sollte das vor sich gegangen sein?«, wunderte sich der Büttel.

»Das Holz hier draußen war ziemlich rutschig bei all dem Regen in den letzten Tagen. Da fällt einer leicht mal der Länge nach hin.«

»Das glaube ich gern. Aber ein Sturz mit tödlichen Verletzungen?«

»Wie schon gesagt: Über so etwas zerbreche ich mir nicht den Kopf. Ha, der war gut! Ich zerbreche mir nicht den Kopf – der Titz schon! Überhaupt interessiert es mich nicht, wie es zu dem Unfall kam. Der Müller ist tot, und der Betrieb muss weitergehen. Braucht Ihr mich noch? Ich würde nämlich jetzt gern meine Arbeit wieder aufnehmen.«

»Lasst Euch nicht aufhalten. Ich komme gleich nach, um mit den Lehrlingen zu reden.«

»Einen kann ich Euch rausschicken, den anderen brauche ich zum Mahlen«, bot Frechen an.

»In Ordnung, danke.«

Florian Grimm blieb allein auf dem Plankendeck der Pollux zurück. Verdrossen starrte er auf die Stelle zu seinen Füßen, an der man seinen toten Freund gefunden hatte. Je mehr er darüber nachdachte, desto sicherer war er sich, dass Ludwig Titz keinen Unfall erlitten hatte, sondern sein gewaltsamer Tod auf andere Ursachen zurückzuführen war.

»Ihr wollt mich sprechen?« Respektvoll sah der dunkel gelockte Junge zu der imposanten Gestalt des Büttels auf.

»Ich bin Gabriel, Gabriel Knieps vom Eigelstein, meist nur der krumme Gabriel genannt«, sagte der auffällig kleinwüchsige, aber aufgeweckt wirkende Bursche unbefangen.

»Der krumme Gabriel? Weshalb nennt man dich so?«, fragte Grimm.

»Ich hab seit meiner Kindheit ein krummes Bein. Nicht so schlimm. Eigentlich stört es mich gar nicht und es schmerzt auch nicht«, erklärte der Junge wohlgelaunt.

»Wie lange arbeitest du denn schon auf der Pollux?«, begann Grimm seine Befragung.

»Seit dem letzten Sommer, kurz nach Johanni. Erst wollte man mich nicht nehmen, weil ich so klein bin. Ich habe neun Geschwister, und für so viele reicht die kleine Parzelle Land, die mein Vater bewirtschaftet, nicht aus. Er sagte, er könne die vielen Mäuler nicht mehr stopfen, und so mussten gleich drei von uns im vorigen Jahr in die Lehre gehen.«

»Wie alt bist du denn, Gabriel?«

»Genau weiß ich das nicht. Aber ich denke, ich werde bald dreizehn – genau genommen im Winter.«

»Und bist du gerne im Mühlengewerbe beschäftigt?«

»Ist schon in Ordnung hier. Mit dem Martin verstehe ich mich sehr gut. Das ist der zweite Lehrling. Er ist ein bisschen älter als ich, auch größer und kräftiger, aber er hat nur wenig Grips im Hirn und wird immerfort von Heimweh geplagt. Er kommt vom Lande, müsst Ihr wissen, aus einer bergigen Gegend etwa eine halbe Tagesreise von Cöln, und fühlt sich nicht so recht wohl hier auf dem Fluss. Manchmal fährt er nach Hause und bringt dann allerlei Köstlichkeiten mit, die seine Mutter für ihn bereitet. Aber er ist ein lieber Kerl und für mich der einzige Freund, den ich hier draußen habe.«

»Ja, es ist bestimmt nicht sehr abwechslungsreich für euch junge Burschen, das ganze Jahr über auf der Mühle. Fahrt ihr denn nicht manchmal in die Stadt?«

»Doch schon, an Feiertagen ruht der Mahlbetrieb, und Meister Titz hat uns dann oft genug gestattet, an Land zu gehen.«

»Der Meister war also immer gut zu euch?«, tastete der Büttel sich vor.

»Meister Titz war prima!«, nickte Gabriel eifrig. »Einen besseren Lehrherren hätten der Martin und ich nicht finden können. Er hat uns viel beigebracht, war – wie schon gesagt – großzügig, was den Ausgang anbelangt, und geschlagen hat er uns auch nicht.«

»Und mit Blasius Frechen, dem Gesellen, versteht ihr euch mit dem genauso gut?«

»Der ist meist schlecht gelaunt, und wenn der Meister nicht hinguckt, gibt er uns auch gerne ein paar hinter die Löffel, vor allem mir, weil ich so vorlaut bin. Spielt sich gerne auf! Bis auf einmal! Da hat er sich nicht aufgespielt, sondern dem Martin tatsächlich das Leben gerettet. Der arme Kerl hatte eine Fischgräte im Hals stecken, aber zum Glück kannte der Frechen die richtigen Griffe und den passenden Zauberspruch.«

»So? Und wie lautet der?«, fragte Florian Grimm.

»Also, wenn ich mich recht entsinne, dann hat er dem Martin die linke Hand auf den Scheitel und die rechte auf das Rückgrat gelegt und dazu gesagt: ›Lafana piscator, exi et fac quae te iussit deus‹.*

Dann hat er dem Martin fest auf den Rücken geklopft, und schwupp kam die blöde Gräte heraus. Das war aber auch das einzige Mal, dass der Frechen wirklich nett war. Vielleicht hat er ja ein Problem damit, hier auf der Pollux nur als Geselle und nicht als Meister zu arbeiten, obwohl er der Ältere ist, äh, war.«

»Woher weißt du das?«, fragte Grimm sogleich weiter, um die ungewöhnliche Redseligkeit des Jungen in Fluss zu halten. Er wunderte sich etwas über dessen erstaunliche Offenheit, schob es aber auf den Umstand, dass Gabriel als eines unter zehn Kindern daheim wohl nur geringe Beachtung gefunden hatte. Wahrschein-

* Fischer Lafana, geh hinaus und tu, was dir Gott befohlen hat.

lich genoss er es nun einfach, dass ein so wichtiger Mann wie der Büttel zu Cöln ihm seine ganze Aufmerksamkeit schenkte.

»Das merkt man doch. Und sagen tut er es auch oft genug. Es kommt einem schon aus den Ohren heraus. Richtig von Neid zerfressen ist der, das könnt Ihr mir ruhig glauben. Und auch sonst ist er ein komischer Kauz, der Frechen.«

»Wie, komisch? Ist dir noch etwas anderes aufgefallen als seine Eifersucht auf den Müller?«

»Das ist schwierig zu erklären«, druckste der Lehrbursche herum. »Naja, er ist fast immer griesgrämig und nörgelt an allem herum, aber dann pfeift er plötzlich vor sich hin und macht einen ganz fidelen Eindruck, als habe ihn jemand mit Honig gefüttert. Komisch halt.«

Er hielt inne und überlegte, ob er das wohl so offen hätte sagen dürfen. Dann befand er den Büttel für vertrauenswürdig und erzählte weiter: »Oder das mit den Mahlgästen: Für gewöhnlich überlässt er alle Kunden dem Meister, nur bei bestimmten Leuten drängt er sich vor und will unbedingt ihr Mehl verladen. Das nenn ich komisch!«

»Moment! Was für Leute sind das, zu denen Blasius Frechen unbedingt persönlichen Kontakt sucht? Weißt du das?«

»Irgendwelche Leute halt.« Der Junge hielt kurz inne. »Vielmehr, nein! Es sind eigentlich immer Bürger, also keine Bäcker oder Pister. Händler, ich glaube Gewürzhändler.«

»Der Frechen hält sich also meist aus dem Umgang mit euren Mahlgästen heraus, nur wenn Gewürzhändler kommen, möchte er sie bedienen? Da stimmt doch was nicht!«

»Sag ich ja: Komisch ist er, der Frechen. Ich denke auch schon eine ganze Weile, dass da was faul ist.« Abermals stutzte der Junge, doch die Amtsperson im rot-weißen Surkot schien ehrlich interessiert an allem, was er zu berichten hatte.

»Und woran denkst du da so?«, fragte Florian Grimm weiter.

»Irgendetwas Verbotenes macht der Frechen, das denke ich.«

»Etwas Verbotenes, so so. Du meinst also, er sei zum Beispiel in dunkle Geschäfte verwickelt?«

»Schmuggel«, raunte der Lehrjunge bedeutungsvoll und erschrak bei dem gewichtigen Wort.

»Schmuggel, hm.« Der Büttel, der bereits in dieselbe Richtung gedacht hatte, ließ sich den Vorwurf kurz durch den Kopf gehen. »Du bist ein ganz helles Kerlchen, wie mir scheint. Mit Schmugglern haben wir hier in Cöln in der Tat allerhand Probleme.« Blasius Frechen in Schmuggelgeschäfte verwickelt …? Noch etwas, dem ich nachgehen sollte. »Ich danke dir für deine Ehrlichkeit, Gabriel.«

Kapitel VI

Am folgenden Tag übergaben Florian und Elisabeth Grimm ihren kleinen Sohn, der sich rasch ganz erholt hatte, in die Obhut der Witwe Appelsack und machten sich in westlicher Richtung auf den Weg nach St. Aposteln. Am Novo Mercato beschleunigten die Eheleute Grimm ihre Schritte, denn sie waren spät dran. Die Beerdigungsfeierlichkeit für Ludwig Titz war für die Terz anberaumt, und eben diese schlug es nun gut vernehmlich von St. Cäcilien und St. Peter. Von St. Aposteln her drang das Sterbeläuten, ein Glockenklang, der sich durch seine Unterbrechungen signifikant von anderem Geläut unterschied.

Als die Eheleute Grimm den durch Rundstäbe, Blendarkaden und Rippengewölbe reich unterteilten Innenraum der Stiftskirche betraten, sang der Geistliche gerade mit sonorer Stimme: »Media vita in morte sumus.«*

Wie bei fast allen Kirchen war auch in diesem Stift der Friedhof mit seinen Gräberreihen und dem Beinhaus rund um das Kirchengebäude herum angelegt. Die Lage der Begräbnisstätten mitten in der Stadt stellte nicht nur die einfachste Lösung dar, sondern hatte darüber hinaus die Funktion, zu mahnen und die ständige Auseinandersetzung mit dem nicht abzusehenden Lebensende zu fördern.

Den Leichnam hatte man mittig im Kirchenschiff aufgebahrt. Offensichtlich hatte der Müller nicht zu den Minderbemittelten gehört, die man nur in Leintücher eingenäht bestattete, sondern es hatte für einen – wenn auch schlichten – Sarg gereicht. Ferner hatte man den Kustos angewiesen, den Kirchenraum mit einer stattlichen Anzahl Kerzen zu beleuchten. Der Büttel ließ seine Blicke schweifen und registrierte unter den Anwesenden die fünf Mühlenerben sowie die Arbeiter von der Pollux; von der Familie des Verstorbenen hatte niemand anreisen können. Nun stimmte die versammelte Trauergemeinde das »Dies irae« an:

* Mitten im Leben sind wir vom Tod umgeben.

»Dies irae dies illa: Tag der Rache, Tag der Sünden,
Solvet saeculum in favilla: Wird das Weltall sich entzünden,
Teste David cum Sibylla: Wie Sibyll und David künden.

Quantus tremor est futurus: Welch ein Graus wird sein und Zagen,
Quando iudex est venturus: Wenn der Richter kommt, mit Fragen,
Cuncta stricte discussurus: Streng zu prüfen alle Klagen.

Tuba mirum spargens sonum: Laut wird die Posaune klingen,
Per sepulcra regionum: Durch der Erde Gräber dringen,
Coget omnes ante thronum: Alle hin zum Throne zwingen.«

Ludwig Titz war ein frommer Christ gewesen, doch fehlte ihm als letzte und wichtigste Vorbereitung auf den Tod der Empfang des Sterbesakraments bei wachem Verstand. Man hatte natürlich einen Priester kommen lassen, der den Leichnam segnete, doch zur wahren Ars moriendi gehörte unweigerlich die letzte Ölung vor dem Aushauchen der Seele. Ein Dasein im Sinne der Ars moriendi zum Erkaufen des Seelenheils hatte ihn wohl sein Leben lang begleitet, und nun trug immerhin der bei seiner Beerdigung betriebene Aufwand durchaus zusätzlich zur Erlangung desselben bei.

Ludwig Titz hatte nie viel Geld ausgegeben, und so hatten die Mühlenerben wohl einen Großteil seines Ersparten darauf verwandt, seine Bestattung möglichst prunkvoll zu gestalten. Dazu gehörten neben einem Holzsarg, dem Läuten der Totenglocke und dem Erhellen der Kirche durch Wachskerzen auch das Stiften von Seelenmessen und das Lesenlassen von Psalmen an den folgenden Tagen, die den Weg des Verstorbenen zum ewigen Leben beschleunigen sollten. Selbst an Klageweibern hatte man im Falle des Müllers von der Pollux nicht gespart: Gleich ein Dutzend Frauen hatte man angeheuert, beim Hinaustragen des Sarges aus der Kirche ihr rituelles Geschrei anzustimmen. Die Klage als hörbares Zeichen der Trauer wurde von Gebärden des Schmerzes begleitet, sodass es keinem der Anwesenden gelingen mochte, sich der schwermütigen Stimmung zu entziehen, auch wenn die persönliche Betroffenheit vielleicht gar nicht tief war.

Der Leichenzug bestand aus rund vierzig bunt gekleideten Trauergästen. Das Gold, Blau und Scharlachrot der Reichen stach aus den grauen Kitteln, braunen Hemden und schmierigen Hüten der einfachen Bevölkerung scharf hervor.

Florian Grimm beobachtete die Mühleneigner, welche, wenn auch nicht aus größerer Anteilnahme heraus, so doch um die Form zu wahren, vollzählig zum Begräbnis erschienen waren. Diese Leute waren arrogant, aufgeblasen und sehr selbstsicher. Voller Vertrauen auf ihren Reichtum und ihre Macht stolzierten sie ganz vorn im Leichenzug, der sich gemessenen Schrittes bis zu der Stelle auf dem Friedhof wälzte, an der man eine Grube frisch ausgehoben hatte.

Bevor der Sarg in die Erde versenkt wurde, rezitierte der Propst von St. Aposteln: »O mensch, sieh wie du tust, wann in der erd du faulen must. Du warst nie so hoch oder so weis, du must werden der würm speis. Gedenk, du must manchen schönen tag liegen und faulen in dem grab und niemand nit weis von dir. O armer mensch, wes warten wir?«

Dass der höchste Würdenträger von St. Aposteln, Propst Heinrich, selbst die Beerdigung vornahm, konnte man als weiteren, nicht alltäglichen und ebenfalls nicht gerade billigen Zusatz zur feierlichen Gestaltung der Beerdigung betrachten. Propst Heinrich, ein Angehöriger der bedeutenden Dynastie derer von Heinsberg, war dank familiärer Verquickungen ein enger Verwandter des im Vorjahr verstorbenen Erzbischofs Engelbert von Falkenburg. Als solcher stand er den Bürgern um die Overstolzensippe zwar nicht unbedingt nahe, aber neuerdings war ja anscheinend jedermann in Cöln darum bemüht, die alte Kluft zwischen den Patriziern zu überwinden.

»Requiescat in pace!«,* sagte der Geistliche, bevor die ersten Schaufeln Erde auf den Sarg prasselten.

Alles in allem erschien Florian Grimm der Pomp um die Beisetzung eines einfachen Müllers auffällig groß geraten. Doch er nahm es, ebenso wie seine Frau, mit einer Mischung aus Erstaunen und Freude über die Aufmerksamkeit, die dem toten Freund zuteil wurde, zur Kenntnis.

* Ruhe in Frieden!

Nach der Bestattung fand üblicherweise am noch nicht geschlossenen Grab die öffentliche Verlesung des Testamentes statt. Da Ludwig Titz kein solches hinterlegt hatte, wurden stattdessen die Verfügungen der Mühleneigner über die Habe des Verstorbenen vorgebracht: Seine Berufsbekleidung mit dem Zunftzeichen der Müller sollte denjenigen zukommen, die künftig auf der Pollux arbeiteten. Der Rest – seine geringe persönliche Habe und das verbliebene Geld – würde an seine Familie in Embe Inferoris geschickt werden.

Das Totenmahl fand im Refektorium, dem Speisesaal von St. Aposteln, statt. Es gab Brühsuppe mit Hühnerfleisch, fette Schweinepastete und dazu reichlich Gruit.

Florian Grimm suchte im Verlaufe des Leichenschmauses das Gespräch mit den Eigentümern der Pollux. Zwei von ihnen waren ihm persönlich bekannt, nämlich die beiden Schöffen Quattermart und Hardevust, von denen er als erzbischöflicher Beamter von Zeit zu Zeit spezielle Aufträge erhielt. Emundt Quattermart und Thilman Overstolz hatten sich jedoch unmittelbar nach der offiziellen Zeremonie von Propst Heinrich verabschiedet, diesen in einem lang währenden Dialog mit Linhardt vom Spiegel zurücklassend. Ephraim Meir und Goddert Hardevust waren es, die der Büttel schließlich zu einer kurzen Unterhaltung bezüglich der unerklärlichen Geschehnisse auf der Rheinmühle bewegen konnte. Ihre Reaktion auf die Ungereimtheiten, die dem Ordnungshüter aufgefallen waren, verwirrte diesen nur noch mehr. Nicht nur schienen sie keinerlei Interesse an den näheren Todesumständen ihres Müllers zu haben, sondern sie legten es augenscheinlich darauf an, dass von nichts anderem als einem Unfall die Rede sein konnte.

Auf die Anfrage Grimms, ob es nicht eventuell doch genauerer Nachforschungen bedürfe, antwortete Hardevust: »Eine Untersuchung, wozu? Kommt überhaupt nicht in Frage. Ihr dürftet wichtigere Aufgaben haben. Kümmert Euch um Ruhe und Ordnung in der Stadt. Die Angelegenheiten der Mühlenschiffe gehen Euch nichts, aber auch rein gar nichts an! Der Müller ist unter der Erde, wir haben für sein Seelenheil getan, was wir konnten, und damit ist die Sache erledigt.«

Auf dem Nachhauseweg erzählte Florian seiner Frau von den Bedenken, die er hinsichtlich des Todes seines Freundes hatte: »Ich glaube nicht mehr an einen Unfall«, schloss er.

»Aber Mord? Er hatte doch keine Feinde in der Stadt, oder? Ich weiß wohl, dass Mord und Totschlag allerorten und häufig vorkommen, aber ein friedliebender junger Müller, wer sollte so einen wohl umgebracht haben?«

»Nein, Feinde hatte er wohl nicht. Zumindest keine, von denen ich wüsste. Es sei denn, er hätte sich in jüngster Zeit welche gemacht. Aber er deutete doch nichts Derartiges an, als er neulich unser Gast war. Und dennoch: Ludwig kann nicht so einfach ausgerutscht sein und sich dabei das Genick gebrochen haben. Ich habe mir die Gegebenheiten auf dem Plankendeck der Mühle genau angeschaut. Da besteht nirgendwo die Möglichkeit, sich bei einem Sturz eine tödliche Kopfwunde zuzuziehen. Demnach bleibt nur die logische Schlussfolgerung, dass jemand sie ihm verpasst hat. Doch wer? Und warum?«

»Das macht alles nur noch schrecklicher«, sagte Elisabeth und schluckte schwer. »Schon die Vorstellung eines Unglückes war grausam genug, aber nun gar ein Verbrechen …?«

»Ich werde herausbekommen, was an jenem Morgen – oder war es vielleicht in der Nacht? – tatsächlich auf der Pollux geschehen ist, das verspreche ich dir, mein Liebes. Und wenn der hohe Herr Hardevust mir eine weitere Beschäftigung mit dem Tod von Titz tausendmal untersagt, so werde ich doch nicht eher ruhen, als bis die Wahrheit ans Licht gekommen ist. Das bin ich meinem Freund schuldig, auch wenn er selbst nicht mehr viel davon hat.«

Kapitel VII

Die Maisonne blitzte prächtig, der Himmel war schön blau mit dicken, milchweißen Wolken. Finken, Drosseln und Nachtigallen gaben ein großes Konzert.

Florian Grimm hatte in den vergangenen Tagen und Wochen nicht geruht, weitere Anhaltspunkte für seine These eines Mordanschlags zusammenzutragen. Dabei hatte er unter anderem von Matheiß Beltz, dem alten Fährmann, erfahren, dass der Leichnam seines Freundes Titz fast vollkommen steif gewesen war, als er half, ihn in seinen Kahn zu legen. Der Büttel kannte sich mit den Details um die Totenstarre nur unzulänglich aus. Natürlich hatte er schon mehr als einen menschlichen Leichnam zu Gesicht bekommen und auch bei vielen toten Tieren beobachtet, wie der Körper nach und nach steif wurde. Jedoch hatte er nur eine vage Ahnung davon, in welchem Zusammenhang dieser Prozess mit dem Todeszeitpunkt stehen konnte. Deshalb hatte er beschlossen, einen Experten in solchen Fragen zurate zu ziehen.

So lief er an diesem fabelhaften Morgen die Waldemansgasse hoch und überquerte den weiten Platz, auf dem die neue Domkirche in ihrer gewagten Architektur entstand. Rege Geschäftigkeit erfüllte die Baustelle bereits zu dieser frühen Stunde. Hämmern und Schleifen, das Ächzen der Baukräne und laute Rufe, die alles andere zu übertönen versuchten, bildeten eine lebhafte Geräuschkulisse. Überall lagerten die Materialien für den innovativen Bau: monumentale Blöcke von Naturgestein, große Kies- und Sandhügel, vulkanische Tuffe für die Gewölbe, schwarze, glänzende Leyenplatten, Kalkstein zur Lieferung an die Skulpturenwerkstätten der Dombauhütte, gigantische Holzstapel und natürlich riesige Mengen Drachenfelstrachyt in vorbossierten Rohblöcken.

Das Hauptbaumaterial für das gigantische neue Gotteshaus stammte aus einem Steinbruch in der Nähe des Oppidum bonnense, welcher dem dortigen Stift St. Cassius gehörte. Dombaumeister Arnold brauchte sich keine Sorgen um den Nachschub an Trachytgestein zu machen, hatte doch Burggraf Gottfried zu Drachenfels am XXXI. Januar 1273 eine Urkunde unterzeichnet, die dem Domkapitel das stete Steinebrechen durch sechs Mann zugestand. Auch der Transport war gut organisiert. Da der Drachenfels ebenso wie Cöln direkt am Rhein lag, hatte man schon vor Jahren einen unmittelbaren Zuweg von der Südseite des Berges, wo die Domkaule lag, bis zum Rheinufer in Form einer Steinrutsche geschaffen. Die Voraussetzungen für das Entstehen einer Kathedrale, wie sie die Welt noch nicht gesehen hatte, waren also bestens.

Florian Grimm blickte im Gehen an den steil aufragenden Gerüsten empor. Schon jetzt, wo erst der Kapellenkranz des Chors fertiggestellt war, mahnte der Dom die Menschen, sich ihrer Winzigkeit und Vergänglichkeit im Angesicht Gottes zu besinnen. Als dem Büttel leicht schwindelte, wandte er sich wieder der Erde zu und schritt kräftig aus.

Sein Ziel war die Stolkgasse, in welcher die Dominikaner ihre zweite deutsche Niederlassung errichtet hatten, ein Kloster mit einer Kirche, die dem Heiligen Kreuz geweiht war. In dem Dominikanerkloster lebte und wirkte der stadtbekannte Gelehrte Albertus Magnus, der, von seinem Orden als Lektor nach Cöln bestellt, hier eine Art Hochschule aufgebaut hatte. Sein umfangreiches Wissen auf allen Gebieten hatte dem inzwischen hochbetagten Mönch den Ehrentitel Doctor universalis eingetragen. Im Kloster in der Stolkgasse konnte man ihn aufsuchen und zu jeglichem Problem befragen. Meist nahm er sich gern die notwendige Zeit und gab bereitwillig Auskunft.

Florian Grimm hoffte, dass dieser Mann ihm nützliche Informationen bezüglich der Totenstarre würde geben können. Er bahnte sich einen Weg durch die am Boden kauernden Bettler, die hier wie vor allen Kirchen der Stadt die Christen um ein Almosen anflehten. Viele von ihnen waren tatsächlich krank, siech oder sonstwie arbeitsunfähig, doch die Zahl derjenigen, die einfach arbeitsunwillig waren und sich deshalb aufs Betteln verlegten, wuchs beständig. Auch die Penetranz im Bettelgebaren wurde immer ärger. Nicht nur, dass ihre Rufe nach Almosen von einem lauten Lamento begleitet wurden, nein, sie scheuten sich auch nicht, Passanten an den Gewandzipfeln festzuhalten, sie während des Gottesdienstes zu belästigen oder direkt an den Türen zu betteln. Einige waren so geschickt, dass sie sich durch die Bettelei einen recht aufwendigen Lebensstil leisten konnten.

An seinem Ziel angekommen, klopfte Florian Grimm an die Pforte des Heilig-Geist-Klosters. Diese wurde, sobald er sein Anliegen geäußert hatte, quietschend geöffnet. Der Mönch, der ihn eingelassen hatte, wies ihm den Weg zu dem Gebäudetrakt, in welchem Bibliothek und Skriptorium lagen, wo Meister Albertus sich nach der Frühmesse aufzuhalten pflegte.

Im Skriptorium war rund ein Dutzend Ordensbrüder mit dem Abschreiben gelehrter Texte oder mit der Illustration von Pergamenten beschäftigt. Interessiert betrachtete der Büttel die emsige Schreibtätigkeit in dem hohen Raum. Auf jedem Tisch lagen mehrere Gänsefedern, Messer und mindestens zwei Tintenhörnchen. Bei den mit Malerei Beschäftigten waren es mehr, da sie eine größere Zahl verschiedenfarbiger Tinten verwendeten. Während die Schreiber sich mit aus Schlehendornen gefertigten bräunlichen Tinten oder für einzelne, prachtvolle Blätter mit Gold- oder Silbertinten begnügten und dazu höchstens eine weitere Farbe für die Initialen benötigten, war die Auswahl an Schreibflüssigkeit für die Illustratoren um einiges reichhaltiger. Auf ihren Tischen sah Florian Grimm orangene und gelbe Ockertöne aus den Tintenhörnchen quellen, aus Arsensulfid gewonnenes, deckendes Gelb, Malachitgrün, blaue Lasur aus pulverisiertem Lapislazuli und Rottöne wie Karmin, welches aus dem Weibchen der Kermesschildlaus gewonnen wurde, sowie Purpur, den man aus den Drüsen verschiedener Schneckenarten erhielt.

Der Büttel ließ seine Blicke weiterschweifen und entdeckte den Gelehrten, den zu konsultieren er in das Dominikanerkloster gekommen war, in einer Fensternische des Raumes. Seine hagere Gestalt trotzte durch eine sehr aufrechte Haltung der hohen Zahl seiner Jahre. Nur der kahle, von der zylindrischen, krempenlosen Kappe der lehrenden Dominikaner bedeckte Schädel verriet etwas über sein Alter. Der Lesemeister befand sich im Gespräch mit einem jüngeren Ordensangehörigen, welcher den Ausführungen seines Lektors mit glänzenden Augen folgte.

Ein rundlicher Mönch mit geröteten Wangen und einer knubbeligen Nase erhob sich von seiner Schreibarbeit und trat auf den Büttel zu. Er hatte dessen Interesse an dem Geschehen im Skriptorium wahrgenommen und bot ihm nun an: »Wünscht Ihr Erklärungen zu unseren Aufgaben hier in der Schreibwerkstatt?«

»Danke, nein. Es wäre zwar sicherlich höchst anregend, mich näher mit Eurer Tätigkeit auseinanderzusetzen, doch kam ich, um Meister Albertus in einer bestimmten Angelegenheit zurate zu ziehen. Dort am Fenster, das ist er doch?«

»Gewiss, das ist Albertus. Und ich bin Bruder Donatus. Aber Ihr werdet Euch ein wenig gedulden müssen. Der Lesemeister unterbricht niemals eine gelehrte Konversation. Vielleicht möchtet Ihr Euch die Wartezeit doch mit einigen bescheidenen Erläuterungen meiner Wenigkeit verkürzen?«

»Wenn das so ist, gerne. Ich sehe Euch mit der Herstellung von Codices beschäftigt. Sicherlich könnt Ihr mir allerhand Aufschlussreiches darüber berichten.«

»Das will ich meinen«, sagte der Dominikaner eifrig und rieb sich seine Knubbelnase. »Unser Beschreibstoff, das Pergament, hat vor einigen hundert Jahren den Papyrus abgelöst. Ganz selten verwenden wir auch noch das altertümliche, aus dem Niltal in Ägypten stammende Material, dann aber nur als Palimpsest. Das Pergament erhielt seine Bezeichnung nach der alten, in Kleinasien gelegenen Stadt Pergamon. Eumenes II., vor langer Zeit König von Pergamon, fand heraus, dass sich rasierte und gekalkte Tierhaut hervorragend zum Beschreiben eignet. Als Rohmaterial dienen vor allem die Häute von Ziegen, Schafen und Kälbern, wobei wir hier im Kloster nur die beiden Letzteren verwenden. Bei der Pergamentherstellung richten wir uns streng nach der Anweisung im Codex Carolinus, die da sagt: ›Pargamina quomodo fieri debet*: Lege die Haut in Kalkwasser und lasse sie drei Tage in ihm liegen; spanne sie dann in einem Gestell aus, schabe sie auf beiden Seiten mit einem scharfen Messer ab und lasse sie trocknen.‹ Zur Beseitigung noch vorhandener Fettreste wässern wir die Haut vor dem Aufspannen ein weiteres Mal mit fettlösenden Materialien, zum Beispiel Asche. Den letzten Glättungsschliff auf beiden Seiten verleihen wir dem Material mit Kreide.«

* Wie Pergament hergestellt werden soll

»Ich verstehe«, meinte der Büttel nickend. »Das so entstandene Material ist also beidseitig beschreibbar.«

»Nicht nur das! Wir achten auch darauf, dass innerhalb einer Lage jeweils Fleisch- auf Fleischseite und Haar- auf Haarseite zu liegen kommt. Das Vellum, also das Tierfell, ist im Gegensatz zum Papyrus viel glatter, nicht so brüchig und reißfest. Ich darf wohl sagen, dass die Cölner Klöster sich darauf verstehen, besonders hochwertiges Pergament herzustellen. Unser ehrwürdiger Herr Erzbischof, dem die Pergamentherstellung in Cöln unterliegt, ist nicht wenig stolz darauf«, erzählte der Mönch weiter. »Für besonders kostbare Handschriften färben wir die Pergamentbögen sogar in einer purpurgetränkten Lauge ein.«

»Sagt mir«, unterbrach Florian Grimm, »in welchen Schritten geht Ihr an die Nutzung des Pergaments heran?«

»Nach dem Zuschneiden wird als Erstes der Schriftspiegel festgelegt, das bedeutet, die Zeilenabstände werden sorgsam markiert, die Größe der Initialen wird bestimmt und der Platz für eventuell vorgesehene bildliche Dekorationen ausgespart. Als Schreibwerkzeug dienen uns gewöhnliche Gänsefedern, wobei sich für Linkshänder die rechten und für Rechtshänder die linken Flugfedern am besten eignen. Die Federn müssen im Verlaufe des Schreibprozesses immer wieder mit dem Federmesser zugespitzt werden. Die Messerchen, welche Ihr auf allen Tischen liegen seht, benutzen wir außerdem zum Korrigieren. Jedem unterläuft einmal ein Fehler, aber durch feines Kratzen der noch frischen Tinte kann man ihn zumeist beheben.«

»Ich glaube gern, dass bei einer Tätigkeit, welche ein solch hohes Maß an Konzentration erfordert, auch schon mal Fehler vorkommen«, sagte der Büttel verständnisvoll. »Sagt, wie viele Seiten füllt ein jeder von euch an einem Tag?«

»Das ist recht unterschiedlich. Diejenigen unter uns, die die Schreibkunst meisterhaft beherrschen, schaffen in drei Stunden fünfhundert Wörter oder mehr.«

»Das ist eine enorme Leistung!«, staunte der Besucher. »Und die Arbeit der Maler unter euch scheint keinem geringerem Aufwand zu unterliegen.«

»Ganz gewiss nicht! Diese müssen über eine sehr ruhige Hand und gutes Augenlicht verfügen. Auch ein gewisses Maß an Begabung für diese Tätigkeit tut not. Dort hinten«, Bruder Donatus deutete auf einen Ecktisch, an dem ein blutjunger Mönch saß, »unser Novize Mauritius, ist schon jetzt ein wahrer Meister der Illustration. Der Junge muss Federn und Farben schon in die Wiege gelegt bekommen haben, so groß ist sein Talent. Ein echter Gewinn für unser Skriptorium!« Der rundliche Mönch schwieg und versenkte sich ganz in eine liebevolle Betrachtung des begabten Novizen.

»Was geschieht mit den fertigen Blättern?«, riss Grimm ihn aus seiner Träumerei.

»Was? Oh, natürlich, ich war ja noch gar nicht fertig. Die beschriebenen und gemalten Blätter werden in der richtigen Reihenfolge übereinandergelegt, gefalzt und dann in unserer Buchbinderlade, die Ihr dort gleich neben der Tür stehen seht, zu einem Block zusammengeheftet. Danach sind noch die Handwerker unter uns Brüdern gefragt: Einer fertigt einen Buchdeckel aus Holz an, ein zweiter bezieht diesen mit Leder, und wieder andere stellen die Beschläge und Schließen aus Messing her. So wächst unsere Klosterbibliothek stetig und oh … ich sehe, Meister Albertus ist nun wohl bereit, Euch zu empfangen. Ich empfehle mich, Gott mit Euch.«

Florian Grimm bedankte sich herzlich für die Instruktionen zur Buchherstellung, trat auf den Doctor universalis zu und begrüßte ihn ehrerbietig.

Der Wissenschaftler war mit seinen Gedanken noch bei dem soeben beendeten Gespräch und erzählte nach einem knappen Gruß: »Mein Mitbruder, der sich gerade von mir verabschiedet hat, ist ein wahrlich wissbegieriger junger Mensch. Er ist mit der Abschrift des ›Al-qanum fi at-tibb‹, der medizinischen Schrift des Avicenna beschäftigt. Ich finde es sehr löblich, Texte nicht nur stumpfsinnig zu kopieren, sondern auch zu hinterfragen und sich über Werk und Autor zu informieren. Nur das empirische Sammeln schafft Wissen und führt zur Wissenschaft. Habt Ihr schon von Avicenna gehört?« Forschend sah er seinem Besucher in die Augen.

»Nur den Namen und dass er wohl allgemein als Fürst der Ärzte bezeichnet wird«, erwiderte Florian Grimm.

»Und das völlig zu Recht! Sein vor etwa zweihundertundfünfzig Jahren entstandener Kanon der Medizin bildet die Grundlage der wissenschaftlichen Heilkunst«, führte Bruder Albert weiter aus. »Er war der größte Geist, den die orientalische Welt je hervorgebracht hat. Auf dem Gebiet der Medizin kann sein Wissen fast neben dem eines Hippokrates oder Galen bestehen. In fünf Büchern hat er alles systematisch klassifiziert und in wohlüberlegte Teilgebiete gegliedert: in Anatomie, Physiologie, Pathologie, Innere Medizin, Chirurgie, Geburtshilfe, Fieberlehre und Arzneimittelkunde. Die erste Übersetzung ins Lateinische verdanken wir dem italienischen Gelehrten Gerhard von Cremona. Mein ehemaliger Schüler, Thomas von Aquin, war einer der eifrigsten Bewunderer des Avicenna, und auch mit unserem Herrn Erzbischof habe ich erst neulich einige Passagen aus seinen Schriften erörtert. Aber genug davon. Lasst uns nun zu der Sache kommen, die Euch herführt.«

»Der Grund meines Besuches ist mein Wunsch, mehr über die Totenstarre zu erfahren. Mein geringes Wissen darüber beläuft sich auf die Kenntnis, dass sie irgendwann eintritt und sich, wenn ein Leichnam gar zu lange liegt, auch wieder auflöst. Doch wäre mir mit etwas präziseren Zeitangaben in einer mir wichtigen Angelegenheit sehr geholfen.«

»Rigor mortis ist es also, was Euch hertreibt. So, so! Ein berufliches Interesse, nehme ich an?«, bemerkte Albertus Magnus, den gestreiften Surkot des Büttels aufmerksam musternd.

»Teils, teils. Es handelt sich um einen Todesfall, der sich auf einer der Rheinmühlen ereignet hat.«

»Ein Todesfall auf einer Schiffsmühle?«, fragte der Gelehrte. »Falls Ihr mich zur Mechanik der Mühlen befragen wollt, so verweise ich auf das Studium Vitruvs. Ihr seid doch des Lesens kundig?« Ohne eine Antwort abzuwarten, fuhr er fort: »Im zehnten Buch seines umfangreichen Werkes ›De architectura‹ beschreibt Vitruvius – wenn ich mich recht entsinne im Kapitel fünf, Ziffer acht – den Mechanismus von Wassermühlen. Dabei erklärt er alle Maschinenelemente, das Schaufelrad, das Kammrad, die Welle, den Mahlstein und die Gosse sowie die Funktionsweise der einzelnen Teile. Eine hochinteressante Darstellung! Oder geht es gar nicht um einen beruflichen Unfall, dessen technische Begleitumstände Ihr erforscht?«

»Nicht unbedingt. Es hieß zunächst, der Müller sei vom Mühlrad zermalmt worden. Dann sprach alle Welt von einem Unglück auf dem Plankendeck, wo er ungünstig gestürzt sei und sich eine Kopfverletzung zugezogen habe, an deren Folgen er gestorben sei. Doch habe ich mich, da besagter Müller ein guter Freund von mir war, mehr als üblich mit den Umständen seines Todes beschäftigt, und ich fürchte, es hat sich keineswegs um einen Unfall gehandelt, sondern um Mord oder Totschlag. Wenn ich mehr über den genauen Zeitpunkt seines Ablebens in Erfahrung bringen könnte, so würde mich das der Wahrheitsfindung wohl deutlich näher bringen.«

»Rigor mortis ist in der Tat sehr brauchbar, wenn es um die Bestimmung des Todeszeitpunkts geht.« Der berühmte Dominikaner packte mit seiner Rechten nachdenklich an seine monumentale Hakennase, die das ganze Gesicht zu beherrschen schien.

»In meinen Schriften ›De homine‹, ›Über den Menschen‹ und ›De morte et vita‹, ›Über Leben und Tod‹, die ich vor vielen Jahren verfasst habe, äußere ich mich zu diesem Phänomen. Die Starre beginnt circa vier bis zwölf Stunden nach Eintritt des Todes, und zwar an Unterkiefer, Hals und Nacken. Von da aus verbreitet sie sich abwärts bis zum völligen Erstarren des Corpus. Allerdings ist der Verlauf von der Temperatur abhängig, welcher der Leichnam ausgesetzt ist. Bei warmer Lagerung schreitet die Starre schneller voran als bei kühler. Auch das Verschwinden von Rigor mortis ist nicht einheitlich festzulegen, sondern den äußeren Umständen unterworfen. Grob gesagt löst sich die Starre im Verlaufe von einem bis sechs Tagen wieder auf. Hilft Euch das nun weiter?«

»Ja, ich denke schon. Zumindest scheint nun klar zu sein, dass mein Freund nicht in den frühen Morgenstunden jenes Unglückstages zu Tode kam, sondern schon in der Nacht oder am Abend. Und das wirft viele neue Fragen für mich auf.«

»Ich freue mich, dass ich Euch wenigstens ein Stück weit helfen konnte.« Der Lesemeister lächelte dem Büttel freundlich zu. »Sollten noch andere Fragen auftauchen, so seid Ihr mir zu jeder Zeit herzlich willkommen.«

»Ich bin Euch jetzt schon zu tiefem Dank verpflichtet, aber vielleicht ergibt es sich tatsächlich, dass ich weitere Ratschläge von Euch einholen muss.«

Damit verabschiedete sich Florian Grimm, winkte auch dem wieder fleißig arbeitenden Schreibermönch, der ihn zuvor in die Buchherstellung eingeführt hatte, noch einmal zu und schloss die schwere Eichentür des Skriptoriums möglichst leise hinter sich.

Von der Stolkgasse aus lenkte der Büttel seine Schritte auf den Novo Mercato zu. Der größte Platz Cölns diente vor allem dem Verkauf von Waren, die auf dem Landweg in die Stadt kamen. Unter anderem wurde hier der gesamte Pferde- und Viehhandel abgewickelt.

Während um ihn herum der Marktbetrieb lärmte, war Florian Grimm mit seinen Gedanken bei dem Todesfall auf der Rheinmühle. Mit scharfem Verstand sortierte er das bei Albertus Magnus Gehörte in die übrigen, ihm bisher bekannten Fakten ein. Ludwig Titz war keinesfalls erst gegen Tagesanbruch umgekommen, sondern musste, als man ihn fand, bereits etliche Stunden tot gewesen sein. Nicht durch einen üblen Sturz, sondern irgendwer hatte da nachgeholfen. Irgendwer hatte seinem Freund gewaltsam eins über den Schädel gezogen. Wenn aber nun nach den neuesten Erkenntnissen sein Ableben schon in der Nacht erfolgt war, so grenzte dies den potenziellen Täterkreis erheblich ein. Nachts wurden alle Tore verschlossen, auch die der rheinseitigen Mauer, und es war für einen Stadtbewohner nahezu unmöglich, direkt an das Rheinufer zu gelangen. Auch ruhte bei Dunkelheit natürlich der Fährverkehr auf dem Strom. Außerhalb der Mauern hielten sich in der Nacht nur die Flussbewohner auf, wozu die Besatzungen der größeren dort ankernden Schiffe ebenso gehörten wie die Müller und ihre Gehilfen.

Auf der Pollux, so hatte der Büttel herausbekommen, waren an jenem regnerischen Abend Ende April nur drei von der vierköpfigen Mannschaft an Bord gewesen. Der Lehrbube Gabriel hatte Ausgang gehabt, um zur Hochzeit einer seiner Schwestern ins Eigelsteinviertel fahren zu können. Den anderen Lehrling, Martin Weyer, hatte der Müller schon am späten Nachmittag in seine mit Heu aufgeschüttete Schlafstatt geschickt. Er hatte den ganzen Tag gekränkelt, und auf den Abend zu war es immer ärger geworden. So hatten der Müller der Pollux und sein Geselle das Vesperbrot nur zu zweit eingenommen. Danach, so hatte Blasius

Frechen ausgesagt, sei ihm Titz nur noch einmal kurz begegnet, als dieser ihn bei der Nachtwache ablöste.

Florian Grimm hatte den Novo Mercato hinter sich gelassen und den Waidmarkt erreicht. Obwohl die größeren Märkte der Rheinmetropole über eigene Marktaufseher verfügten, gehörte es dennoch zu den Aufgaben der Büttel, täglich nach dem Rechten zu sehen. Die Aufseher waren mehr für die Belegung von Standplätzen, Qualitätskontrollen und das Einhalten der Gewichtsbestimmungen zuständig. Letzteres gestaltete sich bei der bunten Vielfalt von auswärtigen Händlern, welche gewohnt waren, in fremden Maßen zu rechnen, als äußerst anspruchsvolle Aufgabe. Auch kursierten zur Bezahlung der Waren vielerlei verschiedene Münzen: Cölnische Mark, Heller, Quentchen, Asse und Richtpfennige; Geldstücke aus den Bistümern Aachen, Paderborn und Utrecht, andere aus den Grafschaften Gelren und Kleve, Münzen des Grafen Florens V. von Holland, solche, die aus dem Herzogtum Brabant nach Cöln gefunden hatten, und sogar englische Münzen.

Den Bütteln hingegen oblag es, hie und da stichprobenartige Kontrollen durchzuführen, aufflammende Streitigkeiten möglichst im Keim zu ersticken, bevor sie eskalierten, und nach Dieben, die sich allerorten herumtrieben, Ausschau zu halten.

Auf dem kleinen Platz vor der Kirche St. Georg, den Florian Grimm nun durch die Wenstirgasse betrat, wurde der Waid verkauft, welchen die Färber benötigten, um Stoffen eine blaue Färbung zu verleihen. Er grüßte einige der Bauern, die aus dem Land um Villa Duria und Jülich kamen, um die Pflanze mit ihren vielblütigen gelben Trauben, deren Blätter den begehrten Farbstoff lieferten, anzubieten. Der Verkauf dieses Produktes war ausschließlich auf dem Waidmarkt gestattet, was insofern sinnvoll war, als ganz in der Nähe der Duffesbach floss, der den Färbern das fließende Wasser für ihre Arbeit lieferte.

Der Büttel fand den Waidmarkt an diesem Tag ruhig vor, und so marschierte er gleich weiter in die Rheinvorstadt. Bald war er am Flussufer angelangt und sah sich auf dem Holzmarkt um. Hier wurde das Holz, das mit Schiffen den Rhein herunterkam, entweder sofort verkauft oder im Holzkaufhaus zwischengelagert.

Es gab Ladungen voller roher Baumstämme und solche, die schon fertig verarbeitete Bretter, Latten und Balken enthielten. Gerade pries ein Händler sogar das Holz eines zerlegten Schiffes auf dem Markt zum Verkauf an. Ein Stück weiter wurden Weiden und Reifen für die Fassbinder gehandelt, denn der Bedarf an Fässern für den florierenden Weinhandel der Stadt war groß.

Florian Grimm setzte seinen Weg über den Knitmarkt, auf dem Kreide zum Kauf angeboten wurde, und den Eisenmarkt fort, bevor er nach links abbog, um auch dem Heumarkt einen Besuch abzustatten. Nicht nur die Ware Heu wurde hier feilgeboten, sondern der Markt war auch der Hauptumschlagplatz für Getreide, und dementsprechend lebhaft ging es zu. In der Mitte und an der Westseite standen außerdem die kräftig von schwarzen und grün schillernden Fliegen konsultierten Fleischbänke, und daneben befanden sich die Läden der Gewandschneider. Im nördlichen Teil des Heumarktes gab es Kohlen, Zwiebeln und Salz zu kaufen – jede Warengruppe hatte ihren eigenen festen Standort. Die Auslageflächen für Gemüse, Käse und Gewürze lagen im Osten des Platzes, und rings um den Markt herum sorgten Garküchen und Weinzapfe für das leibliche Wohl von Käufern und Verkäufern.

»Dä Kappes es jo schäpps«, hörte der Büttel im Vorbeigehen. Eine Frau, die mit einem schon hoch beladenen Korb ihre Einkäufe am Gemüsestand einer Bäuerin vervollständigen wollte, hielt einen Kohlkopf an ihre Nase. »Dä dät jo ald möffele!«

»Stuss!«, kreischte die Marktfrau erbost. »Minge Kappes es janz fresch.«

»Dä dät möffele, saach ich«, gab die andere zurück.

»Denn jangk doch woanners koofe.« Die Bauersfrau wollte sich gerade der nächsten Einkäuferin zuwenden, als das Streitobjekt sie hart an der Schulter traf.

»Dat kannse verkloppe wäm do wellst«, schrie die unzufriedene Käuferin.

Sich die getroffene Stelle mit ihrer schwieligen Rechten reibend, machte die Bäuerin Anstalten, hinter ihrem Warenberg hervorzukommen und auf die Meckernde loszugehen. Doch Florian Grimm verstellte ihr den Weg. Die wild fuchtelnde Kappeswerferin hatte er bereits gepackt und hielt sie in festem Griff. Binnen kurzem gelang es ihm, die Streithennen so weit zu beruhigen, dass man wieder in normalem Tonfall reden konnte. Nachdem er selbst an dem Kohlkopf geschnuppert und diesen für einwandfrei befunden hatte, brachte er die Angreiferin mit strenger Stimme und unter Androhung von Strafe dazu, sich nicht nur bei dem Marktweib zu entschuldigen, sondern zusätzlich noch gleich drei der Kohlköpfe zu kaufen.

Vom Heumarkt – auch als Großer Markt bekannt – aus waren es in nördlicher Richtung nur wenige Schritte bis zum Alter Markt, der zusammen mit der Rheinvorstadt im 10. Jahrhundert entstanden war. Man hatte damals den vollständig versumpften Rheinarm, der ehemals den Römern als Hafen gedient hatte, aufgefüllt.

Auch hier standen überwiegend Lebensmittel zum Verkauf. An der zum Fluss hin gelegenen Seite des Marktes befanden sich die Obst- und Apfelstände und ganz in ihrer Nähe die Gemüsestände, die Kraut und Rüben aus dem Vorgebirge im Angebot hatten. Zahlreich waren auch die Buden und hoch beladenen Tische mit bunten Kräutern und Gewürzen. Neben den heimischen Küchenkräutern, die in getrockneter und zu dieser Jahreszeit auch wieder in frischer Form verkauft wurden, gab es allerlei exotische Spezereien aus dem Nahen Osten. Keine andere Ecke des Marktes verströmte eine solche Vielfalt an Düften und Gerüchen. Begierig sog der Büttel die seltsamen, fremden Aromen ein. Pfeffer, Ingwer und Zimt, Safran, Muskat und Gewürznelken dienten nicht nur der schmackhaften Zubereitung von Speisen und Getränken, sondern fanden auch unter den Apothekern ihre Abnehmer, die die exotischen Pflanzen als Arzneimittelzusätze zu schätzen wussten.

Am größten Stand dieses Marktabschnittes erkannte der Büttel Linhardt vom Spiegel. Dieser hatte Besuch von Emundt Quattermart, welcher auf seinem Pferd saß und eindringlich auf den Gewürzhändler einredete. Dabei schien es nicht um eine Preisverhandlung zu gehen, denn der Patrizier würdigte die ausliegende Ware keines Blickes.

Die horrenden Preise aufgrund der hohen Transportkosten und der enormen anfallenden Zölle hatten es in jüngster Zeit mit sich gebracht, dass manche der teuren Gewürze verfälscht oder mit anderen Stoffen verlängert wurden. Bald würde man noch Spezialisten einstellen müssen, dachte Florian Grimm, die sich ausschließlich mit dieser Art des Betrugs auseinandersetzten.

Um andere Straftäter kümmerte man sich schon jetzt auf dem Alter Markt, denn im Zentrum des Platzes stand ein Kacks; ein weiterer befand sich am Heumarkt und der dritte am Domhof. Wer es mit der Marktordnung nicht so genau genommen, gestohlen oder betrogen hatte, wurde hier dem Schimpf und der Schande der Öffentlichkeit beziehungsweise den faulen Eiern und matschigen Kappesköpfen der Bevölkerung ausgeliefert. Auch Ehebrecherinnen oder andere Übeltäter beherbergte der Kacks von Zeit zu Zeit, und nicht für alle, die dort landeten, war es mit der bloßen Anbindung und Beschimpfung getan. Den widrigsten Verbrechern wurde zusätzlich die eiserne Strafkrone aufgesetzt oder die »hultzen heuck«, ein fassähnlicher Schandmantel aus Holz, umgelegt.

An diesem Morgen hatte der Marktaufseher gerade eine Diebin an den Kacks gestellt und rezitierte nun laut und für jedermann verständlich: »Eß haitt gegenworttig unzuchtigh weib diesse straeff verdient an irem leib, mit teuffelen, betriegen und schendtlicher thadt, darumb sie hie zum exempell stahett.«*

Der Büttel ging wieder auf den Rhein zu, um zum Buttermarkt zu gelangen. Besonders die Butter aus der Grafschaft Berg erfreute sich in der Stadt größter Beliebtheit und wurde auf der Butterwaage akribisch abgemessen. An diesen kleineren Marktabschnitt schloss sich der Fischmarkt an, wo hauptsächlich grüne, frische Fische, aber auch gesalzene und getrocknete Heringe feilgeboten wurden.

Bei einem ihm bekannten Fischhändler hielt der Büttel in seinem Rundgang inne.

»Irgendetwas besonders Gutes heute im Angebot?«, wollte er wissen.

»Der Kabeljau ist eben erst von der Küste gekommen. Kannst ihn als Stock- oder Klippfisch haben. Zu einem guten Preis.«

* Eine üble Frau ist es, die heute diese Strafe an ihrem Leib verdient hat, mit Teufeln hat sie betrogen und schändliche Tat begangen, darum steht sie hier zum Exempel.

»Du meinst also getrocknet oder gesalzen. Hmh, gib mir ein schönes Stück vom Klippfisch, da wird sich die Elisabeth freuen, und für unseren Kleinen ist es auch eine Abwechslung im Speiseplan.«

Der Tag war bereits fortgeschritten, und der Magen des Ordnungshüters meldete sich vernehmlich, angeregt durch die vielen Köstlichkeiten auf den verschiedenen Märkten. So begab er sich auf direktem Wege in die Waldemansgasse.

Frau Appelsack riss, kaum dass sie den Nachbarn kommen hörte, die Tür auf und zog ihn förmlich in ihre Stube. »Eure Frau ist noch rasch zum Nadler, und da sie es eilig hatte, übergab sie mir den Kleinen.«

Florian Grimm entdeckte seinen Sohn, der, friedlich mit seinem Holzpferdchen spielend, auf dem Fußboden saß. Als er seinen Vater erblickte, sprang er auf und stapfte ihm strahlend entgegen. Christina Appelsack nötigte den Büttel, sich zu setzen.

»Nehmt doch einen Schluck von meinem selbst gemachten Most. Ihr müsst doch ganz ausgetrocknet sein. Und vielleicht erzählt Ihr mir, was es in der Stadt an neuen Schaurigkeiten gibt«, sagte sie und schob einen Stuhl zurecht.

Unauffällig ihr Mieder nach unten zupfend, drehte sie sich zu einem Wandbord um, von dem sie zwei irdene Becher und einen Krug nahm. Sie schenkte ein und zog für sich selbst einen zweiten Stuhl dicht an den des Gastes heran. Sich weit vorbeugend, sodass ein Blick auf den faltigen Ansatz ihres Busens unvermeidlich war, fragte sie: »Oder soll ich Euch etwas Nettes erzählen?«

»Was denn erzählen?« Florian war verwirrt und fühlte sich höchst unwohl, darum fügte er schnell hinzu: »Ich denke, ich sollte mit Valentin hinaufgehen und dort auf Elisabeth warten.«

»Aber warum denn die Eile? Gefällt Euch meine Gesellschaft nicht?«, schmeichelte Frau Appelsack und beförderte ihre Oberbekleidung noch ein weiteres Stückchen hinab.

Eine Antwort blieb dem Büttel glücklicherweise erspart, denn mit einem kräftigen Ruck hatte Elisabeth die Tür geöffnet und fing sogleich an zu erzählen.

»Das Antoniusfeuer hat schon wieder ein Opfer gefordert. Die alte Mutter des Nadlers ist heute Nacht im Spital verstorben.

Sie ist nun bereits die Vierte in kurzer Folge, die der schrecklichen Krankheit erlegen ist.«

Christina Appelsack war mit überstürzter Hast von ihrem Stuhl aufgesprungen, als sie die Stimme der Nachbarin in ihrem Rücken wahrnahm.

»So, also so ist das«, stammelte sie nervös und ohne eine Spur ihres sonst üblichen Interesses für alle Neuigkeiten der Stadt.

Elisabeth registrierte verdutzt die Verlegenheit der Witwe und sah dann forschend zu ihrem Mann. Auch in seiner Miene glaubte sie so etwas wie ein schlechtes Gewissen wahrzunehmen. Er war ebenfalls aufgestanden, schnappte sich das Kind und drängte Elisabeth rasch zur Tür hinaus.

»Danke fürs Aufpassen«, rief Elisabeth der Älteren noch über die Schulter ihres Mannes hinweg zu.

Oben angekommen fiel Florian aus allen Wolken, als seine sonst so liebevolle Elisabeth ihn anfuhr: »Was hattest du mit der Alten zu tändeln? Findest du die etwa reizvoll? Bin ich dir nicht mehr genug?«

»Frau, was redest du da?«

»Ich mag zwar etwas naiv sein, aber blind bin ich nicht! Sag bloß, du hast den halb blanken Busen der Appelsack nicht bemerkt?«

»Nein, ich habe nicht hingeschaut ...«

»Ha! Nicht hingeschaut! Also doch bemerkt! Ich hätte es nie für möglich gehalten, dass Christina es schafft, dich um den Finger zu wickeln.«

»Was denkst du um Himmels willen?« Florian konnte sich noch immer keinen Reim auf den plötzlichen Wutausbruch seiner Gattin machen.

»Was ich denke? Seit wann interessiert es dich, was ich denke!«

»Jetzt gehst du aber wirklich zu weit! Das ist ein mehr als ungerechter Vorwurf.«

Elisabeth zuckte zusammen und blieb einen Augenblick still. »Ja, du hast recht. Es tut mir leid. Ich bin in letzter Zeit etwas gereizt. Aber eure Turtelei hat mich zutiefst verletzt. Kannst du das nicht verstehen?«

Florian musste noch eine Weile nachdrücklich auf Elisabeth einreden, um sie endlich davon zu überzeugen, dass es zu keinerlei Unsittlichkeiten in Christina Appelsacks Stube gekommen war, auch wenn es vielleicht so ausgesehen hatte.

»Das alles ist doch kompletter Blödsinn«, sagte Florian abschließend. »Die Witwe ist wohl einsam. Aber niemals – Hörst du? Nie! – würde ich mich mit ihr oder irgendeinem anderen Weibsbild einlassen. Ich liebe doch nur dich!«

Damit schloss er sie fest in die Arme, und Elisabeth legte beruhigt ihren Kopf an seine kräftige Schulter.

In der unteren Stube führte Christina Appelsack ein seltsam anmutendes Gespräch mit sich selbst: »Liebeszauber, Liebeszauber, hm, dient dazu, den Liebeswillen eines anderen zu beeinflussen, zu fesseln, zu vergewaltigen ... Wie war das noch gleich? Ah ja! Einen Totenkopf! Ich benötige einen Totenkopf – den kann ich mir leicht vom Elenden-Friedhof besorgen – den muss man dann vierundzwanzig Stunden lang in reinem Pützwasser kochen und dabei sagen: Nhun bren ihn thausent Theuffell nhamen!* Hm! Einen Versuch wäre es allemal wert. Aber vielleicht fällt mir auch noch etwas Besseres ein ...«

***

Die fünf Hände des Schwurverbandes lösten sich voneinander. An diesem lauen Maienabend waren sie im Overstolzenhaus in der Rheingasse zusammengekommen. Der Gastgeber forderte alle Anwesenden auf, es sich auf den Stühlen mit den hohen, in reicher Schnitzerei verzierten Lehnen bequem zu machen.

Außer den fünf Herren, die sich regelmäßig zu ihren geheimen Besprechungen trafen, war heute noch ein weiterer Mann in der Runde zu begrüßen. Er hatte am Kopfende Platz genommen, war mittleren Alters und ganz in kostbaren, dunkelblauen Samt gekleidet. Kohlschwarze Haare lagen wie eine Kappe um sein stark oval geformtes Haupt, unter buschigen Augenbrauen blitzten dunkle, intelligente Augen, und beim Begrüßungslächeln entblößte er eine Reihe kräftiger, makellos weißer Zähne.

»Herr Gilberto Varrone aus der Mark Ancona«, stellte Thil-

* Nun brenn in tausend Teufel Namen!

man Overstolz ihn vor. »Er wird uns in der nächsten Zeit mit Rat und Tat zur Seite stehen, denn er kennt sich mit dem Geschäft, welches wir planen, bestens aus. In seiner Heimat hat man bereits einige Jahre Erfahrung sammeln können.«

Der Gast wurde allseits willkommen geheißen, dann ergriff Linhardt vom Spiegel das Wort: »Bevor wir uns dem eigentlichen Thema des Abends zuwenden, lasst mich kurz von der Beisetzung des Grafen Diether von Katzenelnbogen erzählen.«

Als alle Anwesenden zustimmend nickten, fuhr er fort: »Zunächst einmal kann ich nun zuverlässig berichten, dass es Wilhelm ist, der trotz seiner jungen Jahre die Nachfolge antreten wird. Mit Eberhard müssen wir uns also kaum auseinandersetzen. Ich hatte im Verlaufe der Beisetzungsfeierlichkeiten glücklicherweise bei Tisch die Gelegenheit, mich ausführlich mit dem neuen Grafen zu bereden, und bin der festen Überzeugung, dass er uns, was den Warentransport über die Zollstation Sankt Goar anbelangt, sehr entgegenkommen wird. Er scheint ein recht aufgeschlossener junger Mann zu sein, und einen Augenblick spielte ich gar mit dem Gedanken, ihn als weiteren Geldgeber in unsere Pläne mit einzubeziehen.«

»Was du aber hoffentlich nicht getan hast?«, äußerte Emundt Quattermart.

»Nein. Es war nur so eine Idee, die wie ein Blitz kommt und gleich wieder verschwindet. Ich weiß sehr wohl, dass unsere Runde komplett ist und wir, falls wir tatsächlich die Finanzierung falsch eingeschätzt haben sollten, immer noch Wilhelm von Jülich um weitere Gelder bitten können. Das war es auch schon, was ich mitzuteilen habe.«

Thilman Overstolz wandte sich nun wieder dem italienischen Gast zu und bat ihn: »Wenn Ihr jetzt bitte so freundlich wäret, uns über Eure Erfahrungen zu berichten.«

Der Italiener nahm einen Schluck Wein aus dem Pokal, der vor ihm auf der Tischplatte stand, verkostete die Qualität des Trankes mit Kennermiene, nickte wohlwollend und begann:

»Zunächst einmal danke ich Euch Cölner Herren für das Vertrauen, welches Ihr meiner Person entgegenbringt. Ich werde versuchen, Euch von so großem Nutzen zu sein, wie Ihr es Euch erwünscht. Herr Overstolz hat mir bereits am Nachmittag Einblick in Eure Pergamente mit den Bauskizzen gewährt, und ich muss sagen, sie sind schon sehr fortgeschritten. Unter Bereitstellung der notwendigen Mittel sollte es in nur wenigen Monaten möglich sein, die entsprechenden baulichen Veränderungen auf Eurem Mühlenschiff durchzuführen.«

Auf den fragenden Blick des Gastes hin beeilte sich Ephraim Meir, ihm zu versichern, dass man die Kosten bereits gründlich abgewogen habe und zur Verfügung stehende Mittel mehr als reichlich vorhanden seien.

Linhardt vom Spiegel fügte hinzu: »Geld ist in der Tat kein Problem. Was uns mehr zu schaffen macht, ist die Frage der Geheimhaltung unserer Pläne. Wir meinen, es wäre ratsam, das ganze Projekt so lange als möglich unter Verschluss zu halten. Stimmt Ihr uns hierin zu?«

»Unbedingt, denn zahlreich sind die Neider. Und mehr noch: Das Stillschweigen betrifft nicht nur die momentane Phase der Vorbereitungen, sondern sollte, wenn die Produktion einmal angelaufen ist, weiter gewahrt werden. Der neue Produktionszweig wird die ganze Welt revolutionieren! Und Ihr hier in Cöln habt jetzt die einmalige Chance, das erste Zentrum nördlich der Alpen zu begründen. Aber wie gesagt: Geheimhaltung wird auf lange Sicht das oberste Gebot heißen.«

Auf die etwas verunsicherten Blicke der Cölner hin erklärte sich Varrone näher: »Auch wir in Fabriano hüten unser Wissen über die Herstellungsweise wie unsere Augäpfel. Alle in unserer Mühle Beschäftigten müssen einen Eid ablegen, die Verfahrensweise der Produktionsstätte, an der sie arbeiten, streng geheim zu halten und mit niemandem außerhalb darüber zu reden.«

»Eine gute Idee«, unterbrach Emundt Quattermart. »Das werden wir wohl in Zukunft, sobald der Betrieb auf der Pollux umgestellt ist, auch so handhaben. Wenn sich das Procedere offen herumspricht, wird es sehr schnell Dutzende von Nachahmern geben, zum Beispiel an der Rachede in der Stadt Magenza, wo viele Schiffsmühlen an den Pfeilern der alten steinernen Rheinbrücke festgemacht sind. Dann ist unser Profit dahin. Nur als Monopol macht unser Vorhaben wirklich Sinn. Nur so können wir die Macht der Patrizier weiter ausbauen und die des Erzbischofs untergraben.«

»Als Monopol wird es gewinnbringender als alle Geschäfte, die wir fünf jemals in unserem Leben getätigt haben«, meinte Ephraim Meir.

»Davon bin ich überzeugt«, ergriff der Italiener wieder das Wort. »Wir in Italien können jedenfalls nach acht Jahren, die wir nun schon in der Produktion sind, nicht klagen. Die Nachfrage steigt stetig, und die Qualität, die wir herzustellen in der Lage sind, wird immer besser. Wir liefern unsere Ware inzwischen auch weit über die regionalen Grenzen hinaus, und lasst Euch gesagt sein, dass sie sich gerade in der Fondaco dei tedeschi in Venedig allergrößter Beliebtheit erfreut. Ihr braucht Euch also um das Abnahmeinteresse hier in Euren Landen nicht zu sorgen.«

Varrone legte die sorgfältig manikürten Spitzen seiner Finger zusammen und fuhr fort, auf die Cölner Kaufleute einzureden: »Als man vor fünfundvierzig Jahren in Amalphis – das ist ein kleiner Ort südlich der großen Hafenstadt Neapolis – und etwas später nochmals in Genua die ersten Versuche startete, waren die Italiener noch nicht so weit, den Wert und Nutzen des neuen Produktes zu begreifen. Hinzu kam dieses irrsinnige Verbot Kaiser Friedrichs II.! In unserem Nachbarland Spanien hingegen blüht der Produktionszweig schon seit rund zweihundert Jahren. Die Araber haben dort in Xativa, in Cordoba, Sevilla und an anderen Orten eine florierende Wirtschaft aufgebaut. Es heißt, das Geheimnis der Herstellung sei tief aus dem Osten in die arabische Welt vorgedrungen. Doch lasst uns nun zum Kernpunkt kommen: die Technik! Ich habe lange mit mir gerungen, ob ich mich auf den Handel mit Euch einlassen soll, aber ich denke, Cöln ist weit genug von Italien entfernt, dass es sich rentiert, hier eine eigene Produktion aufzuziehen.«

»Ihr werdet es nicht bereuen«, warf Goddert Hardevust ein. »Im Gegenteil, Ihr werdet Euch ob Eurer Beteiligung noch glücklich schätzen. Cöln ist ein hervorragendes Pflaster für jegliche Art von Geschäften.«

»Nun gut«, sagte der Gast. »Zur Technik also. Das Wasserrad ist vorhanden. Ich werde mir die Gegebenheiten auf Eurer Rheinmühle morgen anschauen und lasse Euch dann wissen, ob es eines zweiten Rades bedarf. Der wichtigste Teil der Mechanik wird jedoch nicht das Rad sein, sondern das Stampfwerk. Ich habe Zeichnungen zum Bau einer Stampfe in meinem Reisegepäck, die ich Euch bei unserer nächsten Zusammenkunft zeigen und erläutern werde. Auf jeden Fall schlage ich vor, die Stampfe direkt auf der Mühle bauen zu lassen. Wenn wir das Stampfwerk bei einem Handwerksbetrieb in der Stadt in Auftrag geben, wird allein der Transport über den Strom für enormes Aufsehen sorgen. Ich hoffe, Ihr habt gute Schmiede für die Anfertigung der Hämmer und ordentliche Zimmerleute, die sich darauf verstehen, den Löcherbaum fachgerecht herzustellen.«

»An trefflichen Handwerksleuten mangelt es uns in Cöln nicht«, sagte Thilman Overstolz. »Nur darf das Thema der Geheimhaltung auch bei der Auswahl der Meister, die wir mit dem Bau betreuen wollen, nicht außer Acht gelassen werden. Wir haben uns bereits umgehört, und ich glaube, sagen zu können, dass wir die Richtigen gefunden haben.«

»Das ist gut.« Der Italiener legte seine Stirn in Falten. »Ihr solltet Euch allerdings auch Gedanken machen, ob Ihr die Handwerker nach Ausführung der Arbeiten zu liquidieren gedenkt. Man beugt damit der Gefahr vor, dass jemand die Mechanik trotz Schwur und Eid weitergibt oder nachbaut. Andererseits sind die Meister, welche die Einzelteile anfertigen, natürlich prädestiniert, wenn später einmal Reparaturen am Stampfwerk anfallen sollten. Überlegt es Euch. Ich für meinen Teil rate zu Ersterem. Wir in Fabriano zumindest haben damals die saubere Lösung vorgezogen, und jeder, der nun für Instandsetzungsarbeiten hinzugezogen wird, muss seine Verschwiegenheit über das Gesehene beeiden.«

»Erzählt uns doch etwas über Eure Heimatstadt«, lenkte der diplomatische Linhardt vom Spiegel von dem brenzligen Thema ab, bevor es zu einer langwierigen Diskussion hierüber kommen konnte. Der ausländische Gast verstand den Wink und kam der Bitte bereitwillig nach.

Nachdem er die Erfolgsgeschichte des Ortes Fabriano in groben Zügen dargestellt hatte, verbeugte Gilberto Varrone sich leicht, strich selbstgefällig über sein samtenes Obergewand und sagte:

»Sollte einer der Herren sich jemals geschäftlich im Norden Italiens aufhalten, werde ich mich freuen, ihn als meinen Gast empfangen zu dürfen.« Dann kam er zum eigentlichen Thema des Abends zurück.

»Bevor wir in Fabriano mit der Produktion begannen, haben wir uns selbstverständlich ausgiebig in Spanien informiert, wie ich mich heute Euch Cölnern als Kenner der Materie anbiete, so fanden wir vor Jahren einen Spanier, der bereit war, uns den Weg in den neuen Wirtschaftszweig zu weisen. Den überwiegenden Teil der Mechanik haben wir in altbewährter Manier übernommen, doch konnten wir einige technische Details verbessern, von denen Ihr nur profitieren könnt. Die eine Neuerung war das Ersetzen der Holzlamellen der Schöpfform durch Lamellen aus Metall. Als Zweites sind wir sehr bald dazu übergegangen, tierischen statt des in Spanien üblichen pflanzlichen Leims zu verwenden. Die dritte und wichtigste Innovation, die wir in Fabriano eingeführt haben, kann ich Euch kurz demonstrieren.«

Varrone hatte seinen Vortrag offenbar gut vorbereitet, denn augenblicklich erhob er sich und zog ein Produktbeispiel seiner Manufaktur hervor. Fünf neugierige Augenpaare verfolgten die Bewegungen des hochgewachsenen Mannes, der nun einen der Kerzenleuchter aus schwerem Messing in die andere Hand nahm und hinter das aufrecht gehaltene Warenbeispiel hielt.

»Seht Ihr?« Die Spannung im Raum war zum Anfassen. Die Cölner Herren reckten ihre Hälse, und bald darauf waren aufgeregte Ah- und Oh-Rufe zu vernehmen.

»Dieses Symbol, welches hier in der Durchsicht zum Vorschein kommt, bürgt nicht nur für Qualität und garantiert dem Käufer den Herstellungsort, sondern es macht ein Fälschen ganz und gar unmöglich.«

Die Cölner Unternehmer nickten beifällig und dankten dem italienischen Gast in aller Form, bevor man sich zu einem gemütlich-genüsslichen Ausklang des Abends in den Speisesaal des Hauses in der Rheingasse begab.

Kapitel VIII

Eine leichte Brise wehte über den Rhein. Das Fährboot, welches den Büttel zum wiederholten Male zur Schiffsmühle Pollux hinausbrachte, musste eine Weile auf der Stelle dümpeln, denn ein größeres Boot blockierte die Anlegestelle zur Gänze.

Während der alte Matheiß das Ruder ständig von einer auf die andere Seite wechselte, blinzelte Florian Grimm gegen die Sonne zum Plankendeck der Mühle hinüber. Zwei reich gekleidete Männer standen dort und unterhielten sich. An den Borten ihrer Gewänder, an ihren Gürteln, Hüten und Stiefeln funkelten Gold und kostbare Steine mit den grellen Sonnenstrahlen um die Wette. Endlich schienen sie alles besprochen zu haben, tauchten in das Dunkel des Mühlhauses ein und Augenblicke später auf der anderen Seite des Holzgebäudes wieder auf. Nun erkannte Grimm in dem einen der beiden den Patrizier Thilman Overstolz. Den anderen Herrn, der seinem Äußeren nach zu urteilen ein Bewohner der Länder südlich der Alpen sein mochte, hatte er noch nie in Cöln gesehen.

Die Herren stiegen in ihr Boot und wiesen den Ruderknecht an, sie zum Ufer zurückzubringen. Als sie den Kahn mit dem Büttel passierten, warf Overstolz ihm einen finsteren Blick zu und deutete einen Gruß nur durch ein leichtes Kopfnicken an.

»Ein Ordnungshüter Eurer Stadt?«, fragte Gilberto Varrone.

»Ein Büttel, ja«, gab Overstolz zurück. »Einer, der eigentlich hier draußen bei den Mühlen nichts zu suchen hat. Ich fürchte, wir müssen ihn scharf im Auge behalten, sonst ist er mit seiner Neugier imstande, all unsere Pläne zu durchkreuzen.«

»Lasst ihn auswechseln. Ihr sitzt doch im Rat der Stadt«, schlug der Italiener vor.

»Das ist nicht so einfach. Als städtischer Beamter, der den Schöffen zuarbeitet, ist ein Büttel in erster Linie dem Erzbischof unterstellt.«

»Mit Eurem neuen Erzbischof steht Ihr aber doch auf gutem Fuß, wie ich hörte. Ihr seid sogar bezüglich der Mühlenschiffe mit ihm zu einer Einigung gekommen.«

»Das schon. Die offene Konfrontation, die mit seinen beiden Vorgängern bestand, konnten wir mit Sifrid von Westerburg endlich beilegen. Doch lasst Euch nicht täuschen! Das freundschaftliche Verhältnis wird kaum von Dauer sein. Zu viel Macht liegt in den Händen des Erzbischofs, und das ist uns nach wie vor ein Dorn im Auge.«

»Das heißt, man sollte ihn demnach nicht bemühen, falls dieser Büttel zu einem anhaltenden Ärgernis wird?«

»Momentan stufe ich die Gefahr, die uns von seiner Seite droht, nicht so hoch ein, dass eine sofortige Intervention notwendig erscheint. Wir müssen ihn nur im Auge behalten.«

Der kleine Fährkahn hatte inzwischen festgemacht, und Florian Grimm begrüßte den frischgebackenen Müller. Bei seinem letzten Besuch hatte Blasius Frechen ihn mit vor Stolz geschwellter Brust darüber in Kenntnis gesetzt, dass man ihn nun offiziell zum Nachfolger des so tragisch ums Leben gekommenen Müllers Titz bestellt hatte.

»Ihr hattet wieder ehrenwerten Besuch, wie ich sah«, sagte der Büttel.

»Ach, nur Herr Overstolz mit einem Gast aus dem Ausland, welchem er die Mühle zeigen wollte. Nach dem Lauf der Geschäfte hat er nicht einmal gefragt, und wegen des neuen Gesellen, den die Pollux dringend braucht, konnte er mir ebenfalls noch nichts zusagen.«

Aus Blasius Frechen sprach deutlich seine verletzte Eitelkeit, weil man ihn in seiner neuen Rolle nicht wichtig genug genommen hatte.

»Läuft der Betrieb denn gut?«, versuchte Florian Grimm ihn zu beschwichtigen.

»Ausgezeichnet! Die Herren wären hochzufrieden gewesen, hätten sie sich nur für die Zahlen unserer Mahlleistung interessiert.«

»Das freut mich zu hören. Doch auch mich führen andere Dinge hierher.« Der Büttel befragte den Müller abermals zu dem traurigen Ereignis, welches mittlerweile etwa einen Monat zurücklag. Besonders alles, was die letzte Nacht des Verstorbenen betraf, wollte er erneut detailliert berichtet haben.

»Kann es sein, dass Müller Titz sich aus irgendeinem Grund mitten in der Nacht aufs Plankendeck hinaus begeben hat?«

»Ja, klar! Er hatte doch wegen der Hochwassergefahr Nachtwachen angeordnet. Die erste hätten unsere Lehrburschen übernehmen sollen, aber Gabriel hatte Ausgang und Martin war krank. So habe ich die erste Nachthälfte übernommen und wurde dann vom Meister Titz abgelöst. Während der Nachtwache muss man schon ab und zu mal rausgehen und nach dem Rechten schauen.«

Florian Grimm stieß scharf die Luft aus. »Ach so! Und wann begann die zweite Schicht?«

»Etwa fünf Stunden vor Sonnenaufgang«, erklärte Frechen in gelangweiltem Ton.

Der Büttel ging alle zuvor von dem Mühlenarbeiter gemachten Angaben nochmals mit diesem durch, aber er konnte keinerlei Widersprüche feststellen; die Worte Frechens deckten sich exakt mit dem, was er früher schon ausgesagt hatte. Nur ein interessantes Detail, von dem Grimm allerdings noch nicht wusste, ob es wichtig war, hatte Frechen hinzufügen können: Einige Tage vor dem Unfall des Müllers war Goddert Hardevust eines Nachmittags im strömenden Regen zur Pollux gekommen, hatte das Mühlhaus jedoch gar nicht betreten, sondern nur draußen mit Titz gesprochen.

Beim anschließenden Gespräch Grimms mit den Lehrburschen entpuppte sich der pfiffigere Gabriel ein weiteres Mal als gute Informationsquelle und wartete mit einer spannenden Neuigkeit auf.

»Neulich nachts«, erzählte er, »habe ich gehört, wie ein Boot an der Pollux festgemacht hat. Ich konnte nicht so recht schlafen. Ich glaube, es war Vollmond, und da liege ich des Öfteren wach. Der neue Meister ist dann hinausgegangen und hat mit irgendjemandem geredet. Ich konnte allerdings nicht verstehen, was. Hernach hat er sich dort hinten in der Ecke, wo unsere Säcke lagern, zu schaffen gemacht.« Der Junge deutete auf einen mehlstaubbedeckten Stapel. »Ich wollte am nächsten Morgen gleich nachsehen, aber dann gab es so viel zu tun, dass mir die Zeit fehlte.«

»Deine Beobachtung ist auch so schon wertvoll genug für

mich«, lobte der Ordnungshüter. »Du bist sehr aufmerksam. Hat der Martin das denn auch mitbekommen?«

»Ach, nein! Der hat doch geschlafen. Und geschnarcht hat er mal wieder, zum Pferdescheumachen, wenn es hier welche gäbe. Der will uns übrigens vielleicht verlassen.«

»So? Warum möchte er denn von der Pollux fort? Versteht er sich nicht mit eurem neuen Meister?«

»Das ist es nicht. Aber seine Mutter sorgt sich ganz fürchterlich um ihn, und er hat andauernd Heimweh. Als er am vergangenen Sonntag von einem Besuch bei seiner Familie zurückkam, hat er mir erzählt, dass seine Mutter ihn hier fortholen will. Erst der tote Müller und nun noch gleich mehrere Fälle von Heiligem Feuer in der Stadt. Habt Ihr davon gehört?«

»Sicher, ja. Die Krankheit hat bereits mehrere Menschen dahingerafft. Bisher aber glücklicherweise alle in demselben Spital, welches mittlerweile für Besucher und Neuzugänge geschlossen wurde. So dürfen wir hoffen, dass sie sich nicht weiter ausbreitet. Ich gehe jetzt noch kurz zur Cono hinüber. Pass du nur gut weiter auf!«

»Wird gemacht!«, grinste Gabriel Knieps und hinkte davon.

Grimm überquerte das Plankendeck auf dem Achsschiff und gelangte so auf die Nachbarmühle, wo er den dort verantwortlichen Müller aufsuchte.

»Adolff Mullem – Nomen est omen*«, stellte der sich vor. »Womit kann ich dem Herrn Büttel, der andauernd hier um die Mühlen streicht, helfen? Geht es immer noch um den Tod vom Titz? Schade um den netten Kerl! Aber lasst die Toten ruhen, sage ich immer. Es ist inzwischen so viel Wasser den Rhein runtergeflossen, da werdet Ihr ohnehin nichts Neues mehr in Erfahrung bringen.«

»Das soll Eure Sorge nicht sein«, antwortete Florian Grimm, verstimmt über die Tatsache, dass offenbar jedermann den Tod seines Freundes so rasch und einfach abschreiben konnte. »Was ich heute von Euch wissen möchte, betrifft den Tod von Ludwig Titz nur indirekt. Sagt mir: Habt Ihr jemals wahrgenommen, dass des Nachts Boote zur Pollux kommen?«

* Der Name ist ein Vorzeichen

»Was denn? Mitten in der Nacht, meint Ihr? Nee, nachts fahren hier keine Boote und auch Schiffe nicht. Da bin ich mir ganz sicher.«

»Also habt Ihr nie Derartiges beobachtet?«

»Wie denn? Nachts pflege ich zu schlafen. Irgendwann muss unsereins ja seine müden Knochen mal zur Ruhe betten.«

»Da habt Ihr recht. Ich danke Euch und Gott zum Gruße.« Der Büttel verabschiedete sich vom Conomüller und kehrte über die Pollux zum wartenden Fährboot zurück.

Im Hafen angekommen, machte sich Florian Grimm auf die Suche nach weiteren Personen, die eventuell etwas von den nächtlichen Aktivitäten auf der letzten Schiffsmühle mitbekommen haben könnten. Nicht, dass er der Beobachtung des krummen Gabriel misstraut hätte, aber er wollte sie doch zumindest durch einen weiteren Zeugen bestätigt wissen. Die Hafenarbeiter konnte er außer Acht lassen. Sie begaben sich üblicherweise bei Einbruch der Dunkelheit in die umliegenden Wirtshäuser oder in ihre Heimstätten. Doch auf den übrigen Rheinmühlen sowie auf den am Ufer liegenden Schiffen konnte er sich umhören, denn hier gab es genügend Menschen, die auf dem Strom nächtigten.

Der Büttel fragte – Gabriels Aussage im Hinterkopf – gezielt nach der letzten Vollmondnacht, die erst wenige Tage zurücklag. Weder auf den Mühlen der Underrey noch auf denen der in einiger Entfernung liegenden Oberrey konnte sich irgendjemand an etwas Auffälliges erinnern, obwohl mehrere Personen behaupteten, in eben jener Nacht nur wenig Schlaf gefunden zu haben. Als er schon fast aufgeben wollte, konnte ihm endlich ein Matrose auf einem der dickbauchigen Niederländer der Fraternitas Danica weiterhelfen.

»Ja, da war was, neulich in der Vollmondnacht«, entsann er sich und kratzte erst einmal ausgiebig sein stoppeliges Kinn. »Da neben uns, wo jetzt der Englandfahrer ankert, lag vor ein paar Tagen noch ein Handelsschiff mit Waren aus dem Orient. Ich hab mitten in der Nacht, als ich an Deck ging, um das abends gesoffene Gruit rauszupinkeln, ein Beiboot losfahren sehen. Es war nur mit einer funzeligen Fackel beleuchtet und hielt auf die Strommitte zu.«

»Fuhr es in Richtung Underrey?«

»Das weiß ich nicht. War ja, wie gesagt, kaum zu sehen. Ich hab den Lichtschein bald aus den Augen verloren. Aber mitten in den Fluss rein ist es gefahren, das kann ich bezeugen. Ich hab mich schon gefragt, was es da wohl nächtens so Interessantes geben mag, dass jemand das Risiko eingeht, im Finstern hinauszufahren. Ist nämlich verboten und scheißgefährlich. Aber in dieser Nacht guckte ja wenigstens der Mond ab und zu mal zwischen den Wolken hervor.«

Hochzufrieden, eine Bestätigung für die Aussage des Lehrlings von der Pollux gefunden zu haben, machte sich der Büttel auf den Heimweg. Er war sich sicher, dass auf der Rheinmühle etwas nicht mit rechten Dingen zuging, und alles wies darauf hin, dass Blasius Frechen in diese unsauberen Geschäfte verstrickt war. Alles passte zusammen: die nächtlichen Bootsfahrten von einem Handelsschiff mit Orientimport auf den Strom hinaus, die heimlichen Besuche des Nachts auf der Pollux und die Bemerkung, die Gabriel in einem früheren Gespräch über den Kontakt Frechens zu gewissen Gewürzhändlern fallen gelassen hatte.

Als er in die Waldemansgasse abbog, sah er seine Frau vor der Tür am Karren des Messerschleifers stehen.

»Florian, Liebster«, rief sie ihm entgegen. »Einen Augenblick noch, wir sind gleich fertig.«

Er gab ihr einen flüchtigen Kuss auf die Wange und wandte sich dann Valentin zu, der neben seiner Mutter in der Gasse hockte und mit kleinen Kieselsteinchen um sich warf. Er nahm das Kind auf seinen Arm: »Wir gehen schon mal nach oben.«

»Ist gut«, antwortete Elisabeth, und zu dem Messerschleifer sagte sie, indem sie ihm ein langes Fleischmesser reichte: »Nur dieses eine noch, das ist das letzte.«

Nach dem Vesperbrot, das aus einem kräftigen Hirsebrei bestand, verabschiedete sich der Büttel von Frau und Sohn.

»Es kann spät werden«, sagte er und verließ die Stube, um seinen abendlichen Pflichten nachzukommen.

Doch nicht nur diese hatte er heute im Sinn. Vielmehr hatte er mit dem Matrosen des Skandinavienfahrers verabredet, sich mehrere Nächte in Folge dort auf die Lauer zu legen. Das Schiff würde erst in der folgenden Woche zu seiner nächsten Fahrt in Richtung Norden aufbrechen, und Florian Grimm gedachte, den idealen Beobachtungsposten so lange zu nutzen. Als Büttel war es ihm außerdem ein Leichtes, sich die Lyskirchenpforte auch bei Dunkelheit aufsperren zu lassen. Ein weiterer Vorteil, der ihm nun von Nutzen sein konnte.

Das auf Fahrten nach Skandinavien spezialisierte Schiff lag in einer Reihe mit sieben anderen Handelsschiffen. Auf keinem schien sich etwas zu rühren. Still dümpelten sie in der Dunkelheit vor sich hin, nur ein leises Plätschern der Wellen war zu hören.

Florian Grimm erklomm das Deck des Schiffes und wurde wie abgemacht von dem Matrosen, der das nächtliche Boot beobachtet hatte, in Empfang genommen. Pitter Frantzen machte ihm ein Zeichen, und leise folgte er dem grobknochigen Mann zu einer Stelle, von der aus man den Fluss gut überblicken konnte. Es war eine klare, wolkenlose Nacht, und der Mond spendete ausreichend Licht. Frantzen setzte sich auf eine Holzkiste, und der Büttel tat es ihm nach.

»Dann wollen wir mal hoffen, dass heute Nacht wieder jemand eine Bootstour unternimmt, damit wir nicht umsonst um unseren Schlaf gebracht werden«, brummte der Seemann und begann, sich mit den Fingern die Reste seiner letzten Mahlzeit aus den Zähnen zu pulen.

Eine Weile herrschte Schweigen, während zwei Augenpaare die Wasseroberfläche des Rheins nach verdächtigen Bewegungen absuchten. Dann fragte Pitter Frantzen: »Erzählt Ihr mir von Eurem Verdacht, oder ist das alles streng geheim?«

»Geheim ist es wohl nicht, nur bin ich mir noch nicht sicher. Ich glaube, einer Schmugglerbande auf der Spur zu sein. Wahrscheinlich wird irgendeine Ware – um welche es sich handelt, weiß ich noch nicht – von den Handelsschiffen aus zu den Rheinmühlen gebracht und von dort aus, gut versteckt in Mehlsäcken, in die Stadt befördert. Auf diese Art und Weise werden die Abgaben und Zölle, die für manche Handelsgüter horrend hoch sind, umgangen.«

»Und was könnte das Eurer Meinung nach sein, was da geschmuggelt wird? Um es in Mehl getarnt zu transportieren, darf es wohl nichts allzu Großes sein. Viehherden scheiden da wohl aus.« Der Matrose grinste und steckte dann seinen linken Zeigefinger erneut tief in die rechte Backentasche.

»Ich habe bisher nur eine Vermutung, was da an den Cölner Handelsschranken vorbeigeschmuggelt wird«, antwortete Florian Grimm.

Ohne den Finger aus seinem Mund zu nehmen, nuschelte Pitter: »Ja, und?«

»Spezereien! Gewürze gehören zu den Waren, auf denen die höchsten Gebühren liegen. Und sie lassen sich hervorragend in Mehlsäcken verbergen. Auf der letzten Mühle der Underrey, der Pollux, berichtete mir außerdem jemand, dass der dortige Müller sich stets auffällig verhält, wenn ein Gewürzhändler aus der Stadt sein Mahlgut abholen kommt.«

»Pollux? Ist das nicht die Mühle, auf der es vor einiger Zeit den tödlichen Unfall gab?«

Der Büttel zuckte bei der Erinnerung an seinen Freund unwillkürlich zusammen. »Ja, genau. Ihr habt davon gehört?«

»Klar, das haben doch alle hier im Hafen mitbekommen. Wir waren gerade wieder in Cöln angekommen, als das passiert ist.«

»So liegt Euer Schiff schon seit mehreren Wochen hier?«

»Dieses Mal ja. Sonst pflegen wir nicht so lange zu verweilen. Wir hatten einige Reparaturarbeiten, und in Cöln gibt es die besten Zimmerleute, dadurch hat sich unser Aufenthalt hier verlängert. Es war aber doch der Müller, der damals bei dem fürchterlichen Regen zu Tode gekommen ist, wieso wollt Ihr ihm denn nun noch nach seinem Tod etwas anhängen?«

»Nicht ihm! Der frühere Meister der Mühle hätte sich niemals auf unsaubere Geschäfte eingelassen!«

»Das sagt mal nicht! Man hat schon Pferde kotzen sehen – wenn einer gut bezahlt wird, ist er zu so mancher Schandtat bereit.«

»Nicht Titz!«, stieß Florian Grimm etwas zu heftig hervor. Der Seemann riss erstaunt ob dieser gereizten Reaktion die Augen auf.

»Entschuldigt«, fügte der andere jedoch sogleich hinzu. »Ihr müsst wissen, dass der verstorbene Müller der Pollux ein guter Freund von mir war, und weil ich ihn sehr gut kannte, weiß ich, dass er ein durch und durch integrer Mann gewesen ist.« Der Büttel stützte seinen Kopf schwer in die Handballen und schaute wieder still auf den Strom hinaus.

»Ihr habt ihn sehr gemocht, nicht wahr?«, hörte er den Matrosen neben sich irgendwann mit unerwarteter Anteilnahme sagen.

»Das auch, ja. Aber es ist etwas anderes als der Verlust eines Freundes, was mir zu schaffen macht.« Der Büttel räusperte sich und fuhr fort: »Es war kein Unfall, wie alle glauben. Ludwig Titz ist auf seiner Mühle ermordet worden.«

»Tatsächlich? Dat ist ja en Ding! Wie kommt Ihr darauf?«

Grimm berichtete Pitter von seinen Beobachtungen. »Das ist der Grund, warum Ihr mich hier so verbissen des Nachts auf der Lauer liegen seht«, schloss er. »Ich bin sicher, dass ein direkter Zusammenhang zwischen den beiden Verbrechen besteht. Blasius Frechen, der damalige Geselle und jetzige Müller der Pollux, gehört zu den Schmugglern, und sein Meister ist ihm wohl auf die Schliche gekommen und hat ihn zur Rede gestellt. Vielleicht hat er eine nächtliche Übergabe von Schmuggelware beobachtet, und einer der Beteiligten hat ihn deswegen erschlagen. Oder aber der Frechen hat es getan, um der Strafe zu entgehen. Den Müller zu beseitigen hat ihm schließlich noch einen zweiten großen Vorteil eingebracht: Er konnte auf dessen Posten aufrücken.«

Kapitel IX

In dieser Nacht blieb alles ruhig. Die beiden Männer konnten von ihrem Beobachtungsposten aus keinerlei Regung auf dem Rhein feststellen, und Florian Grimm brach die Aktion ab. Kurz vor dem Morgengrauen verabschiedete er sich und machte sich auf den Heimweg, um sich doch noch einen kurzen Schlaf zu gönnen.

Es war Pfingstsonntag, in diesem Jahr der letzte Tag im Monat Mai, und die übliche Arbeit im Hafen würde heute ruhen. Eine Verletzung der Feiertagsruhe wurde streng geahndet. Ausnahmen gab es nur wenige, und deren Zulässigkeit war strikt geregelt. So begegnete Florian nur einigen Fischern, die dabei waren, ihre Reusen zu leeren. Auch er durfte den Festtag mit seiner Familie verbringen, worauf er sich schon sehr freute. Erst am Abend würde er wieder seinen Dienst als Ordnungshüter versehen müssen.

Elisabeth hatte die Tür unverriegelt gelassen, sodass er sich hineinschleichen und sofort zu seinen beiden Lieben in die Schlafstatt kriechen konnte.

Eine Woge von Geläut weckte ihn nur knapp drei Stunden später. Die Kirchen der Stadt riefen die Gläubigen zum Messgang anlässlich des hohen Feiertages, und die Glocken von St. Lupus, der Pfarrei der Domgeistlichen, schienen genau über der Stube in der Waldemansgasse zu hängen. Florian gähnte und streckte sich. Elisabeth und Valentin waren bereits aufgestanden.

»Guten Morgen«, sagte sie knapp, als sie der Bewegung ihres Mannes hinter dem Schlafvorhang gewahr wurde.

Florian stieg aus dem Bett und rieb sich die Augen. »Guten Morgen, Liebste«, erwiderte er, während er zum Waschkrug stapfte. »Wie hübsch du heute bist.«

Elisabeth trug ihr gutes blaues Kleid, welches so wunderbar mit der Farbe ihrer Augen korrespondierte, und war damit beschäftigt, ihr Gebende anzulegen. Das mehrfach um den Kopf geschlungene Tuch war für alle weiblichen Personen beim Kirchgang vorgeschrieben.

»Beeil dich, die Messfeier im Hildebold-Dom beginnt gleich!«, rief Elisabeth.

»Gehen wir denn nicht nach Sankt Kunibert?«, fragte Florian und wischte sich das Wasser aus Gesicht und Nacken.

Die Bewohner der Waldemansgasse gehörten eigentlich dem Kirchspiel des Monasterium Sancti Cuniberti an, doch am heutigen Pfingsttag wollte sich Frau Grimm die Feierlichkeiten im alten Dom und die anschließende Prozession nicht entgehen lassen.

»Heute nicht«, sagte sie bestimmt, überprüfte den straffen Sitz ihres Gebendes und wischte dann dem Kind mit einem feuchten Lappen über das Gesicht. »Bist du so weit? Wenn du dir etwas mehr Schlaf gegönnt hättest, bräuchtest du jetzt nicht so herumzutrödeln.«

Elisabeth hatte sehr wohl bemerkt, dass ihr Gatte erst bei Morgengrauen heimgekehrt war, und überspielte ihre Verunsicherung wegen der unüblichen Verspätung hinter hektischer Geschäftigkeit und launischen Bemerkungen.

Der Festgottesdienst hatte über zwei Stunden gedauert, und nun drängte sich Familie Grimm mit Tausenden anderen Cölnern und Reisenden auf dem Domplatz zwischen den Baumaterialien für das neue gigantische Kirchengebäude, wo sich der Prozessionszug formierte.

An zentraler Stelle stand der mit schweren Stoffen und Blumen geschmückte Fahnenwagen des Erzbischofs zur Abfahrt bereit. Das Gefährt verfügte über einen Holzaufbau auf vier hohen Rädern, in dessen Mitte sich die Fahnenstange erhob. Sifrid von Westerburg saß bereits in prächtigem Ornat unter einem brokatenen Himmel, die rechte Hand zum Segensgruß erhoben. Heftig, machtgierig und hochfahrend war der Cölner Erzbischof dennoch jedermann bekannt als ein kühner, entschlossener Mann.

Sein Fahnenwagen wurde von einer stattlichen Anzahl erzbischöflicher Soldaten abgeschirmt. Die Gewandung der Garde bestand aus blauen Mänteln mit rotem Kragen und war für die warme Witterung dieses letzten Maientages eigentlich viel zu schwer.

Besonders der schwelende Konflikt mit dem mächtigen Grafen Wilhelm von Jülich ließ Vorsichtsmaßnahmen wie das Aufstellen einer Garde ratsam erscheinen. An ein friedliches Verhältnis zwischen den beiden Großen war vorerst nicht zu denken, und beide rüsteten sich stetig für weitere offene Feindseligkeiten.

Dem Prunkwagen des Erzbischofs folgten in der Prozession die Ratsherren und Schöffen, alle in ihre Festtagsgewänder gekleidet. Auch Gilden, Ämter, Orden und sonstige Gemeinschaften hatten sich zu bunten Gruppen zusammengefunden, um im Prozessionszug mitzulaufen, außerdem natürlich die Angehörigen der vielen Klöster und Stifte. Einige von ihnen führten ihre Reliquien auf Tragbahren mit sich. Eifrig waren die Träger darauf bedacht, dass die frommen Schaulustigen das Heiltum in Form von Reliquienkästen und vergoldeten oder versilberten Büsten nur aus der Distanz betrachteten und nicht etwa zu berühren versuchten.

Als der Zug sich schließlich wohlgeordnet in Bewegung setzte, stimmte die städtische Kapelle mit Schalmeien, Zinken, Trompeten und Pfeifen eine getragene geistliche Musik an. Um die Prozessionsteilnehmer herum herrschte ein furchtbares Gedränge, welches sich in den Straßen, die der fromme Zug passierte, fortsetzte. An manchen Stellen waren Gerüste aufgebaut worden, um noch mehr Menschen die Gelegenheit zu geben, die Prozession aus der Nähe zu sehen. Die wackeligen Gestelle schienen unter der ihnen zugemuteten Last fast zusammenzubrechen.

Florian blinzelte gegen die Sonne an einem der Gerüste hoch und zog Elisabeth, die sich Valentin auf ihre Hüfte gesetzt hatte, von der schwankenden Konstruktion fort. »Ich will doch nicht, dass ihr erschlagen werdet!«, brüllte er gegen die Geräuschkulisse an.

»Fändest sicherlich bald Ersatz«, murmelte Elisabeth schnippisch.

Florian schaute sie verblüfft an, beschloss aber, sie erst daheim zu ihrer ungewohnten Widerborstigkeit zu befragen.

***

Blasius Frechen hatte es sich auf dem sonnenbeschienenen Plankendeck bequem gemacht. Er hatte eine Alrepe ausgehängt, um sein Abendbrot zu sichern, und sah nun einer Schalde beim Überqueren des Flusses zu.

Die Feiertagsruhe galt natürlich auch für den Betrieb auf den Rheinmühlen, und so hatte er Gabriel und Martin frei gegeben, während er selbst der vorgeschriebenen Anwesenheitspflicht nachkam. Es machte ihm nichts aus, nicht an der festlichen Stimmung in der Stadt teilhaben zu können. Größere Menschenaufläufe waren ihm schon immer zuwider gewesen. Wohlig reckte er seine Glieder und lauschte den leisen Geräuschen, welche die sanft gegen das Holz des Schiffes schlagenden Wellen verursachten.

Ganz tief in seinem Herzen verspürte er an diesem hohen Feiertag einen Anflug von Unbehagen darüber, dass er sein Streben nach Heilsversicherung in den letzten Jahren stark vernachlässigt hatte. Wie alle Menschen war er in tiefer Frömmigkeit erzogen worden und hatte früher stets an den von der Kirche angebotenen religiösen Praktiken teilgenommen. Am Pfingstfest dem Kirchgang fernzubleiben, beunruhigte ihn weit mehr als die Tatsache, dass er auch im Jahreskreis nur noch sporadisch der christlichen Sonntagspflicht des Messbesuches nachging.

Auch wenn er die Sorge um sein ewiges Seelenheil nicht ganz verdrängen konnte, beruhigte er sich doch mit dem Gedanken an seine Verantwortung auf der Rheinmühle. Ein weiteres tröstliches Glied in seiner Gedankenkette war die Erinnerung an die Wallfahrt, die er als Knabe nach Nuys unternommen hatte. Damals war sein Vater an einer quälenden Geschwulst erkrankt und zum heiligen Quirinus von Nuys, dem ausgewiesenen Helfer für derartige Leiden, gepilgert. Wie stolz war er gewesen, dass sein Vater ihn aus der Schar der Kinder zu seinem Begleiter ausgewählt hatte. Und wie stolz war er bis heute auf den Besitz des Pilgerhutes seines Vaters, welchen er nach dessen Tod als Erbteil erhalten hatte. Das Kleidungsstück aus grobem Filz stellte genau genommen sein wichtigstes Hab und Gut dar, befand sich doch auf dem vorn hoch aufgeschlagenen Rand noch immer das Nuyser Pilgerzeichen, eine flache, runde Scheibe aus einer eher wertlosen Blei-Zinn-Legierung, die in Relief den heiligen Quirinus als Ritter mit Harnisch, Schild und Lanze abbildete. Ein zweites wertvolles Pilgerzeichen von einer anderen Wallfahrt, die sein

Vater allein unternommen hatte, stammte aus der Krönungsstadt Aquisgranum und zeigte das Kleid Mariens und darunter eine sitzende Muttergottes mit Kind und Zepter.

Blasius Frechen schreckte aus seinen Gedanken hoch, als die Glocken der unzähligen Kirchen Cölns nahezu gleichzeitig ihr Geläut anstimmten. Er gähnte, wobei eine Reihe kräftiger, gelblich verfärbter Zähne zum Vorschein kam, und ließ seinen Blick von Norden nach Süden über das Panorama der Stadt gleiten, einen Augenblick lang am mächtigen, zinnengekrönten Bayenturm haften und von dort weiter zu den am Ufer vertäuten Schiffen wandern.

Leichter Unmut breitete sich auf seiner Miene aus. Die Rhenania, ein Handelsschiff, das aus Richtung Süden erwartet wurde, hätte Cöln spätestens bis zum Pfingsttag erreichen sollen. Doch sie war eindeutig noch nicht eingetroffen, wie der Müller nun mit geübtem Blick feststellte. Die Rhenania gehörte einem der reichsten Kaufleute nördlich der Alpen, und es war allgemein bekannt, dass sie überwiegend Luxusgüter wie Weihrauch, Seide, Damast, Elfenbein und Gewürze brachte. Blasius Frechen war vor allem an der Lieferung letzterer Handelsware interessiert. Auch andere Schiffe, die in Cöln anlegten und umgeladen wurden, importierten Spezereien, doch was Quantität und Qualität anbetraf, war die Ladung der Rhenania unschlagbar.

Frechen warf einen kurzen Kontrollblick auf seine Alrepe und drehte sich im Sitzen so, dass er auf das dahinfließende Wasser des Stromes und das ruhigere rechte Ufer mit dem Duytser Castell sehen konnte. In nördlicher Richtung erkannte er die Uferbefestigungen in Form von Weidenpflanzungen zwischen Duyts und Poll, die notwendig waren, weil der Rhein hier gern sein gewohntes Bett zu verlassen drohte.

Zu der Ungeduld, die den Müller der Pollux wegen des Ausbleibens des Handelsschiffes Rhenania beschlichen hatte, mischte sich ein weiteres ungutes Gefühl. Hatte er seine Schmuggelgeschäfte bis zum Tode von Ludwig Titz stets unauffällig und glatt durchziehen können, bereiteten ihm nun die nicht abreißenden Besuche und Schnüffeleien des Büttels zunehmend Sorgen. Früher hatte kein Mensch die nächtlichen Lieferungen per Boot wahrgenommen. Auf der Mühle hatte er nie Angst haben müssen, dass seine Verstecke aufflogen, und auch die Weitergabe der unverzollten Ware an die gut zahlenden Gewürzhändler war stets reibungslos verlaufen.

Frechen seufzte tief. Sein ehemaliger Meister mochte sich wohl das eine oder andere Mal gewundert haben, wenn sich sein Geselle um die Bedienung bestimmter Privatkunden bemüht hatte, aber er war viel zu gutgläubig gewesen, um diesem irgendeine Untat zuzutrauen. Ein weiterer Seufzer entrang sich seiner Brust.

***

Zur Non waren Florian und Elisabeth Grimm mit ihrem Sohn wieder in die Waldemansgasse zurückgekehrt. Die Frau hatte eine am Tage zuvor gekochte Suppe mit Hühnerfleisch erwärmt und dabei durchgehend ihre trotzige Miene beibehalten. Nach der Mahlzeit legte sie das erschöpfte Kleinkind zu einem Mittagsschlaf in die Bettstatt und sah ihren Mann vorwurfsvoll an.

»Nun sag mir bitteschön endlich, was mit dir los ist«, forderte er.

Elisabeth fuhr sich mit dem Handrücken über die feuchte Stirn und meinte rundheraus: »Nun gut! Wo bist du heute Nacht gewesen? Du hast dich schon des Öfteren verspätet, wenn dein Dienst dir eine längere Arbeitszeit abverlangt hat. Daran habe ich mich inzwischen gewöhnt. Aber dass du erst bei Morgengrauen heimkehrst, das ist neu! Also? Wo warst du?« Sie holte tief Luft und fuhr, bevor Florian etwas erwidern konnte, fort: »Hast du unten bei der Witwe Appelsack gelegen?«

Jetzt war es heraus!

Florian schaute seine Frau entgeistert an. »Wo soll ich gewesen sein? Weshalb?« Er verstand die Welt nicht mehr, und seine geliebte Elisabeth am allerwenigsten.

»Ich habe dich kommen hören, aber ich konnte nur das Geräusch unserer Stubentür wahrnehmen. Die Haustür unten habe ich dich nicht schließen hören«, sagte sie und warf eigensinnig den Kopf zurück.

»Elisabeth, Liebste, du glaubst doch nicht im Ernst …« Er konnte den Satz nicht zu Ende bringen. Zu abstrus war die Vorstellung, die sich offenbar im Hirn seiner Ehefrau breitgemacht hatte.

Ausführlich berichtete er ihr, was er tatsächlich in der Nacht getrieben hatte, und nach und nach hellte sich Elisabeths Miene wieder auf.

»Ist das auch wahr?«, fragte sie schließlich.

»Aber natürlich, mein Schatz. Niemals könnte ich dich belügen, und schon gar nicht betrügen. Außerdem«, behutsam ergriff er ihre Hände, »dass du die Haustür nicht gehört hast, mag gut sein, da du noch im Halbschlaf warst und ich mich bemüht habe, keinen Lärm zu machen, aber die verdammte Tür zur Stube der Witwe, die immer so fürchterlich klemmt, hättest du ganz gewiss erhorcht, wenn ich sie betätigt hätte, oder meinst du nicht?«

»Das stimmt wohl.« Erleichtert erhob sich Elisabeth halb und drückte ihrem Mann einen zärtlichen Kuss auf den Mund. »Verzeih mir meine unbedachte Eifersucht. Gehen wir nachher alle zusammen zum Jahrmarkt?«

»Aber natürlich! Dieses Spektakel werden wir doch unserem kleinen Valentin nicht vorenthalten.«

Am späteren Nachmittag brachen die drei in Richtung Alter Markt auf.

Hier hatte sich wie jedes Jahr zur Pfingstkirchweih allerlei fahrendes Volk eingefunden. Kunststücke, Kuriositäten und die erstaunlichsten Dinge waren hier vertreten. Es gab Feuerschlucker und Männer, die Steine zerkauten, ohne dass ihre Zähne Schaden nahmen. Andere warfen Messer oder stürzten sich in die Klingen von Schwertern, um gleich darauf unverletzt wieder aufzustehen. Ziegen balancierten über ein Seil, Affen an der Leine liefen mit einem Hut durch die Menge, um kleine Münzen einzusammeln, und sogar ein Tanzbär war in diesem Jahr dabei. Als Florian seiner Frau allerdings erzählte, dass der Bär seine aufrechte Haltung nur durch den schmerzhaften Nasenring einnahm und die ulkigen Bewegungen aufgrund von heißen Eisenplatten unter seinen Hintertatzen vollführte, zog sie ihn schnell weiter.

Auch die zur Schau gestellten menschlichen Monster, arme Leute, die durch irgendwelche Verwachsungen oder Verletzungen gar furchtbar aussahen, wirkten auf Elisabeth und Valentin eher abschreckend. Begeistert war der kleine Junge dafür von den Possenreißern, und Elisabeth konnte sich an der Geschicklichkeit der Akrobaten nicht sattsehen. Es war dieses Mal auch der weithin berühmte Artist Claus von Costnitz unter ihnen, der so verblüffende Verrenkungen vollführte, dass den Umstehenden vor Staunen die Münder offenstanden. Überall zogen die fröhlichen Spielmannszüge umher, die das bunte Gedränge mit lauten Tönen aus Dudelsack, Pfeifen und Trommeln aufmischten.

Florian Grimm genoss den Ausflug mit seiner Familie, erleichtert, an diesem Feiertag nicht wie in den Vorjahren arbeiten und in der Menge nach Taschendieben oder ärgeren Halunken Ausschau halten zu müssen.

Kapitel X

In der Stube war es schon seit Tagen so stickig, dass einem die Luft zum Atmen knapp wurde. Der Juni brachte eine erste Hitzewelle, unter der die Stadt am Rhein dumpf dahinbrütete. Elisabeth ließ die Tür ständig offen stehen und hatte auch die Rinderhaut von dem einzigen kleinen Fenster entfernt. Dennoch brachte das bisschen Durchzug kaum Erleichterung, sondern trug zusätzlich den in den Sommermonaten üblichen Gestank vom nahen Fluss in die Stube.

»Da, Dreck«, rief Valentin vergnügt. Er durfte an diesem Morgen seiner Mutter beim Reinigen des Raumes helfen und war jedes Mal aufs Neue begeistert, wenn er durch das Aufstöbern von Mäusekot seinen kleinen Beitrag dazu leisten konnte. Nervös schlug die junge Frau mit dem Wischlappen gegen das Tischbein, um gleich zwei der in Scharen herumschwirrenden grünlichen Fliegen zu erlegen.

Seit dem Streit mit ihrem Mann am Pfingstsonntag hatte sie der peinigende Gedanke »Was wäre, wenn doch?« nicht mehr ganz losgelassen. Eigentlich hatte sie ihm seine Geschichte von der Nachtwache auf dem Handelsschiff geglaubt und vertraute ihm auch weiterhin, obwohl er inzwischen noch vier weitere Nächte dem Ehebett ferngeblieben war. Im hintersten Winkel ihres Herzens jedoch hatte sich eine diffuse Angst eingeschlichen. Hinzu kam, dass sie sich in der letzten Zeit oft unwohl fühlte, und beides zusammen machte sie in diesen Tagen leicht reizbar.

»Gott zum Gruße, Frau Nachbarin«, nahm sie auf einmal Christina Appelsacks Stimme hinter sich wahr. Auf dem Boden kniend drehte sie sich zu ihr um.

»Guten Morgen, Christina«, sagte sie und wischte sich eine rotblonde Haarsträhne aus dem Gesicht.

»Ist das eine Hitze, puh.« Die Witwe ließ sich unaufgefordert auf einen der Stühle fallen. »Hier oben bei euch ist es wahrlich noch ärger als bei mir unten. Wie hältst du das bloß aus?«

»Was will man machen? Im Sommer wünscht man sich den kühlen Winter herbei, und an eisigen Januartagen kann es nicht schnell genug wieder Sommer werden«, meinte Elisabeth philosophisch.

»Da«, krähte Valentin, stapfte auf Frau Appelsack zu und legte ihr stolz einen soeben gefundenen Mäusedreck in den Schoß.

»Du bist aber tüchtig«, lobte diese, fegte die Beute des Kleinen aber sogleich achtlos von ihren Knien auf den frisch geputzten Boden. »Du siehst gar nicht gut aus, Lisbeth«, wandte sich die Witwe wieder an die Mutter. »Ist dir nicht wohl?«

»Doch, doch. Alles in Ordnung mit mir. Es ist nur wirklich zu warm im Moment.« Sie stand auf, rieb sich die Hände am Stoff ihres Kleides ab und setzte sich zu Frau Appelsack an den Tisch. »Ein wenig übel ist mir.«

»Ich könnte dir etwas Ulmenrinde bringen. Die habe ich immer getrocknet vorrätig. Du musst sie nur zu Pulver zerstoßen und mit etwas Milch vermengen. Der Brei hilft zuverlässig bei allen Beschwerden des Magens.«

»Lass gut sein, danke. Es geht schon wieder.« Müde lächelte Elisabeth ihre Nachbarin an.

»Vielleicht ist es nicht nur das heiße Wetter, welches deine Übelkeit verursacht. Auch seelische Nöte können einem leicht auf den Magen schlagen.«

Als die Jüngere still blieb, fuhr die Witwe fort: »Lisbeth, Mädchen, mir brauchst du doch nichts vorzumachen. Ich sehe dir doch an, dass dich etwas quält. Ist es wegen Florian?«

»Florian? Was soll mit ihm sein? Wieso denkst du, dass ich seinetwegen Kummer habe? Es geht ihm gut.«

»Nur gut?«, gab Christina zurück. »Oder eventuell zu gut?«

»Was meinst du mit ›zu gut‹?«

»Ach, Mädchen! So naiv, wie du gerade tust, bist du doch gar nicht. Die Eifersucht ist in dein Herz gekrochen, nicht wahr? Weil dein Ehemann in letzter Zeit des Öfteren erst im Morgengrauen heimkommt.« Teilnahmsvoll streichelte sie ihr bei diesen Worten über die schwieligen Hände.

»Florian muss manchmal die ganze Nacht über arbeiten, das bringt sein Beruf als Büttel so mit sich«, verteidigte Elisabeth ihren Gatten halbherzig. »Woher weißt du überhaupt, dass er gelegentlich bis zum ersten Hahnenschrei ausbleibt?«

»Wenn man älter wird, braucht man nicht mehr so viel Schlaf.«

Seufzend strich sie über die Falten in ihrem Ausschnitt, als ob sie diese dadurch glatt bekommen könnte. »Außerdem sind die Tage derzeit lang. So werde ich meist sehr früh wach und liege dann, den Vögeln und den Morgengeräuschen vom Fluss lauschend, in meiner Bettstatt. Ich habe noch jedes Mal mitbekommen, wenn Florian sich verspätet hat. Er arbeitet also so lange, meinst du? Aber dein Gefühl sagt dir etwas anderes. Ich verstehe dich. Solch peinigende Gedanken können einen Menschen ganz furchtbar belasten. Wenn der eigene Ehemann fremden Weibsbildern beischläft ... einfach schrecklich!«

»Hör auf damit!«, fuhr Elisabeth die Ältere an, konnte aber gleichzeitig nicht verhindern, dass ihr die Tränen heiß in die Augen schossen. »Florian liebt mich. Er würde mich niemals betrügen!« Sie sprang auf und griff wieder nach dem am Boden liegenden Putzlappen.

Christina Appelsack wiegte bedächtig ihren Kopf hin und her. »Besitzt du eigentlich ein Duftwasser?«, fragte sie nach einer Weile.

»Duftwasser? Nein! Was für ein Duftwasser?« Erstaunt hielt die junge Frau in der Bewegung inne.

»Ich dachte nur, du hättest neuerdings ein solches mit dem intensiven Aroma von Maiglöckchen. Ein Geschenk deines Mannes vielleicht?« Der mehrdeutige Blick, der diese Frage begleitete, verhieß nichts Gutes.

»Wieso Maiglöckchen?«

»Es lag an manchen Tagen dieser ganz spezielle Duft in unserem Hausflur. Hast du ihn denn nicht wahrgenommen?« Sie wartete die Wirkung ihrer Aussage kaum ab, sondern fuhr fort: »Frische Maiglöckchen gibt es jedenfalls seit Wochen keine mehr. Und wenn der Duft nicht von dir stammt ... Ich selbst benutze jedenfalls nur an hohen Feiertagen ein wenig von dem Rosenwasser, von welchem mir mein verstorbener Ehemann – Gott hab ihn selig – einmal ein winziges Fläschchen geschenkt hat. Und sonst wohnt hier im Haus ja niemand.«

»Was willst du damit andeuten?«

»Nichts, mein liebes Mädchen, gar nichts. Nur, wenn du und ich den Maiglöckchengeruch nicht ins Haus getragen haben, wer wohl dann?«

»Christina, du ...« Fassungslos starrte Elisabeth die Witwe an.

»Ich muss jetzt leider los, um meine Einkäufe zu tätigen. Mach dir nicht so viele Gedanken. Wird sich alles schon wieder einrenken.« Damit erhob sie sich und schritt durch die offene Tür.

Elisabeth sank wieder auf die Knie, um benommen ihre Putzarbeit fortzusetzen. Die Worte der Nachbarin hallten in ihren Ohren wider, und jetzt glaubte auch sie, eine leichte Spur von Maiglöckchen vom Flur her wahrzunehmen.

Im Laufe des Tages verwandelten sich die Tränen der jungen Frau in handfesten Zorn, und als Florian am Nachmittag zum Essen heimkam, war er auf seinem Höhepunkt.

»Du Mistkerl!«, wurde er zu seiner allergrößten Verwunderung empfangen. »Es ging dir also nie um die alte Witwe von unten! Die hat wahrscheinlich nur als Kupplerin gedient.«

Elisabeth schnappte nach Luft, um sogleich in ihrer Schimpftirade fortzufahren: »Auf Maiglöckchenduft stehst du also, ja? Damit kann ich leider nicht dienen, denn mit so etwas Hübschem hat mich noch nie jemand beglückt. Wer ist sie? Eine Hübschlerin vom Berlich? Sag nichts! Ich will es gar nicht wissen.«

So aufgebracht hatte Florian Grimm seine Frau noch nie erlebt, und er verstand überhaupt nicht, um was es eigentlich ging.

»Elisabeth, wovon sprichst du denn bloß? Maiglöckchen?«

»Jetzt tu mal nicht so scheinheilig! Ich habe dir immer vertraut, und du, du ...«

Wutschnaubend nahm sie das Kind auf den Arm, das bei ihrem Zornesausbruch zu weinen begonnen hatte. »Ich halte das nicht mehr aus! Noch nie in meinem Leben habe ich mich so gedemütigt gefühlt«, fuhr sie ihn weiter an. »Diese nächtlichen Sonderdienste kamen mir gleich seltsam vor, und nun noch dieser Duft im Treppenhaus. Von mir stammt der nicht, und auch nicht von Christina! Warum tust du uns das an?«

»Was tue ich euch an? Ich verstehe immer noch nichts.« Hilflos versuchte Florian, einen Sinn in die wirren Anschuldigungen seiner Frau zu bringen.

»Du hast mich zutiefst verletzt«, schniefte Elisabeth jetzt in weinerlichem Ton. »Niemals werde ich dir verzeihen können. Wie konntest du dich nur so schändlich verhalten?«

Der Büttel, in seinem Berufsalltag durchaus daran gewöhnt, sich durchzusetzen und autoritär aufzutreten, war mit der plötzlichen Verwandlung seiner Gattin völlig überfordert. Ihr gegenüber konnte er nicht hart sein, sie seinerseits anzubrüllen schien ihm ganz und gar unmöglich. So konnte er nur ohnmächtig zuschauen, wie Elisabeth einige Kleidungsstücke für Valentin und für sich selbst zu einem Bündel zusammenschnürte und ohne ihm eine Chance zur Verteidigung zu geben die Stube in der Waldemansgasse mit dem Kind auf dem Arm verließ.

***

Goddert Hardevust trat aus dem Amtsgebäude des Molteners. Der Bericht, den Conrad Saurmann ihm mit den Zahlen über die Mahlleistung der Pollux vorgelegt hatte, hätte ihn durchaus zufrieden stimmen können. Dennoch war seine Stirn in tiefe Sorgenfalten gelegt, als er nun seinen leichten, sommerlichen Hut darüberstülpte. Etwas anderes, das er soeben von dem Molterschreiber erfahren hatte, bereitete ihm Kopfschmerzen.

Er lenkte seine Schritte die Rheingasse hinauf und betätigte den schweren Türklopfer am Tor zum Hause Overstolz. Augenblicklich öffnete ein Bediensteter, der ihm allerdings nur mitteilen konnte, Herr Thilman Overstolz sei zum Holzmarkt gegangen, und höflich fragte, ob er mit einem anderen Familienmitglied zu sprechen wünsche. Hardevust verneinte dankend und ging auf demselben Weg zurück, der ihn hergeführt hatte.

Am Flussufer bog Hardevust nach rechts ab und fand den Gesuchten bald an einem Floß, das gerade entladen wurde. Es war so breit, dass mehrere dieser Art nebeneinandergelegt eine treffliche Brücke über den Rhein abgeben würden, wie Cöln sie durchaus in früheren Zeiten besessen hatte.

Schon Caesar hatte bei seinem Germanienfeldzug einen hölzernen Übergang bauen lassen, und im 4. Jahrhundert war auf Anweisung des in Trier residierenden Kaisers Konstantin I. gar eine ordentliche Steinbrücke über den Rhein errichtet worden. Brun I., der erste Cölner Erzbischof, der zugleich Stadtherr war, hatte die Brückenpfeiler niederreißen lassen, um die Stadt nach außen hin besser zu schützen.

Doch Goddert Hardevust würdigte das imposante, mit mehreren Holzhütten bestückte und riesigen Baumstämmen aus der Silva nigra beladene Floß keines Blickes. Schnurstracks lief er auf seinen Freund Overstolz zu.

Dieser war in Begleitung seiner beiden Söhne und hatte überdies den Zimmermann Daim Pechleffel mitgebracht, dessen roter Haarschopf in der Sonne funkelte. Gemeinsam suchten sie die besten Stämme aus, die mit größter Selbstverständlichkeit sofort für den bekannten Patrizier reserviert wurden.

»Thilman, ich muss dich sprechen«, legte der Neuankömmling unverzüglich los.

»Nicht jetzt, Goddert, nicht jetzt«, antwortete der Angesprochene unwirsch. »Die Holzschau erfordert höchste Konzentration, und es ist ja schließlich in unser aller Interesse, dass ich mich um den Ankauf geeigneter Hölzer kümmere.«

»Wenn du meiner Angelegenheit kein Gehör schenkst, werden wir das Holz für die Umbauten vielleicht nie benötigen«, gab Hardevust zurück. Die Unruhe, die in seinem Tonfall mitschwang, ließ den anderen schließlich aufmerken.

»Also gut. Was ist los?«, fragte Overstolz und rief – bevor er sich mit Hardevust einige Schritt weit entfernte – dem Zimmermann zu: »Pass auf, dass wir nur die besten Stämme erhalten, die allerbesten und kräftigsten!«

»Ich komme gerade von Saurmann, und er erwähnte, als ich ihn nach irgendwelchen besonderen Vorkommnissen fragte, dass dieser Büttel – seinen Namen weiß ich gar nicht, aber du weißt schon, wen ich meine ...«

»Grimm heißt er, Florian Grimm«, unterbrach Thilman. »Was ist mit ihm?«

»Dieser Büttel war nochmals bei unserem Moltener. Er scheint nicht lockerzulassen.«

»Das ist mir bekannt. Na, und? Irgendwann wird er schon merken, dass seine Herumfragerei zu nichts führt.«

»Er fragt nicht nur überall im Hafen den Leuten Löcher in den Bauch, sondern, wie es scheint, treibt er sich nun auch noch des Nachts hier am Strom herum. Conrad Saurmann hat zweimal beobachtet, wie der Büttel bei Tagesanbruch, als er selbst gerade seine Amtsstube entriegelte, durch die Lyskirchenpforte vom Rhein her in die Stadt zurückkam. Ich frage mich, was er um diese Zeit wohl draußen am Wasser gemacht hat.«

Overstolz sog scharf die warme Luft ein. »Das ist in der Tat äußerst ungewöhnlich und – da hast du recht – ziemlich beunruhigend. Wir werden ihn beim erzbischöflichen Schöffenkolleg wegen Überschreitung seiner Befugnisse anklagen müssen. Dieser sture Mensch! Ich dachte, wir hätten ihm deutlich genug zu verstehen gegeben, dass er sich aus allen Angelegenheiten der Pollux herauszuhalten hat.« Der Patrizier schnaufte vernehmlich und wischte sich mit einem seidenen Tuch, das er die ganze Zeit über in der Hand hielt, den Schweiß von der Stirn.

»Wozu groß verhandeln?«, überlegte Hardevust laut. »Wenn wir ihn vor die Schöffen bringen, wird nur in alten Geschichten herumgestochert und aller Augenmerk auf die Mühle gelenkt. Glaube mir, da sitzen einige Herren unter uns, die nichts Besseres zu tun haben, als irgendwelche belanglosen Dinge so aufzubauschen, dass aus einer Bagatelle gleich ein Präzedenzfall wird. Nein, damit dürfte uns kaum gedient sein. Lassen wir ihn doch einfach im Narrenturm verschwinden.«

»Ins Dollhuiß für wansynnige lude*? Aber er ist doch nicht von Sinnen!«

»Ich gebe ihm drei Tage dort zwischen den gefährlichen, angeketteten Kranken, wo man das Stroh nur viermal im Jahr wechselt, und er wird es sein.«

Overstolz dachte über die Möglichkeit nach, den Büttel als Geisteskranken in einen der Stadttürme sperren zu lassen, weil er die öffentliche Sicherheit bedrohe.

»Auch dazu benötigen wir einen offiziellen Beschluss der Schöffen«, meinte er, »und zusätzlich vielleicht noch eine amtliche Bestätigung durch den Rat. Letztere könnte ich wohl selbst in die Hand nehmen, doch das wäre ein zu komplizierter Weg. Aber wir müssen ihn unbedingt aufhalten. Wenn er noch länger um die Rheinmühle herumschleicht, wird er über kurz oder lang, auf jeden Fall aber zu früh, unsere Pläne entdecken. Wir reden bei unserem nächsten Treffen mit den anderen über dieses Problem.«

* Tollhaus für wahnsinnige Leute/Irrenanstalt

Mit diesen Worten wandte sich Overstolz wieder seinem Baumaterial zu.

***

Florian saß wie versteinert in der Stube in der Waldemansgasse.

Es war alles so schnell gegangen. Er war so überrascht gewesen, dass er keinerlei Anstalten gemacht hatte, seine Frau aufzuhalten. Warum nur war sie so aufgebracht gewesen? Wo mochte sie hingegangen sein? Hatte sie nicht ein Kleiderbündel geschnürt? Wozu? Und was hatte es mit diesem ominösen Maiglöckchenduft auf sich? Hatte er irgendwann einmal überhört, dass sie sich ein solches dringend wünschte? Wollte sie mit Valentin länger fortbleiben? Aber wo sollte sie wohl nächtigen?

Die Fragen überschlugen sich im Kopfe des Büttels. Unfähig, auch nur eine einzige klar zu beantworten, stand er endlich auf, nahm sich ein Stück trockenen Brotes auf die Hand und ging zum Rhein hinunter, wo er sich auf einem Felsblock niederließ und auf den schlammig-braunen, im Sonnenlicht träge dahinfließenden Strom starrte.

Er nahm weder die Schiffe wahr, die vor seinen Augen den Rhein hinuntertrieben oder in südlicher Richtung flussaufwärts getreidelt wurden, noch den Lärm, der hinter ihm von der langen Zeile der Lagerhäuser und den nahen Gassen herüberdrang. Die Stunde der Vesper war längst vorüber, die Sonne stand in seinem Rücken so tief, dass nur noch das Licht von ihrem Dasein zeugte, und doch war es noch so heiß, dass ihm sein volles dunkles Haar am Haupt klebte und sich große Schweißflecken auf dem rotweißen Surkot unter den Achseln abzeichneten.

Der Büttel erhob sich von seinem Felsensitz und ging durch die nächstgelegene Pforte zurück zur Waldemansgasse. Der plötzliche Gedanke, Elisabeth sei bereits wieder zu Hause und bringe gerade jetzt den kleinen Valentin wie gewohnt zu Bett, beflügelte seine Schritte.

Doch als er die Stubentür aufstieß, musste er sogleich einsehen, dass es sich nur um einen frommen Wunsch gehandelt hatte. Der Raum, den er, soweit er zurückdenken konnte, niemals menschenleer gesehen hatte, erschien ihm auf einmal nackt und kalt. Durch die ungewöhnliche Leere wirkte er geradezu riesig.

Wieder stürmten die Fragen der vergangenen Stunden auf Florian ein. Die Vorwürfe seiner Frau hatten sich in seinem Kopf mittlerweile zu einem halbwegs klaren Ganzen formiert. Deutlich hatte sie ihn nach einer anderen Frau gefragt, nach einer Hübschlerin. Und was hatte sie über Christina gesagt? Was war nur mit Elisabeth los? Zunächst, am Pfingsttage, die lachhafte Annahme, er könne der Witwe Appelsack verfallen sein, und nun gar die Vorhaltung, er sei zu einem Weib des losen Gewerbes ins Bett gestiegen!

Natürlich kannte er eine ganze Reihe der Cölner Hübschlerinnen persönlich. Schließlich gehörten zu seinen Aufgaben als Ordnungshüter auch die Beaufsichtigung und der Schutz der Frauen, die ihre Liebesdienste gegen Geld anboten. Sie trieben sich in allen Wirtshäusern der Stadt herum, die er regelmäßig kontrollierte, und oft genug musste er die eine oder andere wegen übertriebener Schamlosigkeit in der Öffentlichkeit verwarnen. Wenn genug Bier geflossen war, kam es auch vor, dass eines der Mädchen seine Brüste aus dem Mieder holte und irgendwelchen potenziellen Kunden in voller Blöße präsentierte. Er bekam also durchaus bei seiner Arbeit manches Mal wohlgeformte und reizvolle Busen zu sehen, aber niemals war auch nur im Entferntesten die Idee in ihm aufgestiegen, von den verbotenen Früchten zu naschen. Schließlich war er ein verheirateter Mann, trug Verantwortung für Frau und Kind und liebte seine Familie aufrichtig.

Die Ehe mit Elisabeth war für ihn keine Pflichtverbindung oder Zweckheirat gewesen, wie es auf die meisten anderen Paare zutraf, sondern aus wahrer Liebe und Leidenschaft zustande gekommen. Er hatte, als er sich vor etwa fünf Jahren auf sie eingelassen hatte, sofort gewusst, dass sie und keine andere die Frau seines Lebens war. Und er hatte um sie gekämpft!

Da war zum einen ein Schwager von Elisabeth gewesen, ein Gauner und Nichtsnutz, welcher jedoch als Bruder ihres verstorbenen ersten Gatten das Vorrecht gehabt hätte, sie zu ehelichen, zum anderen hatte er sich auch noch gegen Bartholomäus Wille, den Wirt des Haxenhauses, ihren ehemaligen Arbeitgeber, durchsetzen müssen, der sie partout nicht hatte freigeben wollen, weil sie sich bei den Besuchern des Wirtshauses allergrößter Beliebtheit erfreute und so das Geschäft kräftig ankurbelte. Doch er hatte alle diese Hindernisse überwunden und endlich zu Neujahr 1272 die geliebte Frau geheiratet. Nach anfänglichen Schwierigkeiten, ein Kind zu bekommen, hatte sie ihm einen wundervollen Sohn geschenkt, und auch in der Beziehung zwischen den Eheleuten hatten stets Harmonie, echte Zuneigung und Respekt voreinander geherrscht.

Und nun dieser abrupte Wandel! Florian Grimm schritt die Stiege hinunter und traf in der Haustür auf Frau Appelsack.

»Guten Abend, Herr Nachbar! Ihr seid aber spät dran heute! Wenn ich sonst um diese Zeit von meinem Spaziergang heimkehre, seid Ihr doch immer schon zu Eurem abendlichen Dienst aufgebrochen.«

Der Büttel wollte sich mit einem knappen »Guten Abend, Frau Appelsack« an ihr vorbei ins Freie schleichen, doch sie verstellte ihm den Weg.

»Ihr seht aber gar nicht gut aus. Auch Eurer Frau war es heute Morgen nicht wohl zumute. Vielleicht habt Ihr ein verdorbenes Nahrungsmittel zu Euch genommen? Soll ich Euch einen Kräutertrunk zubereiten?«

»Nein, nein«, wehrte Florian ab. »Meinem Magen geht es gut. Es ist nur die Hitze, die mir wie allen anderen zu schaffen macht.« Abermals versuchte er, sich an der Witwe vorbeizudrängen, und berührte sie dabei an der Schulter.

»Hoppla, nicht so stürmisch«, sagte sie gefallsüchtig lächelnd und zog ihren halblangen Ärmel, der bei dem leichten Stoß keineswegs verrutscht war, so hinab, dass sich der Brustausschnitt ihres Kleides vergrößerte.

»Verzeihung«, murmelte der Mann, »aber ich bin in Eile. Ich habe mich tatsächlich heute etwas verspätet.«

Endlich gab Christina Appelsack die Tür frei. »Und Frau und Kind geht es gut?«, fragte sie noch, erhielt aber von dem Davoneilenden keine Antwort mehr.

»Wohl kaum«, führte Nachbarin Appelsack das Gespräch mit sich selbst fort, während sie ihre Stube betrat. »Beziehungsweise, Ihr wisst es nicht. Ihr könnt es gar nicht wissen, denn sie sind weg. Alle beide weg. Habe Elisabeth mit dem Kind und einem

Bündel vor einigen Stunden davoneilen sehen, als sei der Düvel hinter ihr her, und sie ging bestimmt nicht zum Markt oder zur Kirche, so wie sie dreinschaute. Aber warte nur, mein Hübscher, die Einsamkeit wird dir schon noch zu schaffen machen, und dann bin ich für dich da.«

Schmunzelnd trat sie an ein Wandbord, auf dem sich allerlei kleine Töpfchen, Fläschchen und Dosen aneinanderreihten. Sie hob verschiedene Deckel an und schnupperte am Inhalt der Gefäße: Eisenkraut, Salbei, Kamille. Den nächsten Tiegel brauchte sie nicht zu öffnen. Sie wusste, dass er die Paste aus Ringelblumen und Honig enthielt, die sie sich täglich auf ihre geschwollenen Krampfadern schmierte – es war das einzige ihrer Präparate außer dem Laxativum, welches sie regelmäßig selbst verwendete. Tausendgüldenkraut, Fenchel, Babela und Ulmenrinde, die Mittel gegen Magenbeschwerden; dann die kleine Flasche mit dem gefäßerweiternden Wermutwein; getrocknete Petersilie, Pfefferminze, Engelwurz und entzündungshemmende Kräuter wie Klette, Löwenzahnwurzel und Thymian.

»Ah, da ist es ja!« Endlich hatte sie in der hinteren Reihe das kostbarste Gut ihrer Sammlung gefunden: »Mandragora vernalis, die Alraune, ein unfehlbares Zauberkraut!«

Sie hatte die kleine, rübenartige, mehrfach gegabelte Wurzel, die mit etwas Phantasie eine menschenähnliche Gestalt aufwies, vor Jahren von einem fahrenden Händler erstanden. Dass dieser der Knolle mit seinem Messer in stümperhafter Schnitzerei die seltsame figürliche Form verpasst haben könnte, kam ihr nicht in den Sinn.

Christina Appelsack hütete ihre wundersame Alraune sorgsam in einem fest verschließbaren Holzgefäß. Viele ihrer weiblichen Bekannten beneideten sie um das hochgeschätzte Wundermittel, welches allgemein als Friedelwurz bekannt war. Von der Wirkung ihrer Zauberwurzel, die sie jetzt vorsichtig aus der Dose hervorzog, war Witwe Appelsack fest überzeugt, hatte doch der Krämer, der sie ihr für teures Geld verkauft hatte, ihr damals genauestens berichtet, wie er sie aus der Erde gezogen hatte. Er hätte lange nach einer Stelle gesucht, hatte er beim Verkauf erzählt, an der eine wirkungsverheißende Alraune unter einem Galgen aus dem Harn oder Sperma eines Gehenkten wuchs. Dann sei er streng nach den Anweisungen des Flavius Iosephus vorgegangen, wonach man der in der Nacht hell strahlenden Alraune nur habhaft werden konnte, wenn diese von einem schwarzen Hund aus dem Boden gezogen wurde. Er selbst habe sich vorschriftsmäßig bei dieser Prozedur die Ohren verstopft, um von dem fürchterlichen Schrei, den die menschengestaltige Wurzel dabei ausstieß, nicht getötet zu werden.

Andächtig betrachtete Frau Appelsack das verzweigte Gewächs, und ein leiser Schauer überlief sie. Bisher hatte sie die magische Pflanze noch nie als Aphrodisiakum eingesetzt. Sie hatte ihre Zauberwurzel vielmehr all die Jahre über als Talisman, als Spiritus familiaris, aufbewahrt, der ihr Glück, Reichtum und Gesundheit bescheren sollte. Von Zeit zu Zeit hatte sie das Alraunmännchen herausgenommen und gebadet, wie es ihr der Krämer geraten hatte. Als Potenzstärkungsmittel hatten andere Substanzen als die Friedelwurz bisher immer hinreichend gelangt, und auf die Herstellung solcher verstand sie sich besonders gut. Ihre persönlichen Favoriten waren eine Paste zum Einreiben der Genitalien, die sie aus dem Hirn von Hengst oder Stier, Eidotter, Krebsfleisch und Menstrualblut mischte, sowie ein Trank zur Förderung der Libido, welcher zerstampfte Tierhoden, Geflügelleber, Vaginalsekret und zur geschmacklichen Bereicherung Knoblauch und Anis enthielt.

Doch in diesem ganz speziellen Fall wollte Christina Appelsack nicht so recht auf ihre altbewährten Liebesgenussmittelchen vertrauen, sondern ganz auf Nummer sicher gehen.

***

Bei seiner abendlichen Runde durch Cölns Wirtshäuser konnte Florian Grimm sich dieses Mal nur schlecht auf das Aufspüren von verbotenem Glücksspiel und anderen Missetaten konzentrieren, und auch das Gruit, das man ihm an verschiedenen Orten, teils aus Freundlichkeit, teils um sich die Amtsperson gewogen zu halten, kredenzte, wollte nicht so recht schmecken. Seine Gedanken kreisten ständig um Elisabeth und Valentin und die damit verbundene Frage, wo die beiden wohl die Nacht verbringen würden. Seine Frau hatte keine persönlichen Anverwandten in der Stadt und seines Wissens nach auch keine Freundinnen, die vertraut genug wären, um sich bei ihnen beherbergen zu lassen.

Im Haxenhaus verweilte er länger als üblich, in der Hoffnung, dort vielleicht irgendeinen Hinweis aufzuschnappen, dass sie sich in ihrer alten Kammer im Dachgeschoss des Lokals am Rhein verkrochen hatte. Sich direkt nach ihr zu erkundigen wäre ihm äußerst unangenehm gewesen und zweifellos mit peinlichen Fragen einhergegangen. Aber nichts deutete auf Elisabeths Anwesenheit an ihrer früheren Arbeitsstelle hin.

Die Möglichkeit, dass sie die Stadt noch am selben Tag verlassen hatte, schloss Grimm aus, denn dieser war schon sehr fortgeschritten gewesen, als sie mit Kind und Bündel der Waldemansgasse den Rücken gekehrt hatte. Wo konnte sie nur stecken? Wo fand eine junge Frau mit ihrem Nachwuchs Unterschlupf?

Ein furchtbarer Gedanke kam ihm plötzlich in den Sinn, als er gerade durch die Schildergasse ging. Was wäre, wenn sie Zuflucht in einem der Frauenhäuser auf dem Berlich gesucht hätte? Er beschleunigte seine Schritte, bog nach rechts in die Casiusgasse ab, eilte dann die Filzgasse entlang und erreichte schließlich die ersten Bordelle. Atemlos vom schnellen Lauf und der Aufregung, die ihn gepackt hatte, klopfte der Büttel nacheinander an alle in Frage kommenden Pforten. Wie dankbar war er in diesem Augenblick für seine Amtsautorität, die ihm auch innerhalb der Häuser alle Türen ohne Verzögerung öffnete.

»Guten Abend, Drautsche«, grüßte Florian eine alteingesessene Dirne, die er schon seit Beginn seiner Dienstzeit in Cöln kannte. Dass er sie bei der Ausübung ihres Berufs aufschreckte, schien sie nicht im Geringsten zu stören.

»Aah, dä Büddel! Wellste metmaache?« Die halb nackte Frau setzte sich unbefangen lachend auf, während der Mann neben ihr eilig ein Kleidungsstück heranzog und seine Blöße damit bedeckte. Mit der freien Hand versuchte er dennoch, weiter Drautsches Busen zu befingern.

»Nemm dinge iggelije Knuppe fott, do dreggelije Bock«, wies sie ihn zurecht, gab ihm einen Klaps auf die Hand und wendete sich dann wieder dem Büttel zu. »Wat jibbet dann esu Wichtijes?«

»Hat heute Abend vielleicht eine junge Frau mit rotblondem

Haar und einem kleinen Jungen bei euch um Unterkunft gebeten?«

Drautsche blickte dem Eindringling tief in seine traurigen grünen Augen. »Do söökst ding Lisbeth, stemmts? Is et dann fottjeloofe?«

Florian Grimm nickte stumm, wohl wissend, dass das, was der erfahrenen Hübschlerin an Menschenkenntnis fehlte, bequem auf die Spitze einer Nadel passen würde.

»Ich han dich jo äsch jään, evver ich kann nix für dich dun. Mer han se hee net gesonn.« Sie stand auf, strich ihm kurz mütterlich über den Kopf, sagte: »Dat Leevche kütt janz bestemmt ebald zoröck«, und widmete sich dann ohne weitere Abschiedsworte wieder ihrem wartenden Kunden.

Nicht in allen Häusern auf dem Berlich war der Büttel so bekannt. In manchen wechselten die Mädchen einander in so rascher Folge ab, dass bei jedem Kontrollgang neue, fremde Gesichter unter ihnen zu finden waren. In einem der größeren Häuser wurde er, trotz seines auffälligen Amtssurkots, sogleich von mehreren Frauen bedrängt.

»Wat för e Käälslück«, schmeichelte eine. »Dä hätt als enne stonn«, behauptete eine andere, und eine dritte, die ihm ihre blanken riesigen Brüste unter die Nase hielt, sagte: »Luurens ming Milschjeschäff!«

Büttel Grimm musste seine ganze Autorität einsetzen, um sich die Weibsbilder vom Leib zu halten. Seine Frage nach Elisabeth konnte er sich sparen – es war völlig undenkbar, dass sie sich bei solch aufdringlichen Weibern versteckte.

Als er schon in der Tür stand, hörte er eine der Dirnen leise murmeln: »Najo, jede Jeck is anders«, während eine üppige Schwarzhaarige ihm laut »Hillijefrässer!« hinterherrief. Er ignorierte beide Kommentare und setzte seine Suche auf dem Berlich fort.

Doch nachdem er etwa eine Stunde lang die ganze Gegend abgesucht hatte, konnte er die Sorge, dass Elisabeth sich für diese Art von Notquartier entschieden hatte, vergessen. Die Verzweiflung darüber, wo sie mit Valentin abgeblieben war, wuchs.

In der Nähe der Kirche St. Andreas traf Florian Grimm zwei Männer von der nächtlichen Feuerwache der Stadt, mit denen er sich vor einiger Zeit angefreundet hatte. Sie überredeten ihn zu einer kurzen gemeinsamen Pause und zogen den Widerstrebenden ins nächste Wirtshaus. Der Aufenthalt dort gestaltete sich deutlich länger als geplant, und der Büttel schwankte verdächtig, als er endlich die Richtung seines Zuhauses einschlug.

Kapitel XI

Grimms Schädel brummte, als er erwachte. Seit seiner Hochzeitsfeier hatte er keine solchen Mengen Bier mehr zu sich genommen. Es dauerte eine Weile, bis er sich orientiert hatte: die leere Schlafstatt, er selbst noch voll bekleidet vom Vorabend und das Hämmern in seinem Kopf.

Nach und nach drangen all die unerfreulichen Begebenheiten des vergangenen Tages in sein Bewusstsein zurück. Schwerfällig stand Florian Grimm auf und schüttete sich mehrere Handvoll Wasser ins Gesicht. Dann wurde er sich seiner misslichen Lage wieder vollends klar, und zugleich kehrte auch die Sorge um Elisabeth und Valentin zurück.

Nach Verlassen des Hauses lenkte der Büttel seine Schritte rasch durch die staubigen Straßen in Richtung St. Kolumba, denn in diesem Kirchspiel befanden sich die meisten Beginenkonvente. Die Zahl dieser Gemeinschaften von Frauen und Witwen, die gemeinsam ein religiöses Leben führen wollten, war in Cöln unglaublich hoch, und er wusste, dass er sich sputen musste, wenn er sie alle aufsuchen wollte.

Bezeichnend für die Beginen war ihr Gelübde der Keuschheit; sie schworen bei ihrem Eintritt in den Konvent, dass sie niemals heiraten oder mit einem Mann zusammen sein wollten. So fanden auch viele Frauen, die gerade in diesem Punkt vom Leben enttäuscht worden waren, Aufnahme bei den Beginen. Es gab unter ihnen welche, die man nach einem Eheversprechen sitzen gelassen hatte, andere, die man wegen vermeintlicher oder tatsächlicher Unfruchtbarkeit verstoßen hatte, wieder andere, die genau das Gegenteil, nämlich eine voreheliche Schwangerschaft, zu den Beginen trieb, und natürlich Witwen, die nach dem Tod des Ernährers keine andere Möglichkeit des Überlebens sahen. All diese Frauen griffen zu dem schlichten grauen Gewand, welches die Beginen kennzeichnete, verpflichteten sich zu Armut und Gehorsam und widmeten ihr Dasein dem Gebet, der Krankenpflege und der Bestattung Verstorbener.

Der Büttel hatte sich in der Nacht daran erinnert, dass Elisabeth stets mit allergrößter Hochachtung von der aufopferungsvollen Nächstenliebe der Beginen gesprochen hatte. Deshalb sah er eine realistische Chance, seine Ehefrau und seinen Sohn hier zu finden, und noch bevor er den ersten Beginenhof erreicht hatte, war diese Idee in seinem Kopf zur Gewissheit herangereift.

Die Frauen, die ihn durch die kleinen Fensterchen in den Pforten ihrer klosterähnlichen Wohnanlagen begrüßten, reagierten freundlich und ließen sich ihr Erstaunen kaum anmerken, obwohl sie als männliche Besucher sonst nur Geistliche oder allenfalls einmal einen Wundarzt empfingen. Bereitwillig hörten sie sich sein Anliegen an, und die meisten von ihnen besaßen genügend Menschenkenntnis, um ihn sofort aus der Gruppe jener gewalttätigen Ehemänner auszuschließen, deren Frauen sich von Zeit zu Zeit tatsächlich bei ihnen versteckt hielten. Dennoch konnte keine der Beginen seine Frage nach Elisabeth und Valentin bejahen.

Gegen Mittag, die Sonne brannte unbarmherzig auf die Stadt und ihre Bewohner herab, Florians Magen knurrte, und er wollte schon fast resigniert aufgeben, pochte er an die Tür zu dem der heiligen Agnes geweihten Konvent.

Ruhig hörte sich eine noch sehr junge Frau, deren außergewöhnlich hübsches Gesicht unter der strengen Haube keinerlei Gefühlsregung zeigte, seine Nachfrage an. Schließlich nickte sie und öffnete die Pforte.

Das Herz schlug Florian bis zum Halse. Sollte er seine geliebte Elisabeth endlich gefunden haben? Wie würde sie reagieren, wenn sie ihn hier sah? Was konnte er ihr sagen, um sie zur Heimkehr zu bewegen? Die Angst, im entscheidenden Augenblick nicht die richtigen Worte zu finden, schnürte ihm die Kehle zu. Unsicher folgte er der jungen Begine durch einen Garten, in welchem verschiedene Obst- und Gemüsesorten in ordentlich abgesteckten Beeten gezogen wurden. Dazwischen blühten Ringelblumen, Mohn und Brunnenkresse. Eine Mauer war von innen vollständig von einem Bohnenspalier überwuchert. Im Schatten des Gebäudes hieß die junge Begine ihn warten und verschwand selbst im Inneren.

In einigen Schritten Entfernung sah Grimm drei Bewohnerinnen der Klosteranlage auf einer Bank im Innenhof sitzen. Die

Mittlere von ihnen hielt eine aufgeschlagene »Legenda aurea« auf den Knien und las den beiden anderen daraus vor.

»Die Jungfrau Agatha stammte aus einer vornehmen Familie. Sie war sehr schön und lebte in der Stadt Catania. Sie ehrte Gott stets in vollkommener Reinheit«, hörte der Büttel die klare Stimme der Vorleserin und lauschte weiter: »Quintianus aber, weil er wollüstig war, wollte in den Genuss ihrer Schönheit kommen, weil er habsüchtig war, ihren Reichtum besitzen, und, weil er ein Götzenanbeter war, sie dazu zwingen, den heidnischen Göttern zu opfern. Deshalb also ließ er sie zu sich bringen«, nahm Florian noch wahr, dann erschien eine ältere Frau, die den weißen Witwenschleier trug. Sie führte ihn zu einer anderen Holzbank auf der Rückseite des Gebäudetraktes.

»Ihr seid also Florian Grimm, der Büttel«, stellte sie fest, wobei eine weiche, melodische Stimme ihr energisches Äußeres und Auftreten Lügen strafte. Sie musterte ihn aus hellen blauen Augen: »Ich sehe in dir keinen Mann, der fähig wäre, einer Frau größtes Herzeleid oder gar Gewalt zuzufügen.«

»Wo ist Elisabeth? Ist sie hier? Wie geht es ihr und Valentin, unserem Sohn? Kann ich sie bitte sehen!«, drängte Florian.

»Ich muss Euch leider enttäuschen. Die beiden kamen gestern in den frühen Abendstunden zu uns, und Eure Gattin bat um Aufnahme für nur eine Nacht, die wir ihr schwerlich verwehren konnten, obwohl im Moment alle unsere Schlafstätten belegt sind. Sie wirkte sehr aufgeregt, und später, als der Kleine schlief, erzählte sie mir ein wenig von dem, was ihre Seele derart in Aufruhr gebracht hatte.«

»Nur eine Nacht?« Florians Miene, soeben noch voller Hoffnung, verdüsterte sich erneut. »Soll das heißen, die beiden waren hier und sind nun wieder fort?«

»So ist es. Ich kann Euch nicht helfen«, sagte die Begine. Ein Anflug von Mitleid schwang in ihren Worten mit.

»Wohin wollte sie? Sagte sie, dass sie nach Hause zurückkehren würde?«

»Das weiß ich nicht. Wir Beginen helfen, ohne zu fragen. Eure Gattin Elisabeth hätte mir auch nicht erzählen müssen, warum sie Schutz bei uns suchte. Sie selbst hatte offensichtlich das Bedürfnis, mit jemandem zu reden. Es gibt bei uns Frauen, die sich viele

Jahre lang hier aufhalten, ohne verlauten zu lassen, welches Schicksal sie hertrieb. Andere wiederum sind froh und dankbar, bei uns neben der Möglichkeit, ein gottgefälliges Leben zu führen, auch die offenen, verständnisvollen Ohren der Mitschwestern zu finden. Elisabeth war, wie schon gesagt, gestern in ihrer Aufregung recht mitteilsam, aber heute in der Früh verabschiedete sie sich nur mit Dankesworten, ohne jegliche Auskunft über ihre weiteren Pläne.«

Der Büttel bedankte sich ebenfalls und verabschiedete sich. Als er den Hof wieder überquerte, war die Vorleserin gerade am Ende des Märtyriums der heiligen Jungfrau Agatha angelangt.

»Voll Zorn ließ Quintianus sie an ihren Brüsten foltern und diese nach langer Quälerei abschneiden. Agatha aber sagte: ›Du ruchloser, grausamer, unbarmherziger Tyrann; macht es dir denn nichts aus, einer Frau das abzuschneiden, woran du selbst bei deiner Mutter gesaugt hast?‹«

Schwermütig verließ Florian Grimm den Beginenhof.

***

Es war ein Tag, so heiß, dass sich selbst die Tiere verkrochen. Elisabeth hatte nach stundenlangem Fußmarsch durch die gnadenlose Sonne endlich einen Bauern gefunden, der sie und Valentin ein Stück weit auf seinem Karren mitnehmen konnte. Die Tore, Türme und Dächer der Stadt waren längst im Dunst der flimmernden Hitze verschwunden. Vor ihr zeichnete sich die hügelige Landschaft der Eiffila ab.

Wie lange war sie nicht mehr bei ihren Verwandten auf dem Lande gewesen? Als Kind und in ihrer frühen Jugend hatte sie mit ihren Eltern im Sommer manches Mal die Reise auf sich genommen, um einem Familienfest beizuwohnen oder einfach ein paar unbeschwerte Tage fernab des städtischen Trubels zu verbringen. Der Bruder ihres Vaters lebte in Novum Monasterium, einem Ort, der sich um eine Niederlassung des Klosters Promia herum gebildet hatte.

Elisabeth dachte an ihre Lieblingsbase Carolina mit den dicken schwarzen Zöpfen, mit der sie ganze Tage an der Arnefe gesessen hatte, die Füße im kühlen Nass, lachend, scherzend und sich gegenseitig durch Geschichten erheiternd. Carolina hatte als kleines Mädchen – sie war um ein paar Jahre jünger als Elisabeth – immer von einem Prinzen geträumt. In der Schwärmerei über dessen Äußeres, seinen Reichtum und die Art, wie er sie aus dem elterlichen Haus entführen würde, hatte Carolina sich vollkommen verlieren können. Unendliche Variationen dieses Märchens hatte sie erfunden und die realistischere Elisabeth in ihren Bann gezogen. Was mochte aus ihr geworden sein? War er gekommen, der Traumprinz?

Seit dem Tod ihrer Eltern vor vielen Jahren war Elisabeths Kontakt zu den Angehörigen in der Eiffila abgebrochen. Vielleicht hatte Carolina ja doch den dicken Caspar geheiratet, den Sohn des Töpfers Bouderath, mit dem sie ihre Base damals so gerne aufgezogen hatte. Elisabeth musste trotz der Betrübnis, die sie zu dieser Reise veranlasst hatte, unwillkürlich kichern. Valentin sah sie mit großen Augen an und freute sich über die scheinbar gute Laune der Mutter.

Der Kleine hatte den Ernst der Lage natürlich nicht begriffen und betrachtete die Übernachtung bei den Beginen und die Fahrt über Land als willkommenes Abenteuer. Vergnügt klatschte er in die Hände und zeigte, laut »Da, da!« posaunend, mal hier- und mal dorthin, da er stets etwas Interessantes am Wegesrand entdeckte.

An einem außerhalb der Siedlung Stotsheim gelegenen Gehöft, auf dessen Weiden wunderschöne Pferde standen, hatte der hilfsbereite Bauer sein Ziel erreicht. Die Sonne stand nun im Zenit, und Elisabeth war froh, das nächste Stück des Weges durch ein Waldgebiet zurücklegen zu können.

Bald passierten sie eine Burg, welche rundum von einem tiefen Wassergraben umgeben war. Das Gebäude selbst befand sich auf einem hohen künstlichen Hügel und bestand aus einer Vor- und einer Hauptburg. Der mehrgeschossige, quadratische Bergfried überragte auch die höchsten Bäume der Umgebung.

Des Nachts würde Elisabeth sich im Hardtwald zu Tode gefürchtet haben, aber im hellen Tageslicht wirkte die Umgebung harmlos und freundlich. Hin und wieder begegneten sie auf dem ausgetretenen Pfad am Waldrand anderen Wandersleuten, die sie sicherheitshalber nach dem Weg fragen konnte, obwohl sie noch wusste, dass sie sich immer nur auf die Anhöhen der Eiffila zubewegen musste.

Am späten Nachmittag erblickte Elisabeth eine weitere gewaltige Burg, an die sie selbst sich nicht erinnern konnte. Sie hatte jedoch gehört, dass Graf Wilhelm IV. von Jülich in dem Ort, den sie aus ihrer Kindheit kannte, vor vier Jahren mit dem Bau eines Schlosses begonnen hatte.

Erschöpft erreichte sie kurz darauf die beachtlich gewachsene Ansiedlung, die nun sogar über einen vollständigen Mauerring mit neunzehn Wehrtürmen, vier Torbögen und zwei Wassertoren verfügte. Sie betrat den Ort mit Valentin, dessen zarte Füßchen ihn nicht weiter hatten tragen wollen, auf den Schultern durch das Werther Tor und erreichte nach wenigen Schritten die Arnefe, einen breiten Bach, der, von Holzmühlheim kommend, nicht unerheblich zum wirtschaftlichen Aufschwung der an ihm gelegenen Orte beitrug. Elisabeth brauchte nicht lange, um sich wieder zurechtzufinden. Bereits wenige Schritte hinter dem Tor war ihr alles so vertraut, als wäre sie erst gestern aus Novum Monasterium abgereist.

Bald stand sie vor dem zweigeschossigen Haus an der Arnefe, in dem ihr Vater aufgewachsen war und das jetzt mitsamt dem Tuchschererbetrieb ihrem Onkel Joest Kastenholz gehörte. Durch einen Innenhof, auf dem die feuchten Tuche zum Trocknen in Rahmen gespannt waren, gelangte sie zum Wohntrakt.

In der geräumigen Küche, die zugleich als Hauptaufenthaltsraum für die ganze Familie diente, war eine füllige Frau mit hochgekrempelten Ärmeln dabei, einen Brotteig durchzukneten. Als Elisabeth mit Valentin eintrat, hob sie den Kopf, und nach kurzem Zögern breitete sich ein Strahlen über ihr gerötetes Gesicht aus.

»Liesche, bist du's wirklich?«

»Tante Bertha! Hier hat sich überhaupt nichts verändert, und du dich auch nicht.« Sie setzte Valentin ab und stürzte in die mehlbedeckten Arme ihrer Tante.

***

Goddert Hardevust verstummte und grinste selbstgefällig. Das feine blonde Haar klebte an seinem Kopf, und rote Flecken zeichneten sich auf seinem allzu hellen Teint ab.

»Du solltest dich langsam ernsthaft nach einer passenden Braut umsehen, anstatt dir eine billige Bettgenossin nach der anderen anzulachen«, sagte Quattermart in väterlichem Ton.

»Wenn du diese sehen würdest«, gab der Jüngere zurück, »hättest auch du vorerst keinen Appetit mehr auf irgendein anderes Weib. Volle, pralle Brüste hat sie und ein kugelrundes Hinterteil, so straff, dass man kaum hineinkneifen kann.« Seine Stimme überschlug sich fast, und aufgeregt ließ er seine Zunge über die ausgetrockneten Lippen gleiten.

Hardevust war früher als vereinbart im Haus zur Stesse, dem prächtigen Steinbau, den die Familie Quattermart in Cöln bewohnte, eingetroffen und hatte dem älteren Freund gerade von seiner neuesten Eroberung erzählt.

»Und eine Haut, sag ich dir! So rosig und zart, wie sie nur bei den ganz jungen Dingern vom Lande sein kann. Freilich roch sie auch zunächst nach Stalldung, Heu und frisch geerntetem Getreide. Pfui! Aber ich habe sie durch eine Zofe meiner Mutter gründlich reinigen lassen und dann eigenhändig parfümiert.«

»Du hast dir also wieder einmal eine vom Lande geholt. Warum müssen es immer Bauernmädchen sein? Findest du in der Stadt keine passende Gesellschaft mehr?«

»Die Frauen hier in Cöln sind doch langweilig. Entweder sind sie putzsüchtig oder liederliche Weiber. Die wenigen interessanten, die es hier wohl geben mag, entschließen sich dummerweise meist für ein religiöses Leben in einem Stift oder bei diesen Beginen. Nein, glaube mir, die wahre, natürliche Unschuld findest du heutzutage nur noch vor den Toren der Stadt. Mein neues Liebchen habe ich in einem kleinen Ort in der Eiffila aufgegabelt, in dem wir bei unserem Jagdausflug vergangene Woche rasteten. Diese dicken schwarzen Zöpfe, der feurige Blick – und ein Hüftschwung, dass einem ganz schwindelig wird … Ich musste sie einfach mitnehmen!«

»Das klingt in der Tat alles äußerst reizvoll. Dennoch, du bist in einem Alter, wo du dich vermählen solltest. Denk an das Erbe deiner Familie. Du trägst immerhin einen bedeutenden Namen und hast keine Brüder.«

»Das Beste ist«, Hardevust ließ sich nicht vom Thema abbringen, »dass sie überhaupt nicht zu diesen stillen, schüchternen

Landpflänzchen gehört. Ein Temperament hat die! So etwas habe selbst ich noch nicht erlebt!« Genießerisch befeuchtete Hardevust seine Lippen ein weiteres Mal.

»Na, schön. Dann lass dich eine Weile verwöhnen, vergiss aber meine Worte nicht. Nun sollten wir in den großen Saal hinübergehen. Die anderen werden sicherlich auch bald kommen.«

Nur wenig später trafen Thilman Overstolz, Gilberto Varrone und Linhardt vom Spiegel gemeinsam im Haus zur Stesse ein.

Der Italiener war noch dabei, die mitgebrachten Zeichnungen auf dem langen Tisch auszubreiten und die Ecken der Pergamentrollen zu beschweren, als sich die Tür erneut öffnete und Ephraim Meir die kleine Gesellschaft vervollständigte. Emundt Quattermart wies einen Diener an, die Gäste mit Wein zu bewirten, und schickte ihn dann hinaus.

Nach dem konspirativen Schwur ergriff der Patrizier Overstolz das Wort und berichtete von dem Holzeinkauf, den er für die geplanten Umbauten getätigt hatte.

»Ich denke, wir können mit diesem Preis mehr als zufrieden sein, und für die Qualität bürgt der Zimmermann Daim Pechleffel, ein Mann mit viel Erfahrung und zudem einer der Ersten, die wir werden vereidigen müssen«, schloss er.

Die Übrigen nickten zustimmend.

»Bevor unser Freund Varrone uns nun die Details seiner Baupläne erläutert, möchte ich noch kurz über eine andere Sache mit euch sprechen.«

»Welche andere Sache?«, fragte Quattermart erstaunt.

»Das Problem mit dem Büttel. Trotz mehrfacher Aufforderung, seine eigentlichen Pflichten nicht zu vernachlässigen, schnüffelt dieser Florian Grimm immer noch andauernd im Hafen und sogar auf den Rheinmühlen herum. Ich kann beim besten Willen nicht sagen, warum der Kerl sich derart in einen offenkundigen Unglücksfall verbeißt, aber er scheint nicht locker zu lassen und verfügt über eine feine Beobachtungsgabe. Somit stellt er für uns nach wie vor ein Problem dar. Unser junger Freund Hardevust hier«, er blickte kurz in dessen Richtung, doch dieser schien mit seinen Gedanken ganz woanders zu sein, »schlug vor, den Büttel im Narrenturm verschwinden zu lassen. Aber ich bin dagegen. Er ist immerhin eine öffentliche Amtsperson, stadtbekannt und ohne ein reguläres Urteil des Schöffenkollegs kaum so einfach aus dem Weg zu schaffen.«

Es entstand ein kurzes Schweigen, während dessen die Männer sich gegenseitig fragend anblickten.

»Nein«, entschied Thilman Overstolz endlich, »lasst uns nicht schon von jetzt an unsere Sache mit derart radikalen Methoden schützen. Wir müssen diesem Büttel nur genügend Ablenkung verschaffen. Ich könnte zum Beispiel Sifrid von Westerburg darum bitten, ihn auf diesen Reliquiendiebstahl im Gereonsstift anzusetzen, der vor einigen Tagen geschah. Wenn er in dieser Gegend der Stadt zu tun bekommt, ist er zumindest weit genug von den Mühlenschiffen entfernt.«

Die Herren einigten sich rasch auf diese Lösung, um dann den Ausführungen des Italieners ihre volle Aufmerksamkeit schenken zu können.

Kapitel XII

Nach einem kräftigen Sommerregen dampften die schlammigen Gassen, und ein fauliger Geruch hatte sich über die ganze Stadt gelegt.

Florian Grimm trat aus dem Domus civium, dem Rathaus am Rande des Judenviertels. Sein Herz fühlte sich roh und wund an. Fünf Tage waren inzwischen vergangen, fünf Tage ohne Elisabeth und Valentin. Die Unruhe über ihren Aufenthalt raubte ihm Nacht für Nacht den Schlaf und verfolgte ihn auch bei seinen dienstlichen Verrichtungen am Tage.

Um sich abzulenken, hatte er sich mit wildem Eifer in die Aufklärung der Todesumstände seines Freundes Ludwig Titz gestürzt. Zu dumm, dass er keine Gelegenheit mehr gehabt hatte, sich die Verletzungen an Kopf und Arm des Toten persönlich anzuschauen! Diejenigen, die den Leichnam gesehen hatten, waren nicht imstande gewesen, ihm nähere Auskünfte zu geben. Ohnehin lag das Ereignis unterdes schon so lange zurück, dass es den Menschen im Hafen und in der Rheinvorstadt keinerlei Gesprächsstoff mehr bot. Der Müller und sein tragisches Ende gerieten in Vergessenheit. Niemand außer Grimm hatte in Frage gestellt, dass es sich um einen Unfall gehandelt hatte. Doch er spürte, dass er mit seiner gewagten Totschlagstheorie letztendlich Recht behalten würde.

Nein, nicht nur er wusste Bescheid. Mindestens einen weiteren Mann musste es geben, der nur zum Schein von einem Unfall sprach – den Täter.

Der Büttel sah die füllige, grobe Gestalt von Blasius Frechen vor sich. Seine spöttische Art zu reden, die völlige Unberührtheit über den Verlust seines Vorgesetzten und die eindeutigen Vorteile, die ihm aus dessen Ableben entstanden waren, hatten ihn von vornherein verdächtig gemacht. Gepaart mit allem, was Florian mittlerweile über den Schmuggel von Gewürzen herausbekommen hatte, verdichtete sich dieser Verdacht wie von selbst zu einer Gewissheit im Kopf des Ordnungshüters.

Von Werner Eyffeler, dem Torschreiber und Zuständigen für

die Kontrolle aller Waren, die über den Hafen in die Stadt kamen, hatte er erfahren, dass die Menge der bei ihm deklarierten Spezereien bei Weitem nicht mit der auf den Cölner Märkten angebotenen übereinstimmen konnte. Zwar hatte der Büttel bislang noch keinen der am Schmuggel Beteiligten konkret benennen können, aber er fühlte, dass er nahe daran war, die ganze Sache aufzudecken und die Hehler vor Gericht zu bringen.

Und nun sollte er auf einmal einem ganz anderen Verbrechen nachgehen! Soeben hatte er im Domus civium durch zwei der Schöffen die Weisung erhalten, einen Reliquiendiebstahl im Gereonsstift aufzuklären. Es sei der ausdrückliche Wunsch des Herrn Erzbischof und habe absolute Priorität.

Seine Gedanken wirbelten wild durcheinander. Wo waren Elisabeth und Valentin? Wie konnte er Blasius Frechen überführen? Wie groß würde der Skandal werden, wenn er einige der wohlhabenden Gewürzhändler Cölns der Gerichtsbarkeit zuführte? Warum reagierten die Eigner der Pollux jedes Mal, wenn er einem von ihnen in der Stadt begegnete, so seltsam auf seine unermüdlichen Ermittlungen? Hatten sie denn überhaupt kein Interesse daran zu erfahren, ob ihr ehemaliger Müller eventuell gewaltsam zu Tode gekommen war?

Wann immer Florian Grimm einem der Herren Patrizier gegenüber auch nur die leiseste Andeutung in diese Richtung geäußert hatte, war er sogleich auf die Wichtigkeit seiner übrigen Pflichten hingewiesen worden. Immer mahnender hatten diese Hinweise geklungen, bis hin zu dem Vorwurf, er vernachlässige seine eigentlichen Aufgaben als Ordnungshüter.

Über all diese Dinge hatte sich Florian Grimm den Kopf zerbrochen, als er im nordwestlichsten Teil der Stadt ankam, wo das Stift St. Gereon lag.

Der graue Tuffstein der eigentümlich gestalteten Kirche wurde von der nun wieder kraftvoll strahlenden Sonne aufgehellt. Als Erstes ragten die beiden Türme im Schmucke ihrer Blendarkaden, Bogenfriese und Lisenen aus dem frischen Grün der Bäume, die das Gebäude umgaben. Beim Näherkommen fiel der Blick auf die Rundung der Apsis, die an den unteren Teil der Türme wie angeklebt schien. Nach hinten schlossen sich der Hochchor und ein gewaltiges Dekagon an, dessen Kuppel von Fernreisenden gern mit der der Hagia Sophia in Konstantinopel verglichen wurde. Dieses steile Pyramidendach lag über architektonisch riskanten Spitzbogenfenstern und einer Galerie aus kleineren, rundbogigen Fenstern.

Die Finanzierung des Prachtbaus war den Stiftsherren nicht weiter schwergefallen. Doch sie übernahmen nicht nur bereitwillig alle Kosten, die St. Gereon selbst anbetrafen, sondern brachten dem Stift darüber hinaus viel Land, Höfe, Weinberge, Häuser und Grundstücke sowie die Rheinmühle Cono als Besitz ein.

Florian Grimm kannte die jahrhundertelange Geschichte des Stifts in groben Zügen. Der Standort ihrer Kirche erinnerte an das Märtyrium des heiligen Gereon und der thebäischen Legion, einer Abteilung römischer Legionäre, welche um das Jahr 300 aus Theben in die Provinz Germania inferior versetzt worden war. Diese thebäische Legion unter ihren Anführern Gereon, Cassius und Florentius bestand aus dreihundertachtzehn Mann, welche im Auftrag des Kaisers Diokletian die Christen bekämpfen sollten. Vor Maximian, einem Mitregenten Diokletians, der den Westen des Reichs unter sich hatte, legten die Legionäre ihre Waffen nieder, weil es ihnen unrecht erschien, Unbewaffnete einfach niederzumetzeln. Sie rebellierten still, indem sie Maximian ihre entblößten Nacken darboten. Zweimal wurde zunächst jeder Zehnte enthauptet, aber von Gereon ermutigt leisteten die Verbliebenen weiterhin Widerstand. So ließ der Kaiser nach und nach alle erschlagen und ihre Leichen in einen Brunnen werfen. Über diesem Brunnen auf dem christlichen Römerfriedhof vor den Toren Cölns hatte die Kaiserin Helena wenig später eine Märtyrerkirche errichtet, welche von einem goldenen Schein erfüllt war.

An diesem ehrwürdigen Ort, an dem sich nun das stolze Stift St. Gereon erhob, hatte also jemand den Frevel begangen, eine der kostbaren Reliquien zu stehlen. Florian Grimm ließ sich zum Dechant geleiten, welcher über sein Kommen bereits informiert worden war und ihn erwartete.

Wilhelm von Schinnen, der oberste Kanoniker des Stifts, war ein freundlicher, schon deutlich in die Jahre gekommener Mann mit krausem silbergrauem Haar, klugen dunklen Augen, einer geraden Nase und schmalen Lippen.

»Wie schön, dass Ihr uns helfen wollt, Licht in diese leidige Angelegenheit zu bringen«, begrüßte er den Büttel mit einem herzlichen Lächeln.

»Es war vor drei Tagen, als unser Thesaurar feststellen musste, dass man eine der hochverehrten Reliquien von einem Kapellenaltar entfernt hat. Es handelt sich um einen Arm von Silber, wundervoll ziseliert, worin Gebeinteile eines der Thebäer bewahrt werden. Zunächst glaubten wir alle an ein Versehen, eine falsche Aufstellung nach dem Reinigen der Reliquien oder Ähnliches. Aber das edle Stück fand sich auch in keinem anderen Bereich unserer Kirche wieder, und so müssen wir leider davon ausgehen, dass es böswillig entwendet wurde.«

»Wahrlich ein schmerzlicher Verlust für Euch«, sagte Florian. »In der ganzen Stadt herrscht seit gestern großes Gerede, dass ad aureos sanctos* gestohlen wurde. Man rätselt hin und her, wie das möglich gewesen sei, und es geht das Gerücht, der Dieb müsse sich innerhalb der Mauern Eures Stifts befinden.«

»Wie furchtbar!«, stöhnte Wilhelm von Schinnen. »Und dabei würde ich persönlich für jeden der hier lebenden Kanoniker meine Hand ins Feuer legen. Sylvester, einer meiner Mitbrüder im Stift, ließ sogar gleich seine Schwester kommen, welche sich auf den Wiederbringzauber versteht. Zwei Tage lang hat sie bei einem Eimer voll reinen Brunnenwassers gesessen und täglich je sechzig Pater noster und Ave Maria gebetet. Dann hat sie mit der Beschwörungsformel ›Casisa, hasisa, mesisa medantor‹ versucht, den Ort, an dem sich die verschwundene Reliquie nun befindet, im Wasser zu erkennen. Aber es gelang ihr leider nicht. Ich habe auch schon daran gedacht, einen Magier kommen zu lassen, der das gestohlene Gut mit Sieb und Schere aufzuspüren vermag …«

Florian Grimm kannte die Technik: Mit einer Schere würde der Magier das Sieb durchstechen, dieses dann auf den Median zwischen die Finger setzen, und derart würde durch das Umlaufen des Siebs in der Hand angezeigt, in welcher Richtung er nach dem Diebesgut suchen muss.

»Aber nun seid Ihr ja da! Gott sei's gelobt! Ihr müsst die Angelegenheit so schnell als möglich aufklären, bevor St. Gereon noch

* bei den Goldenen Heiligen

mehr in Verruf kommt. Redet mit allen Stiftsherren, bewegt Euch ganz frei in unseren Mauern, nur helft uns, die heilige Reliquie zurückzubeschaffen.«

»Ich werde mein Bestes geben, und wenn ich keinen Erfolg haben sollte, könnt Ihr immer noch den Magier rufen. Aber nun ans Werk! Ich denke, ich sollte zunächst einmal einen Blick in die Kirche werfen, um die Stelle zu sehen, an der der silberne Arm verwahrt wurde.«

»Natürlich, gerne! Bitte folgt mir.«

Durch die westliche Vorhalle betraten die Herren das Kircheninnere und bekreuzigten sich. Zwei straffe Kreuzgewölbe schwebten über ihnen. Aus dem Tympanon wiesen der Erlöser, Maria und Johannes segnend in den Raum.

Im Zentrum des Kirchenraums bewunderte der Büttel die schlanken Wandsäulen, die einen Kranz um das ovale Zehneck zogen. Er ließ seine Blicke nach oben schweifen. In gewaltiger Höhe liefen die Gewölberippen der Kuppel zusammen. Geheimnisvoll-dämmrig spielte das Licht hinter den Arkaden der Empore, doch die darübergelegenen spitzbogigen Fächerfenster, die die Wandfläche auflösten, wurden leuchtend von ihm durchstrahlt. Aufmerksam betrachtete er die Schönheit der Details: die so neuartig anmutenden Kelchknospenkapitelle, die herrlichen Malereien der Wände und Gewölbe, die mit aufwendigen Schnitzarbeiten verzierten Seitenaltäre, Statuen der Muttergottes und anderer Heiliger sowie in einer Nische die Blutsäule aus Granit, welche die Stelle des Martyriums des heiligen Gereon und seiner Gefährten markierte.

Der Dechant führte Florian zu einer Seitenkapelle. Auf dem dortigen Altar blitzten mehrere goldene und silberne Kopf,- Büsten- und Armreliquiare.

»Hier«, der Kanoniker deutete auf die Mitte des Altars, »hier hat der silberne Arm gelegen. Wer bringt es nur fertig, einen Teil der Thebäer von ihrem geheiligten Ort zu entfernen?«

»Zweifellos ein Mensch ohne Skrupel und Gewissen«, antwortete Florian Grimm.

»Ein Mensch? Wohl eher ein Teufel in Menschengestalt! Eine seelenlose Kreatur, die auf direktem Wege in den Höllenrachen im tiefsten Erdinneren fahren und dort ewigen Qualen und

Schmerzen ausgesetzt sein wird. Gar schreckliche Strafen erwarten diesen argen Sünder im kalten, dunklen Schlund der Hölle. Nach dem Gesetz des Contrapasso werden Diebe ganz tief unten, da wo es am härtesten zugeht, ihrer Strafe zugeführt; die Habsüchtigen aber werden mit dem Angesicht nach unten an den Grund gefesselt!«

Trotz der Kühle des Raumes war der Dechant durch die lebhafte Gestik, die seine Rede begleitet hatte, ins Schwitzen gekommen. Mit dem rechten Ärmel seines aus kostbarem Stoff geschneiderten Obergewandes wischte er sich über die Stirn.

»Der Räuber Eures kostbaren Kleinods wird seiner gerechten Strafe zugeführt werden. Gottes Gerechtigkeit entgeht keiner, und für seine irdische Bestrafung werde ich Sorge tragen«, versprach der Büttel zuversichtlich. »Ich werde mich noch ein wenig hier in der Kirche umsehen und hernach mit einigen der Stiftsherren reden. Geht nur ruhig an Euer Tagwerk zurück. Ich finde mich schon allein zurecht.«

»Ach, wie dankbar bin ich, dass man Euch geschickt hat!« Wilhelm von Schinnen machte einen Kniefall vor dem Altar, sprach ein kurzes Gebet und verließ dann das Kirchengebäude.

Florian durchschritt gemächlich den gesamten Innenraum, besah sich genauestens die Verriegelungen an allen Pforten und stieg schließlich in die Krypta hinab. Nur ein einziges Mal war er vor Jahren mit Elisabeth in der Kirche St. Gereon gewesen. Und heute wie damals nahm ihn die stimmungsvolle Atmosphäre dieses weit in die Erde hinabreichenden Gebäudeteils besonders gefangen. Staunen und Schweigen wurden hier wie von selbst zu einem stillen Gebet.

Er wandelte über die kunstvollen Mosaiken aus der Zeit des heiligen Anno. Die bunten Steinbilder zeigten Darstellungen des Tierkreises und dramatisch bewegte Szenen aus den biblischen Geschichten um David und Simson. Bei der Betrachtung der kunstvollen Bilder kam Florian die Erzählung vom Schicksal der israelitischen Heldengestalt in den Sinn: Simson wuchs mit übermenschlichen Kräften begabt heran. Schon als ganz junger Mann besiegte er einen gefährlichen Löwen. Später, von den Philistern gefangen genommen, zerriss er alle Stricke, als ob es dünne Fäden wären, und erschlug tausend von ihnen wie Fliegen. Das Geheimnis seiner Kraft ruhte einzig und allein in seinen Haaren. Von seiner Frau Dalila verraten und seiner magischen Haare beraubt, wurde Simson endlich überwältigt, geblendet und als Sklave in eine Tretmühle verbracht. Doch sein Haar wuchs nach, und die unüberwindliche Kraft kehrte zurück. Bei einem Fest der Philister ergriff er die beiden stützenden Säulen und brachte ihr Gebäude zum Einsturz. Seine Rache kostete auch ihn selbst und die verräterische Dalila das Leben.

Der Büttel verharrte noch eine Weile in der geruhsamen Stille der Krypta und versuchte, etwas Ordnung in seine Gedanken zu bringen. Seltsam, seit Elisabeth nicht mehr an seiner Seite war, fühlte er sich schwach und kraftlos. Vielleicht war es sogar besser, dass er sich nun zunächst um den Reliquiendiebstahl kümmern musste. Die Überführung der Gewürzschmuggler konnte ruhig ein paar Tage warten; sie würden ihm schon nicht davonlaufen. Und wie er dem neuen Polluxmüller das Gewaltverbrechen an seinem Freund Titz nachweisen sollte, wusste er ohnehin noch nicht.

Nur die Sorge um Elisabeth und Valentin konnte Florian durch keine Arbeit der Welt, durch keine noch so interessante Aufgabe verdrängen.

***

Die Räder der Pollux und der übrigen Rheinmühlen zogen in langsamen Umdrehungen durch das träge dahinfließende Wasser.

Selbst die strömungsintensivste Stelle des Flusses, an der die beiden Mühlenreihen lagen, führte in den Sommermonaten bei Weitem nicht so viel Wasser wie im Herbst und Winter oder gar zur Schneeschmelze im Frühjahr. Dennoch hatten die Schiffsmühlen gegenüber den Wasser- und Windmühlen den Vorteil, dass ihre Energie beständig zur Verfügung stand, wenn auch nicht immer gleich stark.

Blasius Frechen kniete am Rand des Wellschiffs der Cono und befestigte mit geübten Griffen die dicken Taue, welche die Mühle an ihrem Platz in der Underrey hielten. Soeben hatte man die drittletzte Mühle in der Reihe, die Hilger, aus ihrer Verankerung geholt und die schwere geschmiedete Kette auf die Planken gelegt. Cono und Pollux waren dadurch in der Reihe ein Stück in

Richtung Ufer aufgerückt. Zehn Mann waren vonnöten gewesen, um das schwere Mühlenschiff über die Lücke zu ziehen, welche die Hilger hinterlassen hatte.

Auch Blasius Frechen hatte mit Hand angelegt, und nun winkte er noch einmal dankend zu den von Land gekommenen Helfern hinüber, die sich gerade verabschiedeten und in ihre Boote stiegen. Mit einem letzten kräftigen Knoten vollendete er die Verbindung zwischen Cono und Summus, dem jetzigen Nachbarschiff der Cono, dann stand er auf, um den Anker ins Wasser zurückzuwerfen.

Die aus der Underrey herausgenommene Hilger war schon ein gutes Stück entfernt. Frechen sah, wie sie von mindestens zwanzig Männern an einem vom besten Seilspenner der Stadt spezialgefertigten Tau zur Insel Werthchen gezogen wurde.

Adolff Mullem von der Cono hatte ihm kürzlich erzählt, dass größere Reparaturarbeiten auf der zu seiner anderen Seite liegenden Mühle anstanden. Das gesamte Holz des Plankendecks sowie die Böden aller drei Schiffskörper mussten neu kalfatert oder gar ausgewechselt und außerdem die Mechanik der Mühle gründlich überholt werden. Dererlei umfangreiche Arbeiten waren auf dem Strom schwer durchführbar. Die Besitzer der Hilger hatten die Reparaturen, auf deren Notwendigkeit der Müllermeister schon lange gedrungen hatte, immer weiter hinausgezögert. Nun half das ewige Abdichten der Fugen und morschen Stellen mit Moos und Pech nicht mehr. Nur noch eine generelle Instandsetzung konnte die Mühle vor dem Sinken retten.

Die Hilger würde sicherlich bis zum Herbst in der Reihe fehlen. Ihr Vorarbeiter und der Lehrbursche würden diese Zeit nutzen, um ihren Familien einen ausgiebigen Besuch abzustatten, während Friedrich Unckel, der als Geselle auf der Hilger beschäftigt war, für die nächste Zeit auf die Pollux wechseln wollte. Blasius Frechen erwartete ihn, sobald die reparaturbedürftige Mühle an ihrem Bestimmungsort angekommen war. Er hatte mit Thilman Overstolz, der die Pollux in den vergangenen Wochen auffällig oft besucht hatte, darüber gesprochen, und dieser hatte sich schließlich mit Unckel einverstanden erklärt, weil den fünf Eignern offenbar momentan die Zeit fehlte, sich selbst um eine Aufstockung der Mühlenarbeiter zu kümmern.

Blasius Frechen kehrte ins Mühlhaus zurück, wo Martin und der krumme Gabriel, denen das Schauspiel des Hilgertransportes versagt geblieben war, damit beschäftigt waren, frisch gemahlenes Mehl in unterschiedlich große Säcke zu füllen. Er besah sich die Wachstafel, deren Ausfüllen er selbstverständlich, wenn auch – da es um seine Schreibkünste nicht zum Besten bestellt war – oft fehlerhaft, übernommen hatte. Das Tagessoll lautete: H – Ephraim Meir – W – 1/4 Sümmer; Sp – Quirin – R – 1/3 Malter; H – Vogeley – W – 1/12 Sümmer. Blasius Frechen rieb sich die Hände, als er beim Entziffern des letzten Namens auf der Tafel an den mit diesem Mahlgast verbundenen Profit dachte.

Gisbert Vogeley, ein wahrlich hässlicher Vogel mit dickem Bauch und schadhaftem Gebiss, war durch den Gewürzhandel zu einem beträchtlichem Vermögen gekommen. Er zahlte gut, sehr gut, für die Vermittlungsdienste, die der Polluxmüller ihm leistete. Vor vierzehn Tagen hatte Frechen eine umfangreiche Ladung Spezereien, die auf dem Handelsschiff Rhenania gekommen war, in Empfang genommen. Jacob von Reidt und zwei weitere Gewürzhändler hatten die für sie bestimmte Ware bereits abgeholt, aber die größte Lieferung ging dieses Mal an Gisbert Vogeley. Er würde wohl wie üblich erst kurz vor Einbruch der Dämmerung auf der Mühle erscheinen.

Einige Zeit später wurde das Mehl für das Spital St. Quirin in der Waisenhausgasse abgeholt. Das Boot, welches zu diesem Zwecke zur letzten Rheinmühle hinauskam, brachte auch den neuen Mühlenarbeiter mit.

Friedrich Unckel war von hünenhafter Gestalt mit kurz geschnittenem dunkelblondem Haar und tiefbraunen Augen. An seiner linken Hand fehlten Daumen und Zeigefinger; sie waren einst zwischen die Mahlsteine geraten und zerquetscht worden. Er stammte aus einem kleinen Ort etwa eine Tagesreise rheinaufwärts, der den gleichen Namen trug wie er selbst.

Dieses Unckel lag in einer kleinen, fruchtbaren Ebene am Fuße der Sieben Berge unmittelbar am Strom. Der Name der Siedlung rührte von dem lateinischen Wort für Haken, uncus, her, denn der Rhein verlief gerade hier in einer auffälligen Mäanderform. Unckel gehörte in den Herrschaftsbereich des Erzbistums Cöln, in den es im Zuge dreier Übereignungen gekommen war. 1055 schenkte Richeza, die Tochter des Pfalzgrafen Erenfrid Ezzo von Lothringen und spätere Frau des polnischen Königs Mieszko, Teile des ihr zugefallenen Unckeler Besitzes an die Cölner Dompfarrei. Zwei Jahre darauf übergab sie durch Vermittlung des Erzbischofs Anno II. ihre restlichen Güter an die von diesem gegründete Cölner Pfarrei St. Maria Gradus. 1265 konnte die Herrschaft über Unckel durch die Cölner Erzbischöfe durch den Kauf von Unckeler Land aus dem Besitz der Grafen von Sayn erfolgreich zu Ende gebracht werden. Ein Schultheiß wurde eingesetzt, welcher im Namen der Cölner Stadtherren in Unckel für Recht und Ordnung zu sorgen hatte, und der kleine Ort am Rhein unterhielt fortan rege Beziehungen zu der stolzen Metropole rheinabwärts. Wichtig waren die guten Verbindungen vor allem für die Unckeler Weinhändler, deren tiefrote Tropfen sich in Cöln allergrößter Beliebtheit erfreuten und auch weit über das Rheinland hinaus zu Ansehen gelangten.

Müllergeselle Friedrich hatte in Unckel eine elfköpfige Familie zu versorgen, und wer eine solche Anzahl von Mäulern zu stopfen hatte, konnte sich keinen längeren Verdienstausfall leisten. Allzu häufig konnte er seine Angehörigen nicht besuchen, sodass auf den Mühlenschiffen gerne gewitzelt wurde, Friedrich Unckel habe exakt so viele Kinder, wie er Reisen nach Hause unternommen habe.

Da der Mann nicht nur kräftig und arbeitswillig, sondern auch bestens mit der Müllerarbeit vertraut war, bedurfte es keinerlei Einweisung. Nach einer knappen Begrüßung und einer kurzen Erläuterung der auf der Pollux üblichen Arbeitsteilung legte Unckel sogleich los, indem er sich die Säcke für das Hospital auf die Schultern lud und in die wartende Esche verfrachtete.

***

Als Florian Grimm sich seiner Wohnstatt in der Waldemansgasse näherte, stieg ihm schon von Weitem der Geruch von geschmortem Schweinebauch in die Nase. In der Haustür empfing ihn die Witwe Appelsack.

»Ich habe für Euch gekocht. Ihr Ärmster habt ja schon seit Tagen keine anständige Mahlzeit mehr bekommen! Wenn das so weitergeht, fallt Ihr mir noch vom Fleisch.«

Der Büttel machte eine abwehrende Handbewegung. Eigentlich war ihm überhaupt nicht nach der Gesellschaft der Nachbarin zumute. Doch der Braten duftete allzu verführerisch, und die Frau hatte sich so dicht vor ihm aufgebaut, dass kein Vorbeikommen war.

Der Duft, den Christina Appelsack verströmte, stand in krassem Gegensatz zu dem des Bratens. Ihr Körperschweiß wurde überlagert von einer Wolke intensiven Rosenaromas, in einer Penetranz, die beim Büttel ein Kitzeln in den Atemwegen hervorrief. Zu dem Duft trug die Witwe ein tief ausgeschnittenes Kleid in Rosa, einer Farbe, die weder zu ihrem Alter noch zu ihrem hellen Teint und ihren hoch aufgetürmten aschfarbenen Haaren passen wollte.

Sie nahm ihn beim Arm und zog ihn in ihre Stube. »Jetzt gibt es erst mal ein lecker Stück Schmorfleisch und dazu ein feines Schlückchen soore Hungk«, sagte sie und komplimentierte Florian auf einen der Stühle.

»Recht herzlichen Dank, Frau Appelsack, aber das wäre doch nicht nötig …«

»Papperlapapp«, unterbrach sie ihn und schenkte den Wein in zwei schon bereitgestellte Becher. »Ein Mannsbild wie Ihr muss doch schließlich regelmäßig eine ordentliche Mahlzeit vorgesetzt bekommen. Bei der harten Arbeit, die Ihr verrichtet, und das auch noch so oft die ganze Nacht lang.«

Florian Grimm glaubte eine leise Ironie aus dieser Äußerung seiner Nachbarin herauszuhören und zuckte zusammen. Die Vorwürfe, mit denen Elisabeth ihn konfrontiert hatte, schossen wieder in sein Bewusstsein, und er erhob sich. Was dachten eigentlich die beiden Frauen, wo er seine Nächte verbrachte, wenn er manches Mal erst bei Morgengrauen in die Waldemansgasse zurückkehrte?

»Es duftet wirklich herrlich, aber ich denke, ich gehe doch lieber nach oben.«

»Unsinn! Hier geblieben!« Die Witwe drückte ihm den einen der beiden Becher in die Hand. »Zum Wohlsein, Herr Nachbar!«

Florian hob mechanisch das Trinkgefäß an die Lippen, ließ die

Hand dann aber wieder sinken, bevor er auch nur genippt hatte. »Ich möchte Euch keinesfalls Umstände machen. Außerdem wird Elisabeth ja bald wieder hier sein und für meine Mahlzeiten sorgen.«

»Ganz sicher ist Eure liebe Gattin bald zurück, aber heute sorge ich für Euer Wohlbefinden. Also nochmals: Prosit!«*

Christina Appelsack beobachtete jede Geste des Büttels mit scharfem Blick und atmete erleichtert auf, als er endlich einen kräftigen Schluck aus dem dargebotenen Becher nahm. Blitzschnell überschlug sie im Kopf ihre Spezialrezeptur für besondere Fälle: ein Löffel zu Mus gestampfter Pferdehoden, eine ausgepresste Gänseleber, acht Tropfen Vaginalsekret – welches zu beschaffen gar nicht so einfach gewesen war –, eine Prise Anis und als Krönung eine winzige Menge ihrer Zauberwurzel. Sorgsam hatte sie die kleine Dosis am Morgen von ihrer kostbaren Alraune abgeschabt, fein zerrieben und mit den übrigen Ingredienzien vermischt. Auch hatte sie nicht versäumt, sich aus der Schlafstatt der oberen Stube einige von Elisabeths rotblonden Haaren zu besorgen, die sie ihrem Wundermittel ebenfalls in zerkleinerter Form beigemengt hatte. Dies hatte sie nur zur Sicherheit getan, weil sie fürchten musste, dass Florian Grimm zu jener Kategorie Männer gehörte, die sich nur von einer einzigen Frau in Erregung bringen ließ.

Zufrieden kostete sie selbst einen Schluck von dem in ihrem Becher in reiner Beschaffenheit schillernden Wein. Ja, der Tropfen dürfte sauer genug sein, um den Geschmack des Spezialzusatzes in des Büttels Getränk zu übertünchen.

»Macht es Euch bequem«, forderte sie ihren unfreiwilligen Gast auf. »Schmeckt Euch der Wein? Mein Eidam am Klingelpütz stellt ihn selbst her. Auf Euer Wohl!« Erneut ließ sie ihren Becher an den seinen scheppern, um ihn zum Weitertrinken zu animieren.

Florian hatte bereits nach dem ersten Schluck einen leichten Schwindel verspürt und sich ohne Protest wieder hingesetzt. Beim zweiten verstärkte sich die Wirkung noch, hinzu kam ein Brennen an Handflächen und Fußsohlen. Doch da er für ge-

* Es möge nützlich sein!

wöhnlich eher Bier als Wein trank, schob er die seltsamen körperlichen Reaktionen auf das ungewohnte alkoholische Genussmittel.

Frau Appelsack füllte zwei Schüsseln, wobei sie das Fleischstück fast zur Gänze in die für den Büttel bestimmte gab und diese vor ihm auf die Tischplatte stellte. Ununterbrochen fixierte sie ihn bei diesen hausfraulichen Handgriffen aus den Augenwinkeln. Beglückt nahm sie ein minimales Beben wahr, das seinen Körper durchfuhr, und diagnostizierte einen vielversprechenden Glanz in seinen wundervollen grünen Augen. Ganz offensichtlich zeigte der Trunk die erste erwünschte Wirkung.

In Erwartung der Freuden, die der stattliche Mann ihr in Kürze bereiten würde, verfärbten sich die Wangen der Witwe tiefrot. Endlich war es so weit! Seit das Paar vor Jahr und Tag die obere Stube des Hauses in der Waldemansgasse bezogen hatte, begehrte sie dieses Prachtexemplar des männlichen Geschlechts. Aber die beiden waren ja bisher wie die Turteltäubchen gewesen!

Sie beglückwünschte sich insgeheim zu ihrer guten Idee, das Feuer der Eifersucht – wenn auch durch eine fette Lüge – zum richtigen Zeitpunkt in Elisabeth entfacht zu haben. Eigentlich hatte sie geglaubt, dass es wesentlich mehr intriganten Einsatzes bedurft hätte, aber nun war die brave Ehefrau von oben schon nach ihrem ersten gezielten Hieb in die Kerbe des Misstrauens auf und davon. Na, ihr sollte es recht sein! So hatte sie nach langem Warten und Schmachten endlich freie Bahn. Sehnsüchtig betrachtete sie den mit gutem Appetit essenden Mann.

Florian Grimm hatte den ersten Becher des sooren Hungks zur Mahlzeit geleert und wollte sich soeben, für die formidable Bewirtung dankend, erheben, als er spürte, dass das Brennen sich von seinen Füßen aus über die gesamte Länge seiner Beine ausgebreitet hatte und nun dabei war, sich auch in seine Genitalien und Lenden zu schleichen. Was ist mit mir?, dachte er besorgt, war aber nicht mehr in der Lage, entsprechend zu reagieren.

Christina Appelsack hatte unterdes einen weiteren präparierten Becher gefüllt, und dieses Mal war es ein Leichtes für sie, den nahezu wehrlosen Mann zum Trinken zu bewegen.

Florian kippte den Trunk auf einen Zug in sich hinein und stellte, halb erschrocken und halb belustigt fest, dass sich sein

Glied unter dem rot-weißen Surkot fast augenblicklich steil aufrichtete. Sein ganzer muskulöser Körper vibrierte, und eine Hitze, die nichts mit den sommerlichen Temperaturen zu tun hatte, durchflutete seinen Leib.

Erregt sah Frau Appelsack, was mit dem begehrten Mann vor sich ging. Diese Friedelwurz, staunte sie still. Ein wahrlich wunderbares Gewächs.

Bei Florian setzten nun auch Sinnestrübungen ein: Die Stimme der Witwe nahm einen lieblichen Klang an, ihr aufdringlicher Geruch nach Rosenwasser und Schweiß erschien ihm auf einmal verführerisch, und seine Augen spielten ihm einen Streich, indem sie die ältliche Frau an seiner Seite mit üppigen rotblonden Haaren, glatter Haut und einem straffen, sinnlichen Busen ausstatteten. Als das Verlangen ihn schließlich übermannte, sprang er auf und riss dem Objekt seiner Begierde in wilder Leidenschaft das Kleid herunter. Die schlaffen, runzeligen Brüste von Christina Appelsack kamen zum Vorschein, aber dem erregten Mann kamen sie wie die prallen Paradiesäpfel seiner geliebten Gattin vor. »Elisabeth«, stöhnte er und stürzte sich wollüstig auf die nackte Pracht. Er hatte jegliche Kontrolle über sich verloren. Pure Lüsternheit lenkte sein Tun, als er mit zittrigen Fingern auch sein eigenes Gewand abstreifte.

Mit gierigen Blicken verfolgte die Witwe seine Bewegungen. Dann zog sie ihn hinter den Vorhang ihrer Bettstatt. »Mein gutes Alraunmännchen«, murmelte sie, bevor sie sich ganz den hungrigen Gelüsten des Büttels hingab, »du bist doch das beste Kraut auf der ganzen Welt.«

Kapitel XIII

Elisabeth saß mit Tante Bertha, Onkel Joest und ihrem Vetter Josef um den großen Holztisch in der Küche. Valentin hockte auf dem Boden neben ihr und mümmelte hochbeglückt die dicken roten Erdbeeren, die seine Mutter in einem Napf vor ihn hingestellt hatte. Die Übrigen tunkten das rustikale Brot, welches die Tante am Vortag frisch gebacken hatte, in ihre Suppenschüsseln.

Die ersten Tage, die Elisabeth bei ihren Verwandten in Novum Monasterium zugebracht hatte, waren ihr gut bekommen. Sie hatte ihre Gedanken an Florians Untreue zeitweilig verdrängen können, und ihre Wangen wiesen bereits eine deutlich gesündere Farbe auf. Stundenweise war es ihr sogar gelungen, ihr Cölner Leben vollständig aus ihrem Kopf zu verbannen und sich wieder ganz wie das junge Mädchen von damals zu fühlen.

Früher war das Haus ihres Onkels immer voller Leben gewesen. Inzwischen hatten vier der sechs Kinder von Onkel Joest und Tante Bertha geheiratet und ihre eigenen Hausstände gegründet. Der älteste Sohn war zwar den Tag über anwesend, da er mit seinem Vater gemeinsam den Tuchschererbetrieb führte, er wohnte jedoch mit Frau und Kindern in einem eigenen Heim. Nur Josef, der Jüngste, war zu Hause geblieben. Er war ein wenig einfältig und bedurfte der ständigen Fürsorge seiner Mutter, die ihn freilich trotz seines zurückgebliebenen Verstandes abgöttisch liebte. So war es still geworden im Hause des Tuchscherers Kastenholz. Doch obwohl Elisabeth den Trubel insgesamt vermisste, traf sie doch die Abwesenheit ihrer Base Carolina am ärgsten. Bitter war nicht nur die Tatsache, dass diese den kleinen Ort in der Eiffila verlassen hatte, sondern vor allem die Auskunft ihrer Eltern, dass Carolina nach Cöln gegangen sei. Die Frage, wo und bei wem sie dort stecken mochte, bildete auch an diesem Abend das Haupttischgespräch.

»Du sagst, sie hat sich überhaupt nicht bei dir gemeldet, Liesche?«, fragte Tante Bertha.

»Nein, ganz bestimmt nicht. Ich habe Carolina zuletzt gesehen, als sie ungefähr acht Jahre alt war«, erwiderte Elisabeth. »Wie alt ist sie eigentlich jetzt? Sechzehn, siebzehn?«

»Zu Ostern hat sie ihr siebzehntes Lebensjahr vollendet und heuer im Sommer wollen wir sie verheiraten. Mit einem Gesellen hier aus dem Betrieb, Lothar heißt er, ein tüchtiger und anständiger Bursche. Aber Carolina musste ja unbedingt noch etwas erleben, bevor sie sich verehelichte. Noch etwas von der großen, weiten Welt sehen, wie sie sich ausdrückte. So ein Blödsinn! Als ob wir es hier in der Eiffila nicht schön genug hätten. Beim Abschied sagte sie, Cöln wäre genau das Richtige, sie würde einige Wochen bei dir verbringen, die Stadt kennenlernen und dann zurückkehren, um nach unserem Wunsch in den Stand der Ehe einzutreten. Und sie ist nie bei dir angekommen, sagst du?«, fragte die Tante erneut mit unüberhörbarer Besorgnis in der Stimme.

»Nein, sonst hätte ich sie doch jetzt wieder mit hierher gebracht oder wäre selbst gar nicht gekommen. Wie lange ist es genau her, dass sie euch verlassen hat?«

»Kurz nach dem Heilig-Geist-Fest war es. Sie hatte eine Möglichkeit gefunden, mit einer Jagdgesellschaft aus Cöln zu reisen, und da sie den Weg ja selbst nicht kannte, meinte sie, die günstige Gelegenheit sofort ausnutzen zu müssen. Sie ist dann ziemlich überstürzt aufgebrochen, kaum, dass sie noch ein Bündel mit etwas Kleidung zum Wechseln zusammengepackt hat. Wo mag sie nur hin sein, meine kleine Carolina?«

»Die versteckt sich bestimmt wieder im Heu beim Bauern Sievernich«, sagte Josef, der nicht allzu viel von dem im Raum stehenden Problem begriffen hatte.

Tante Bertha tätschelte ihm die Hand und schlug vor: »Warum gehst du nicht mit deinem Vater auf einen schönen Abendspaziergang, Jüppche?«

Onkel Joest verstand die Aufforderung sofort, erhob sich und verließ mit seinem Jüngsten im Schlepptau die Küche.

Bertha wandte sich wieder ihrer Nichte zu: »Ihr wird doch nichts passiert sein? In so einer riesigen Stadt, da lauern doch überall Gefahren, und keiner kennt den anderen nicht. Lauter Gesindel treibt sich dort herum, habe ich gehört. So ist es doch, oder?«

»Das Leben in Cöln ist schon ganz anders als hier bei euch auf dem Lande«, bestätigte Elisabeth. »Und natürlich kennt nicht jeder jeden. Zum Reden hat man seine Nachbarn und seine Freunde, und vom Ansehen her kennt man vielleicht noch einige Vertreter der großen Geschlechter oder andere hohe Persönlichkeiten. Das bedeutet jedoch nicht gleich, dass es überall in Cöln gefährlich ist.«

»Aber so ein junges, unreifes Ding wie unsere Carolina! Wo soll sie denn hingegangen sein in der großen Stadt, wenn nicht zu dir? Bestimmt ist sie irgendeinem Unhold in die Hände gefallen. Ach, herrje, herrjemine!«

»Reg dich nicht auf, Tante Bertha. Es gibt jede Menge ganz und gar harmlose Erklärungen, wo Carolina stecken kann«, beteuerte Elisabeth, wobei sie ihren eigenen Worten keinen rechten Glauben schenken mochte. »Ich war doch nach Mutters und Vaters Tod auch ganz auf mich allein gestellt, und nichts Böses ist mir widerfahren.«

Um ihre Tante von der Sorge um Carolina, die auch sie selbst nun nicht mehr losließ, abzulenken, berichtete Elisabeth von ihrem Leben in der Stadt. Sie erzählte, wie sie früh ihren ersten Ehemann durch einen Unfall verloren hatte, wie sie hernach als Schankmagd in einem Wirtshaus am Rhein gearbeitet hatte und dort stets gut behandelt worden war und wie sie schließlich den Büttel Florian Grimm kennen und lieben gelernt hatte. Ausführlich schilderte sie ihre Hochzeit am Neujahrstag 1272 und ihre anfänglichen Schwierigkeiten, ein Kind zu bekommen.

»Ich blieb gleich in den ersten Wochen unserer Ehe schwanger, aber im Sommer habe ich das Ungeborene verloren. Ich bin die Stiege hinuntergestürzt und hatte furchtbare Blutungen. Unsere Nachbarin, eine nette Witwe, die sich gut mit allerlei Kräutern auskennt, hat mich gefunden und in ihre Stube gebracht. Zwei Tage lang hat sie mich bei sich gepflegt, aber das Kind konnte sie nicht retten. Florian ist damals halb verrückt geworden vor Kummer. Dann hat es bis zum folgenden Mai gedauert, ehe sich eine neue Schwangerschaft einstellte, und im Februar des Jahres 1274 ist endlich dieser kleine Bengel hier gesund zur Welt gekommen.« Sie bückte sich und streichelte Valentin zärtlich über das braun gelockte Köpfchen.

»Er ist mein größter Schatz – mein einziger!« Plötzlich rannen dicke Tränen über Elisabeths Wangen.

Erstaunt fragte Tante Bertha: »Was ist los, Mädchen? Dem Kleinen geht es doch prima!«

Stockend klärte Elisabeth ihre Verwandte über den eigentlichen Grund ihres spontanen Besuches in Novum Monasterium auf, den sie bislang verschwiegen hatte.

Als sie geendet hatte, wiegte Bertha bedächtig ihren Kopf mit den wirren weißen Haarsträhnen. »Es wird keine Suppe so heiß gegessen, wie sie gekocht wird«, kommentierte sie, während sie begann, die Schüsseln abzuräumen. »Das renkt sich schon wieder ein. So sind sie nun mal, die Männer!«

Am folgenden Morgen sah sich Elisabeth mit Valentin an der Hand ein wenig im Betrieb ihres Onkels um.

Die Tuchscherer erhielten ihr Ausgangsmaterial von den Webern, deren Zunft in Novum Monasterium in hohem Ansehen stand. Die feuchten Tuche wurden in einen Rahmen gespannt und nach dem Trockenprozess mit dem Distelkarden aufgeraut. Danach wurden sie mit einer Spezialschere geschoren, ein Arbeitsgang, welcher je nach angestrebter Güte mehrfach wiederholt werden musste. Als Letztes bürstete man die Tuche ausgiebig. Die vier Männer – Onkel Joest, sein ältester Sohn, ein Geselle und ein Lehrbursche – kamen bei der harten Tätigkeit ordentlich ins Schwitzen.

Anschließend spazierte die junge Cölnerin an der Arnefe entlang, bog nach einer Weile rechts ab und fand sich bald auf dem baumbestandenen Platz vor der Pfarrkirche St. Chrysanthus und Daria wieder. Wenn sie früher als Kind mit ihren Eltern die Verwandten in der Eiffila besucht hatte, hatte Tante Bertha es niemals versäumt, ihr die Legende des Märtyrerpaares zu erzählen, und nun gab sie diese an Valentin weiter.

»Magst du eine spannende Geschichte hören?«, fragte sie ihren kleinen Sohn, wohl wissend, dass er nur einen Bruchteil würde verstehen können.

»Au ja, Schichte«, freute sich dieser.

»Dann hör gut zu: Chrysanthus war ein frommer junger Mann, der von seinem Vater bedrängt wurde, vom Glauben zu lassen. Damals gab es nämlich noch mehr Heiden auf der Welt als gute Christenmenschen. Nach vielen vergeblichen Bemühungen sperrte der Vater Chrysanthus mit fünf wunderschönen Jungfrauen in ein Gemach, die ihn verführen sollten.«

Elisabeth seufzte bei dem Gedanken an die allzu leichte Verführbarkeit der Männer.

»Doch die wollten plötzlich nicht mehr essen, nicht mehr trinken und verfielen schließlich in einen tiefen Schlaf. Als Nächstes schickte der Vater die über alle Maßen schöne Jungfrau Daria zu seinem Sohn Chrysanthus. Die Begegnung endete mit Darias Bekehrung zum Christentum und dem gemeinsamen Entschluss der beiden jungen Leute, zu des Vaters Wohlgefallen eine Ehe zu schließen, sich aber dennoch ewige Keuschheit zu geloben.

Fortan widmeten die beiden ihr Leben der Verbreitung des christlichen Glaubens, bis ihre Gefangennahme diesem ein Ende setzte. Chrysanthus wurde in ein stinkendes Verließ geworfen, das sich alsbald mit Wohlgeruch füllte, Daria in ein Dirnenhaus verschleppt. Ein aus dem Zwinger ausgebrochener Löwe schützte Darias Unberührtheit, indem er jeden Mann, der sich ihr nähern wollte, packte und ihr zu Füßen legte. Die Christenverfolger versuchten nun, das tiefgläubige Paar mitsamt dem Löwen zu verbrennen, doch auch das Feuer konnte ihnen nichts anhaben. Erst als man die beiden in eine Grube warf und mit Sand und Steinen bedeckte, starben sie den Märtyrertod. Die Geschichte von Chrysanthus und Daria ereignete sich zur Zeit des bösen römischen Kaisers Diokletian.«

Elisabeth hatte zum Schluss mehr zu sich selbst gesprochen und war erstaunt, wie gut sie die Ortslegende in Erinnerung behalten hatte. Im Jahre 844 waren die Gebeine des Märtyrerpaares nach Promia gekommen und vier Jahre darauf nach Novum Monasterium, wo sie nun in einem kostbaren dreifachen Schrein in der Krypta ruhten.

Ach, Treue bis in den Tod, dachte Elisabeth, und Standhaftigkeit waren damals noch Tugenden.

Elisabeth und Valentin umrundeten die imposante Kirche, die zu einem bedeutenden Benediktinerstift gehörte. Ehrfurchtsvoll blickten sie an dem dreitürmigen Westwerk hoch, welches aus einem quadratischen Mittelturm, drei zweigeschossigen Kreuzflügeln und zwei Rundtürmen in den vorderen Kreuzwinkeln bestand.

Im Inneren der dreischiffigen Pfeilerbasilika umfing die beiden eine angenehme Kühle. Sie wandelten langsam durch das Mittelschiff, entzündeten dann an einem der Altäre die mitgebrachte Kerze, und Elisabeth sprach ein kurzes, inbrünstiges Gebet. Dann stiegen sie in die Krypta hinab, eine fünfgeteilte Halle, und betrachteten still den Schrein von Chrysanthus und Daria. Elisabeth zeigte ihrem Sohn zum wiederholten Male, wie man ein Kreuzzeichen schlug und war ganz stolz, als sie sah, dass er gelernt hatte, es ganz richtig zu machen.

Beim Hinaustreten aus der Basilika kniff Elisabeth unwillkürlich die Augen zusammen, so grell erschien ihr das Licht, obwohl sie im Schatten standen. Valentin war von den vielen neuen Eindrücken müde geworden, und sie selbst verspürte wieder diese Übelkeit, die sie in letzter Zeit häufig plagte. So setzten sie sich auf eine niedrige Mauer, um ein wenig auszuruhen, bevor sie den Rückweg zum Hause Kastenholz antraten.

Sie blieben nicht lange allein. Nur wenige Augenblicke später gesellte sich ein Pilger – kenntlich durch Stab und Hut, an dem acht verschiedene Pilgerzeichen prangten – zu ihnen.

»Gott zum Gruße, junge Frau«, eröffnete er sogleich ein Gespräch. »Ein hübscher Ort ist Euer Novum Monasterium geworden. Ich bin vor vielen Jahren schon einmal hier durchgekommen, aber da gab es all diese gewaltigen Befestigungsanlagen noch nicht, und auch noch keine Burg.«

»Ich bin nur zu Besuch, eigentlich lebe ich in Cöln am Rhein«, erwiderte Elisabeth.

»Im hillijen Cöln! Am Rhein! Ja, ja, der Rhein, wenn wir den nicht hätten! Wusstet Ihr, dass dieser Fluss gleich zwei Quellen besitzt?«

Elisabeth schüttelte den Kopf.

»Doch, doch! Ein Quellarm, der Rhenus anteriur, entspringt aus dem Tomasee am Sankt Gotthard, während der Rhenus posteriur aus verschiedenen Quellbächen des Adulamassivs gebildet wird. Dann vereinigen sie sich, fließen als ein Strom durch den Lacus bodamicus und stürzen als wilder Wasserfall eine Klippe von mehr als siebzig Fuß hinab. Ich war einmal dort und muss sagen: ein imposantes Schauspiel!«

Der Mann hatte inzwischen seinen Pilgerhut abgelegt und

wischte sich über den schweißnassen, vollkommen kahlen Schädel. Erst jetzt fiel Elisabeth auf, dass der Mann auch keine Augenbrauen, keine Wimpern und überhaupt keinerlei Körperbehaarung hatte. Der Fremde bemerkte ihre Verwirrung.

»Mir sind alle Haare, auch die feinsten, schon vor langer Zeit ausgefallen. In nur wenigen Wochen war alles weg und ist nie wieder nachgewachsen. Kein Bader, kein Wundarzt und auch keine Kräuterfrau wusste Rat, und so versuche ich es bei allen möglichen Heiligen. Jedes Jahr im Sommer gehe ich auf Pilgerschaft.«

Er kramte kurz in seinem Gepäckstück, das er auf dem Boden abgesetzt hatte, und zog ein Brot sowie ein Stück Hartwurst hervor. »Mögt Ihr auch etwas essen?«

»Nein, danke«, sagte Elisabeth, doch Valentin streckte seine Händchen sogleich nach der Wurst aus.

»Wulst, haben!«, forderte er, und der Mann schnitt eine dicke Scheibe ab, die er dem Jungen in die Hand drückte.

»Ich komme von der Wallfahrtskapelle des heiligen Erzengels Michael, südöstlich von Mahlberg«, berichtete der Pilger kauend. »Wisst Ihr eigentlich, dass die markante Bergkuppe, auf der die Kapelle steht, eine uralte Tradition hat? Zu Urzeiten soll dort eine heidnische Kultstätte gelegen haben. Mahlberg heißt so viel wie Berg der Gerichtsbarkeit.«

Elisabeth bekreuzigte sich bei dem Wort heidnisch, doch der Mann fuhr unbeirrt fort: »Von hier aus gehe ich weiter zum Heiligen Kreuz in Weingarten und dann zu den Reliquien der unschuldigen Kinder im Kloster Porta coeli, der Himmelspforte, in Schweinheim. Unglaublich, dass der Gottfried von Molenark solch kostbare Reliquien aus Rom hier in die Eiffila bringen konnte! Die Gebeine der unschuldigen Kinder von Bethlehem, man stelle sich einmal vor! Im Matthäus-Evangelium Kapitel zwei, Vers sechzehn steht es ganz genau, wie Herodes Tausende von Knäblein hat umbringen lassen, als ihm die Kunde zu Ohren kam, der neue König sei geboren worden.«

»Eine furchtbare Gräueltat, führwahr«, sagte Elisabeth und warf einen zärtlichen Blick auf ihren strammen Jungen. »Aber ist es nicht so, dass auch heute noch viele, viele Kinder – auch ungetaufte – sterben, und oftmals nur, weil die Mütter zu ausgezehrt sind, um sie mit ihrer Milch zu nähren? Ich habe in der Stadt sogar Geschichten gehört, dass Eltern, wenn die Kinderschar gar zu groß wird oder wenn ein Neugeborenes schwächlich erscheint, ihre eigenen Kinder töten. Dagegen müsste per Gesetz etwas getan werden!« Empörung klang in ihrer Stimme mit.

»Ihr seid eine kluge Frau.« Den letzten Zipfel der Wurst in seinen Mund schiebend, kam der erzählfreudige Mann daraufhin auf ein neues Thema zu sprechen. »Habt Ihr gehört, dass unser König Rudolf den untreuen Ottokar von Böhmen mit der Reichsacht belegt hat?«

Elisabeth, nicht gefasst auf diesen abrupten Gesprächswechsel, stammelte: »Was? Wer hat wen mit der Reichsacht belegt?«

»Na, mir scheint, hier auf dem Lande sprechen sich die Nachrichten nicht so schnell herum. Wenn man so wie ich viel unterwegs ist, dann erfährt man die neuesten Ereignisse glücklicherweise immer, bevor sie schon wieder von anderen überholt worden sind.«

Die junge Frau sah den Pilger ratlos an.

»Also«, sagte dieser in belehrendem Tonfall, »dass die sieben Kurfürsten im Oktober vor drei Jahren den Grafen Rudolf von Habsburg mit Ausnahme von einem aus ihrer Reihe einstimmig zum deutschen König gewählt haben, dürftet Ihr ja wohl mitbekommen haben. Das war ja vielleicht was! Als die Fürsten ihm den Eid der Treue ablegen wollten, fehlte das Szepter, welches sie beim Schwören anfassen müssen. Da hat Rudolf ein Kreuz genommen und gesprochen: Dieses Zeichen, das die Welt erlöst hat, wird wohl auch die Stelle des Szepters vertreten können! Solche Worte haben den Großen natürlich gefallen, und nur zu gern leisteten sie ihren Eid auf das Kreuz. Ich habe unseren König Rudolf ja noch nie persönlich getroffen, aber er ist nicht nur ein guter Herrscher, sondern soll auch ein ganz patenter Kerl sein: groß gewachsen und hager, erprobt in allen ritterlichen Tugenden, dazu heiter und genügsam, bescheiden gekleidet, fromm, gerecht und friedliebend. Es lässt sich wirklich nichts Schlechtes sagen über unseren König Rudolf. Er ist auch kein Freund von roher Gewalt und passt gut auf seine Soldaten auf. Einmal soll er gesagt haben: ›Lieber eine Burg langsam erobern unter Schonung meiner Krieger, als schnell und diese in Lebensgefahr bringen.‹ Ein kluger

Mann, und die deutschen Fürsten haben das ja auch gleich erkannt und sich ihm angeschlossen. Alle, bis auf einen, eben diesen König Ottokar II. von Böhmen.«

Elisabeth unterdrückte ein Gähnen, war aber zu höflich, um den Redefluss des einsamen Pilgers zu unterbrechen. Dieser fuhr munter fort:

»Bei dem Reichstag zu Nuorenberc vor zwei Jahren, da hat ja der König Rudolf ganz offiziell das Recht erhalten, ehemalige Reichsgüter zu enteignen und einzuziehen. Das Durcheinander davor mit Doppelkönigtum und so war aber auch so was von unübersichtlich! Naja, unserem neuen König bekommt es, glaube ich, dass die Macht des Königshauses gestärkt und die der Kurfürsten ein bisschen geschmälert wird. Und die Fürsten sind ganz zufrieden, bis auf den Böhmen Ottokar. Der Rudolf hat es zunächst mit diversen friedlichen Rechtsmitteln probiert. Erst als die erschöpft waren, hat er die Acht ausgesprochen. Und Ihr habt tatsächlich noch nichts davon gehört?«

Der Pilger unterzog seine Fingernägel, die er, nach dem Verzehr seiner Mahlzeit und während er unermüdlich erzählte, gründlich mit dem Brot- und Wurstmesser gereinigt hatte, einer kritischen Prüfung. Elisabeth schüttelte verneinend den Kopf.

»Der neueste Stand der Dinge«, setzte der Berichterstatter abermals an, »der auch mir erst vorgestern zu Ohren gekommen ist, besagt, dass es demnächst wohl zum Kampf kommen wird. Es ist natürlich der Ottokar, der unbedingt den Weg der Waffen gehen will. Der König selbst ist ja, wie gesagt, eher friedliebend. Es sieht also so aus, als ob wir bald einen richtigen Krieg bekämen.«

Elisabeths Augen weiteten sich erschrocken. »Krieg, hier bei uns?« Unwillkürlich legte sie ihren Arm um Valentin.

»Nicht doch hier! Der wird da im Osten, im Böhmerland, ausgetragen. Ihr hier in Novum Monasterium werdet ganz sicher nichts davon mitbekommen.«

Elisabeth, die nur einen Bruchteil von dem Informationsfluss des Pilgers verstanden hatte – teils, weil sie sich nie für die Politik über die Grenzen Cölns hinaus interessiert hatte, teils, weil sie nur unzulänglich zugehört hatte –, nickte und meinte: »Dann ist es ja gut.«

Gleichzeitig erhoben sie sich von dem Mäuerchen. Der Mann

stülpte sich seinen Pilgerhut wieder auf, ergriff sein Bündel und den Stab und sagte, auf das Kirchenportal deutend: »Dann werde ich wohl mal da reingehen. Gott mit Euch, gute Frau.«

»Und mit Euch auf Eurem Weg«, erwiderte Elisabeth zerstreut und schlug mit Valentin auf dem Arm die Richtung zum Haus ihrer Verwandten ein.

Am Nachmittag machten sich Elisabeth und Bertha zunächst mit dem Läusekamm über die Köpfe ihrer Söhne her, eine Prozedur, die notwendigerweise von Zeit zu Zeit fällig war, und scheuerten anschließend alle Kochtöpfe und Kessel mit grobem Sand aus. Dabei saßen sie in der jetzt milde strahlenden Sonne zwischen den zum Trocknen aufgespannten Tuchen und plauderten über dieses und jenes. Als Elisabeth nebenbei ihre Anfälle von morgendlicher Übelkeit erwähnte, hielt Bertha in der Arbeit inne, sah ihr scharf in die Augen und konstatierte dann mit Kennerblick: »Du bist wieder in gesegneten Umständen, Liesche. Kein Zweifel, ich seh das in deinen Pupillen.«

Kapitel XIV

Sein Herz pochte heftig, in seinen Ohren rauschte das Blut, und alle Fasern seines Körpers fühlten sich schlaff und unbenutzbar an. Vorsichtig öffnete Florian Grimm die Augen. Doch als ein spitzer Schmerz wie ein Blitz diagonal durch seinen Kopf fuhr, schloss er sie sogleich wieder. In dem kurzen Moment hatte er wahrgenommen, dass er völlig unbekleidet in seiner Bettstatt lag, aber es wollte sich keinerlei Erinnerung einstellen, wie er in der Nacht dorthin gelangt war. Mit den Fingerspitzen tastete er seine Gliedmaßen nach etwaigen Verletzungen ab, konnte jedoch nichts Anormales feststellen.

Er blieb noch eine Weile ruhig liegen und fahndete weiter in seinem Gedächtnis. Die Wahrnehmung eines unangenehm süßlichen Duftes, den sein Leib verströmte, half ihm schließlich auf die Sprünge. Nach und nach kehrten die Ereignisse des Vorabends zurück. Kaum greifbar waren die ersten Gedankenfetzen: geschmorter Schweinebauch, eine lächelnde Witwe Appelsack, saurer Wein, der einen fauligen Nachgeschmack auf seiner Zunge hinterlassen hatte, und Elisabeth, die auf ihm lag. Elisabeth? Ruckartig setzte er sich auf und öffnete abermals die Augen. Den Blitz, der durch seinen Schädel zuckte, ignorierte er dieses Mal.

»Elisabeth?«, rief er leise fragend in den Raum hinein, bevor er behutsam den Vorhang der Schlafstatt zur Seite zog. Die Stube war genauso leer wie an den vorangegangenen Tagen.

Die überstürzte Abreise seiner Frau kam Florian wieder in den Sinn. Was war noch mal der Grund dafür gewesen, dass sie ihn verlassen hatte? Richtig! Sie hatte ihn verdächtigt, einer anderen Frau beigeschlafen zu haben. Absurd, einfach absurd!

Doch langsam drang auch die jüngste Vergangenheit in sein Bewusstsein zurück. Verzweifelt strengte er sich an herauszubekommen, was geschehen war. Hatte er oder hatte er nicht bei einem fremden Weib gelegen? Wenn ja, wann? Und bei wem?

Bei dem Versuch, sich zu erheben, packte ihn ein starker Schwindel, der ihn sofort auf das Bett zurückzwang. Irritiert ließ er den viel zu schweren Schädel auf seine Knie sinken. Was war nur mit ihm los? In einer so desolaten körperlichen Verfassung hatte er sich noch nie erlebt: Die Kraftlosigkeit seiner Muskeln, die Stiche in seinem Kopf, der nun auch noch zu pochen anfing, der widerliche Geschmack in seinem Mund und der nicht minder unangenehme Geruch, der an ihm haftete, dazu das Schwindelgefühl und – ja, ein seltsames Prickeln und leichtes Vibrieren in seiner Männlichkeit. Was hatte das alles zu bedeuten?

Im zweiten Anlauf schaffte er es, sich bis zum Wasserkrug zu schleppen, dessen Inhalt er sich vollständig über den Nacken goss, indem er seinen Kopf über einen bereitstehenden Eimer beugte. Das Wasser war lauwarm, aber als es beim Aufrichten an ihm hinunterrann, tat es dennoch so weit seine Wirkung, dass er sich wieder entsinnen konnte. Das Bild, welches sich beim Ordnen der losen Gedankenenden ergab, erschreckte ihn zutiefst. Konnte es möglich sein, dass …? Er würgte. Welche Teufel hatten ihn bloß geritten? Und wie hatte Elisabeth schon vor Tagen wissen können, dass so etwas passieren würde? Sie hatte ihn also ganz zu Recht verlassen. Er war tatsächlich der Wüterich, der zu sein sie ihm vorgeworfen hatte.

Jegliche Hoffnung, die geliebte Frau und seinen Sohn zurückzugewinnen, schwand dahin. Wie sollte er ihr jemals wieder offen in die Augen blicken können? Der Berg der Schuld, die er sich aufgeladen hatte, wollte ihn schier unter sich zermalmen.

Nur raus hier, raus, fort aus dieser Umgebung, in der ihn alles an seine Familie denken ließ! Er kleidete sich an, stolperte die Stiege hinunter und ging noch immer benommen, taumelig und steifbeinig zum Rheinufer hinab.

Als der Büttel sich endlich in der Lage fühlte, seinen beruflichen Verpflichtungen nachzugehen, stand die Sonne schon fast im Zenit. Er war ein gutes Stück in nördlicher Richtung am Fluss entlanggelaufen, dann mehrfach in die Fluten gestiegen und bis über den Kopf abgetaucht, und erst als er sich sicher war, dass kein störender Geruch mehr an ihm klebte, konnte er wieder frei durchatmen.

Nun war er auf dem Weg zum Stift St. Gereon, wo der Reliquiendiebstahl auf seine Aufklärung wartete.

Tags zuvor war ihm auf dem Heimweg, nachdem er mit etwa

einem Dutzend der Stiftsherren gesprochen hatte, aufgefallen, dass der Kellermeister des Stifts eine ungewöhnliche Nervosität gezeigt hatte. Das Gesicht des Mannes war ihm entfernt bekannt vorgekommen, nur dass es ihm nicht gleich gelungen war, es richtig zuzuordnen.

Bei seiner ersten Befragung hatte er sich dem Büttel mit den Worten: »Bruno Altmann – Alt-mann wie Jung-frau – Kellermeister in Sankt Gereon zu Cöln« vorgestellt. Das ganze Gespräch über hatte er diese, für einen geistlichen Herrn allzu saloppe Ausdrucksweise beibehalten und ihn einer Litanei über seine vielfältigen Aufgaben ausgesetzt. Als Kellermeister habe er sich nicht nur um den Wein zu kümmern, wie man dem Wort nach vielleicht vermuten könne, sondern auch um alles andere, was in den Vorratskeller kam. Er führe die Generalaufsicht über sämtliche Dinge, die für das leibliche Wohl der Kanoniker vorgesehen waren, und das sei in einem großen und reichen Stift, wie St. Gereon es darstellte, wahrlich keine Kleinigkeit. Da müsse Vieh abgeschätzt und gekauft, Gemüse und Obst richtig eingelagert, Wein probiert und Getreide für den Pister besorgt werden.

Florian Grimm hatte sich des Eindrucks nicht erwehren können, dass der Kellermeister durch seinen Wortreichtum und die aufgesetzte Flapsigkeit nur davon ablenken wollte, dass die Amtsperson ihn erkannte. Und er wusste, dass viel Geld durch die Hände eines Kellermeisters floss.

Erst kurz bevor Grimm die Waldemansgasse erreicht hatte, war ihm wieder eingefallen, woher er den Kellermeister kannte, und ein böser Verdacht war in ihm aufgestiegen. Er musste ihm unbedingt heute nochmals auf den Zahn fühlen.

Florian Grimm erreichte St. Gereon und wurde auf sein Begehren hin sofort zu Bruno Altmann geleitet.

»Ah, unser fleißiger Meister Büttel«, begrüßte ihn der Kellermeister, und seine kurze, kugelrunde Gestalt drohte in der lebhaften Bewegung, die seine Worte begleitete, das Gleichgewicht zu verlieren. »Erst gestern kennen gelernt und schon heute dicke Freunde, was? Kann ich noch etwas für Euch tun?«

Der Büttel ging nicht auf den locker-vergnügten Ton des Kellermeisters ein, sondern fragte mit ernster Miene: »Erst gestern?

Seid Ihr sicher, dass wir uns nicht schon zuvor unter ganz anderen Umständen begegnet sind?«

Bruno Altmann wurde erst blass, dann färbten sich seine feisten Backen dunkelrot. Unruhig fuhr er sich mit der Hand durch seinen Haarschopf und ließ sich dann keuchend auf einen Hocker fallen. Sein Bauch wölbte sich im Sitzen noch stärker über den Rand seiner Schürze, und er griff sich erneut in sein buschiges feuerrotes Haar.

»Daran habt Ihr mich erkannt, nicht wahr? Wer mit solch einer auffälligen Kopfbedeckung geboren wird, kann sich nur schwer verstecken.«

»Nicht nur an Eurer ungewöhnlichen Haarfarbe habe ich Euch erkannt. Ich verfüge auch über ein sehr gutes Gedächtnis für Gesichter«, erwiderte der Büttel ruhig. »Zudem konnte ich mich bei unserer gestrigen Unterhaltung des Eindrucks nicht erwehren, dass Ihr krampfhaft etwas vor mir zu verbergen suchtet. Wollt Ihr mir nicht einfach erzählen, was Ihr mit dem Verschwinden des silbernen Arms aus Eurer Stiftskirche zu tun habt? Ich könnte mich dafür einsetzen, dass die ganze Sache innerhalb der Mauern des Stifts verhandelt wird und nicht vor das Schöffenkolleg kommt. Waren es Eure Spielschulden, die Euch zu einem derart gottlosen Schritt genötigt haben?«

Mehr als einmal war Florian Grimm dem Kellermeister von St. Gereon zuvor in den Wirtshäusern Cölns begegnet, und stets hatte sich dieser in der üblen Gesellschaft stadtbekannter Spieler und Abzocker befunden. Aus Erfahrung wusste er, dass Spielschulden eine Existenz vollkommen ruinieren konnten, und so war der Verdacht in ihm aufgestiegen, dass es zwischen der Spielleidenschaft des Kanonikers und dem Diebstahl der Reliquie einen Zusammenhang geben könnte.

»Ich musste doch irgendetwas tun«, stammelte Bruno Altmann. »Ich wurde bedroht! Beim letzten Mal, als ich gegen diese Bande vom Balkan verloren habe, zog einer sein Messer und …« – der Kellermeister schob seinen rechten Beinling bis über das Knie hoch, und eine hässliche, kaum verheilte Stichwunde auf seinem Oberschenkel kam zum Vorschein – »hier, seht! Als ›kleine Warnung‹ hieß es, und wenn ich das nächste Mal nicht zahlen könne, ›sei ich fällig‹.« Stöhnend rückte er seinen Beinling wieder zurecht.

»Eigenes Vermögen habe ich längst keines mehr, denn die Sucht des Spiels hat mich schon vor vielen Jahren gepackt. Bisher gelang es mir stets, mich durch geringfügige Manipulationen an den Nahrungsmittelabrechnungen des Stifts mit dem nötigen Geld zu versorgen.«

Der nun völlig gebrochene Mann schniefte vernehmlich und fuhr dann fort: »Doch beim letzten Spiel habe ich eine so große Summe verloren, dass ich sie unmöglich durch Falsifikation der Rechnungsbücher zusammenbringen konnte. Also musste ich mir etwas anderes einfallen lassen. Es war aus purer Not und Verzweiflung, dass ich mich an den Reliquien unserer ehrwürdigen Stiftskirche vergriffen habe. Das müsst Ihr mir glauben, Meister Büttel. Und seid versichert, dass mich seitdem Nacht für Nacht tausend Teufel quälen, so sehr drückt mich mein Gewissen.«

»Das mag wohl sein, aber Ihr habt durch den Diebstahl eine schwere Schuld auf Euch geladen«, erklärte Florian Grimm mit unverminderter Strenge.

»Bitte übergebt mich dennoch nicht der Stadtobrigkeit«, bettelte Bruno Altmann. »Ich will nicht wie ein gemeiner Kirchendieb am Galgen enden. Lasst den Herrn von Schinnen, unseren erhabenen Dechanten, das Urteil über mich sprechen.«

»Zu diesem werden wir gleich gemeinsam gehen, und Ihr werdet Euer Geständnis Wort für Wort wiederholen. Zuvor jedoch müsst Ihr mir noch sagen, wem Ihr die Armreliquie ausgehändigt habt.«

Plötzlich wieder ganz agil, sprang der Kellermeister auf und eilte auf die hintere Wand des Gewölbes zu. Der Büttel stürzte hinterher, in der Annahme, dass sich dort eine weitere Tür, durch die der Übeltäter fliehen könnte, verberge. Doch der hielt nach wenigen Schritten inne, drehte ein leeres Weinfass um und zog einen in Stoff eingeschlagenen Gegenstand darunter hervor. Erleichtert atmete Florian auf und griff nach dem Bündel, welches Bruno Altmann ihm entgegenstreckte.

»Hier, hier ist der Kirchenschatz! Ich bin doch noch gar nicht dazu gekommen, mit ihm meine Schulden zu begleichen.«

Der Büttel betastete den eingewickelten Gegenstand und schlug das Tuch an einer Ecke zurück, um sich davon zu überzeugen, dass es sich wirklich um die entwendete Reliquie handelte. Dann ging er mit dem kostbaren Kleinod in der einen Hand, mit der anderen den reuigen Sünder am Oberarm packend, zu Wilhelm von Schinnen, vor dem der Kellermeister ein umfassendes Bekenntnis all seiner Missetaten ablegte.

Da es auch im Interesse des Stifts lag, so wenig wie möglich von der unliebsamen Geschichte an die Öffentlichkeit dringen zu lassen, war es für Florian Grimm ein Leichtes, den Dechanten davon zu überzeugen, dass er den Dieb nicht abzuführen gedachte, sondern eine Bestrafung nach dessen Gutdünken für ratsam hielte. Wilhelm von Schinnen versprach eine angemessene Punitio und bedankte sich mit überschwänglicher Herzlichkeit für die rasche Aufklärung des Verbrechens.

»Ich werde unserem ehrwürdigen Sifrid von Westerburg sofort eine Benachrichtigung zukommen lassen und Eure rasche und diskrete Arbeit lobend erwähnen«, versprach er dem Büttel. »Und wenn ich jemals etwas für Euch tun kann, so lasst es mich nur ruhig wissen«, fügte er hinzu.

Kapitel XV

Am folgenden Morgen – die Nacht hatte er in einem Wirtshaus, welches auch Schlafplätze vermietete, verbracht – machte sich der Büttel auf den Weg zum Rathaus, um seinerseits bei den Schöffen Meldung über die Wiederbeschaffung der Reliquie von St. Gereon und die Überführung des Diebs zu erstatten. Er erhielt eine Belobigung, doch einer der Schöffen war ob der schnellen Lösung des Falls eher unzufrieden.

Diesen Büttel dürfen wir tatsächlich nicht unterschätzen, dachte Emundt Quattermart. »Er muss unbedingt für einige Wochen mit Sonderarbeiten eingedeckt werden, weil er sonst womöglich der großen Sache in die Quere kommt«, hatte Thilman Overstolz ihm eingeschärft. Und so hatte Schöffe Quattermart sich bereits eine neue Aufgabe für Florian Grimm ausgedacht.

»Tempora mutantur et nos mutamur in illis!«, erklang es sechsfach. Goddert Hardevust blickte mit seinen wässrig-hellen Augen von einem zum anderen. An diesem schwülen Abend im späten Juni spielte er, der Jüngste der Verschwörerrunde, wieder den Gastgeber, und er wollte seine Sache gut machen.

Die Männer waren alle pünktlich in der Glockengasse erschienen und hatten nach der Begrüßung und der Erneuerung ihres Schwurs diesmal in einem anderen Raum um eine große Tafel Platz genommen. Auf dem schweren Eichenholztisch standen sechs kostbare Glaspokale, in denen goldener Wein schillerte. Auch Schalen mit Obst und Konfekt waren zurechtgestellt worden. In der Mitte hatte man ausreichend Platz zum Entfalten der Pläne gelassen. Zahlreiche Leuchter warteten auf ihren Einsatz für den Fall, dass die Besprechung bis zum Verschwinden des Tageslichts, welches nun durch acht hohe Fenster den Raum noch reichlich erhellte, dauern sollte.

Mit einem Blick nach rechts und links kontrollierte Hardevust, ob beide Türen fest verschlossen waren. Dann legte er seinen Kopf kurz in den Nacken und spähte auf die Galerie, die hoch über ihnen an den drei nicht mit Fenstern versehenen Wänden den Saal umrundete. Befriedigt wandte er sich wieder der kleinen Gesellschaft zu und erteilte dem Italiener das Wort.

Gilberto Varrone erhob sich und strich selbstgefällig die Falten seines aus dunkelgrüner, sommerlich-leichter Seide gefertigten Obergewandes glatt und legte dann seine beringten Finger zusammen.

»Nachdem ich Euch bei unserer letzten Zusammenkunft ausführlich in die Baupläne Eurer neuen Mühle eingeführt habe, möchte ich Euch heute den Arbeitsprozess an sich erläutern, über die notwendige Belegschaft reden und alle noch zu bedenkenden Details um die Herstellung der hierzulande noch unbekannten Ware Papier besprechen. Lasst mich mit letzterem Punkt beginnen. Den Hauptrohstofflieferanten für die Produktion bildeten bisher Textilabfälle, also Gewebe, Stricke, Filze, Zwilch, eben Lumpen aller Art. Wir in Fabriano haben damals in der Anfangszeit unseres Betriebes riesige Mengen von Textilien sammeln lassen, wobei wir nach und nach den gesamten oberitalienischen Raum einbeziehen mussten. Die Menge an Rohstoff, die benötigt wird, ist unvorstellbar groß, darauf müsst Ihr Euch gefasst machen. Ich fürchte, selbst wenn Ihr noch aus Treviris, Wormatia, Magenza, Aquisgranum und was es sonst an größeren Orten in der Umgebung gibt, Lumpen beschaffen lasst, wird Euch der Rohstoff dennoch bald ausgehen.«

Varrone ließ seine Worte wirken und beobachtete mit Genugtuung die Ratlosigkeit in den Gesichtern der Cölner Patrizier. Wieder einmal hatte er die Gelegenheit zu beweisen, dass er sein Geld als Ratgeber wert war.

»Ihr habt den phänomenalen Vorteil, Euch unsere Erfahrungen durch mich zunutze machen zu können. Was haben wir in Fabriano also gemacht, als wir merkten, dass der Nachschub an Hadern für unsere Papiermühle zu versiegen drohte?« Abermals legte der Italiener eine seiner wirkungsvollen Kunstpausen ein.

»Wir haben mit den Ackerlandbesitzern in der Umgebung Verträge abgeschlossen und sie zur Flachsproduktion verpflichtet – bei alleiniger Auslieferung der Ernte an uns, versteht sich. Inzwischen bedarf ja die Tatsache der Papierherstellung in Fabriano an sich keiner weiteren Geheimhaltung mehr. Nur die am eigentlichen Procedere Beteiligten unterliegen der Schweigepflicht.

Auch hier in Cöln wird es so sein, dass, sobald die Produktion einmal angelaufen ist, nur noch die in den Mechanismus der Mühle Eingeweihten einen Eid werden leisten müssen. Bis es so weit ist, empfiehlt es sich allerdings nach wie vor, Stillschweigen über das gesamte Projekt zu bewahren.«

Eindringlich blickte der Italiener von einem zum anderen.

»Aber ich weiche vom Thema des Abends ab. Hauptsächlicher Rohstofflieferant ist bei uns also mittlerweile reines Leinen, was natürlich auch die Qualität unseres Papiers erheblich verbessert. Selbstverständlich kommen auch immer noch abgenutzte Textilien ins Stampfwerk, aber wie gesagt: Sorgt vor und leitet den Flachsanbau auf großen Flächen rechtzeitig ein. Das Lumpenstampfwerk« – dieses Mal ging Varrone nahtlos von einem Thema zum nächsten über – »ersetzt den in Vorzeiten verwendeten Mörser und wird durch Wasserkraft angetrieben. Bei unserer italienischen Mühle sind oberschlächtige Wasserräder in Betrieb, wohingegen Eure Rheinmühle ein unterschlächtiges Rad hat, aber darauf kommt es nicht an. Die Kraft, die das Rad an Eurem Schiff liefert, wird vollkommen ausreichen. Keinesfalls wird es, wie ich schon beim letzten Mal sagte, eines zweiten Rades bedürfen.«

Gilberto Varrone nahm einen kräftigen Schluck aus seinem Weinpokal.

»Die Textilien werden im Stampfwerk mit reichlich Wasser in Bottichen zu einem dünnen Brei aufbereitet, dem sogenannten Zeug; das ist der Ausgangsstoff für die Papierherstellung. Eine Nockenwelle bewegt hierzu verschiedene Stempel derart, dass sie in die Stampflöcher eines Troges – Löcherbaum genannt – schlagen. Der entstandene Brei wird dann mit Hilfe der Siebe – einen guten Metall verarbeitenden Betrieb zur Herstellung von Sieben in unterschiedlichen Größen habt Ihr ja bereits ausgesucht – geschöpft. Solltet Ihr Euch wie wir in Fabriano zu einem Wasserzeichen entschließen, so ist dieses in die Schöpfform, also in das Sieb einzufügen. Ein Großteil des Wassers tropft im Sieb gleich ab, weiteres verlässt das Zeug durch das folgende sanfte Rütteln.« Varrone streckte beide Arme vor und deutete die entsprechende Bewegung an.

»Das gleichmäßige Rütteln der Siebe ist eine schwierige Aufgabe, mit der Ihr sehr geschickte Leute beauftragen solltet, denn je gleichmäßiger und dichter sich die Fasern im Sieb über- und aneinanderlegen, desto feiner und fehlerloser wird das Endprodukt ausfallen. Der frische Bogen wird nun zusammengepresst, genauer vom Sieb auf ein Filz abgedrückt. Diesen Arbeitsschritt nennen wir Papiermacher Gautschen. Die feuchten Bogen müssen hernach zum Trocknen ausgelegt werden. Das bedeutet, dass Ihr über ausreichende Abstellflächen verfügen müsst. Wir sprachen ja bereits über den Anbau eines speziellen Trockenraumes an die Pollux. Das getrocknete Papier wird, wenn es zum Schreibpapier bestimmt ist, durch Leimung imprägniert. Ich erzählte Euch schon, dass wir von pflanzlichem zu tierischem Leim übergegangen sind. Abschließend werden die Papierbogen nochmals gepresst, geglättet, dann sortiert und gezählt, und fertig sind sie zum Verpacken. Für den Versand bündeln wir die Bogen in verschiedenen Quantitäten: 1/4 Ries, das sind 120 Bogen, 1/2 Ries, also 240 Bogen, und für Großabnehmer oder Sammeltransporte in die Ferne 1 Ries zu 480 Bogen.«

Als Gilberto Varrone kurz schwieg, fragte Thilman Overstolz: »Ries heißt das Papierzählmaß?«

»Ja. Die Bezeichnung entstammt dem Arabischen. Dort nennt man die Mengeneinheit Rizma. Die Technik der Papierherstellung ist jedoch keine arabische Erfindung, sondern ist aus dem fernen China zu uns gekommen.« Die Bewunderung seiner Zuhörer registrierend, strich sich der Italiener wohlgefällig über sein dunkles Haar.

»Nun lasst uns über die Arbeiterschaft der Papiermühle sprechen: Als erstes Glied in der Produktionskette stehen die Rohstofflieferanten, Lumpensammler zu Beginn, später zusätzlich noch Flachsbauern. Dann müssen einige Leute das Lumpenreißen übernehmen. Etwa fünf Mann werden für die Rohstoffaufbereitung sowie das Befüllen und den Betrieb des Stampfwerks benötigt. Weiterhin braucht Ihr mindestes vier Schöpfer, die parallel arbeiten können, und ebenso viele Gautscher, welche die nassen Papierbögen quetschen. Schließlich bedarf es noch einiger weiterer Arbeiter zum Glätten, Zählen, Sortieren und Verpacken. Aber was rede ich eigentlich von Männern?«

Der Italiener schlug sich mit der flachen Hand vor die Stirn.

»Selbstverständlich können für die einfachen, niederen Arbeiten auch Frauen eingesetzt werden. In Fabriano beschäftigen wir eine Handvoll Weiber zum Zerreißen der Hadern und ein paar andere für den Glättungsprozess und das Verpacken. Verantwortungsvolle Tätigkeiten, die großer Sorgfalt bedürfen, wie das Schöpfen oder Zählen der Bogen, solltet Ihr jedoch unbedingt von Männern ausführen lassen. Als Aufseher über den gesamten Herstellungsprozess lasse ich für die Anfangszeit gern einen Meister der weißen Kunst aus Italien kommen.«

»Grob überschlagen reden wir also von zwanzig Personen, welche direkt auf der Mühle beschäftigt sein werden.« Ephraim Meir hatte mitgezählt. »Ehrlich gesagt hatte ich mir einen weit geringeren Gesindeaufwand für den Betrieb einer Papiermühle vorgestellt.«

»Es müssen ja nicht zwangsläufig alle Hilfskräfte direkt auf der Pollux ihren Arbeitsplatz finden«, wandte Emundt Quattermart ein. »Wir haben bereits darüber gesprochen, dass sowohl die ersten als auch die letzten Arbeitsschritte durchaus im Hafen ausgeführt werden können. Wir sollten uns nur bald entscheiden, welche Teile des Papierherstellungsprozesses auf der Pollux angesiedelt werden, denn davon hängen die Umbaumaßnahmen ganz erheblich ab. Dass im Inneren das Mahlwerk durch ein Stampfwerk ersetzt werden muss, ist klar, ebenso, dass wir insgesamt mehr Platz benötigen. Ob jedoch zwanzig oder, sagen wir einmal, nur zwölf Arbeitskräfte vor Ort sein werden, sollten wir hier und heute entscheiden.« Fragend schaute er in die Runde. »Ich bin für eine sofortige Abstimmung und gebe mein eigenes Votum für die Auslagerung einiger Teilbereiche an Land ab.«

Goddert Hardevust schloss sich ihm ohne zu zögern an, während Ephraim Meir, Thilman Overstolz und Linhardt vom Spiegel für die zweifellos kostengünstigere Variante einer gänzlichen Verlagerung der Papierherstellung auf die Rheinmühle stimmten. So wurde eine Verteilung der Produktionsschritte auf mehrere Arbeitsorte ausgeschlossen und die Lösung der Vollnutzung der Pollux als beschlossene Sache verkündet.

»Wie wird sich unser guter Sifrid von Westerburg ärgern, wenn er merkt, dass sein Pergament auf einmal nichts mehr wert ist!«, freute sich Thilman Overstolz, und die Übrigen nickten begeistert.

Im Anschluss an die Besprechung der Details zu ihrem vielversprechenden Geschäftsvorhaben teilte der Schöffe Quattermart den übrigen Anwesenden mit, wie es um die Ablenkung des emsigen Büttels Florian Grimm stand: »Noch nicht einmal einen Tag hat der Kerl benötigt, um den Diebstahl der Armreliquie in Sankt Gereon aufzuklären. Ich hätte schwören können, dass er mit dem Fall mindestens für einige Wochen beschäftigt sein würde. Nun habe ich ihm eine weitere Aufgabe auferlegt, an der er sich die Zähne ausbeißen wird.«

Fünf erwartungsvolle Mienen waren auf Quattermart gerichtet.

»Nachdem es in letzter Zeit eine so hohe Anzahl von Todesfällen durch das Antoniusfeuer in der Stadt gegeben hat, habe ich dem Büttel die Weisung erteilt, die Ursache dafür herauszufinden.« Selbstzufrieden schaute der Patrizier seine Mitverschworenen an.

»Er soll was?«, fragte Linhardt vom Spiegel ungläubig. »Aber kein Mensch weiß, was diese furchtbare Krankheit auslöst! Das Ignis sacer, das Heilige Feuer, ist allgemein als gottgegebene Prüfung bekannt. Wieso erteilst du ihm einen derart sinnlosen Auftrag?«

»Die entscheidende Frage ist hier nicht, ob dieser Büttel einer sinnvollen Beschäftigung nachgeht oder etwas völlig Absurdem«, erwiderte Quattermart. »Hauptsache ist doch, er wird von der Pollux abgelenkt, und dazu scheinen seine üblichen Pflichten ja nicht auszureichen.«

»Emundt hat vollkommen recht«, pflichtete Overstolz bei. »Dieser Florian Grimm bringt es fertig, nicht nur frühzeitig hinter unsere Papiermanufakturpläne zu kommen, sondern womöglich auch noch mehr herauszufinden. Die rasche Aufklärung des Reliquiendiebstahls beweist doch, dass wir diesen Mann und seine Denkfähigkeit keinesfalls unterschätzen dürfen.«

Ein klirrendes Geräusch von der Galerie her ließ alle sechs Köpfe ruckartig nach oben fahren.

»Was war das?«, fragte Gilberto Varrone besorgt. Goddert

Hardevust und Ephraim Meir, die der Langseite der Galerie zugewandt saßen, konnten beim Hochsehen gerade noch erkennen, wie eine hellgelbe Stoffbahn über einem zarten Fuß entschwebte.

»Hat uns jemand belauscht?«, wollte Thilman Overstolz wissen.

Hardevust versuchte, die anderen zu beschwichtigen: »Das wird nur die Zofe meiner Mutter gewesen sein. Sie kann uns nicht gefährlich werden, selbst wenn sie etwas gehört hätte. Sie kann zwar hören, nicht jedoch sprechen. Sie ist stumm.«

Hektische Flecken hatten sich auf der fahlen Haut des Gastgebers ausgebreitet, und Emundt Quattermart, der den jungen Mann am besten kannte, warf ihm einen skeptischen Blick zu. »Bist du sicher, dass es nur die Zofe war?«, fragte er mit Nachdruck in der Stimme.

»Ja, aber ja doch«, verteidigte sich der Gefragte, doch war die Nervosität in seiner Stimme nicht zu überhören.

Natürlich hatte er den gelben Stoff sogleich erkannt – er gehörte zu einem der hübschen Kleider, die er für seine neue, attraktive Geliebte hatte anfertigen lassen. Wie gut ihr diese Farbe zu dem vollen dunklen Haar stand! Hardevusts Gefühle schwankten zwischen dem Begehren, ihren wohlgerundeten, üppigen Busen auf seinem Leib zu spüren, und der Angst und Wut, die ihn überfallen hatte, als er soeben entdecken musste, dass dieses Weibsstück sich doch wahrhaftig erdreistete, das ihr zugeteilte Gemach ohne Erlaubnis zu verlassen.

Sobald seine Gäste sich verabschiedet hätten, würde er zu ihr eilen, und sicherlich würden ihm die richtigen Mittel und Wege einfallen, um herauszufinden, wie viel sie von dem geheimen Gespräch belauscht und eventuell sogar verstanden hatte.

Kapitel XVI

Kopfschüttelnd trat Florian Grimm aus dem Haus in der Waldemansgasse. Entweder dieser Schöffe Quattermart oder aber er selbst hatte nun vollständig den Verstand verloren.

Was für ein unsinniger Auftrag! Natürlich war es tragisch, dass sich die Todesfälle durch das Antoniusfeuer in der Stadt häuften. Aber was um des Himmels willen sollte er wohl dagegen unternehmen? Er war Büttel, und seine Aufgaben und Pflichten lagen auf ganz anderen Gebieten. Die Krankheit grassierte in Cöln, wie es zuvor schon einige Male vorgekommen war, aber die Menschen betrachteten so etwas als Gottes Zeigefinger, und niemand käme auf die Idee, andere Gründe für das Antoniusfeuer zu suchen. Vielleicht hatte er sich ja verhört?

In den vergangenen Tagen hatte er manches Mal tatsächlich geglaubt, er müsse verrückt werden. Zu viel auf einmal spukte in seinem Hirn herum: die Sorge um den Aufenthalt von Elisabeth und Valentin, die groteske Situation, in welche die Witwe Appelsack ihn gebracht hatte, der Reliquiendiebstahl, der Schmuggel von Gewürzen und der immer noch auf Klärung wartende Tod seines Freundes Ludwig Titz. Ständig kreisten seine Gedanken um alle diese Dinge gleichzeitig, und nun sollte er auch noch herausbekommen, warum die Menschen am Antoniusfeuer erkrankten und starben. Eine derart unausführbare Weisung hatte er in all den Jahren, die er als Büttel zu Cöln arbeitete, noch nie erhalten. Es war ein absolut aussichtloses Unterfangen, und Emundt Quattermart musste das genauso gut wissen wie er selbst und jeder andere. Warum also hatte er ihm diesen hirnlosen Auftrag erteilt?

Er zerbrach sich den Kopf darüber, wie er in dieser Angelegenheit zu einem halbwegs befriedigenden Resultat kommen könnte. Oder sollte er etwa genau das nicht schaffen? Legte es Quattermart eventuell darauf an, ihn vor dem Schöffenkolleg als Versager hinzustellen, um ihn dann aus gutem Grund seines Amtes entheben zu können?

Florian Grimm beschloss an diesem Morgen, den weisen Albertus Magnus erneut zu konsultieren und um Rat zu bitten. Er war der Einzige, dem er es zutraute, dass er zumindest eine Theorie zu den Ursachen der Krankheit entwickelt hatte, und damit hätte er ein Ergebnis, mit welchem er die Schöffen würde zufrieden stellen können.

Im Kloster der Dominikaner in der Stolkgasse angelangt, erfuhr der Büttel, dass der berühmte Gelehrte sich an diesem Tag nicht wohlfühle und deshalb in seinen privaten Räumen weile. Man wies ihm jedoch ohne Bedenken den Weg dorthin und instruierte ihn, er solle anklopfen, und wenn er Glück habe, würde Albertus ihn trotz seiner Unpässlichkeit empfangen.

Florian Grimm tat wie ihm geheißen und fand bald die bezeichnete Tür. Er klopfte, und zu seinem Erstaunen erklang ein deutliches »Herein!« von der andern Seite. Der alte Mann mit dem messerscharfen Verstand saß am Fenster. Ein langer roter Mantel umhüllte seine hagere Gestalt, und er war offensichtlich nicht allerbester Laune.

Albertus Magnus erkannte den Büttel sogleich wieder und fragte in ruppigem Ton: »Habt Ihr noch weitere Fragen zu Rigor mortis, oder treibt Euch neues Unwissen zu mir? Was es auch sei, fasst Euch kurz. Eigentlich wollte ich heute niemanden sehen.« Er hielt kurz inne.

»Ach, wenn es doch meinen Eisernen Mann noch gäbe, treu und überaus nützlich!« Schnaufend rückte der Doctor universalis seinen Körper auf dem hohen Lehnstuhl in eine bequemere Position.

»Verzeiht mein Eindringen«, entschuldigte sich Florian Grimm, »doch ich komme mit einer wichtigen Frage, die zu beantworten sicherlich kein anderer als nur Ihr allein in der Lage seid. Es geht nicht um die Totenstarre. Eure diesbezügliche Belehrung bei meinem letzten Besuch war sehr hilfreich, obgleich ich den Fall insgesamt bisher noch nicht aufklären konnte.«

»Dann stellt in Gottes Namen Eure neue Frage und haltet mich nicht zu lange auf.«

Von der Übellaunigkeit des großen Mannes ein wenig eingeschüchtert, getraute Florian sich dennoch, dem eigentlichen Grund seiner Konsultation eine zusätzliche Frage vorauszuschicken: »Erlaubt, dass ich zuvor noch eine andere Sache von Euch zu erfahren suche, die eben in Euren Worten anklang und meine Neugier erweckte.«

»Damit wären es schon zwei Fragen. Aber gut, wo Ihr schon einmal hier seid … Was begehrt Ihr zu wissen?«

»Ihr spracht von Eurem Eisernen Mann und …«

»Mein Türhüter«, unterbrach ihn Albertus Magnus, der bei diesem Thema sogleich aufzublühen schien. »Mein Android! Ein fabelhafter Apparat war das! Eine in Menschengestalt gebaute Maschine, welche über die Fähigkeit verfügte, Besucher nach ihren Wünschen zu fragen und aufgrund ihrer Antwort zu entscheiden, wer bei mir eintreten darf und wer nicht. Er fehlt mir sehr, mein Homunculus.« Der Dominikaner lehnte seinen Kopf zurück und schloss für einen Augenblick die Augen.

»Das Beste, was ich mit meinen Händen jemals schaffen konnte! Dummerweise hat sich mein werter Schüler, Thomas von Aquin, so immens vor meinem Kunstmenschen gefürchtet, dass er ihn mit seinem Stock kurz und klein geschlagen hat. Der Ärmste ist leider im März vor zwei Jahren viel zu jung verstorben. Auf der Reise zum Zweiten Konzil von Lyon, wo ich hoffte, ihn einmal wiederzusehen, inquiunt* an einem vergifteten Stück Konfekt.«

Der gelehrte Greis schüttelte bedächtig sein Haupt, doch der Büttel holte ihn jäh in die Realität zurück.

»Ein künstlicher Mensch mit Bewegungsfähigkeit und Stimme?« Fasziniert starrte Florian Grimm den Gelehrten an. »Wie seid Ihr auf eine solche Idee gekommen?«

»Die Idee stammte nicht von mir, sie ist, im Gegenteil, schon sehr, sehr alt. Bereits Aristoteles dachte daran, Sklaven in verschiedenen Arbeitsbereichen durch technische Gestalten zu ersetzen, und in den Tempeln der Griechen soll es sprechende und bewegliche Götterstatuen gegeben haben. Auch überliefert Hesiod den interessanten Mythos von dem Titanen Prometheus. Habt Ihr diesen Namen schon einmal gehört?«

Wortlos schüttelte der Büttel den Kopf und lauschte den Worten des gelehrten Dominikaners.

* man sagt

»Prometheus verstand sich nicht allzu gut mit den olympischen Göttern, besonders mit Zeus lag er in einem ewigen Hader. Um Verbündete gegen den Göttervater zu gewinnen, schuf Prometheus aus Lehm die ersten Menschen – so berichtet Hesiod. Die Göttin Athena half ihm, indem sie den neuen Wesen eine Seele einhauchte. Zeus gefiel das natürlich gar nicht, und so enthielt er den ersten Menschen das Feuer vor. Prometheus musste es ihm stehlen und seinen Kreaturen bringen, um ihnen das Überleben zu ermöglichen. Die Strafen, die Zeus sich für diesen Betrug ausdachte, waren ziemlich hart: Dem Menschengeschlecht schickte er die Pandora, die ihre Büchse öffnete und alles Leid und Elend über die Welt ausgoss, den verhassten Prometheus aber ließ Zeus an einen Felsen anschmieden, wo ihm ein Adler nachts die am Tage stets nachwachsende Leber herausfraß. Ja, ja, die Lektüre der jahrhundertealten griechischen Schriften ist doch immer wieder sehr ergiebig. Die Griechen waren unserer Zeit in vielen Dingen des Geistes, aber auch in der Kunst des Handwerks weit voraus.«

Der Büttel brauchte nach der seltsamen Geschichte, die er zu hören bekommen hatte, eine Weile, um seine Gedanken wieder zu ordnen.

»Ein Homunculus? Verzeiht meine direkte Art, doch ist das Erschaffen eines künstlichen Menschen nicht in den Augen Gottes eine schwere Sünde?«

»Der Mensch ist in meinen Augen ein perfectissimum animal, ein perfektes Geschöpf. Ganz und gar einmalig in seiner Art und absolut wert, sich näher mit allem, was ihn ausmacht, zu beschäftigen. Dann sprach Gott: Lasset uns Menschen machen als unser Abbild, nach unserem Gleichnis! Herrschen sollen sie … und so weiter und so weiter. So steht es im Buch Genesis geschrieben. Was sollte also gotteslästerlich daran sein, sich nach Gottes Wort zu richten?«

Die Begeisterung, die Albertus beim Erzählen an den Tag gelegt hatte, wich erneut einem unwirschen Tonfall. »Aber nun kommt bitte endlich zu Eurer Frage.«

»Das Antoniusfeuer hat in jüngster Zeit hier in Cöln dreiundzwanzig Tote gefordert. Nun hat man mich damit beauftragt herauszufinden, welches die Ursache für diese Krankheit sei. Wie Ihr leichterdings einsehen werdet, bin ich mit dieser Aufgabe maßlos überfordert. Ich weiß überhaupt nicht, wo ich mit der Suche anfangen soll, und denke persönlich, dass es schlichtweg keine wissenschaftliche Erklärung gibt. Aber vielleicht habt Ihr Euch ja im Verlaufe Eurer umfangreichen Studien schon einmal Gedanken darüber gemacht?«

»Das Ignis sacer. Man hat Euch angewiesen herauszubekommen, wie es zum Ausbruch dieser Krankheit kommt? Aber Ihr seid doch ein Büttel, oder irre ich mich?«

»Ich bin ein einfacher Ordnungshüter, gewiss.«

»Dann verstehe ich nicht, wie man Euch mit einer so diffizilen Frage betrauen konnte. Die Ursachen für das Antoniusfeuer liegen vollständig im Dunkeln. Selbstverständlich habe ich früher einmal diesbezügliche Nachforschungen betrieben, aber zu einem Ergebnis bin ich leider nicht gekommen. Ich muss Euch enttäuschen. Der Mensch ist nicht allwissend.«

»Ihr habt Euch also damit auseinandergesetzt! Darin bestand meine Hoffnung. Hättet Ihr wohl die Güte, mir mitzuteilen, wie weit Eure Resultate gediehen waren, damit ich nicht mit leeren Händen vor die Schöffen treten muss?«

Der Dominikaner schwieg zunächst, doch dann sagte er: »In Ordnung. Ich sehe Euch in einer Zwangslage. Nur ungern äußere ich mich zu unvollendeten Forschungen, aber ich will eine Ausnahme machen. In meinem Sammelwerk ›De animalibus‹, ›Über die Tiere‹, führe ich vierhundertsiebenundsiebzig Arten von Tieren auf. Sie sind durchnummeriert und unterteilt in einhundertdreizehn Vierfüßler, einhundertvierzehn fliegende, einhundertvierzig schwimmende und einundsechzig kriechende Tiere sowie neunundvierzig Würmer.« Albertus Magnus atmete tief ein, fuhr aber sogleich fort:

»Unter den Letzteren hatte ich einen im Verdacht, für das Antoniusfeuer verantwortlich zu sein, einen, der sich gerne in fauligem Fleisch ansiedelt. Ich habe einige Versuchsreihen durchgeführt – Ihr wisst ja, meine Devise lautet, man lernt nur aus eigener Wahrnehmung wirklich etwas –, doch konnte ich keine Verbindung zum Ignis sacer herstellen. Dieser Wurm kommt nach meinen Ergebnissen als Auslöser diverser anderer Krankheiten, vor allem des Magen- und Darmtraktes, in Frage, nicht jedoch als Ursache für die Krankheit, die Euch Kopfzerbrechen bereitet.« Wie um die unsägliche Last in seinem eigenen Kopf zu unterstreichen, stützte er seine Arme auf und legte beide Hände flach an seine Schläfen. Wenige Augenblicke später richtete er sich mit einem Ruck wieder auf.

»Bei weiterer Beschäftigung mit dieser Materie stieß ich auf Claviceps purpurea, einen Schlauchpilz, der sich als Parasit auf Getreideähren niederlässt. Dieser Pilz, der im Volksmund als Secule cornutum, als Mutterkorn, bekannt ist, findet als Heilmittel Verwendung in der Gynäkologie und zur Blutstillung. Für Gebärende, deren Wehen zu lange andauern, ist er in der richtigen Dosierung ein wahrer Segen; daher der Name. Das Mutterkorn zeichnet sich aus durch einen etwa birkenblattlangen, harten, hornförmig gebogenen Körper und enthält stark wirkende Gifte. Für mich steht fest, dass dieser Pilz zu Intoxikationen führen kann. Und wenn man sich den Krankheitsverlauf des Ignis sacer genau besieht, so weist auch dieser gewisse Anzeichen von einer Vergiftung auf: brennende Schmerzen, Schwärzung der Gliedmaßen bis zum Abfallen derselben, Pupillenerweiterung, heiße und kalte Schauer, welche die Betroffenen überfallen, Krämpfe, Erbrechen und sogar Wahnvorstellungen.« Abermals unterbrach der Gelehrte seinen Vortrag. Das lange Reden schien ihn an diesem Tag sichtlich zu ermüden.

»Jedoch, ich bin kein ausgewiesener Wundarzt und habe mich nur vom rein naturwissenschaftlichen Standpunkt aus mit dem Antoniusfeuer beschäftigt. Meiner bescheidenen Meinung nach wäre es durchaus vorstellbar, dass die Krankheit eine Folge von übermäßiger Gifteinnahme in Form von Mutterkorn darstellt, aber Beweise kann ich Euch hierfür nicht liefern. Vielleicht stattet Ihr wieder einmal den Mühlen auf dem Rhein einen Besuch ab, um Euch das Getreide ganz genau anzusehen. Aber nun möchte ich, dass Ihr geht. Ich wünsche, mich in Ruhe auf Homers Achillesverse zu konzentrieren.«

»Achillesferse? Aber das ist doch diese verletzliche Stelle am Fuß?«

»Verse – mit V! Die ›Ilias‹ ist gemeint, Homers Versepos über Achilleus!«

Damit wandte sich der Gelehrte von dem Besucher ab, und die Konsultation war beendet. Albertus Magnus war, kaum dass er seine Erläuterungen gegeben hatte, abermals abrupt in seine übellaunige Grundstimmung zurückverfallen.

Doch Florian Grimm brannte noch eine weitere Sache auf der Seele, nach der den Gelehrten zu fragen ihm gerade eingefallen war.

»Meinen Dank für Eure klugen Erklärungen. Ich muss mich entschuldigen, wenn ich Euch nun noch mit einer anderen Angelegenheit aufhalte, zu der ich Euch allzu gern befragen möchte. Es handelt sich um etwas sehr Privates, was ein Freund mir kürzlich anvertraut hat.«

Der Büttel erzählte von dem eigentümlichen Zustand, in welchem er sich selbst einige Tage zuvor befunden hatte, als ob es sich um einen Dritten gehandelt hätte. Natürlich deutete er die pikanten Details der unliebsamen Erinnerung nur an und legte mehr Wert auf die exakte Beschreibung der körperlichen Symptome.

Als er geendet hatte, antwortete Albertus Magnus mit dem knappen Kommentar: »Geht in unsere Bibliothek und schlagt in meinem Werk ›De vegetabilibus‹, ›Über die Pflanzen‹, im Buch sechs unter dem Stichwort ›Mandragora‹ nach. Und nun: Geht mit Gott, aber geht!«

Florian Grimm bedankte sich nochmals, verbeugte sich ehrerbietig und verließ das Privatgemach des Gelehrten.

Auf dem Flur fragte er einen Dominikaner nach dem Weg zur Klosterbibliothek. Dort angekommen, ließ er sich von einem anderen hilfsbereiten Mönch das genannte Opus bringen. Sieben dicke Bücher wurden vor ihm aufgestapelt, von denen er den ersten Band aufschlug. Hier gab es zunächst eine Abhandlung zu der Frage, ob und wie Gewächse leben, ob sie eine Seele haben, ob sie schlafen, über ihre Stellung zum Tier und die Unterschiede zwischen den verschiedenen Pflanzen.

Grimm schob das Buch beiseite, griff nach dem Band, der mit VI beziffert war, und öffnete ihn aufmerksam: »Sexti Libri Vegetabilium« stand dort, und darunter: »In quo agitur: De herbis specialiter secundum ordinem alphabeti.«*

* Sechstes Buch über die Gewächse – In diesem wird gehandelt: Über die Kräuter im Einzelnen nach der Ordnung des Alphabets.

Vorsichtig blätterte er bis zum Buchstaben M vor und fand schließlich im Kapitel XII unter der Ziffer 379 das gesuchte Stichwort: »Mandragora est herba, cuius radix iabro vocatur. Et est radix magna, habens similitudinem cum forma hominis. Et habet virtutem mortificandi.«*

Bei dem Gedanken an eine menschengestaltige Pflanze mit todbringender Kraft zuckte Florian Grimm leicht zusammen. Er fuhr, mit dem Finger über die Zeilen gleitend, zu lesen fort: »Est autem narcoticam habens virtutem …«** sowie weiter unten: »Bibat ex ea cum vino, et tune dormiens sine sensu.«***

Der Büttel las den ganzen Artikel zu der seltsamen Pflanze einschließlich des Zusatzes, dass die Mandragora sehr beliebt sei bei denjenigen, »qui autem in nigromanticis student«.**** Hatte diese alte Kräuterhexe ihm doch wahrhaftig einen Trunk verabreicht, der ihn aller seiner Sinne beraubt hatte!

* Mandragora ist ein Kraut, dessen Wurzel Iabro genannt wird. Es ist eine große Wurzel, die Ähnlichkeit mit der Gestalt eines Menschen hat. Sie hat die Kraft zu töten.

** Sie hat auch eine schlafmachende Wirkkraft.

*** Wer von ihr mit Wein zusammen trinkt, wird im Schlaf ohne Sinneswahrnehmung sein.

**** die sich mit den schwarzen Künsten beschäftigen

Kapitel XVII

Einige Tage später, der Juli neigte sich seinem Ende zu, lief der Büttel bei der Verrichtung seiner täglichen Verpflichtungen über den Alter Markt.

Was seine diversen Recherchen anbelangte, so war die vorangegangene Woche nicht allzu ergiebig gewesen. Obwohl er Kontrollen auf allen Mühlen der Oberrey durchgeführt hatte, war ihm nirgendwo ein gehäuftes Auftreten des von Albertus Magnus beschriebenen Mutterkorns aufgefallen. Auch in der Schmuggelaffäre war es bislang bei seinem Verdacht gegen Blasius Frechen geblieben, ohne dass er ihm etwas nachweisen konnte, und der für den Tod seines Freundes Verantwortliche lief gleichfalls immer noch frei herum. Weitere Erkundigungen zum Verbleib von Elisabeth und Valentin hatten ebenfalls nichts ergeben. Er musste inzwischen davon ausgehen, dass die beiden sich nicht mehr in Cöln aufhielten.

Laute Rufe ließen ihn aus seiner Grübelei aufschrecken. »Habemus papam! Wir haben einen Papst!«

Die Neuigkeit eilte von Mund zu Mund, doch ließ die Begeisterung in den Ausrufen deutlich zu wünschen übrig. Das war nicht weiter verwunderlich, immerhin handelte es sich bereits um das dritte Oberhaupt der katholischen Kirche, welches das Jahr 1276 sah.

»Die Einbalsamierer am päpstlichen Hof haben heuer ja mächtig was zu tun«, raunte ein Passant.

Es war Usus, die verstorbenen Päpste dieser Konservierungsprozedur zu unterziehen, bevor man sie öffentlich aufbahrte, damit das Volk sich verabschieden konnte. Dazu wurden die Innereien, also alle Teile des menschlichen Körpers mit niedrigem Verfallsdatum, aus dem Leichnam herausgeholt, in Essiglauge gewaschen, mit Salz haltbar gemacht und anschließend wieder in den Leib hineingegeben. Die Ehre der Einbalsamierung wurde auch weltlichen Herrschern zuteil, wenn diese fern der Heimat verstarben. In solchen Fällen wurden die gepökelten Weichteile außerhalb des Körpers belassen und dieser in Rinderhaut eingeschnürt. Derart präpariert, konnte man einen Leichnam über weite Strecken transportieren, ohne dass die Mitreisenden dem unschönen Geruch verwesenden Fleisches ausgesetzt waren.

Nachdem der seit September 1271 amtierende Papst Gregor X. im Januar in Arezzo verstorben und im dortigen Dom beigesetzt worden war, hatte man elf Tage darauf Pierre de Tarantaise als Innozenz V. die Tiara aufgesetzt. Er war der erste Dominikaner auf dem Stuhle Petri gewesen und vor Kurzem, am zweiundzwanzigsten Juni, gestorben.

Der neue Papst, so erfuhr der Büttel bei seinem Gang über den Markt, den das Konklave am elften Juli gewählt hatte, hieß mit bürgerlichem Namen Ottobono Fieschi, Graf von Lavagna, und wollte sich als Oberhirte Hadrian V. nennen.

Es kursierten auch diverse Gerüchte über den Verlauf des Konklaves. Karl von Anjou, der kraft der päpstlichen Bestimmung »Ubi periculum«* bevollmächtigt war, über das Konklave zu wachen, sollte dieser Aufgabe mit rigoroser Strenge nachgekommen sein. Da er selbst natürlich die Wahl eines französischen Kardinals zum Papst favorisierte, hatte er seine Befugnisse derart missbraucht, dass er die zwölf Konklaveteilnehmer sehr unterschiedlich bewirten ließ. Es waren italienische und französische Kardinäle, die sich zum Konklave zurückgezogen hatten. Erstere ließ Karl von Anjou auf Wasser und Brot setzen, Letztere mit den feinsten Speisen aus ihrer Heimat versorgen. Die Tatsache, dass das Konklave dennoch einen Italiener als Papst hervorgebracht hatte, sorgte in der Gerüchteküche für große Erheiterung.

Als Florian Grimm das Nötigste zur Wahl des neuen Papstes erfahren hatte, lenkte er seine Schritte auf das Rheinufer zu, um sich zu den Mühlen der Underrey übersetzen zu lassen.

***

»Im achtundvierzigsten Artikel seiner Regula Benedicti schrieb der heilige Benedikt von Nursia: Müßiggang ist ein Feind der Seele; darum müssen sich die Brüder zu bestimmten Zeiten mit Handarbeit beschäftigen und wiederum zu bestimmten Zeiten

* Wo Gefahr ist

mit heiliger Lektüre. ›Ora et labora!‹*«, rezitierte Bruder Pirmin an diesem heißen Julitag.

Der Mönch lebte seit ungezählten Jahren im Kloster von Novum Monasterium und hatte es sich zur Aufgabe gemacht, auch seine Mitmenschen an seinen Leseerlebnissen teilhaben zu lassen. So versammelte er in unregelmäßigen Abständen die interessierten Bewohner des Ortes um sich und verlas öffentlich Passagen aus der Bibel, der »Legenda aurea« oder anderen nützlichen Schriften. In den kalten Monaten wurden diese lehrreichen Stunden in einer der Seitenkapellen der Pfarrkirche St. Chrysanthus und Daria abgehalten, im Sommer fanden sie auf dem schattigen Platz vor der Basilika statt.

Bruder Pirmin, dessen Name auf einen heiligen Wanderbischof zurückging, schnaufte vernehmlich und kündigte an: »Ich lese euch heute wieder aus dem ›Physiologus‹, dem Buch der wundersamen Eigenschaften von Tieren, Pflanzen und Edelsteinen. Doch zunächst lasst uns zu Maria, der Mutter Jesu, beten.«

Ein allgemeines Gemurmel setzte ein: »Mer jrößen dich, Maria, do beß voll vun Jnad, de Här eß met deer. Do beß jesänt unger de Fraue, un jesänt eß de Frooch en dingem Liev, Jesus. Hillije Maria, Mutter Joddes, bedd für uns, wa 'mer schöldig sin, jetzt un en unser letzte Stund. Amen.«

Während der außergewöhnlich korpulente Mönch nach dem Gebet umständlich in den Falten seiner schwarzen Kutte nach dem angepriesenen Werk suchte, flüsterte Tante Bertha ihrer Nichte zu:

»Erinnerst du dich an Bruder Pirmin und seine Lesestunden? Er hält sie schon seit vielen Jahren zu unserer geistigen Belehrung ab, und du warst früher manches Mal mit mir und den anderen Kindern hier. Auch deine Mutter liebte es, den frommen Erzählungen unseres Benediktiners zu lauschen.«

Elisabeth, die mit Valentin auf den Knien neben ihrer Verwandten auf dem niedrigen Mäuerchen Platz genommen hatte, auf dem sie Tage zuvor mit dem erzählfreudigen Pilger gesessen hatte, schüttelte den Kopf und wollte gerade etwas erwidern, als die volltönende Stimme Bruder Pirmins wieder anhob.

* Bete und arbeite!

»Bei unserer letzten Begegnung habe ich euch aus dem ›Physiologus‹ die Geschichten vom Einhorn, welches so wild ist, dass es von niemandem außer einer reinen Jungfrau überwunden werden kann, und vom Pelikan, der seine toten Jungen durch sein aus der Brust herabtröpfelndes Blut wiederbelebt, vorgelesen. Heute werde ich euch über zwei andere gar seltsame Geschöpfe berichten.« Bruder Pirmin schnaufte vernehmlich.

»So hört: Es gibt einen Vogel, der Nachtfledermaus heißt. Diese ist ihrer Natur nach ein vierfüßiges Tier und besitzt von allen Vögeln allein Zähne, gebiert wie ein Vierfüßler und ernährt ihre Jungen durch Brüste. Sie fliegt durch die Luft nahe der Erde umher, nicht jedoch mit ausgebreiteten Flügeln und schnell, sondern mit solchen, welche den Segeln und Häuten ähnlich sind. Und sie liebt sehr die Geselligkeit, da die Tiere beim Fliegen immer beisammen sind.«

Der Mönch legte eine Pause ein und überprüfte durch einen Blick rundum die Aufmerksamkeit seiner Zuhörer. Dann las er weiter. »Wen, o Gottesfürchtige, stellt diese im geistigen Sinne anders dar als den Teufel, der eine Nachtfledermaus ist, das heißt ein Liebhaber der Finsternis. Diese Fledermaus ist von allen Vögeln des Himmels den Vierfüßlern ähnlich, nämlich durch den Gebrauch der Zähne, wie der Teufel, welcher durch seine schändliche Sünde fremd geworden ist den himmlischen Sitten und der himmlischen Lebensweise. Mit den stumpfsinnigsten Tieren kriecht er auf der Erde, der Fledermaus gleich, welche in der Nähe der Erde umherfliegt mit ihren den Segeln und Häuten ähnlichen Flügeln. So tut auch er mit seinen toderfüllten und lebensleeren Übeltaten.«

Bruder Pirmin schlug das Buch geräuschvoll zu und steckte es sich unter den linken Arm. Mit seinem rechten Ärmel wischte er sich den Schweiß aus Gesicht und Kragen. Das gerötete, runde Antlitz seiner Zuhörerschaft zugewandt, hob er alsdann seinen Zeigefinger in die Höhe und sagte mit mahnender Stimme: »Ihr seht, der Teufel lauert überall. Oftmals erkennt man ihn nicht, und doch ist er ständig unter uns zugegen. Wie er uns in Gestalt eines fliegenden Säugers begegnen kann, habe ich soeben gezeigt, nun lasst euch noch von einem Teufel der Meere berichten.«

Er zog das Buch wieder hervor und schlug es an einer anderen, durch einen langen Grashalm markierten Stelle auf. Die zweite Geschichte erzählte von einem Ungeheuer im Meer, genannt Walfisch. Dieses öffne, wenn es hungrig sei, sein Maul, welchem ein gar herrlicher Duft entströme. Dann aber schlürfe es die kleinen Fische, die sich in Haufen dort versammeln, hinunter. Die großen und ausgewachsenen Fische, hieß es, nähern sich ihm nicht.

»So verlocken auch der Teufel und die Ketzer durch ihre Wohlredenheit und durch die Täuschung, dass es ein Wohlgeruch scheint, die Einfältigen und die in ihrer Einsicht Unvollkommenen. Die aber in ihrem Verstande Ausgebildeten fangen sie nicht.«

Abermals schloss der Benediktiner das Buch mit einem lauten Knall, legte es dieses Mal auf dem Boden zu seinen Füßen ab und breitete die Arme aus: »Und so sage ich euch: Lasst euch diese Worte eine Lehre sein, immer und überall gottesfürchtig zu leben, jetzt und in Ewigkeit.«

Abermals schwer schnaufend bückte er sich, ergriff das Werk der Tiersymbolik und verließ die staunende Gesellschaft der Dorfbewohner. Einige bekreuzigten sich und gingen dann unverzüglich ihrer Wege, andere blieben noch plaudernd beisammen stehen.

»Meine liebe Bertha!« Eine aschblonde Frau mittleren Alters, in der Elisabeth die Gattin des Schmieds erkannte, eilte auf sie zu. »Wie geht es dir? Hast du dich vom Besuch des Zahnreißers erholt? Ich hoffe, er hat dich nicht allzu sehr gequält?«

»Ach was! Schon vergessen! Er hat nur einen einzigen Zahn herausgezogen, und bereits am folgenden Tag ging es mir wieder prächtig«, beruhigte Tante Bertha ihre Bekannte.

»Da hattest du aber Glück! Hast du vom Irmchen gehört? Die hat sich doch im Frühjahr von einem fahrenden Starstecher behandeln lassen, und stell dir vor: Sie sieht immer noch nicht auf dem linken Auge!«

»Wie schrecklich! Die Ärmste«, meinte Bertha mitfühlend. »Ich werde sie dieser Tage mal besuchen.«

Damit wollte sie sich zum Gehen wenden, aber die Schmiedsgattin entdeckte nun Elisabeth an ihrer Seite und rief erfreut aus: »Aber das ist doch die Lisbeth, nicht wahr?«

»Einen schönen guten Tag«, grüßte diese zurückhaltend.

»Im ersten Augenblick dachte ich, es sei die Carolina, aber dann sah ich das helle Haar unter der Haube und … nein, wirklich, die kleine Lisbeth! Warst aber lange nicht mehr hier bei uns in der Eiffila.«

»Ja, ich war tatsächlich lange Zeit nicht mehr bei meinen Verwandten zu Besuch«, erwiderte die Angesprochene.

»Und sag bloß, das da ist deiner?«, fragte die Frau des Schmieds und tätschelte Valentin, den Elisabeth an der Hand hielt, die Wange. »Wie heißt er denn? Und wie alt ist er? Ein Prachtkerlchen! Gratuliere!«

Elisabeth stellte ihren Sohn vor, und die andere plapperte sogleich weiter: »Na, da bist du ja schon ein richtig großer Junge. Und ein Geschwisterchen ist wohl auch unterwegs?«, fragte sie mit einem Seitenblick auf Elisabeths Leibesmitte.

Die zog erschrocken den Bauch ein und strich mit der freien Hand die Falten ihres Kleides glatt.

»Ehrlich gesagt sieht man es noch nicht in deinem Leib wachsen«, fuhr die Frau des Schmieds unbeirrt fort, »aber ich erkenne Schwangerschaften sofort an den Augen. Wenn du möchtest, kann ich dir auch jetzt schon sagen, ob es ein Junge oder ein Mädchen wird.«

Sie zwinkerte Elisabeth vertraulich zu und sagte: »Die meisten können das Geschlecht eines Kindes ja erst an der Form des Bauches bestimmen, ob er eher rundlich oder mehr spitz wächst, höher oder tiefer sitzt. Aber wenn du mir ein, zwei Fragen beantwortest, bin ich durchaus nun schon in der Lage, dich aufzuklären. Fühlst du dich eher matter als gewöhnlich oder bist du voller Kraft und Tatendrang?«

»Eher Ersteres. Ich bin in letzter Zeit ständig müde.«

»Und was ist mit deinen Füßen: Sind sie schwer oder leicht?«

»Sie sind so schwer, dass ich manchmal glaube, sie nicht mehr hochzubekommen.«

»Aha! Nun sage mir noch, ob du zeitweilig Übelkeit verspürst, besonders in den Morgenstunden?«

»Ja, mir ist andauernd flau im Magen, und einige Male musste ich sogar erbrechen. Das war bei Valentin gar nicht der Fall, und genauso wenig bei meiner ersten Schwangerschaft.«

Hastig hielt sich Elisabeth die Hand vor den Mund und ärgerte sich, dass ihr der letzte Satz herausgerutscht war. Nun würde wohl der ganze Ort erfahren, dass sie zunächst Schwierigkeiten gehabt hatte, ein gesundes Kind zur Welt zu bringen.

»Du hast also ein Kind verloren?«, hakte die Schmiedsgattin auch gleich nach. »Vor oder nach Valentin?«

»Zuvor, aber das ist schon lange her. Und übel war mir damals überhaupt nicht.«

»Dann wäre es wohl auch ein Junge geworden, während du nun in guter Hoffnung bist, einem kleinen Mädchen das Leben zu schenken.«

Elisabeth schaute ein wenig skeptisch, doch Tante Bertha klärte sie auf: »Wenn die Mia das sagt, kannst du es ruhig glauben. Sie hat sich noch nie geirrt. Und wie geht es dem Herrn Gemahl und den Kindern?«, fragte sie an Maria, die Frau des Schmieds, gewandt.

»Alle gesund und munter«, antwortete diese. »Bei dir, hoffe ich, ebenso? Was hört man von Carolina? Erst dachte ich ja vorhin, sie sei aus der großen Stadt zurückgekehrt, bevor ich erkannte, dass es die Lisbeth ist, die dich begleitet. Steht denn nicht die Vermählung eurer Jüngsten in Kürze bevor? Da wird sie doch hoffentlich bald aus Cöln zurückkommen?« Während sie redete, ließ die Schmiedsgattin ihren Blick über die Menschen auf dem Platz schweifen.

»Unter uns gesagt – das habe ich auch zu Willi, meinem Mann, gesagt – habe ich gar nicht verstanden, warum sie unbedingt in die Stadt wollte. Aber diese jungen Dinger heutzutage wollen ja immer etwas erleben, nicht wahr! Und die Gelegenheit, sicher mit dieser Jagdgesellschaft Hardevust nach Cöln zu reisen, war ja durchaus verlockend. Der feine Herr Patrizier war auch bei uns in der Schmiede und hat bei meinem Mann ein Paar Steigbügel gekauft. Er meinte, die Pferdegeschirrteile hier auf dem Lande wären doch viel solider gearbeitet als das Zeug, das man in der Stadt zu kaufen bekommt. Aber wollte Carolina in Cöln nicht eigentlich zu dir?«, wandte sie sich an Elisabeth.

Tante Bertha, die sah, wie ihre Nichte nach einer Antwort suchte, und außerdem verhindern wollte, dass das Gerede noch größer wurde, sprang rasch ein und sagte: »Nein, nein, zu einer anderen Verwandten wollte sie. Sicherlich ist sie bald zurück, und dann wird Hochzeit gefeiert. Aber nun: Gehab dich wohl, Mia, wir müssen los. Die Männer werden langsam Hunger haben.«

»Ja, ja, ich muss wohl auch meine Mäuler stopfen. Auf Wiedersehen, Bertha, und Gott sei mit dir, Lisbeth.«

Auf dem Rückweg vergewisserte sich Elisabeth bei ihrer Tante: »Nannte Maria den Namen Hardevust? Ist Carolina mit ihm nach Cöln gereist?«

»Ja, so hieß das Oberhaupt dieser Jagdgesellschaft wohl. Mir war der Name entfallen. Warum fragst du? Kennst du ihn?«

»Nicht direkt. Aber er ist eine bekannte Persönlichkeit bei uns, ein wichtiger und reicher Kaufmann aus einem der großen Cölner Geschlechter. Ich glaube, er sitzt auch im Schöffenkolleg.«

Nachdenklich gingen die beiden Frauen nebeneinander her an der Arnefe entlang. Bertha versuchte sich im Stillen vorzustellen, wie es ihrer Tochter in der Ferne wohl ergehen möge, und Elisabeth kramte in ihrem Gedächtnis nach einem Detail, an das sie der Name Hardevust erinnert hatte. Auch wollte es ihr zunächst nicht recht gelingen, sich das Bild dieses Patriziers vor Augen zu führen.

Goddert Hardevust? Nur langsam setzte sich die Erscheinung des Mannes, wie er hoch zu Pferde durch die Straßen Cölns ritt, vor ihrem inneren Auge zusammen: relativ jung, dünne helle Haare, die ihm bis auf die Schultern fielen, eine fahle Gesichtsfarbe und wässrige Augen, die stets einen arroganten Ausdruck zeigten. Das sollte ein Traumprinz sein? Carolinas Kindheitstraum? Der Ritter, der sie in sein Schloss entführen würde?

Mit Tante Bertha hatte Elisabeth nicht offen über ihre Befürchtung gesprochen, dass Carolina eventuell gar nicht so zufällig mit dieser Jagdgesellschaft gegangen war. Ihr selbst allerdings war der Gedanke, dass ihre Base aus purer Romantik einem Wildfremden gefolgt war, sofort gekommen, und sie war sich so gut wie sicher, dass Carolina noch immer bei diesem Mann steckte. Handelte es sich um Hardevust selbst, der ihre jüngere Verwandte fasziniert hatte, oder um jemanden aus seinem Gefolge? Zumindest wusste sie, dass Goddert Hardevust in Cöln als arger Schwerenöter verschrien war.

Hardevust? Hardevust? In welchem anderen Zusammenhang hatte sie diesen Namen nur vor nicht allzu langer Zeit gehört? Florian hatte ihn erwähnt! Aber in welchem Kontext? Verzweifelt bemühte sich Elisabeth, ihrer Erinnerung auf die Spur zu kommen, und endlich gelang es ihr. Der Name war an jenem Abend gefallen, als sie den Müller Ludwig Titz zu Gast gehabt hatten, kurz vor dessen grausamem Ende. Richtig! Hardevust war einer der Besitzer der Rheinmühle, auf der Titz gearbeitet hatte. Und hatte Florian nicht gesagt, dass mit dem Unfall seines Freundes irgendetwas ganz und gar nicht stimmte?

Aufgeregt kombinierte sie: Wenn der Müller im Frühjahr tatsächlich einem Verbrechen zum Opfer gefallen war, dann könnte ja theoretisch auch einer der Mühleneigner in die Sache verwickelt sein. Vielleicht war dieser eitle Geck von einem Patrizier in Wahrheit ein gefährlicher Mann? Aber nein! Er konnte ja schlecht ein Übeltäter sein, wo er doch selbst als Schöffe über die Straffälligen der Stadt Cöln zu Gericht saß! Und dennoch: Die gedankliche Verbindung zwischen Carolina und Hardevust verursachte eine tiefe Unruhe in Elisabeths Herz. Was wäre, wenn ihre Base in Gefahr schwebte? Und sie saß hier in Novum Monasteriun herum und ließ es sich bei Tante Bertha und Onkel Joest wohl ergehen, wo doch ihr eigener Gatte als Büttel ganz bestimmt die Möglichkeit hatte, Carolina zu finden und zu schauen, ob es ihr gut ging, wo auch immer sie sich aufhielt.

Als sie beim Hause Kastenholz eintrafen, hatte Elisabeth ihre Entscheidung getroffen. Sie würde baldmöglichst in die Stadt zurückkehren und Florian um Hilfe bitten.

***

Im Domus civium in Cöln beugte sich der Schöffe Emundt Quattermart während einer langatmigen Gerichtsverhandlung zu seinem Sitznachbarn, Goddert Hardevust, herüber und raunte ihm zu:

»Dieser Büttel treibt sich schon wieder auf den Schiffsmühlen herum. Unser Moltener, der Saurmann, berichtete mir, dass Florian Grimm auf allen Mühlen der Oberrey gewesen sei und nach etwas im Zusammenhang mit dem Antoniusfeuer gesucht habe.«

Er blickte um sich, ob auch niemand die privaten Worte belauschen konnte.

»Wenn ich geahnt hätte, dass dieser Auftrag ihn ausgerechnet wieder auf die Mühlen führen würde, hätte ich ihm irgendeine andere Weisung gegeben. Aber wer vermutet denn auch, dass die Suche nach den Ursachen einer Krankheit ihn an den Fluss treibt! Ich war davon ausgegangen, dass er sich in den Spitälern und Siechenhäusern der Stadt würde aufhalten müssen, um uns einen ordentlichen Bericht vorlegen zu können. Mit etwas Glück hätte er sich dort sogar mit irgendeiner Bresthaftigkeit angesteckt!«

***

Florian Grimm glaubte zwar nicht, dass er in der Lage sein würde, die Aufgabe, welche das Schöffenkolleg ihm gestellt hatte, effektiv zu lösen, aber bevor er bei den hohen Herren seinen Bericht ablieferte, wollte er doch zumindest der von Albertus Magnus gewiesenen Spur gründlich nachgegangen sein. Emundt Quattermart würde hochzufrieden mit ihm sein, wenn er erfuhr, dass er auf jeder einzelnen Rheinmühle nach dem verdächtigen Pilz gesucht hatte.

Auf der kleinen Wachstafel, die er stets bei sich trug, hatte er nach der Beschreibung des Gelehrten eine kleine Skizze von dem giftigen Kornschmarotzer angefertigt, die er den Müllern vorlegte, damit sie auch in Zukunft ein wachsames Auge auf den eventuellen Befall des Getreides durch Mutterkorn halten konnten. Aus Erfahrung wusste er, dass viele Menschen mit einer verbalen Darstellung der Dinge wenig anfangen konnten, ihr visuelles Gedächtnis dafür aber umso besser war.

Wie üblich bat er Matheiß Beltz, ihn zu den Rheinmühlen hinauszubringen. Vielleicht würde er ja nicht nur ein vermehrtes Vorkommen des Mutterkornpilzes nachweisen können, sondern auch endlich handfeste Beweise finden, mit denen er den neuen Müller Blasius Frechen des Schmuggels und des Totschlags an seinem ehemaligen Vorgesetzten überführen könnte.

An diesem strahlenden Sommertag wollte er sich die Underrey vornehmen. Die Sonne schillerte auf dem Wasser, und der alte Fährmann war bester Laune: »Daach och! Wie is et? Jot?«

»Sei mir gegrüßt, Matheiß. Wir fahren zur ersten Mühle in der Underrey, und in einigen Stunden kannst du mich bei der letzten, der Pollux, wieder abholen.«

»Wat määste dann do ald widder?«

»Dieses Mal bin ich mit einem ziemlich ungewöhnlichen Auftrag von den Schöffen unterwegs. Sie wollen ausgerechnet von mir wissen, was es mit dem Antoniusfeuer auf sich hat.«

»Die han jo woll ene Futz em Kopp! Evver du biss jo esu intellijent! Du kress dat bestemmt eruss. Dä aal Hein op da eeschte Müll, dä dät dir jet dorüvver verzälle.«

»Danke für den Hinweis. Dann werde ich mal den alten Hein befragen.« Das Boot hatte die kurze Strecke bis zur dem Stadtufer am nächsten gelegenen Mühle zurückgelegt, und der Bütttel erhob sich.

»Immer de Naas lang, et Hingerdeil kütt van selvs met«, riet ihm der Fährmann feixend und verabschiedete sich dann mit seinem üblichen: »Zoröck en et hillije Cölle!«

Der Müller, der überall auf dem Rhein und im Hafen nur als der »alte Hein« bekannt war, empfing den Ordnungshüter überaus freundlich. Von den Arbeitern der Schiffsmühlen aus der Oberrey war er bereits über den Grund seines Besuches informiert worden.

»Der Meister Büttel interessiert sich für das Antoniusfeuer, habe ich gehört«, sagte der kleine, bucklige Mann, dem man die für den harten Mühlendienst notwendigen körperlichen Kräfte beim besten Willen nicht zutrauen wollte.

Er war nicht nur in einem Alter, welches die wenigsten Menschen überhaupt erreichten, sondern dazu noch von so stark verwachsener Gestalt, dass man sich nur schwerlich vorstellen konnte, wie er mahlgutbeladen geradeaus gehen mochte. Und doch galt er als einer der Geschicktesten seines Fachs und war überdies ein beliebter Ratgeber für jedermann, egal, mit welcher Frage oder welchem Problem man zu ihm kam.

»Ich hoffe sehr, dass du mir etwas über diese Krankheit erzählen kannst, Hein«, begann Florian. »Je mehr ich den Schöffen darüber berichten kann, desto besser, auch wenn es unwahrscheinlich ist, dass es mir tatsächlich gelingen wird, die Ursachen des Antoniusfeuers aufzudecken.«

»Ich kann Euch zumindest erzählen, warum man das Heilige Feuer Antoniusfeuer nennt«, legte der alte Müller sogleich los. »Das kommt nämlich von den Antoniter-Chorherren, die sich besonders der Pflege der von dieser Krankheit Befallenen annehmen. Dieser Orden geht zurück auf Antonius den Großen, den Eremiten – bitteschön nicht zu verwechseln mit dem heiligen Antonius von Padua. Habt Ihr schon von dem Eremiten gehört?«

»Ein wenig, ja«, antwortete Florian Grimm, »aber ich freue mich, wenn du mir mehr über den berühmten Mönchsvater mitteilen kannst.«

»Also, der hat vor vielen hundert Jahren, als ich noch ganz, ganz klein war – hihihi, war nur ein Scherz –, also in Ägypten hat der Antonius gelebt, und zwar ganz allein irgendwo in der Wüste. Und dort hat ihn der Teufel pausenlos heimgesucht, hat ihn in Gestalt schöner Frauen in Versuchung geführt und den Eremiten später gar mit seinen Krallen, Hörnern und Zähnen verwundet. Aber der fromme Mann widerstand. So ließ Satan schließlich seine Bleibe in Flammen aufgehen, doch Antonius wurde auf unsichtbaren Schwingen in die Lüfte getragen und gerettet.«

Der Müller legte eine Pause ein und blickte seinen Zuhörer an, um die Wirkung seiner Worte zu beobachten. Zufrieden, ein deutliches Interesse bei Florian Grimm wahrzunehmen, fuhr er fort:

»Der Eremit hatte natürlich auch Schüler, lauter fromme Leute, die ihn ab und zu in der Einsamkeit besucht haben, um von ihm Askese zu lernen. Und diese haben dann eine Laienbruderschaft irgendwo in Frankreich gegründet und sich im Namen des Eremiten um kranke Pilger gekümmert. Deshalb gilt der heilige Antonius der Große als Schutzpatron der Kranken, vor allem als Helfer bei Brand und Geschwüren.«

»Du bist wirklich so gut informiert, wie man dir gemeinhin nachsagt«, staunte der Büttel.

»Ich kann Euch auch noch erzählen, was es mit dem Antoniusschwein auf sich hat.«

»Antoniusschwein?« Fragend zog der Ordnungshüter eine Augenbraue hoch.

»Na klar! Die Antoniter genießen nämlich überall das Privileg, ihre für die Armen- und Krankenversorgung bestimmten Schweine frei weiden zu lassen. In kleineren Gemeinden ist es meist nur ein einzelnes Tier, eben das Antoniusschwein! Der Eremit ist deshalb auch der Schutzheilige aller Haustiere. Er gehört unbedingt zu den Heiligen, die ich am meisten schätze. Gilt ja nicht umsonst als monachorum pater et monasticae vitae princeps.«*

Der Büttel kam aus dem Staunen gar nicht mehr heraus, als dieser einfache, alte Müller nun auch noch in lateinischer Sprache sein Wissen weitergab. »Du bist wahrhaftig ein famoser Ratgeber. Erstaunlich, was du alles weißt!«

»Ach, Meister Büttel, seht, in einem langen Leben, da sammelt sich vieles an, und ich mag vielleicht einen krummen Körper haben, aber mein Gedächtnis, das hat mich noch nie im Stich gelassen. Ist alles da oben gespeichert« – er tippte sich an die rechte Schläfe – »alles, von den Sprüchen meiner Großeltern und Eltern über das Gelernte meiner frühen Wanderjahre bis hin zu dem, was man so im Alltag an Wissenswertem aufschnappt. Und wenn Ihr dann herausbekommen habt, wodurch diese Krankheit, das Heilige Feuer, zustande kommt, so werdet Ihr oder irgendjemand anderes es mir zutragen, und dann wird auch das da« – wieder berührte er seine Schläfe leicht mit dem Zeigefinger – »aufbewahrt und nie wieder vergessen.«

»Ja, damit wären wir beim eigentlichen Anlass meines Besuches.«

Florian zog das Wachstäfelchen mit seiner etwas unbeholfenen Zeichnung des Mutterkornpilzes hervor und erläuterte dem Müller den Verdacht, den der weise Albertus Magnus geäußert hatte.

»Hm«, machte der alte Hein und rieb sich das Kinn. »Hm, so ein komisches, hornförmig gebogenes Ding habe ich in der Tat schon einige Male gesehen. Schwarz, sagtet Ihr, ist es?«

»Tiefschwarz, sehr hart und größer als ein durchschnittliches Getreidekorn.«

»Und giftig soll das sein?«

»Enorm giftig, wenn man es in zu großer Menge genießt. Nur in ganz minimaler Dosierung kann es in bestimmten Fällen auch heilbringend eingesetzt werden, so teilte mir der Gelehrte aus der Stolkgasse mit.«

* Vater der Mönche und Patriarch klösterlichen Lebens

»Ein giftiger schwarzer Pilz also, der unser Getreide befällt? Und der soll für das Antoniusfeuer verantwortlich sein? Eine bedenkenswerte Theorie, obwohl ich mir nicht vorstellen kann, dass das eine oder andere Mutterkorn im Mehl eine solche Zahl von Todesopfern fordern soll, wie wir sie momentan hier in Cöln haben. Kommt mit, wir werden uns das Mahlgut mal etwas genauer anschauen.«

Gemeinsam gingen sie ans Werk und guckten in alle Säcke mit ungemahlenem Getreide; einige entleerten sie sogar stichprobenweise bis auf den Grund. Danach öffneten sie auch noch die Säcke mit dem abholbereiten fertigen Mehl und kontrollierten, ob in diesem eventuell schwarze Spuren des giftigen Korns sichtbar waren. Doch die Suche blieb ohne Ergebnis, und Florian verabschiedete sich, herzlich dankend, von dem alten Hein.

»Ich werde dich in meinem Bericht vor den Schöffen lobend erwähnen. Pass auf dich auf. Nun muss ich noch die übrigen zwölf Mühlen in der Reihe aufsuchen.«

»Elf«, korrigierte der Müller, »es liegen zurzeit nur zwölf Mühlen hier in der Underrey. Die Hilger haben sie wegen dringender Reparaturarbeiten an Land gezogen.«

»Richtig, ich hörte davon. Also nochmals Dank und gehab dich wohl!«

***

Es war ein heißer Tag, und besonders um die Mittagszeit schien die Stadt unter der brütenden Hitze zu erlahmen. Thilman Overstolz saß im Schatten einer riesigen Kastanie, welche in der hintersten Ecke des Gartens seines Hauses in der Rheingasse wuchs. Seine dunklen Augen unter den buschigen Brauen waren auf die Baupläne geheftet, die sein Gast, Gilberto Varrone, ihm dagelassen hatte. Der Italiener war vor einigen Tagen zu einer geschäftlichen Reise Richtung Norden aufgebrochen, wurde aber in Kürze zurückerwartet, um den angehenden Cölner Papierherstellern weiterhin mit Rat und Tat zur Seite zu stehen.

Overstolz blickte auf, als ein Diener einen Besucher meldete, und gab Order, diesen umgehend zu ihm zu führen.

Wenige Augenblicke später begrüßte er seinen Freund und

Mitverschwörer Quattermart: »Emundt, was gibt es, dass du mich zu solch ungewöhnlicher Stunde aufsuchst? Doch hoffentlich keine unangenehmen Neuigkeiten?«

»Wie man es nimmt«, erwiderte der und nahm auf einem der bequemen, aus Korb geflochtenen Sessel Platz. »Lass mich zunächst einmal verschnaufen. Ich komme auf direktem Weg von Graf Wilhelm, bei dem ich eine längere Audienz hatte. Puh!«

Quattermart ließ seinen Atem mit einem lauten Geräusch entweichen und hob dann an: »Ich muss leider zugeben, dass die Idee, diesen Florian Grimm mit der Suche nach dem Keim des Ignis sacer zu beauftragen, doch nicht ganz so glücklich gewählt war, wie ich dachte. Allerdings konnte ich wohl kaum vorhersehen, dass ihn diese Aufgabe abermals auf die Schiffsmühlen führen würde.«

»Was? Er schnüffelt schon wieder auf den Mühlen im Rhein herum? Weshalb?«

»Ich habe nicht die geringste Ahnung.« Quattermart fuhr sich mit beiden Händen durch sein volles, welliges Haar. »Ich kann auch nicht mit der kleinsten Vermutung dienen, welche Verbindung dieser Mann zwischen der Krankheit und den Mühlen herzustellen sucht. Fakt ist jedoch, dass er erneut jede einzelne Mühle inspiziert und wir unter diesen Umständen keinesfalls mit unseren Umbauten auf der Pollux anfangen können.«

»Wir werden uns doch nicht jetzt, wo wir über viele Monate alles detailliert geplant haben, bei der Ausführung von einem Büttel aufhalten lassen! Falls du meinst, ich würde meine Zustimmung zu einer zeitlichen Verschiebung unseres Projekts geben, so lautet meine Antwort: Nein.«

»Beruhige dich, Thilman. Ich dachte nicht im Entferntesten daran, den Beginn unserer großen Sache unnötig hinauszuzögern.« Die stahlblauen Augen Emundt Quattermarts nahmen einen noch kälteren Ausdruck an, als ihnen schon von Natur aus gegeben war.

»Dieser Florian Grimm muss verschwinden! Das ist meine Meinung, und wir beide werden hier und jetzt beschließen, wie das am saubersten zu bewerkstelligen ist. Die anderen werden dann mit der fertigen Lösung konfrontiert. Wenn wir darauf warten wollen, bis sich Goddert, Ephraim und Linhardt auf eine Vorgehensweise geeinigt haben, hat dieser Büttel in der Zwischenzeit schon längst unser Vorhaben entdeckt.«

Thilman Overstolz legte Daumen und Zeigefinger der linken Hand an die Wurzel seiner mächtigen Nase: »Du denkst also, wir sollten nochmals einen Handlanger kaufen?«

»Warum nicht? Wozu sich noch länger mit weiteren komplizierten Ablenkungsmanövern aufhalten? Der Kerl muss verschwinden, sage ich!«

»Da gebe ich dir recht. Aber dennoch würde ich einen weniger radikalen Weg bevorzugen. Lass mich kurz nachdenken.«

Die beiden Patrizier verfielen eine Zeit lang in nachdenkliches Schweigen. Dann ergriff Quattermart wieder das Wort.

»Eventuell reicht es aus, den Büttel seines Amtes entheben zu lassen. Damit hätte er keinerlei Befugnisse mehr, seine Nase in alle möglichen Dinge zu stecken, die ihn nichts angehen.«

»Genau in diese Richtung gehen auch meine Überlegungen«, sagte Thilman Overstolz. »Erzählte nicht Conrad Saurmann, dass dieser Grimm auch des Nachts im Hafen und bei den Schiffen umherstreift? Als Amtsperson ist er selbstverständlich befugt, sich jederzeit extra muris* aufzuhalten, aber man könnte ihm vielleicht gerade daraus einen Strick drehen.«

»Was meinst du?«, fragte Quattermart wachsam. »Erkläre dich präziser.«

»Wir wissen zwar, dass er sich höchstwahrscheinlich zu Recherchezwecken auf seine nächtlichen Hafentouren begibt, aber man könnte diese auch in einem ganz anderen Licht darstellen. Wie wäre es zum Beispiel, wenn wir ihn bezichtigten, in irgendwelche Schmuggelgeschäfte verwickelt zu sein?«

Quattermart ließ sich das Gehörte kurz durch den Kopf gehen und stimmte dann zu: »Ja, das ist ein interessanter Ansatz. Geschmuggelt wird genug hier bei uns in Cöln. So ziemlich jede Ware, auf der hohe Abgaben liegen, wird von irgendwelchen Subversiven am Fiskus vorbeigeschleust, und soweit ich unterrichtet bin, finden diese unsauberen Geschäfte fast alle im Hafengebiet statt. In der Tat, daraus könnte man etwas machen. An was für eine Art von Schmuggel dachtest du?«

* außerhalb der Mauern

»Das spielt eigentlich keine Rolle. Glaubhaft wäre aber wohl ein Schmuggel mit Gewürzen«, spann Overstolz den Gedanken eifrig weiter. »Es ist ein offenes Geheimnis, dass die in der Stadt feilgebotene Menge der kostbaren Importe aus dem Orient in keinerlei Verhältnis zur Höhe der dafür kassierten Zölle steht. Unsere Cölner Gewürzhändler stecken allesamt bis zum Hals in unlauteren Geschäften, darauf möchte ich wetten.«

»Du glaubst, auch Linhardt könnte zu denen gehören, die hintenherum Kosten einsparen?«

»Er handelt doch auch mit Spezereien oder nicht? Also, ja, auch ihm traue ich Betrug an der Stadt zu. Es ist nur bislang noch nicht gelungen, diesen Schmuggel aufzudecken, weil keine Spuren von den Ausführenden – wer auch immer sie sein mögen – zu den Hintermännern weisen. Aber egal, wer was in welchem Umfang schmuggelt braucht uns nicht weiter zu tangieren. Es geht uns nicht um die Aufdeckung eines derartigen Skandals. Entscheidend ist, dass wir diesen Büttel mit fiktiven Beweisen belasten, sodass die Anschuldigung Hand und Fuß bekommt und er ohne viel Federlesens seines Amtes enthoben wird.«

»In Ordnung«, stimmte Emundt Quattermart zu. »Ich erkläre mich bereit, für die Manipulation von Beweisen zu sorgen, und du bringst den Fall vor dem Erzbischof zu Gehör. Ich möchte, dass die Sache schnell und ohne aufsehenerregenden Prozess abgewickelt wird. Am besten, wir kümmern uns gleich morgen darum.«

»Moment! Ich denke, wir verleihen der Sache mehr Gewicht, wenn wir beide gemeinsam bei Sifrid von Westerburg vorsprechen. Wenn unser Stadtherr sieht, dass du als Schöffe und ich als Ratsmitglied ein und dasselbe Anliegen vortragen und ihm zugleich die Amtsenthebung des Büttels als einheitlichen Lösungsvorschlag unterbreiten, wird Sifrid schon um des lieben Friedens unter uns Patriziern willen nur zu gerne zustimmen.«

Kapitel XVIII

Elisabeth bekam schon am folgenden Tag die Gelegenheit, mit einem Färber, der seine bunten Tuche ausliefern wollte, bis nach Augstkirche auf dessen Karren mitzufahren.

Sie schnürte ihr Bündel, packte das frische Brot, ein Stück Käse und etwas Obst, das Tante Bertha ihr als Proviant zurechtgelegt hatte, obenauf und nahm ihren Sohn bei der Hand. Der kleine Valentin war während des Aufenthaltes in der Eiffila ein gutes Stück gewachsen. Auch hatte seine Haut einen gebräunten Farbton angenommen, und seine eigentlich dunklen Haare waren nun von der Sonne mit hellen Strähnchen durchsetzt.

»Ich lasse dir Nachricht zukommen, sobald ich Carolina gefunden habe«, versprach sie ihrer Tante beim Abschied. »Sorge dich nicht allzu sehr. Sie ist kein Kind mehr, und so gefährlich, wie du denkst, ist es bei uns in Cöln gar nicht.«

»Pass du nur auch gut auf dich auf, mein Liesche«, sagte Bertha und drückte ihre Nichte fest an ihren vollen Busen.

Elisabeth sagte auch ihren übrigen Verwandten Lebewohl und bestieg dann mit Valentin das Gefährt des Färbers.

Die Fahrt ging an der Arnefe entlang in nördliche Richtung. War die Luft früh am Morgen zunächst noch angenehm frisch, so stiegen die Temperaturen an diesem letzten Julitag rasch an und es wurde drückend schwül. In der Ferne über den Bergen brauten sich dicke Gewitterwolken zusammen.

Nach einigen Stunden erreichte die Fuhre mit den frisch gefärbten Tuchen und ihren beiden Fahrgästen das Zentrum von Augstkirche.

Der Ort gehörte zur Lehnsherrschaft des Herzogs von Limburg. Er hatte sich um eine dem heiligen Martin geweihte Saalkirche herum gebildet und erst vor Kurzem eine Erweiterung durch Anschluss der Siedlungen Disternich, Rüdesheim und Kessenich erfahren. Zu dieser Ortsvergrößerung nach Osten und Südosten war es gekommen, weil die Müller und Gerber das Wasser des Mühlbaches aus gewerblichen Gründen benötigten und ihre Zünfte sich eines steten Wachstums erfreuten. Augstkirche besaß noch keinen gemauerten Befestigungsring. Erst vor einigen Jahren waren ein Wall und Gräben sowie befestigte Stadtzugänge in Richtung der drei neu eingegliederten Siedlungskerne angelegt worden.

An der Kirche St. Martin stiegen Elisabeth und Valentin aus, bedankten sich bei dem freundlichen Färber aus Novum Monasterium und gingen zu Fuß in die Richtung weiter, die dieser ihnen gewiesen hatte.

Es war ein großes Glück, dass sie nach nur kurzer Wegstrecke einen weiteren hilfsbereiten Menschen fanden. Ein Bauer, der auf seinem von einer spindeldürren Mähre gezogenen Karren Getreidesäcke nach Cöln transportierte, nahm sie mit. Elisabeth tat es in der Seele weh, den mageren Gaul noch zusätzlich mit ihrer beider Gewicht belasten zu müssen, doch zu Fuß hatte sie keine Chance, die Metropole am Rhein noch am selben Tag zu erreichen. So nahm sie die günstige Gelegenheit dankbar wahr und sah bereits am Nachmittag erleichtert die viergeschossige Severinstorburg im Dunst der sengenden Sonne auftauchen.

Die Worte des Pilgers über die Möglichkeit eines Krieges kamen der jungen Frau wieder in den Sinn. Doch beim Anblick der mächtigen Wehranlagen beruhigte sie sich. Cöln war so gut wie unangreifbar. Im Falle eines Angriffs von außen – so wusste sie – würden die Mauerabschnitte neben dem Severinstor durch die Angehörigen der Malerzunft besetzt. Die Verteidigung der Stadt war solcherart perfekt durchorganisiert. Jeder ordentliche Bürger war zugleich Spießbürger, was bedeutete, dass er verpflichtet war, wenigstens über einen Spieß als Waffe zur Verteidigung seiner Stadt zu verfügen.

Der Bauer fuhr mit seinem Getreide und den beiden Fahrgästen durch das spitzbogige, feldwärts gelegene Tor, dann durch das runde stadtwärtige und weiter bis zur Hitzgasse. Von hier aus würde er, nach den üblichen Stationen beim Torschreiber und beim Moltener, seine Wagenladung Korn auf eines der Mühlenschiffe bringen.

Elisabeth kletterte von den Säcken, auf denen sie mit dem Kind recht gemütlich, wenn auch ein wenig piksig gesessen hatte, und ging am Rheinufer entlang bis zur Waldemansgasse.

Bei ihrer Abreise hatte sie sich seelisch darauf eingestellt, ihr Zuhause nie mehr oder doch zumindest für eine sehr lange Zeit nicht mehr wiederzusehen. Nicht, dass sie damals bei ihrem überstürzten Aufbruch irgendwelche Zukunftspläne im Gepäck gehabt hätte, aber eine so zeitnahe Rückkehr in die Waldemansgasse und zu Florian hatte sie ausgeschlossen.

Doch nun hatten sich die Umstände geändert. Sie trug ein zweites Kind unter dem Herzen, und zum anderen wuchs ihre Unruhe über das Schicksal ihrer Base Carolina stetig. Zwei Dinge, von deren Existenz sie bei ihrem Fortgang noch nichts gewusst hatte.

Auch hatte sie in den letzten Tagen gemerkt, dass ihre Wut auf Florian sich zu verflüchtigen begann. Ja, sie hatte sogar eine Spur von Sehnsucht nach seinem athletischen Körper, seinen strahlend grünen Augen und seinem liebevollen Umgang mit ihr und Valentin verspürt. Vielleicht hatte sie ihn ganz zu Unrecht des Ehebruchs bezichtigt? Hatte dieser ominöse Maiglöckchenduft tatsächlich im Hausflur gehangen oder war sie eventuell nur der üblen Nachrede einer böswilligen Nachbarin auf den Leim gegangen? Konnte es sein, dass die Witwe Appelsack sich ihr gegenüber stets nur so freundlich gab, in Wirklichkeit jedoch intrigant und gemein war?

Als Elisabeth die Stiege zu ihrer Stube erklomm, schlugen die Gedanken und Gefühle in ihrem Inneren Purzelbäume.

***

Florian Grimm benötigte einen zweiten Tag für die Konsultation der Rheinmühlen in der Underrey. Am Ultimo des Monats Juli besuchte er die Cono und traute seinen Augen nicht, als er auch hier, wie schon auf zwei weiteren Mühlen der Underrey, ein verstärktes Auftreten des giftigen Pilzes im Getreide feststellen musste. Die gebogenen schwarzen Körner waren in den Säcken nicht zu übersehen. Adolff Mullem gegenüber brachte Grimm seine Besorgnis deutlich zum Ausdruck.

Der Müller der vorletzten Rheinmühle hingegen zeigte sich unbekümmert: »Ach, diese blöden schwarzen Dinger da! Die sind immer mal wieder im Korn zu finden, mal mehr, mal weniger. Was sollen die denn wohl mit dem Antoniusfeuer zu tun haben?«

»Dazu kann ich dir auch nichts Genaues sagen«, antwortete der Büttel. »Es handelt sich, wie gesagt, bisher um einen bloßen Verdacht, welchen Albertus Magnus mir gegenüber geäußert hat. Auch er selbst hat keinerlei Beweise für seine Theorie, wusste aber mit Sicherheit, dass der Genuss des Mutterkorns schwere Krankheiten hervorrufen kann.«

»Und was gedenkt Ihr jetzt zu unternehmen? Ihr könnt ja schlecht den Betrieb auf allen Mühlen einstellen lassen, nur weil ein paar komische Pilze im Getreide herumfliegen. Die ganze Stadt wird schließlich von uns mit Mehl versorgt.«

»So weit, die Arbeit hier auf den Mühlen zu stoppen, reichen meine Befugnisse ohnehin nicht. Über einen solchen Schritt zu entscheiden obliegt unserem Erzbischof und den Mühlenerben, und bis diese sich zu einer einhelligen Entscheidung durchringen, können Wochen und Monate ins Land gehen. Also nur keine Sorge! Zunächst einmal betrifft die ganze Sache euch hier draußen auf dem Fluss nur am Rande. Aber ich habe zumindest etwas Handfestes, das ich dem Schöffenkolleg in meinem Bericht vorweisen kann.«

Er nestelte einen kleinen Lederbeutel von seinem Gürtel los und entnahm einem der mit Mutterkorn durchsetzten Säcke eine Handvoll Korn.

»Die Probe werde ich den Schöffen zeigen«, kommentierte er sein Tun und verabschiedete sich von Adolff Mullem.

Obwohl er sich mit diesem Ergebnis durchaus hätte zufrieden geben können, überquerte Florian Grimm das Plankendeck, um auch der Pollux noch einen Besuch abzustatten.

Blasius Frechen empfing ihn jovial lächelnd, als er von der Achsschiffseite her die letzte Mühle der Reihe betrat. Erstaunlicherweise war ihm noch nicht zu Ohren gekommen, warum der Büttel derzeit alle Mühlenschiffe aufsuchte.

»Unermüdlich, um nicht zu sagen verbissen, wenn es um die Aufklärung von Verbrechen geht, was?«, eröffnete Frechen das Gespräch. »Ihr seid wirklich sehr hartnäckig. So viele Monate sind vergangen, seit Meister Titz von uns gegangen ist, und immer noch glaubt Ihr, etwas Näheres über diesen tragischen Unfall in Erfahrung bringen zu können.«

»In der Tat gedenke ich, den Tod eures früheren Vorarbeiters hier auf der Pollux noch näher zu beleuchten, aber nicht dieser Fall führt mich heute hierher.«

Grimm erklärte dem Müller den aktuellen Grund seines Auftauchens und beobachtete, wie dieser erblasste.

»Ihr wollt also nun in alle Getreide- und Mehlsäcke schauen, um nach irgendwelchen schwarzen Körnern zu forschen? Muss das sein?«

»Ich fürchte, ja! Aber wieso erschreckt dich diese Vorstellung derart? Wenn ich in dem Mahlgut hier Mutterkorn finde, so wirst ja nicht du dafür zur Verantwortung gezogen. Oder hast du etwas anderes zu verbergen?«

»Ich?«, stammelte Blasius Frechen und entblößte seine gelben Zähne bei dem schwachen Versuch, beruhigend zu lächeln. »Was sollte ich denn zu verbergen haben?«

In Florian Grimm wuchs angesichts der Nervosität seines Gegenübers das Jagdfieber. Sollte sich heute zusätzlich zu den Erfolgen, die er bereits in Sachen Antoniusfeuer aufweisen konnte, auch noch die Gelegenheit bieten, den Polluxmüller des Schmuggels zu überführen? Wenn er auf der Mühle in irgendeinem wohlgewählten Versteck Spezereien finden würde, dann konnte er Blasius Frechen endlich dingfest machen, und wenn dieser erst einmal im Kerker saß, dann würden die Folterknechte ihn schon dazu bringen, auch den Mord an Ludwig Titz zu gestehen.

Um dem sichtlich eingeschüchterten Mann keine Möglichkeit zu geben, sich aus dem Staub zu machen, rief er den neuen Gesellen, Friedrich Unckel, zu sich.

»Du bleibst hier bei dem Meister auf dem Plankendeck und achtest darauf, dass er sich keinen Schritt fortbewegt, während ich mit den Lehrburschen das Mühlhaus durchsuche«, ordnete der Büttel an.

Der wortkarge Hüne nickte stumm und postierte sich eindrucksvoll neben seinen Vorgesetzten.

Grimm wies die beiden Jungen, Martin und Gabriel, an, wonach sie in den Säcken mit Mahlgut und Mehl zu suchen hatten, und stellte selbst jeden Winkel des mehrfach unterteilten Raumes auf den Kopf.

Es dauerte gar nicht lange, bis er fündig wurde. Unter einem

Stapel leerer Säcke entdeckte er eine reichliche Menge fein säuberlich verschnürter Pakete, die sich bei kurzem Beschnuppern als Gewürze aller Art herausstellten.

»Jetzt hab ich dich endlich«, murmelte der Büttel befriedigt.

Gabriel freute sich laut, als er des Fundes ansichtig wurde: »Hatte ich also recht mit dem Schmuggel!«

Alles Gejammer des Müllers und seine Beteuerungen, er habe von dem Versteck nichts gewusst und keine Ahnung, wie die Päckchen dorthin gelangt seien, nutzten Blasius Frechen nun nichts mehr. Er wurde von der Amtsperson mit festem Griff abgeführt und unsanft in den Kahn des schon wartenden Matheiß Beltz bugsiert.

»Wo jeit et dann hin? No China?«, fragte der Fährmann grinsend. Er hatte seine gute Laune vom Vortag beibehalten und war nach wie vor zu Späßen aufgelegt. Die Tatsache, dass der Büttel soeben eine Verhaftung vorgenommen hatte, war ihm natürlich keineswegs entgangen.

Doch weder Florian Grimm noch Blasius Frechen waren in der richtigen Gemütsverfassung, auf den schrägen Humor des Alten einzugehen, und so stieß das Boot mit einem lauten »Zoröck en et hillije Cölle!« von der Anlegestelle der Pollux ab.

Der Tag war bereits so fortgeschritten, dass der Büttel im Rathaus niemanden mehr vorfinden würde. Deshalb wollte er seinen Gefangenen, der sich nun ruhig in sein Schicksal zu ergeben schien, auf direktem Wege ins Gefängnis bringen. Am kommenden Tag würde er bei den Schöffen vorsprechen und freute sich darauf, diese gleich mit doppeltem Erfolg beglücken zu können.

Beim Abliefern des Müllers in der Kunibertstorburg traf der Büttel auf einen Trupp Cloacarii, die ihm selbst, den übrigen Bütteln der Stadt und dem Scharfrichter unterstanden. Ihre Aufgabe, das Ausschöpfen der Kloaken in den Kerkern und an anderen öffentlichen Stellen, war die niederste der Stadt. Er wechselte ein paar Worte mit den stinkenden Kloakenreinigern, die auch Goldgräber genannt wurden, erinnerte sie daran, dass der Abtransport des »Goldes« nicht vor Einbruch der Dunkelheit stattfinden dürfe, und überließ sie dann wieder ihrer erbärmlichen Tätigkeit.

Vom Gefängnis aus hatte Florian Grimm es gar nicht weit bis nach Hause.

Als er in der Waldemansgasse eintraf, sah er Christina Appelsack auf einem Schemel vor dem Haus sitzen. Er schluckte schwer und überlegte, wie er am schnellsten an ihr vorbeikommen konnte. Seit jener unseligen Nacht war er der Nachbarin glücklicherweise nicht mehr über den Weg gelaufen, doch jetzt grüßte sie schon von Weitem mit leutseliger Miene.

»Guten Abend, Herr Nachbar. Ich hoffe, Euch ist wohl? Wenn mich meine Ohren nicht getäuscht haben, so vernahm ich heute Nachmittag Schritte und auch Stimmen aus der oberen Stube.«

Florian brachte mit größter Mühe ein knappes »Guten Abend, Frau Appelsack« zustande und stürzte sogleich im Laufschritt die Stiege empor.

Die Tür war trotz der warmen Witterung geschlossen, und er hielt einen Moment inne, um sich zu sammeln. Die Vorfreude, seine beiden liebsten Menschen gleich wiederzusehen, vermischte sich mit dem bitteren Nachgeschmack des unerfreulichen Erlebnisses mit der Witwe aus dem Erdgeschoss. Vorsichtig stieß er die Tür auf.

»Papa!«, krähte Valentin fröhlich und stapfte unbefangen auf ihn zu.

Florian hob ihn hoch und wirbelte ihn durch die Luft, was von dem Kleinen mit glücklichen Jauchzern begleitet wurde. Dann setzte er den Jungen ab und wollte auch Elisabeth in seine Arme schließen, doch diese entwand sich seiner Umschlingung nach einem flüchtigen Wangenkuss.

In den nächsten Stunden berichteten die beiden einander, wie es ihnen in den Wochen der Trennung ergangen war. Sie redeten abwechselnd, aber ohne Unterbrechung in belanglosem Plauderton, gerade als hätten sie beide Angst davor, das Gespräch könne versiegen oder in falsche Bahnen geraten.

Ruhig lauschte Florian der Geschichte vom Verschwinden Carolinas, stellte sogleich dieselbe Vermutung bezüglich der Verbindung zu Goddert Hardevust an, die auch Elisabeth schon verdachtsweise gekommen war, und versprach, sich gleich morgen nach seinem wichtigen Gang zum Domus civium um die Sache zu kümmern.

Kapitel XIX

»Florian Grimm, Büttel zu Cöln, gekommen, Bericht zu erstatten in zweierlei Angelegenheit!« Die im großen Saal des Rathauses versammelten Schöffen wandten dem Sprecher ihre Aufmerksamkeit zu. »Ihr sandtet mich aus, zu erforschen die Ursachen der Krankheit, welche gemeinhin als Ignis sacer bekannt ist.«

Ein Raunen ging durch die Reihen, und manch einem der hohen Herren stand ein Fragezeichen deutlich ins Gesicht geschrieben. Doch Emundt Quattermart, der durch seine langjährige Schöffentätigkeit einen enormen Einfluss in diesem Gremium besaß, hob seine Hand und gab dem Büttel ein Zeichen weiterzureden.

»Das Antoniusfeuer, wie die furchtbare Krankheit, welche derzeit zum wiederholten Male in Cöln grassiert, im Volksmund heißt, ist eine Prüfung Gottes«, fuhr Florian Grimm fort. »Eine wissenschaftliche Erklärung, wie es zu ihrem Ausbruch kommt, hat noch keiner der großen Gelehrten unserer Zeit gefunden. Es gibt jedoch Überlegungen, die durchaus interessant sind. Auf einen solchen Denkansatz machte mich unser berühmter Dominikaner Albertus Magnus aufmerksam.«

Der Büttel legte eine Pause ein, um den Klang dieses Namens wirken zu lassen, denn Albertus Magnus genoss in Cöln nicht nur als Geistlicher, als Denker, enger Vertrauter Sifrid von Westerburgs und als Lesemeister hohes Ansehen, sondern hatte auch in stadtpolitischen Angelegenheiten – zum Beispiel mit dem Kleinen Schied und dem sogenannten Laudum Conradinum*, dem Großen Schied – schon so manche Lorbeeren eingeheimst. Immer wieder hatte sich Albertus Magnus in der Vergangenheit als besonnener Ratgeber um den Frieden in der Rheinmetropole verdient gemacht.

Der ruhmvolle Name verfehlte, wie Florian Grimm mit einem Blick in die Mienen der Schöffen feststellte, die erwünschte Wirkung nicht. So berichtete er von dem Verdacht des Wissenschaft-

*Lob Konrads, s. Konrad von Hochstaden

lers, beschrieb Gestalt, Vorkommen und Wirkungsweise des Mutterkorns und schloss seinen Rapport mit seiner Entdeckung von massivem Pilzbefall des Getreides auf mehreren der Rheinmühlen.

»Es handelte sich um die Mühlenschiffe Thiel, Winandt und Cono, welche alle drei in der Underrey liegen«, führte er aus.

Zur Demonstration schüttete er den Inhalt des auf der Cono gefüllten Beutels vor den Schöffen aus und wies sie auf den Schädling hin.

»Ich weiß freilich, dass ich mit diesem Ergebnis die mir gestellte Aufgabe nicht vollständig lösen konnte, denn ich kann Euch hohen Herren leider keine Beweise für einen Zusammenhang von mutterkornbefallenem Getreide und dem Heiligen Feuer vorlegen. Jedoch denke ich, dass eine weitere gelehrte Beschäftigung mit dieser Sache klügeren Köpfen als dem meinen überlassen werden sollte.«

Die Schöffen mussten nicht lange beraten. Rasch einigten sie sich darauf, dass der Büttel sich dieser schwierigen Aufgabe nach bestem Wissen und Gewissen gestellt habe und es nun in Gottes Hand läge, ein weiteres Ausbreiten der Krankheit in Cöln zu verhindern.

»Auch mit meinem zweiten Anliegen«, hob Florian Grimm erneut an, »hoffe ich Euch zufrieden stellen zu können. Bei meinen Besuchen auf den Schiffsmühlen im Rahmen der Getreidekontrolle konnte ich noch etwas anderes aufdecken, was den städtischen Behörden schon lange ein Dorn im Auge ist.«

Ausführlich erläuterte er nun, wie er auf der Pollux die unter leeren Säcken verborgenen Spezereien gefunden hatte und dass sich damit für ihn ein schon länger gehegter Verdacht bestätigt hatte. Er wusste, dass er sich bezüglich der am Schmuggel Beteiligten sehr vorsichtig ausdrücken musste, da die Gewürzhändler zu den Reichen und Mächtigen in Cöln gehörten. So rollte er die Sache chronologisch auf, beginnend bei noch unbekannten Boten, welche die Spezereien direkt von den Schiffen, auf denen sie Cöln erreichten, zur Rheinmühle Pollux brachten, über den Müller Blasius Frechen, dessen Festnahme er bekannt gab, bis hin zu den Empfängern der Schmuggelware.

»Der Müller der Pollux, der sich im Kunibertsturm in sicherem Verwahr befindet, wird Euch sicherlich die Namen derjenigen nennen können, die für diesen Betrug an der Stadt und unserem verehrten Erzbischof Sifrid von Westerburg verantwortlich sind.«

Die Schöffen nickten zustimmend, und einer setzte gerade an, dem Büttel eine Belobigung auszusprechen, als er von Emundt Quattermart unterbrochen wurde. Dieser hatte sich, über den Verlauf der Berichterstattung mehr als erstaunt, bisher zurückgehalten. Welch seltsamer Zufall, dass dieser Büttel als zweites Thema ausgerechnet jenes vorbrachte, das auch er sich – wenn auch in völlig anderer Darstellungsweise – zurechtgelegt hatte. Blitzschnell änderte Quattermart im Kopf seinen Plan und stellte einen neuen, logischen Bezug her. Dann erhob er sich, um seinen Worten mehr Gewicht zu verleihen und sagte:

»Nicht so voreilig mit der Belobigung! Hat uns der Meister Büttel vielleicht erzählt, wie er hinter diese ganze Schmuggelgeschichte gekommen ist? War es ein Vögelein, das ihm davon gezwitschert hat? Durch einen puren Zufall sei er auf einer der Mühlen über das Schmuggelgut gestolpert ... Und das glauben wir ihm so einfach?«

Aufgeregtes Getuschel breitete sich aus, doch Quattermart sorgte mit seiner vollen Stimme sofort wieder für Ruhe im Saal.

»Nebenbei gesagt bin ich, wie auch der ebenfalls anwesende Schöffe Goddert Hardevust« – er nickte kurz in dessen Richtung – »Miteigner der Rheinmühle, um die es hier geht. Und ich bin nicht gewillt, alles, was Herr Florian Grimm hier vorgetragen hat, so einfach für bare Münze zu nehmen. Unser Müller wurde ohne unser Wissen verhaftet! Nun gut, das war sicherlich rechtens, und er wird sich vor unserem Kolleg zu verantworten haben. Ebenso werden wir sämtliche Gewürzhändler der Stadt, ohne Rücksicht auf Namen und Vermögen, vorladen und überprüfen, ob sie an diesem unsauberen Geschäft beteiligt sind. Jedoch«, Emundt Quattermart straffte die Schultern und heftete seine kalten Augen auf den Büttel, »möchte ich noch einen weiteren Drahtzieher der Schmuggelgeschichte anklagen: Florian Grimm! Möchte sich der Meister Büttel eventuell nur selbst aus der Affäre ziehen, indem er andere belastet?«

Mit einer theatralischen Geste zeigte er auf den Genannten,

der bei der völlig unerwarteten Anschuldigung aus allen Wolken fiel. Als Folge dieser harten Worte redeten nun alle durcheinander.

Abermals gebot Emundt Quattermart dem Tumult Einhalt: »Zufällig sah ich beim Betreten des Gebäudes heute Morgen unseren Moltener in den Reihen der Wartenden. Er deutete mir gegenüber an, dass er eine Aussage zu machen habe, welche mir haargenau in unsere Angelegenheit zu passen scheint. Ich bitte, ihn als Zeugen hereinzurufen.«

Der Mann, den die Mühleneigner der Underrey als Molterschreiber beschäftigten, betrat unsicher den Raum, und bei jedem Schritt zitterte sein Ziegenbärtchen vor Aufregung. Natürlich hatte er nicht rein zufällig an diesem Tag den Weg zum Domus civium gefunden.

»Conrad Saurmann«, stellte er sich vor und wurde dann von Quattermart so geschickt befragt, dass sich in die Mienen der Schöffen eine deutliche Verunsicherung einschlich.

Der Moltener sagte aus, dass sowohl er persönlich als auch andere im Hafen Beschäftigte den Büttel mehrmals bei Sonnenaufgang von den Schiffen kommend beobachtet hätten. Er habe sich dabei äußerst verdächtig verhalten, »gerade, als ob er etwas zu verbergen habe«, fügte Saurmann mit einem nervösen Seitenblick aus seinen tief liegenden Augen auf den Büttel hinzu.

Als er geendet hatte, wurde er aus dem Saal entlassen. Quattermart nickte ihm unmerklich zu, und die hohe, geschnitzte Tür schloss sich wieder.

Die Versammlung der Schöffen spaltete sich im Verlaufe der nun einsetzenden Diskussion in zwei Lager. Die einen schenkten der Version Florian Grimms Glauben, die anderen hielten eine Verstrickung des Büttels in den Schmuggel für durchaus möglich. Nach einer heftigen, mit erhobenen Stimmen geführten Debatte, erging folgendes Urteil.

»Da es beim momentanen Stand der Dinge nicht ersichtlich ist, ob der Büttel Florian Grimm seine Hände bei den unsauberen Geschäften mit Spezereien mit im Spiel hat oder diese nur dank seiner Emsigkeit und guten Kombinationsgabe aufzudecken imstande war, beschließen wir, die Schöffen zu Cöln am Rhein, ihn vorläufig seines Amtes zu entheben. Eine Strafe wird vorerst nicht verhängt. Der Fall wird erneut verhandelt, sobald mehr Licht in die Sache gekommen ist. Im Namen Gottes und unseres Erzbischofs Sifrid von Westerburg – die Sitzung ist geschlossen!«

Am Boden zerstört trat Florian Grimm aus dem Rathaus. Die Worte »seines Amtes zu entheben«, »Amtes entheben« hallten in seinem Kopf nach.

Es fiel ihm nicht leicht, das Geschehene zu begreifen. Zu abrupt war der Sturz von höchster Euphorie ins Nichts gewesen. Eben noch hatte er als untadeliger Ordnungshüter dagestanden, der sich in gleich mehreren wichtigen Dingen um das Wohl der Stadt verdient gemacht hatte, und nun fand er sich auf einmal aller seiner Befugnisse enthoben. Wie hatte es nur dazu kommen können? Was genau hatte diesen jähen Stimmungswechsel im Schöffenkolleg hervorgerufen?

Nach und nach tauchten die relevanten Bilder und Worte wieder in seinem Gedächtnis auf: der eingeschüchtert wirkende Moltener Conrad Saurmann, die zuerst überaus zufriedenen und dann völlig ratlosen Mienen der Schöffen und die imposante Gestalt Emundt Quattermarts, welcher mit erhobenem Zeigefinger seine Beschuldigung gegen ihn vortrug. Glaubte der einflussreiche Mann tatsächlich, dass er, Florian Grimm, Büttel zu Cöln und bislang als vollkommen unbescholten und integer bekannt, sich am Schmuggel mit Gewürzen beteiligt habe? Oder verfolgte der mächtige Patrizier mit seiner Anklage womöglich ein ganz anderes Ziel? Was hatte es zu bedeuten, dass immer und immer wieder die Rheinmühle Pollux im Zentrum zu stehen schien: zunächst der Tod von Ludwig Titz auf dem Mühlenschiff, dann das Auffinden der unverzollten Ware ebendort und nun dieses auffällige Verhalten eines der Anteilseigner der Mühle?

Der Büttel konnte sich des Eindrucks nicht erwehren, dass er die Zusammenhänge noch nicht richtig gedeutet hatte, doch es gelang ihm nicht, eine sinnvolle Ordnung in seine wirren Gedanken zu bringen.

Immer noch leicht benommen klopfte er an das Tor des Kunibertskerkers, wohin ihn seine Schritte wie von selbst getragen hatten. Der rot-weiße Surkot, Zeichen seiner Amtsgewalt, brannte in dem Bewusstsein des unrechtmäßigen Tragens auf seiner

Haut, aber er öffnete ihm zumindest sogleich die Pforte der Torburg. Er musste unbedingt noch einmal mit Blasius Frechen reden, bevor ihm der Zugang zu ihm versagt bleiben würde.

Der dickliche Müller schien völlig gebrochen, wie er da auf dem feuchten Steinboden seines Verlieses hockte. Sein Kopf war kahlgeschoren, das Obergewand hing in Fetzen an seinem Leib, und die Haut darunter war über und über mit blutigen Striemen bedeckt.

Er sah kaum auf, als Florian Grimm auf ihn zutrat, begann aber, mit gesenktem Kopf zu sprechen: »Es ist schon recht, dass ich für mein gottloses Tun bestraft werde, aber eine schnelle Hinrichtung wäre mir lieber. Ich gestehe alles, nur lasst mich nicht das ganze Martyrium meines Namenspatrons durchleiden.«

Der grausame Tod des heiligen Blasius, Bischof von Sebaste in Kappadokien, schoss dem Büttel durch den Sinn. Er hatte sich vor den diokletianischen Christenverfolgungen im Wald versteckt, wo Vögel und wilde Tiere ihn mit Nahrung versorgten, während er sie von ihren Verletzungen heilte. Auch ein Kind, das eine Gräte verschluckt hatte, konnte er vor dem sicheren Tod retten. Eines Tages jedoch wurde er aufgegriffen und eingekerkert. Als er standhaft seinem Glauben treu blieb, wurde ihm die Haut mit eisernen Wollkämmen vom Körper gefetzt. Doch Blasius erduldete alles, ohne sich in seinem christlichen Glauben beirren zu lassen, und wurde schließlich im Jahr 287 enthauptet.

»Ich bin es, Florian Grimm, nicht einer der Kerkerknechte«, sprach der Büttel den Gefangenen an.

Blasius Frechen hob seinen Kopf und sah den hochgewachsenen Mann vor ihm mit trübem Blick an. Alle Überheblichkeit und sogar der Hass, der die Amtsperson tags zuvor noch getroffen hatte, waren aus seinen Augen gewichen.

»Ich muss verschiedene Dinge von dir wissen, und wenn du mir ehrlich Antwort gibst, werde ich dafür sorgen, dass man dich hier bis zu deiner Verhandlung in Ruhe lässt. Hast du mich verstanden?«

Apathisch nickte der Polluxmüller.

»Die Sache mit dem Schmuggel ist eindeutig. Du wirst den Schöffen die Namen der Gewürzhändler nennen, welche du mit der schwarzen Ware beliefert hast, und man wird ihnen ebenso den Prozess machen wie dir. Was ich nun erfahren möchte, betrifft andere Dinge. Wie war das mit dem Tod von Müller Titz?«

Ein leichter Unwillen trat in Frechens Blick: »Ach, lasst doch die Toten endlich ruhen. Ich habe bereits mehrfach gesagt, dass ich mit seinem Tod nichts zu tun habe. Aber ruft nur Eure Folterknechte, und dann werde ich früher oder später bestimmt zugeben, ihm eins übergezogen zu haben.«

»Es war jedenfalls kein Unfall. Irgendjemand hat Ludwig Titz ins Jenseits befördert.«

»Aber warum ich? Wieso hätte ich ihn beseitigen sollen?«

»Zum Beispiel, weil er hinter deine schmutzigen Geschäfte gekommen ist und drohte, dich anzuzeigen.«

»Der Titz und mich anzeigen? Pah! Nie und nimmer! Der war doch viel zu gutmütig und ging jedem Konflikt, wo er nur konnte, aus dem Weg. Außerdem hatte er doch mir gegenüber ein permanent schlechtes Gewissen, weil er, und nicht ich als der Ältere, zum verantwortlichen Müller ernannt worden war. Ob Ihr es nun glaubt oder nicht: Wir sind auf unsere Art sehr gut miteinander ausgekommen, und bei meinen schmutzigen Geschäften, wie Ihr sie nennt, war der Titz mir keinesfalls hinderlich. Im Gegenteil: Er war sogar eher nützlich, weil ich mir sicher sein konnte, dass er mich niemals verpfeifen würde, auch wenn er es gewusst hätte. Eher hätte er seine schützende Hand über mich gehalten. Er hat aber gar nichts gewusst. Keine Ahnung hat er davon gehabt.«

Der Büttel verharrte einen Augenblick schweigend neben dem in seiner Verzweiflung ganz offensichtlich ehrlichen Mann und ließ sich das Gehörte durch den Kopf gehen. Blasius Frechen hatte nichts mehr zu verlieren, und seine Worte über das Verhältnis zu seinem ehemaligen Vorgesetzten klangen, gepaart mit dem, was er selbst über den Charakter des Verstorbenen wusste, durchaus logisch und glaubhaft.

»Nun gut«, sagte der Büttel schließlich, »gesetzt den Fall, du sagst die Wahrheit – und ich habe den Eindruck, dass dem so ist –, wer sonst hatte einen Grund, Ludwig Titz aus dem Weg zu räumen? Ich war zwar selbst mit ihm befreundet, aber du hattest viel mehr mit ihm zu tun und kanntest ihn wohl besser als ich. Hatte er Feinde? Welche und wieso?«

»Wir kamen beruflich gut miteinander klar, habe ich gesagt

und füge hinzu, dass er in dieser Hinsicht sicherlich keine Feinde hatte, weder auf der Pollux noch auf den übrigen Mühlen oder im Hafen. Privat haben wir uns nie etwas erzählt. Ich weiß nicht, wer einen Grund gehabt haben könnte, den Titz umzubringen.«

Vorsichtig tastete sich Florian Grimm weiter vor: »Was geht eigentlich auf der Pollux vor? Irgendetwas scheint mir auf der Mühle im Gange zu sein. Ich hörte und habe auch selbst beobachtet, dass die Mühlenerben in letzter Zeit häufig persönlich bei euch zu Gast waren. Das ist doch eher außergewöhnlich, oder?«

»Normal ist das nicht, aber die Mühle gehört ihnen ja schließlich. Da können sie doch wohl ein- und ausgehen, wie es ihnen beliebt.«

»Kann es sein, dass die Eigner neue Pläne mit der Mühle haben? Hat man dir gegenüber etwas in diese Richtung angedeutet?«

»Nee, hat man nicht! Und es interessiert mich auch nicht. Hat mich nie interessiert, und nun, unter den gegebenen Umständen, schon gar nicht.« Frechen kratzte sich seine Halbglatze. »Ich habe immer ordentlich meine Arbeit verrichtet und mir nebenbei ein kleines Zubrot verdient, indem ich ein paar Spezereien zwischengelagert habe. Für meine alten Tage, damit ich es einmal etwas bequemer haben könnte. Alles umsonst! Jetzt werde ich ein ruhiges Alter gar nicht mehr erleben.«

Der Müller sackte wieder in sich zusammen. Jeglicher Ausdruck war aus seinem Gesicht wie fortgeblasen, und er machte nicht den Eindruck, als wolle er dem Gesagten noch etwas hinzufügen.

»Man wird dich bis zu deinem Prozess nicht mehr foltern«, versprach Büttel Grimm ihm zum Abschied und gab dem Kerkermeister im Hinausgehen entsprechende Anweisungen.

Und wenn es mein letzter amtlicher Befehl war, dachte er bei sich, als er in das gleißende Sonnenlicht des Augustnachmittages trat.

***

Carolina weinte bitterlich. Sie hockte auf einem schäbigen Strohlager in einem verdreckten, muffig riechenden Raum. Ihre dunklen Haare hingen in unordentlichen Strähnen um ihr hübsches Gesicht, verdeckten es zum Teil und rannen weiter unten über ihre prächtigen, halb entblößten Brüste. Dankbar für diesen natürlichen Vorhang, schien sie sich ganz in sich selbst verkriechen zu wollen und nahm die anderen Anwesenden kaum wahr. Nur von Zeit zu Zeit schreckte sie auf, wenn eine der umherhuschenden Ratten sich ihr allzu dicht näherte, und versetzte dem aufdringlichen Nager Tritte mit ihren nackten Füßen. Gleich darauf sank sie wieder in sich zusammen, ohne den heruntergekommenen Zustand ihrer Umgebung eines weiteren Blickes zu würdigen.

Ein tiefer Schluchzer ließ ihre Schultern erbeben. Wie hatte sie nur in diese missliche Lage geraten können? Vor Kurzem noch hatte sie wie eine Prinzessin gelebt und war wie eine solche behandelt worden, und nun dieses grauenhafte Erwachen in einem Haus, an dem alles verwahrlost und schäbig war. Wenn sie doch wenigstens den Grund für diesen schmerzlichen Abstieg kennen würde! Aber sooft sie ihn auch danach gefragt hatte, war er ihr über den Mund gefahren, das ginge sie nichts an, sie habe überhaupt keine Rechte anzumelden, und mit dem süßen Leben in seidenen Gewändern sei es nun für sie vorbei.

Wieso nur hatte sich Goddert an jenem Abend, nachdem er seine illustren Gäste verabschiedet hatte, so verändert gezeigt? Schön, sie hatte ein wenig auf der Galerie gestanden und gelauscht! Aber doch nur, um einen Blick auf diese so wichtigen Männer zu werfen. Wenn Goddert vor seinem Treffen mit den anderen Patriziern nicht so unglaublich mit der Bedeutsamkeit dieser Besprechung angegeben hätte, wäre sie wohl gar nicht hellhörig geworden und brav in dem ihr zugewiesenen Gemach geblieben. Doch er hatte sich eitel in die Brust geworfen, irgendetwas von weltbewegenden Neuerungen gefaselt und sonstige undurchsichtige Andeutungen von sich gegeben. Kein Wunder also, dass sie ihre Neugierde nicht hatte bezähmen können!

Zu dumm nur, dass ihr dann auf der Galerie des großen Saales das zierliche Spiegelchen aus der Hand geglitten war! So ein schönes Geschenk hatte sie noch nie zuvor bekommen, und stolz auf ihren Besitz hatte sie den empfindlichen kleinen Gegenstand andauernd mit sich herumgetragen. Aber beim Fallenlassen war er zerbrochen, und nun war er fort – fort, wie alles andere, was ihr in jenen Tagen im Hause Hardevust das Gefühl gegeben hatte, mehr als nur ein einfaches Mädchen vom Lande zu sein.

Warum bloß hatte Goddert sich so schrecklich aufgeregt? Nur, weil sie seine kostbare Gabe kaputt gemacht hatte? Er hätte ihr doch einfach einen neuen Spiegel kaufen können. An Geld schien es ihm jedenfalls nie gemangelt zu haben.

Wieso diese groteske Szene? Mit hochrotem Kopf, wutschnaubend und die dünnen Arme in wilden Gesten verrenkend, war er in ihr Zimmer gestürmt, sobald seine Gäste gegangen waren. Carolina hatte sich bereits zur Ruhe begeben und ihn in dieser Nacht eigentlich nicht mehr erwartet. Was sie alles gehört habe, als sie dort oben auf der Galerie herumlungerte, hatte er wissen wollen, und ob sie verstanden habe, um was sich das Gespräch gedreht hatte. Sie war über diesen Auftritt viel zu überrascht gewesen und hatte nur abwechselnd »Ja« und »Nein« stammeln können. Dann war er wie ein brünstiges Tier über sie hergefallen, hatte sie, immer weiter diffuses Zeug schreiend, auf dem Bett hin und her geworfen, war schließlich wie ein wilder Stier in sie eingedrungen und hatte sie gleichzeitig mit voller Kraft auf die Pobacken geschlagen. Das Mädchen hatte nicht verstanden, ob es als Züchtigung gedacht war oder nur ein neues, seiner perversen Phantasie entsprungenes Spiel sein sollte.

Irgendwann hatte er sich ausgetobt, aber anstatt sie endlich in Ruhe schlafen zu lassen, hatte er sie hochgezerrt und ein paar Kleidungsstücke vor ihr auf den Boden geworfen. »Zieh dich an! Wir gehen aus«, hatte er sarkastisch grinsend gesagt und auf ihr zaghaftes »Wohin denn? Mitten in der Nacht?« nicht weiter reagiert.

Sie waren durch die menschenleeren Straßen Cölns gehastet, er im Eilschritt voran, sie verwirrt hinter ihm herstolpernd. An einem ziemlich baufälligen Haus hatte Hardevust klopfend und rufend Einlass gefordert und einige Worte mit einer schlampigen älteren Frau gewechselt. Danach hatte er auf dem Absatz kehrtgemacht, ohne sie auch nur noch einmal flüchtig anzublicken oder ihr mitzuteilen, wann er sie wieder abzuholen gedachte.

Kapitel XX

Als der Büttel erwachte, benötigte er eine Weile, um sich alle Ereignisse der jüngsten Vergangenheit wieder vor Augen zu führen. Die Bettstatt neben ihm war leer, aber er hörte Elisabeth bei ihren morgendlichen Verrichtungen, und Valentin plapperte unbeschwert vor sich hin.

Seine Frau war zwar zu ihm zurückgekehrt, aber sie zeigte sich bisher kühl und abweisend. Er musste unbedingt so schnell wie möglich eine ordentliche Aussprache mit ihr suchen, scheute aber noch davor zurück, weil er ja im Gegensatz zum Zeitpunkt ihrer Abreise nun tatsächlich guten Grund für ein rabenschwarzes Gewissen hatte. Auch würde er nicht allzu lange vor ihr geheim halten können, dass man ihn des Schmuggels mit Gewürzen verdächtigte und vorläufig seines Amtes enthoben hatte.

Aus alter Gewohnheit und wohl auch, um vor Elisabeth das Gesicht zu wahren, streifte er sein Berufsgewand über, das zu tragen ihm momentan eigentlich untersagt war. Doch für ein bis zwei Tage mochte es angehen, dass er sich in Rot-Weiß auf den Straßen zeigte. Danach würde sich die Neuigkeit seiner Entlassung aus dem Dienst des Erzbischofs in der ganzen Stadt herumgesprochen haben, und jeder hatte das Recht, ihn wegen Vortäuschung von Amtsgewalt anzuzeigen.

Zerstreut spielte er ein Weilchen mit seinem kleinen Sohn, wechselte einige belanglose Worte mit Elisabeth und machte sich dann auf den Weg in Richtung Hafen.

Er ließ das im Kerker mit Blasius Frechen geführte Gespräch noch einmal Revue passieren und kam zu dem Schluss, dass der Mann dieses Mal die Wahrheit gesagt hatte. Wenn der Müller aber nun als Mörder seines Freundes Titz ausschied, wer hatte ihn dann auf dem Gewissen? Könnte eventuell ein Zusammenhang zwischen dessen Tod und dem verseuchten Getreide bestehen? Doch er verwarf diese Überlegung sogleich wieder. Zu unwahrscheinlich war die Annahme, Ludwig Titz könne irgendetwas über diese Sache gewusst haben. Und selbst wenn! Wer hätte einen Grund gehabt, ihn um dieses Wissens willen zu beseitigen?

Je weiter ihn seine Schritte flussaufwärts trugen, desto mehr verfestigte sich in Florian Grimms Kopf die Ahnung, dass auf der Pollux irgendetwas Geheimes im Gange war. Keinesfalls wollte er zu der gängigen Meinung zurückkehren, sein Freund sei unglücklich gestürzt. Die Lage seines Körpers beim Auffinden und die von Albertus Magnus gemachten Angaben zur Totenstarre sprachen für sich und ließen definitiv keinen Spielraum für andere Erklärungen als die eine: Mord!

Auf dem Weg fiel ihm ein weiteres Detail wieder ein. Hatte nicht Titz, als er an jenem Abend in der Waldemansgasse zu Gast gewesen war, deutlich seine Verwunderung über das plötzliche brennende Interesse der Eigner an ihrer Mühle zum Ausdruck gebracht? Und hatte er eventuell in der Zeit zwischen seinem Besuch in der Grimm'schen Stube und seinem Ableben mehr über dieses mysteriöse Interesse herausbekommen? Hatte Titz etwas gewusst, das er besser nicht gewusst hätte? Mehr denn je brannte Florian Grimm darauf, diese Fragen zu klären. Das Misstrauen, welches die Schöffen ihm am Vortage entgegengebracht hatten, mochte dazu beitragen, dass schließlich nur noch ein Gedanke sein Tun beherrschte: Jetzt erst recht!

***

Auf dem Plankendeck der Rheinmühle Pollux saß der Lehrbursche Gabriel Knieps, ließ seine Füße baumeln und hielt eine selbst gebastelte Angelrute ins Wasser.

»Angelst du?«, fragte der hinzutretende Martin.

»Nee, ich bring 'nem Regenwurm das Schwimmen bei!«, erwiderte Gabriel feixend.

»Ach du, immer musst du mich veräppeln!« Martin setzte sich neben seinen Freund und streifte die Beinlinge hoch.

Vom alten Matheiß gerudert, näherte sich Florian Grimm der Rheinmühle und winkte den beiden Jungen zu.

Im Inneren der Pollux wurde der Büttel von einem ziemlich mürrischen Friedrich Unckel empfangen. Es war nur natürlich, dass die Amtsperson, welche kürzlich die ganze Mühle durchsucht,

Schmuggelware gefunden und den Müller abgeführt hatte, in seinen Augen nicht gerade ein gern gesehener Besucher war. Unckel war zwar kräftig und erfahren in seinem Handwerk, doch liebte er es nicht, Verantwortung übernehmen zu müssen, und auch mit der Buchführung tat er sich schwer. So hielt sich seine Begeisterung über die plötzliche Beförderung zum Vorarbeiter auf der Pollux sehr in Grenzen.

»Wollt Ihr noch jemanden mitnehmen?«, fragte er und tippte sich, einen Gruß andeutend, mit den drei verbliebenen Fingern seiner Linken an die Schläfe. »Dann können wir den Betrieb hier nämlich gleich dichtmachen.«

Er hatte kaum in seiner Arbeit innegehalten, um diese Worte an Florian Grimm zu richten. Nun konzentrierte er sich wieder ganz auf den einen der beiden wuchtigen Mahlsteine aus Mayener Basalt, den er schwungvoll mit Pickel und Kraushammer bearbeitete. Die zwei dicken, scheibenförmigen Mahlsteine waren mit Furchen versehen, die für das Vermahlen und den Transport des Mahlguts sorgten. Unckel war gerade damit beschäftigt, diese Rinnen zu schärfen, eine aufwendige und anstrengende Tätigkeit, die regelmäßig vier bis sechs Mal pro Jahr ausgeführt werden musste. Das gewissenhafte Schärfen der Mahlsteine hielt den Betrieb für mindestens einen Tag auf. Zunächst musste der obere Läuferstein mit einer Spezialkonstruktion angehoben und mit den Furchen nach oben auf den Boden gelegt werden. Dann kam der spezielle Mühlhammer, die Bicke, zum Einsatz. Rinne für Rinne wurde hernach in mühsamer Feinarbeit nachgezogen.

Friedrich Unckel arbeitete mit hochgekrempelten Ärmeln, und mit Erstaunen stellte der Büttel fest, dass der eine Unterarm des Mühlenarbeiters eine großflächige blaue Verfärbung aufwies.

»Was ist das für eine Verletzung dort an deinem Arm?«, fragte er sogleich.

»Wie? Welche Verletzung?« Unckel schaute auf seinen Arm. »Ach so, da kommt bestimmt heute noch mehr hinzu! Ist 'ne typische Berufskrankheit bei uns Müllern. Der ›blaue Arm‹, wie wir es nennen, entsteht durch Steinsplitter, die beim Schärfen der Mahlsteine abspringen, auf der Haut landen und dort einwachsen.«

»Willst du damit sagen, dass viele oder gar alle Müller, denen die Aufgabe des Steineschärfens obliegt, diesen seltsam bläulich verfärbten Unterarm haben?«

»Klar, haben wir alle!«

Florian Grimm atmete scharf aus. Damit hatte sich die Frage nach der Verfärbung auf Titzens Arm, die ihm immer noch im Kopf herumschwirrte, erledigt.. Dass es für diese Verletzung eine harmlose, berufsbedingte Erklärung geben könnte, war ihm noch gar nicht in den Sinn gekommen. Blieb die schwere Kopfwunde des toten Freundes.

»Es tut mir leid für dich, dass du nun hier auf der Pollux auch diese harte Tätigkeit übernehmen musst«, antwortete der Büttel, »doch war ich schon ziemlich lange der Überzeugung, dass Blasius Frechen Dreck am Stecken hat, und so war es nur eine Frage der Zeit, bis ich ihn aus dem Verkehr ziehen musste. Erinnerst du dich an den Tod seines Vorgängers Titz im Frühjahr, als das Wasser so hoch stand?«

»Ja. Hat doch jeder von diesem verdammten Unfall gehört«, erwiderte der hünenhafte Knecht, wobei das Geräusch von auf Stein treffendem Metall die Hälfte seiner Worte verschluckte. Der unfreiwillige Mühlenverantwortliche hatte eine auffällig hohe Stimme, die so gar nicht zu seinem massigen Äußeren passen wollte.

»Du denkst also auch, dass es ein Unfall war?«

»Was denn sonst?« Die Frage löste bei Unckel keinerlei Erstaunen aus.

Florian Grimm entschied, dieses Thema ruhen zu lassen und sich dem Kern seiner Untersuchung von der andern Seite zu nähern.

»Sind die Eigner der Pollux zufrieden mit dir?«

»Ja.«

»Und sieht man sie denn ab und zu hier auf der Mühle?«

»Von Zeit zu Zeit.«

»Findest du das nicht ungewöhnlich?«

»Nee.«

Die Einsilbigkeit seines Gesprächspartners begann Florian Grimm zu ärgern, aber er versuchte es dennoch weiter: »Es ist doch wohl nicht normal, dass die Herren Patrizier sich persönlich hier heraus auf den Fluss bemühen. Und das kommt dir nicht seltsam vor?«

»Nee.«

»Kommen sie denn nur wegen ihres Getreides und wegen der Zahlen zur Mahlleistung?«

Unckel zuckte mit den Schultern und hämmerte unverdrossen weiter auf den Läuferstein ein.

»Nun gut. Ich werde noch mit den beiden Lehrjungen reden«, beendete der Büttel die wenig ergiebige Konversation.

Gabriel Knieps und Martin Weyer waren gleich nach der Ankunft des Büttels ins Mühlhaus zurückkehrt, um dem Gespräch so gut sie konnten zu lauschen. Dabei hatten sie das Mühlhaus gefegt, eine der wenigen sinnvollen Beschäftigungen, während die Mahlsteine geschärft wurden. Auf ein Zeichen des Büttels hin legten sie ihre Besen beiseite und folgten ihm hinaus auf das Plankendeck.

»Jetzt habt ihr schon zum zweiten Mal binnen weniger Monate euren Meister verloren. Ich hoffe sehr, dass euch der ständige Wechsel nicht zum Nachteil gereichen wird.«

»Wird jedenfalls nie langweilig hier auf der Pollux«, feixte Gabriel, während Martin leise hinzufügte: »Das stimmt schon. Aber wenn meine Mutter erfährt, dass es nach dem Unfall vom Titz nun auch noch eine Festnahme wegen Schmuggels auf unserer Mühle gegeben hat, wird sie mich sicherlich gleich nach Hause zurückholen wollen.«

»Deine Mutter sorgt sich um dich?«, fragte der Büttel, und schlagartig wurde ihm klar, dass sie damit vielleicht gar nicht so im Unrecht war. Wenn auf der Pollux wirklich Dinge vor sich gingen, die brisant genug waren, die Beseitigung des Müllers notwendig zu machen, dann waren die Jungen möglicherweise auch in Gefahr. Er beschloss, so wenig wie möglich von seinen Vermutungen durchklingen zu lassen.

»Dass Blasius Frechen die Pollux als Zwischenlager für geschmuggelte Spezereien benutzt hat, ist mittlerweile erwiesen, und er hat es auch selbst zugegeben«, begann er, wurde aber sofort von Gabriel unterbrochen.

»Was passiert denn jetzt mit ihm? Hängt man ihn auf?«

»Das entscheiden die Schöffen. Wenn er sich kooperativ zeigt und die Namen aller in die Geschichte Verwickelten freiwillig nennt, wird man vielleicht sogar von einem Todesurteil absehen. Auch Umfang und Zeitdauer der Schmuggelei, die noch ermittelt werden müssen, spielen bei der Urteilsfindung eine Rolle. Aber ich möchte über etwas anderes mit euch beiden sprechen. Sagt mir, halten die ständigen Besuche eurer Mühlenerben weiter an?«

Gabriel musste nur kurz überlegen: »Gestern war der Quattermart hier, und neulich kam der Overstolz mal mit so einem Ausländer zu uns auf die Mühle. Doch, es stimmt schon, die hohen Herren beehren uns auffällig oft und meist ohne besonderen Anlass.« Mit seinem wachen Verstand schien der Lehrbursche sofort begriffen zu haben, worauf die Amtsperson hinaus wollte.

»Was machen die Herren Patrizier eigentlich genau, wenn sie hier draußen sind?«, wollte Florian Grimm weiter wissen.

Abermals übernahm Gabriel die Antwort: »Das habe ich mich auch schon gefragt. So schön ist es hier nun auch wieder nicht mit all dem Staub und dem ohrenbetäubenden Lärm. Sie reden immer lange miteinander, deuten dabei mal hierhin und mal dorthin, und gestern hat der Quattermart sich stundenlang das Mahlgetriebe angeschaut. Der will wohl den Beruf wechseln, haben wir gewitzelt!« Gabriel und Martin lachten in der Erinnerung an diesen Scherz laut auf.

»Habt ihr denn jemals etwas von den Unterhaltungen der Mühlenerben aufschnappen können?«

Die beiden versanken einen Moment lang in Nachdenken, dann meldete sich der stillere Martin zu Wort: »Ich habe mal was von irgendwelchen Sieben reden hören und von Bütten.«

»Und ich etwas von hohem Gesindeaufwand«, fügte Gabriel eifrig hinzu.

Siebe? Bütten? Florian Grimm wurde aus den losen Brocken nicht so recht schlau. Was war hier auf der Pollux in Planung? So viel stand jedenfalls für ihn fest: Irgendetwas hatten sie mit der Mühle vor, und es musste etwas sein, was aus welchem Grund auch immer der Geheimhaltung bedurfte.

»Sonst noch etwas?«, bohrte er deshalb weiter.

Wieder schwiegen die beiden Jungen eine Weile, dann sagte

Martin: »Das Wort Stapfmühle – nein, halt! – Stapfwerk oder so ähnlich hieß es – tauchte noch auf. Hilft Euch das weiter?«

Der Büttel konnte diesen Begriff nicht so ohne Weiteres zuordnen, und selbst in Paarung mit den anderen aufgeschnappten Gesprächsfetzen ergab das Ganze für ihn keinen Sinn. So bedankte er sich bei den Burschen und wollte sich gerade zum Gehen anschicken, als Gabriel ausrief: »Da kommt der Pechleffel schon wieder!«

Interessiert drehte Florian sich um, und nun sah auch er den sich nähernden Kahn mit der unverkennbaren roten Haarmähne des Genannten.

»Schon wieder?«, fragte er die Jungen. »Kommt der Zimmermann denn häufiger als üblich?«

»Das kann man wohl sagen«, berichtete Gabriel, froh, noch eine weitere brauchbare Information für den Büttel gefunden zu haben. »Der Daim Pechleffel kommt fast jeden Tag und bleibt immer viele, viele Stunden. Hat quasi seine Werkstatt hierher auf die Mühle verlegt!«

»Gibt es denn so viel zu reparieren? Die Pollux scheint mir doch in einem recht guten Zustand zu sein.«

»Der repariert gar nichts. Der vermisst nur jeden Winkel und jede Ecke. Dann steht er da und denkt nach und rechnet und denkt nach und rechnet und … Stunde um Stunde! Er hat immer Schreibzeug dabei und notiert ständig irgendwelche Zahlen oder zeichnet Skizzen, aus denen keiner schlau wird.«

Die würde ich zu gern einmal sehen, dachte der Büttel bei sich, während Martin, auf einmal vom Mitteilungsbedürfnis seines Freundes angesteckt, dessen Ausführungen vervollständigte:

»Und wenn jemand von den Eignern kommt, dann tuschelt der Pechleffel ganz geheimnisvoll mit denen herum. Kommt sich ziemlich wichtig vor in letzter Zeit.«

Florian Grimm speicherte auch diese Information, bedankte sich abermals bei den Lehrburschen und verabschiedete sich kurz darauf, um mit der Esche, welche den Schiffszimmermann gebracht hatte, in die Stadt zurückzukehren.

***

»War es also doch diese elende kleine Landhure da oben auf der Galerie!« Wütend schlug Quattermart mit der Faust auf den Tisch. »Das habe ich mir doch gleich gedacht! Hat sie etwas von unserer Unterhaltung verstanden? Wo ist sie jetzt? Hol sie augenblicklich her, damit ich sie selbst befragen und feststellen kann, ob sie etwas weiß!«

Goddert Hardevust hob beschwichtigend die Hand. »Reg dich nicht auf, Emundt. Die richtigen Fragen habe ich ihr schon gestellt, und ich glaube nicht, dass sie allzu viel kapiert hat. Selbst wenn sie das eine oder andere gehört haben sollte, so wird sie doch kaum in der Lage sein nachzuvollziehen, um was es geht. Im Übrigen kannst du sie gar nicht selbst vernehmen.« Beim letzten Wort nahm seine Miene einen höhnischen Ausdruck an. »Sie ist nämlich gar nicht mehr hier!«

»Was soll das heißen: Sie ist nicht mehr hier?«, fuhr Quattermart auf. »Was für ein bodenloser Leichtsinn, sie einfach so fortzuschicken, damit sie das in deinem Haus Erlauschte munter unters Volk tragen kann!«

»Für wie dumm hältst du mich?«, gab Hardevust gekränkt zurück. »Meinst du etwa, ich hätte sie einfach so auf die Straße geschickt? Ich habe sie unter die Obhut eines besonders geeigneten Wachhundes gestellt. Sie ist bei Frau Sibylla, und ihr habe ich eingeschärft, dass das Mädchen unter keinen Umständen das Haus verlassen darf, bevor ich die Genehmigung dazu erteile. Früher oder später hätte ich sie sowieso vor die Tür gesetzt. Sie hatte in den letzten Tagen schon diesen auffälligen Appetit auf bestimmte Nahrungsmittel ...«

Quattermart wiegte bedächtig seinen Kopf mit dem dicken Haarschopf hin und her. »Du meinst, du hast sie geschwängert! Dann ist es umso besser, dass du unverzüglich gehandelt hast«, nickte er endlich. »Das hast du gut gemacht.«

***

Carolina stand regelrecht unter Schock. Nur für kurze Zeit zeigte sie Interesse an ihrer neuen Umgebung und verstand rasch, in was für einer Art Unterkunft Goddert Hardevust sie entsorgt hatte, auch wenn sie dergleichen aus ihrem Heimatort Novum Monasterium nicht kannte. Was hatte sie hier verloren? Sollte etwa auch sie …? Zuletzt versank sie in tiefe Apathie.

Frau Sibylla unterhielt das Haus Sconevrowe* auf dem Berlich, wo außer ihr noch sechs weitere Frauen lebten. Sie selbst war in einem Alter, in dem sie nicht mehr für jeden, der daherkam, die Beine breit machen musste. Nur um ganz besondere Kunden – meist solche mit exklusiven Wünschen – kümmerte sie sich höchstpersönlich. Ihre Spezialität lag in Geißelungen mit zuvor in Wasser eingelegten Ruten, wie es manche Männer ausdrücklich verlangten.

Die übrigen Frauen in Sconevrowe waren auch nicht mehr die Jüngsten. Sie hatten alle bereits mehrere Jahre Erfahrung auf der Straße hinter sich und waren froh, in dem von der Obrigkeit geduldeten Haus ein wenig mehr Sicherheit gefunden zu haben. Einige von ihnen stammten vom Land, andere aus einfachen städtischen Familien. Allen gemeinsam war, dass sie als Dienstmädchen gearbeitet hatten, von einem Familienmitglied verführt, daraufhin in Unehre entlassen worden und hernach an dem Versuch, in der großen Stadt Cöln eine langfristige Arbeit zu finden, gescheitert waren.

Wenn man als junges Mädchen in eine solche Situation geriet, war der Abstieg in die soziale Randgruppe der gemeyn frauwen** vorprogrammiert. Im besten Falle geriet man an eine der zahlreichen heimlichen Kupplerinnen, die ihr Gewerbe vorzugsweise als ordentlichen Textilverarbeitungsbetrieb tarnten. Sie nahmen sich jedoch nur der besonders hübschen gefallenen Mädchen an, denn ihre Kunden waren wählerisch. Neben professionellen Dirnen vermittelten sie, wenn die Kundschaft gut genug dafür zahlte, auch Treffen mit Minderjährigen sowie mit Schlupfhuren, jenen abenteuerlustigen Frauen aus oftmals besseren Cölner Kreisen, denen es weniger um den Broterwerb als vielmehr um ihr eigenes Amüsement ging.

Gleich an ihrem ersten Tag im Haus Sconevrowe hatte Carolina mitbekommen, wie Frau Sibylla einem Stadtrechner widerwil-

* Schönefrauen
** Dirnen, Hübschlerinnen

lig und leise fluchend eine Anzahl zuvor abgezählter Münzen aushändigte.

Die festen dyrnen huysere* wurden regelmäßig von den städtischen Steuereintreibern aufgesucht und abkassiert, während die verstreut in der Stadt lebenden Huren – zu deren bevorzugten Standplätzen der Domhof, der Heumarkt und die Hafengegend gehörten – ihre Dirnenabgaben bei den Bütteln ablieferten, welche zugleich eine Art Schutzfuntkion für die Frauen übernahmen.

Die städtische Obrigkeit in Cöln hatte sich schon sehr früh die pragmatische Auffassung des Kirchenlehrers Augustinus zu eigen gemacht, welcher in der Prostitution ein unvermeidliches Übel gesehen hatte, das man, um schlimmere Gefahren für das Seelenheil zu vermeiden, in Kauf nehmen müsse. In seinem Werk »De ordine«, »Über die Ordnung der Dinge«, stand ausdrücklich: »Unterdrückt die öffentlichen Dirnen, und die Gewalt der Leidenschaften wird alles über den Haufen werfen.«

So hatte man auch in der Rheinmetropole erkannt, dass die Ventilfunktion der Prostitution – gerade in einer Stadt mit vielen Fremden – unverzichtbar war und sie legalisiert. Darüber hinaus wäre die Einhaltung jeden Verbotes illusorisch gewesen. Eine Kontrolle aller lijchten ind undoechtigen dyrnen** war nahezu unmöglich.

Nach und nach lernte Carolina die Frauen im Haus besser kennen und stellte fest, dass die Aufteilung der Besucher irgendeiner internen Ordnung unterlag.

Bei den Kunden am beliebtesten schien eine namens Grietgen zu sein, deren künstliches Wangenrot und allerlei Farben ihrem Gesicht etwas Maskenhaftes verliehen. Dann gab es noch die dicke Stine, die jederzeit zu Späßen aufgelegt war und mehrfach versuchte, sie mit ihrem derben Humor aufzumuntern. Mehr als zwei, drei Worte hatte Carolina jedoch nur mit einer Bewohnerin von Sconevrowe gewechselt. Sie hieß Even von Phalenze.

»Ich bin ganz früh zur Waise geworden«, erzählte Even der

* Dirnenhäuser
** leichten und untüchtigen Mädchen

Neuen. »Irgendwie habe ich mich eine Weile allein in meiner Heimatstadt Magenza durchgeschlagen. Aber dann haben mich missgünstige Konkurrentinnen denunziert. Ich wurde an den Pranger gestellt, auf dem Schinderkarren durch die Straßen gefahren und schließlich der Stadt verwiesen.«

So war sie, gerade einmal fünfzehn Jahre alt, nach Cöln gekommen, wo sie ihr Glück ebenso wenig hatte finden können wie in der rheinaufwärts gelegenen Bischofsstadt. Das alles lag nun viele Jahre zurück, und Even hatte sich längst mit ihrem Schicksal abgefunden. Dennoch wurde sie nicht müde, Carolina zu warnen und ihr ein ums andere Mal den Ratschlag zu geben, möglichst schnell wieder einen anderen Weg einzuschlagen, denn ein Entkommen aus dem Milieu würde von Tag zu Tag schwieriger für sie werden.

Dass das junge Mädchen aus der Eiffila sozusagen unter Arrest stand, wusste weder Even noch Carolina selbst.

Kapitel XXI

Die Eheleute Grimm hatten ein ausgiebiges klärendes Gespräch geführt, und Florian war es gelungen, Elisabeths Eifersucht weitestgehend zu besänftigen. Auch hatte er seiner Frau von der Amtsenthebung durch das Schöffenkolleg und dem seltsamen Verhalten der Polluxeigner erzählt, woraufhin sie die Suche nach ihrer Verwandten umso dringlicher machte. Sie gab ihm eine Beschreibung ihrer Base, die allerdings nicht allzu genau sein konnte, weil sie selbst sie ja viele Jahre lang nicht gesehen hatte. Doch der Büttel wusste, worauf er zu achten hatte, und er war wild entschlossen, jeden Winkel Cölns nach der dunkelhaarigen Siebzehnjährigen zu durchforsten. Er wusste schon, wo er beginnen musste.

So führte ihn sein Weg an diesem schwülen Sommertag zum Haus der Patrizierfamilie Hardevust. Dicke Wolken hatten sich am Himmel zusammengezogen, Vorboten eines nicht mehr fernen Gewitters. Der Büttel hatte sein rot-weißes Surkot gegen ein schlichtes dunkelblaues Obergewand aus leichtem Leinenstoff getauscht. Es war lange her, dass er sich zuletzt in Zivilkleidung durch die Straßen Cölns bewegt hatte, und er konnte die neugierigen Blicke derjenigen, die ihn kannten, bei jedem Schritt geradezu körperlich spüren. Groß, kräftig gebaut, mit einem starken Kreuz und seinem ansprechenden Äußeren, war Florian Grimm auch ohne Amtstracht eine auffällige Erscheinung. Aber die Tatsache, dass nicht mehr jeder, mit dem er zu tun hatte, ihm mit einem gewissen Maß an Respekt begegnete, drang nur langsam in sein Bewusstsein.

An der Tür des Hardevust'schen Stadthauses prangte ein schwerer Messingring, der in zwei Raubtierköpfen endete. Der Büttel ergriff ihn und klopfte zweimal kräftig an das Holz der Tür. Eine Weile lang war nichts zu hören. Dann näherten sich mühsam schlurfende Schritte, und eine ältere Magd öffnete ihm. Sie erkundigte sich nach seinem Begehren und fügte unaufgefordert hinzu:

»Der junge Herr Goddert ist aber nicht da. Er ist ausgeritten.«

»Vielleicht möchte ich gar nicht mit ihm persönlich sprechen«, sagte Florian Grimm. »Ich benötige nur eine kurze Auskunft, die auch du mir eventuell geben kannst.«

Die Frau blickte interessiert auf und wischte sich die schwieligen Hände an ihrer Schürze ab. Dass ein Fremder, der ans Tor klopfte, ihr so viel Aufmerksamkeit entgegenbrachte, kam nur sehr selten vor.

»Was wünscht Ihr denn für eine Auskunft?«, fragte sie.

»Ich würde gern erfahren, ob dein Dienstherr von seinem letzten Jagdausflug in die Eiffila noch etwas anderes als Wildbret mitgebracht hat. Einen Gast? Ein junges Mädchen vielleicht?«

»Ist sie eine Verwandte von Euch?«, fragte die Magd vorsichtig zurück.

Florian zuckte freudig erregt zusammen. Offensichtlich hatte er den Nagel auf den Kopf getroffen.

»Eine Verwandte meiner Frau. Das Mädchen, das ich suche, ist eine Base meiner Frau. Sie heißt Carolina und hat volles dunkles Haar. Ist sie nun hier oder nicht?« Ungeduldig trat er einen Schritt vor.

»Nicht so hastig, junger Mann«, hielt die Bedienstete des Hauses Hardevust ihn zurück. »Allerdings hat Herr Goddert eine junge Frau, auf die Eure Beschreibung passt, vor einiger Zeit vom Lande mitgebracht. Sie war hier zu Gast«, fügte sie bedeutungsvoll zwinkernd hinzu. »Aber jetzt ist sie weg.«

»Sie ist fort? Wohin? Und seit wann?«

Die Alte verdrehte ihre Augen. »Weg ist weg! Woher soll ich wissen, wo die jetzt steckt.«

»Seit wann hast du sie denn nicht mehr im Haus gesehen?«

»Seit ...«, das Nachdenken schien die Magd einiges an Anstrengung zu kosten. »Schon ein paar Tage nicht mehr«, antwortete sie dann hastig. »Kann ich sonst noch etwas für Euch tun? Vielleicht dem Herrn Goddert etwas ausrichten?«

»Nein. Hab dank für die Auskunft«, sagte der Büttel in seinem liebenswürdigsten Ton und kehrte dem Haus Hardevust den Rücken.

***

»Bevor wir unsere Hände zum Schwur kreuzen und uns an die weitere Besprechung der Pläne zur Papierherstellung begeben«, eröffnete Thilman Overstolz, in dessen Haus in der Rheingasse die übliche kleine Gruppe an diesem Abend im August zusammengekommen war, das Gespräch, »müssen wir uns einem äußerst unangenehmen Thema zuwenden.«

Er richtete seine braunen Augen auf Linhardt vom Spiegel, der ihm gegenüber saß. Dessen glattes, rundes Gesicht nahm, als er merkte, dass es um seine Person ging, einen beklommenen Ausdruck an.

»Linhardt«, fuhr Overstolz ungerührt fort, »du wirst dich morgen mit drei weiteren Gewürzhändlern der Stadt vor dem Hohen Gericht für dein skrupelloses Tun zu verantworten haben. Glaube mir, es hat uns alle hart getroffen zu erfahren, dass du dich auf den Handel mit unverzollten Spezereien eingelassen hast. Ich weiß nicht, wie der Urteilsspruch ausfallen wird, und deine Geschäftspraxen gehen uns im Grunde auch gar nichts an.« Sein Blick ruhte kühl und teilnahmslos auf dem Freund und Mitverschworenen.

»Was mich zutiefst beunruhigt, ist die Tatsache, dass der Schmuggel über die Pollux abgelaufen ist und du davon gewusst hast. Ist dir denn keinen Augenblick in den Sinn gekommen, dass eure Machenschaften auch unsere große Sache gefährden könnten?«

Linhardt vom Spiegel unternahm gar nicht erst den Versuch einer Verteidigung, sondern lehnte sich zurück und legte beide Hände auf seinen kräftig gewölbten Bauch.

»Spätestens als unsere Pläne anfingen, Gestalt anzunehmen, hättest du die schwarzen Geschäfte doch unbedingt stoppen oder zumindest von der Schiffsmühle woandershin verlegen müssen! Ich bin maßlos enttäuscht und denke, den anderen geht es ebenso.«

Vier nickende Köpfe im Raum gaben Overstolz die geforderte Bestätigung, und er setzte seine Ansprache fort.

»Enttäuscht zu sehen, dass du ganz offensichtlich nicht in der Lage bist, unser gewaltiges Projekt ausreichend zu schützen. Wie schon gesagt, die Art, wie du deine persönlichen Geschäfte abwickelst, ist für uns völlig unerheblich, darüber werden die Schöffen und der Greve zu befinden haben, doch die Gefährdung unseres gemeinsamen Geschäftsvorhabens können und wollen wir dir nicht nachsehen.«

Emundt Quattermart, Goddert Hardevust, Ephraim Meir und der Italiener Gilberto Varrone nickten abermals zustimmend. Linhardt vom Spiegel senkte den Kopf, wohl wissend, was nun folgen würde.

»Wir entheben dich hiermit ein für alle Male deiner Beteiligung an der Cölner Papierproduktion. Du hast nie etwas davon gehört oder gesehen und du wirst niemals darüber sprechen. Ich darf dich bitten, uns nun zu verlassen.«

Phlegmatisch erhob sich der Gewürzhändler, ordnete sein mit Goldbrokat besticktes Gewand und sagte, seine Haltung so gut als möglich wahrend: »Ich akzeptiere eure Entscheidung. Was meine Verschwiegenheit anbelangt, so könnt ihr euch selbstverständlich auf mich verlassen.«

Damit verließ er die Runde der Papierverschwörer, welche, kaum dass er den Saal verlassen hatte, ihre rechten Hände zum Eid übereinanderlegten: »Tempora mutantur et nos mutamur in illis!«

Kapitel XXII

In der Curia, dem Gerichtsgebäude auf dem Domhof, hatten sich die fünfundzwanzig Schöffen und Schöffenbrüder – jeder einzelne Vertreter eines der großen Geschlechter Cölns – unter dem Vorsitz des derzeitigen Prefectus urbis, Burggraf Johann von Arenberg, versammelt. Zur Verhandlung stand die Sache Linhardt vom Spiegel, Jacob von Reidt, Goswin von Rodenkirchen und Gisbert Vogeley sowie ihrer Helfershelfer gegen Sifrid von Westerburg, Erzbischof und Kurfürst zu Cöln am Rhein.

»In nomine Sifridus, Coloniensis ecclesiae archiepiscopus et archicancellarius. Datum feria quinto post festum Augustinum anno domini M.CC.LXX.VI. Metropolis civitas Agrippinensium«*, verkündete der Gerichtsbote.

Augenblicklich trat Ruhe im Saal ein, dessen Geräuschkulisse gerade noch an das Summen in einem Bienenstock erinnert hatte.

Der Fall hatte für einiges Aufsehen in der Stadt gesorgt, und so drängten sich die Zuschauer dicht an dicht hinter der brusthohen hölzernen Schranke, die das Hohe Gericht von den Massen abschirmte.

Die anschließende Schilderung der zu verhandelnden Straftat durch den Burggrafen endete mit der Warnung, dass es jedem, der es wagen sollte, Sifrid von Westerburg um seine Einkünfte zu prellen, ebenso oder noch schlimmer ergehen würde wie denen, über welche heute hier im Saale das Urteil gesprochen würde.

Als Erster wurde Blasius Frechen vorgeführt, der Einzige der Handlanger des Schmuggels, dessen man hatte habhaft werden können. Diejenigen, welche ihm die Spezereien zugespielt hatten, gehörten zu den Besatzungen ausländischer Schiffe, von denen momentan keines im Cölner Hafen lag, und sicherlich würden sie sich hüten, jemals wieder auf einem Gewürztransporter die Rheinmetropole anzusteuern, wenn sich der Prozess gegen die Schmuggler erst einmal überregional herumgesprochen hatte.

* Im Namen Sifrids, des Erzbischofs und Kurfürsten zu Köln. Datum: fünf Tage nach dem Fest des heiligen Augustinus (28. August)

Der Müller der Pollux stellte ein Bild des Elends dar: zitternd, mit zerrissener und verdreckter Kleidung, aus der sein weißer Bauch herausquoll, dicke Schweißperlen auf seiner Halbglatze und mit einem Gesichtsausdruck, der pure Resignation widerspiegelte. So stand er in gekrümmter Haltung vor den Schöffen. Außer einigen verkrusteten Narben wies sein Körper keinerlei Spuren von Folter auf, doch hatte er an diesem Tag so starke Leibschmerzen, dass es ihm schwerfiel, sich aufrecht zu halten. Bei der zuvor im Gefängnis erfolgten Befragung hatte er bereitwillig die Namen der Gewürzhändler, die er mit unverzollten Spezereien zu versorgen pflegte, genannt und hoffte nun auf ein gnädiges Urteil.

»Der Müller Blasius Frechen«, verkündete Johann von Arenberg, »wird zum Tode durch das Schwert verurteilt. Diese schnelle Todesart wird ihm als Gnade für seine Kooperation bezüglich der Ergreifung der übrigen am Schmuggel Beteiligten zugestanden. Da sich der Henker unserer Stadt derweil in kleineren Gemeinden des Umlandes aufhält, die über keinen eigenen Scharfrichter verfügen« schloss der Burggraf die Urteilsverkündung, »wird die Vollstreckung des Urteils so lange ausgesetzt, bis dieser nach Cöln zurückgekehrt ist. Der Delinquent verbleibt in Haft im Kunibertsturm.«

Frechen stöhnte laut auf, doch erbarmungslos wurden die beiden Schöffen benannt, die zur Aufsicht an der Hinrichtung teilnehmen sollten, eine Aufgabe, welche turnusmäßig innerhalb des Schöffenkollegs wechselte.

War die Verhandlung bis dahin wenig spektakulär verlaufen, so änderte sich dies schlagartig, als man nun die vier Gewürzhändler hereinführte. Deutliches Murren wurde aus den Reihen der Zuschauer laut, welches wohl weniger der Schwere des von den vier Männern begangenen Verbrechens galt, als vielmehr dem Neid entsprang, den das einfache Volk den Reichen beständig entgegenbrachte.

Für das Hohe Gericht war dies kein leichter Fall. Die Angeklagten gehörten alle zur Cölner Oberschicht, waren überaus vermögend und stammten bis auf Gisbert Vogeley, der sich durch seine Geschäftstüchtigkeit so weit heraufgearbeitet hatte, aus alten, stolzen Familien. Jacob von Reidt hatte gar bis vor wenigen

Tagen noch selbst dem Gremium angehört, vor welchem er sich jetzt zu verantworten hatte.

Mit durchdringender Stimme stellte der Gerichtsdiener die Ruhe wieder her, und Johann von Arenberg begann, die Anklage zu verlesen. Dabei hob er in besonderer Weise die Skrupellosigkeit hervor, die es bedeutete, den Stadtregenten höchstselbst zu betrügen, betonte ferner, dass es sich nicht um ein einmaliges Vergehen gehandelt, sondern dass sich die sträfliche Vorgehensweise über mehrere Jahre hingezogen habe, und forderte schließlich das Hohe Gericht auf, ihn bei der Findung des Strafmaßes zu unterstützen.

Die Herren Gewürzhändler wurden nur kurz befragt. Ihre Beteiligung an den illegalen Schmuggelgeschäften war klar erwiesen, und es ging nur noch darum, sie ein öffentliches Schuldbekenntnis ablegen zu lassen, was sie der Reihe nach taten.

Daraufhin wurden sie zu einer hohen Geldstrafe sowie zu einem Sühnegang verurteilt. Sie würden barfuß und im Bußsack vom Severinstor stadtauswärts nach dem Judenbüchel gehen müssen, um derart die Gnade des Erzbischofs zu erflehen. Der Gang würde natürlich über seine ganze Länge von spottenden Schaulustigen begleitet werden, die sich nicht scheuten, die Verurteilten mit faulem Obst, allerlei Unrat oder gar mit Steinen zu bewerfen.

Wer einmal einer solchen Prozedur unterzogen worden war, hatte in der Stadt für alle Zeiten seine Ehre und sein Gesicht verloren. Auch die Geldstrafe trug dazu bei, die Existenz der Gewürzhändler zu vernichten, denn die Summe war so hoch angesetzt, dass man sie nur als ruinös bezeichnen konnte.

Nun hätte ich eh nicht mehr die Mittel für eine Beteiligung am Papiergeschäft, dachte Linhardt vom Spiegel bei sich. Er hatte das Urteil – wie auch die anderen drei – mit unbewegter Miene entgegengenommen. Für alle stand es ohne jeden Zweifel fest, dass sie Cöln nach Entrichtung ihrer Buße den Rücken kehren würden.

***

Seinen Ermittlungen nach war es unwahrscheinlich, dass Carolina die Stadt Cöln verlassen hatte. Sicherheitshalber hatte Florian

Grimm nicht nur die Torwächter der südlichen Stadtzugänge befragt, von denen die junge Frau einen hätte passieren müssen, um in ihre heimatliche Gemeinde zurückzukehren, sondern die aller Stadttore. Keiner hatte ein Mädchen von Carolinas Äußerem zu Fuß oder auf einem Karren stadtauswärts ziehen sehen.

Er hatte auch erste Erkundigungen in den Wirtshäusern und bei den freien Hübschlerinnen eingezogen. Bisher jedoch ohne Erfolg. Als Nächstes wollte er den Dirnenhäusern einen Besuch abstatten. Im Grunde gab es nur zwei Möglichkeiten: Entweder war Carolina fortgelaufen beziehungsweise vor die Tür gesetzt worden und nun auf sich allein gestellt, oder aber Goddert Hardevust hatte sie irgendwo versteckt. In beiden Fällen, so überlegte der Büttel, war die Chance, sie im Milieu wiederzufinden, nicht gerade gering.

Seines markanten Büttelgewandes entledigt, gestaltete sich die Suche an den bekannten Adressen zu einem wahren Spießrutenlauf. Es war Sonntag, und offiziell war den Dirnen der Stadt am Tag des Herrn kein Kundenbesuch gestattet, aber den attraktiven Büttel ohne Amtsgewalt wollten die meisten der Frauen nicht so einfach seines Weges ziehen lassen. Aufdringlich zupften sie an seinem Gewand, versuchten, ihn mit süßen Worten zu locken, oder warfen sich ihm gar gleich in die Arme. Florian Grimm ignorierte die penetranten Anstrengungen der Dirnen. Er hatte nur ein Ziel vor Augen: Carolina zu finden, bevor ihr etwas Schlimmes wiederfuhr, und sich damit zugleich auch Elisabeth wieder gewogener zu machen.

Im Haus Sconevrowe scheuchte Frau Sibylla ihre Mitstreiterinnen ärgerlich aus seiner Reichweite. Offenbar wollte sie ihn ganz für sich haben und säuselte auch gleich:

»Heute als Privatmann, wie ich sehe. Welch schöne Überraschung! Darf ich daraus schließen, dass Ihr nicht zu einer Eurer Routinekontrollen, sondern zum reinen Vergnügen hier seid?«

Florian wehrte die schmeichlerische Hand der Frau, die sich ihm auf die Brust gelegt hatte, bestimmt ab.

»Du täuschst dich, Sibylla.«

»Da wäre ich mir an Eurer Stelle aber gar nicht so sicher. Ich kann Euch einige Wonnen bereiten, von denen habt Ihr bisher noch nicht einmal zu träumen gewagt.«

»Lass das, Sibylla!« Erneut musste er sich der Zudringlichkeit der Hure erwehren. »Ich bin hier, weil ich jemanden suche, nicht um mich mit dir oder sonst wem zu amüsieren.«

Ein aufmerksamer Ausdruck schlich sich in die Miene der Frau, und ihr eben noch zuckersüß lächelnder Mund verwandelte sich in einen schmalen, geraden Strich. »Du suchst also jemanden? Ein Mädchen, nehme ich an?«

Florian Grimm beschrieb das Wenige, was er über Carolinas Aussehen wusste, und ließ Sibylla dabei nicht aus den Augen. Seine Jahre als Büttel und der tägliche Umgang mit Verbrechern, Spielern und Huren hatten ihn gelehrt zu erkennen, wenn jemand ihn anlog oder etwas vor ihm zu verbergen suchte. Dieses Mal war er sich ganz sicher, auf der richtigen Spur zu sein.

Frau Sibylla wand sich regelrecht unter seinem Blick, so sehr war sie darum bemüht, möglichst gleichgültig zuzuhören. Und ebenso ungeschickt formulierte sie ihre Antwort.

»Das Mädchen hab ich nie gesehen. Was soll an der so Besonderes sein? Wenn Ihr mich nicht mögt, dann kann ich Euch das Grietgen oder meine zarte Even anbieten oder auch die dicke Stine.«

»Sibylla, hör auf, so daherzureden. Du hast sehr wohl verstanden, dass ich nicht nach dem Mädchen suche, um mich mit ihr zu verlustieren. Sie ist eine Verwandte!«

Die ältliche Dirne zuckte zusammen. Diese Information brachte sie in einen Zwiespalt, auf den sie nicht gefasst gewesen war. Auf der einen Seite stand das Wort, welches sie Goddert Hardevust – einem guten Stammkunden – gegeben hatte, auf der anderen die Furcht vor Florian Grimm, der morgen schon wieder in seinem rot-weißen Surkot auftauchen und ihr jede Menge Schwierigkeiten machen konnte. Und wenn es um ein Mitglied seiner Familie ging, dann würde er sicherlich nicht ruhen, bis er das Mädchen gefunden hatte.

Der Büttel beobachtete das innere Ringen der Frau und war erleichtert, als sie ihm endlich bedeutete, ihr zu folgen. Notfalls hätte er sich auch mit Gewalt den Zutritt zu den hinteren Räumen des schäbigen Hauses erzwungen, so sicher war sein Gefühl, dass Carolina sich hier und nirgendwo anders aufhielt.

***

Einige Stunden später saßen Florian und Elisabeth Grimm gemeinsam mit Carolina in der Stube in der Waldemansgasse.

Der Büttel hatte das völlig verstörte Mädchen zunächst nur in der Obhut seiner Gattin gelassen und sich selbst auf einen weiteren Gang durch die Stadt begeben. Elisabeth hatte ihre Base gewaschen, ihr saubere Kleider übergezogen, ihr eine heiße Gemüsesuppe eingeflößt und zwischendurch immer wieder ihre Tränen getrocknet. Um die betrübte Verwandte auf andere Gedanken zu bringen, hatte sie ihr von sich selbst erzählt: von ihrem Mann, der als Büttel in Cöln eine gute Anstellung habe, von ihrem Kennenlernen und der Hochzeit und von Valentin, auf dessen im Schlaf zusammengekringelte Gestalt sie Carolina einen Blick werfen ließ.

Nun saßen sie zu dritt beim schwachen Schein zweier Talglichter, und Carolina begann, zunächst stockend, dann zunehmend flüssiger, ihre Geschichte zu berichten.

»Er war zwar nicht so schön, wie ich mir meinen Prinzen immer vorgestellt hatte ...« – bei diesen Worten hoben sich ihre Mundwinkel zu einem entschuldigenden kleinen Lächeln – »aber er hat mir so galant den Hof gemacht, dass ich der Versuchung, ihm zu folgen, einfach nicht widerstehen konnte. In seinem Haus hier in Cöln – es ist ein wahrhaft prächtiges Haus mit unglaublich vielen Zimmern – verhielt sich Goddert zu Beginn sehr aufmerksam mir gegenüber. Er schenkte mir Schuhe – so ganz zierliche, wie ich sie mir schon lange gewünscht hatte –, seidene Gewänder und einen hübschen Handspiegel.«

Als Carolina sich an das zerbrochene Kleinod erinnerte und an das Donnerwetter, welches es ausgelöst hatte, schossen ihr abermals die Tränen in die Augen. Elisabeth strich ihrer Base beruhigend durch den dunklen Haarschopf, und diese fuhr mit ihrem Bericht fort:

»Ich weiß bis heute nicht, warum Goddert sich so furchtbar aufgeregt hat. Nur weil ich ein bisschen von der Galerie aus dem Gespräch zwischen ihm und diesen anderen Männern gelauscht habe?«

»Welche Männer?«, unterbrach Florian sie wenig einfühlsam. Ihn hatte die vage Idee überfallen, Carolina könne etwas gehört haben, was ihn in seinen Ermittlungen weiterbringen könnte.

»Es waren sechs Männer, Goddert mitgerechnet. Von zweien

habe ich die Namen aufgeschnappt: Emundt und Thilman«, erzählte Carolina unbefangen. »Die Zunamen kenne ich nicht.«

»Die kann ich dir sagen«, erklärte Florian. »Wenn sie wie Freunde im Hause Hardevust verkehren, kann es sich nur um Emundt Quattermart und Thilman Overstolz handeln. Ersterer ein stattlicher Mann mit ergrauendem dichtem Haar und kalten blauen Augen und der andere mit dunklen Augen unter auffällig dicken Brauen?«

»Ja, ja! So sahen die beiden aus. Und dann war da noch ein Ausländer, sehr gut aussehend, mit glattem schwarzem Haar. Alle waren elegant gekleidet und schienen wichtige geschäftliche Dinge zu besprechen.«

»Über was haben sie gesprochen? Versuche, dich zu entsinnen, Carolina!«, drängte der Büttel. »Das, was du aus purem Zufall da oben auf der Galerie mitbekommen hast, könnte von allergrößter Wichtigkeit für einen Fall sein, mit dem ich mich beschäftige.«

Elisabeth warf ihrem ungeduldigen Ehemann einen strafenden Blick zu, doch Carolina hatte tatsächlich einiges von der Unterhaltung der Patrizier verstanden.

»Es ging um eine Mühle auf dem Rhein mit einem Namen, den ich mir nicht gemerkt habe ...«

»Pollux vielleicht?«

»Ja, das könnte sein. Und es ging um irgendeine Neuerung, die sie als ›unsere große Sache‹ bezeichneten. Für mich klang es so, als wollten sie etwas produzieren, was es bisher bei uns noch nicht gibt.«

Der Büttel konnte seine Aufregung kaum zügeln, hielt sich aber nun mit weiteren Zwischenfragen zurück.

»Sie planen, so drückten sie sich aus, die Herstellung von etwas, ›das die Welt verändern wird‹. Sie haben auch gesagt, wie dieses Etwas heißt. Wartet ... Gleich fällt es mir wieder ein.«

Carolina legte die Fingerspitzen beider Hände an ihre Schläfen und dachte angestrengt nach. »Papier!«, rief sie aus. »So lautete das Wort. Ja, ich bin mir sicher, dass es das ist, was diese Patrizier herstellen wollen!«

»Papier also! Das passt«, murmelte Florian Grimm mehr zu sich selbst als an die beiden Frauen gewandt.

Er hatte schon davon gehört, dass man südlich der Alpen dieses neuartige Material zum Beschreiben und zum Verpacken produzierte. Demnach wollten die Cölner also die Ersten sein, die hier im Norden von Europa mit der Papierherstellung begannen. Das Procedere wurde als strenges Geheimnis gehütet, auch das wusste der Büttel. Aber hier passte der Ausländer aus der Runde der Männer, die Carolina belauscht hatte, welcher zweifellos mit dem auf der Pollux gesichteten identisch war, ins Bild.

Je länger Grimm nachdachte, desto besser schienen sich die vielen losen Fäden zu einem einheitlichen Ganzen zusammenzufügen. Auch die seltsamen Ausdrücke, welche die Lehrjungen der Pollux ihm kürzlich genannt hatten, sowie die häufige Anwesenheit des Zimmerers Pechleffel auf der Mühle, ergaben auf einmal einen Sinn.

Ein Papierkomplott, das war es also!

Florian und Elisabeth hörten Carolina weiter zu, bis sie sich auch die Erlebnisse im Haus Sconevrowe von der Seele geredet hatte.

Ganz zum Schluss wandte Carolina sich mit einem flehentlichen Ausdruck im Gesicht an ihre ältere Base: »Sag mir, wie fühlt es sich eigentlich an, wenn man …?«

Elisabeth ergriff die Hände der Jüngeren. »Wenn man was?«

»Wenn man als Frau … naja, du weißt schon, wenn man ein Kind erwartet? Woran merkt man, dass man schwanger ist?« Beschämt senkte sie den Kopf.

Florian stand auf und entfernte sich diskret unter dem Vorwand, den Wassereimer rasch am Brunnen aufzufüllen. Elisabeth streichelte ihrer Base beruhigend über den dunklen Schopf. »Es gibt verschiedene Anzeichen.«

Mit mühsam beherrschter Stimme, denn die erneute Verschärfung der ohnehin schon üblen Situation machte auch ihr zu schaffen, sprach sie auf Carolina ein und stellte ihr einige gezielte Fragen zu ihrem Befinden. Schniefend und immer wieder von Weinkrämpfen unterbrochen, antwortete diese. Bald schien klar zu sein, dass auch das Mädchen aus der Eiffila in gesegneten Umständen war. Aber was für ein Segen! Ein Kind unter dem Herzen zu tragen von einem Mann, der einem so viel Böses angetan hatte!

Elisabeth dachte angestrengt nach.

»Das Ärgste ist es, mit einem Kind allein dazustehen. Als ich bei euch war, erzählte mir deine Mutter von den Hochzeitsplänen mit Lothar, dem Gesellen aus der Werkstatt deines Vaters. Ich habe ihn sogar kurz kennengelernt. Er ist ein netter Kerl und wird dir ein anständiger und treu sorgender Ehemann sein. Du solltest ihn so schnell wie möglich heiraten, dann wird niemand bemerken, dass das erste Kind gar nicht von ihm ist. Ich selbst werde dieses kleine Geheimnis hüten wie meinen Augapfel. Darauf kannst du dich verlassen.«

Dankbar ob so viel Verständnisses nickte Carolina und wischte sich mit dem Ärmel die Tränen vom Gesicht. Dann verabreichte Elisabeth ihrer Base einen Becher voll Mohnsud, damit die überstandenen Schrecken sie nicht noch den dringend benötigten Schlaf kosteten.

Florian trat leise mit dem gefüllten Eimer wieder in die Stube. Er zog den für Gäste vorgesehenen Strohsack hervor, denn die beiden Frauen nutzten inzwischen mit Valentin die Bettstatt.

Er brauchte noch eine gute Weile, bis er seine Gedanken vollständig geordnet hatte. Langsam verfestigte sich in seinem Kopf die Vorstellung, dass die auf dieses gewaltige Geschäftsvorhaben verschworenen Patrizier etwas mit dem Tod seines Freundes Ludwig Titz zu tun haben könnten. Es lag klar auf der Hand, dass sie keine Mitwisser dulden konnten und wollten, dafür war ihr Projekt zu brisant. Wer war alles in die Pläne zur Papierproduktion verstrickt? Emundt Quattermart, Thilman Overstolz und Goddert Hardevust standen fest, und von diesen dreien auf die beiden anderen Eigner der Pollux zu kommen, um so die Anzahl der Männer auf die von Carolina genannte Zahl zu bringen, war ein Leichtes für Florian Grimm. Ihm fiel ein, dass inzwischen einer aus der Runde der Verschwörer ausgeschieden sein dürfte, denn die Verurteilung Linhardts vom Spiegel und der übrigen Gewürzhändler war den ganzen Tag über das Hauptgesprächsthema in der Stadt gewesen.

Papierproduktion zur persönlichen Bereicherung – war es nur das? Oder steckte noch mehr hinter den Plänen der Cölner Patrizier? Wem würden sie schaden, wenn die Produktion der neuen Ware erst einmal angelaufen war? Doch wohl demjenigen, dem bislang der größte Profit an der Pergamentherstellung zufiel – dem Erzbischof!

Es lag auf der Hand, dass das Papier – sollte alles stimmen, was er darüber wusste – zweifellos in kürzester Zeit seinen Siegeszug über den nun gebräuchlichen Beschreibstoff antreten würde. Pergament wurde fast ausschließlich in den Klöstern fabriziert. Florian Grimm entsann sich der ergiebigen Belehrung im Skriptorium des Klosters in der Stolkgasse bei seinem ersten Besuch dort. Also würde die Einführung des Papiers den Patriziern automatisch die Möglichkeit geben, die Macht Sifrid von Westerburgs in einem wichtigen Manufakturzweig zu schmälern. Es schien, als sei der Konflikt zwischen Stadt und kirchlicher Obrigkeit noch lange nicht beigelegt!

***

»Sie ist fort!« Hektische rote Flecken überzogen Goddert Hardevusts Gesicht und Hals.

»Was soll das heißen: Sie ist fort?«, brauste Emundt Quattermart auf. »Sagtest du nicht, du hättest sie in einem sicheren Haus unter Arrest gestellt? Wie konnte sie von dort fortlaufen?«

»Sie ist nicht fortgelaufen!« Händeringend suchte der Jüngere nach passenden Worten zur Erklärung. »Sie wurde ... Sie wurde abgeholt. Oder besser entführt! Ja, sie wurde aus dem Haus Sconevrowe entführt.«

»Du redest wirres Zeug. Wer sollte das Mädchen wohl entführen? Sie kennt niemanden hier in Cöln, hast du mir versichert, und keiner kennt sie.«

»Frau Sibylla sagt, sie hätte es mit allen Mittel zu verhindern versucht. Sie sei gar in Gefahr an Leib und Leben geraten bei der Anstrengung, das Mädchen zu verbergen. Doch es war nicht irgendjemand, der ihre Herausgabe forderte.« Hardevust machte sich vor Angst, das zuzugeben, was er nun zugeben musste, fast die Beinlinge nass.

»Nicht irgendjemand? Du weißt also, wer sie da herausgeholt hat? Sag es mir! Sofort!«, forderte Quattermart.

»Es war ein Verwandter des Mädchens und zudem jemand, den auch wir kennen. Es war ...«

Der drohende Blick seines Gegenübers zwang die Wahrheit aus Hardevust heraus: »Es war der Büttel, dieser Florian Grimm.«

Der ältere Patrizier ließ geräuschvoll den Atem aus seinem kräftigen Brustkorb entweichen. »Florian Grimm«, zischte er. »Dieser filius meretricis*! Und ohne amtliche Befugnisse! Man hat ihn noch nicht wieder in sein Amt eingesetzt, obwohl er im Gewürzhändler-Prozess nicht weiter belastet werden konnte. Ich muss schon sagen, der Mann traut sich was!«

Goddert Hardevust, gleichermaßen erstaunt und erleichtert, dass das erwartete Donnerwetter ausblieb und Emundt Quattermart verhältnismäßig ruhig reagierte, beeilte sich, eine wichtige geschäftliche Angelegenheit vorzuschieben, um sich zu verabschieden.

»Es liegt nun an uns beiden zu entscheiden, was mit dem Mann geschehen soll«, schloss Quattermart.

Er hatte Hardevusts gesamte Beichte, vom Aufenthalt Carolinas in dessen Haus über ihre Lauschaktion und ihre Einlieferung in das Dirnenhaus bis zu ihrer Befreiung durch Florian Grimm, soeben seinem engsten Vertrauten Thilman Overstolz erzählt.

»Mut hat er, dieser Büttel, das muss man ihm lassen«, sagte Overstolz. »Nicht nur, dass er sich in Godderts Haus nach diesem verflixten Mädchen erkundigt hat, sie ausfindig machen und wegschaffen konnte – nein, er war außerdem schon wieder auf der Pollux und hat unsere Mühlenarbeiter befragt.«

»Tatsächlich?«

»Ja, ich erfuhr es vor wenigen Stunden, als ich unten im Hafen zu tun hatte. Ich fürchte, wir können nun überhaupt nicht mehr einschätzen, wie viel dieser Mann weiß und welche Schlüsse er daraus zieht. Ich denke, wir müssen handeln. Stimmst du mir zu?«

»Ich stimme dir zu«, bestätigte Quattermart.

* Hurensohn

Kapitel XXIII

Carolinas Bericht hatte in Florian Grimm einen inneren Aufruhr entfacht, den er kaum noch zu zügeln imstande war. Er spürte, dass er ganz nahe daran war, die Ereignisse, die seit Monaten sein Denken beherrschten, in eine logische Folge zu bringen. Doch er wusste auch, dass er mit seinem neuen Wissen äußerst vorsichtig zu verfahren hatte.

So war ihm Elisabeths Bitte, ihre Base nach Novum Monasterium zu begleiten und sie sicher im Hause Kastenholz abzugeben, sehr gelegen gekommen. Ein, zwei Tage außerhalb der Mauern Cölns würden ihm guttun, und er hätte auf dem Rückweg viele Stunden Zeit, sich seine Vorgehensweise zu überlegen.

Tante Bertha und Onkel Joest hatten sich aufrichtig gefreut, in ihm den Gatten ihrer Nichte kennenzulernen, noch größer jedoch war die Freude über die glückliche Heimkehr der verlorenen Tochter gewesen. Carolina hatte ihn zum Abschied herzlich umarmt und ihm mit den Worten, sie werde niemals in ihrem Leben vergessen, was er für sie getan habe, gedankt.

Florians kurzer Besuch bei Elisabeths Verwandtschaft endete mit einer Einladung an die ganze Familie zu Carolinas Hochzeit, die wie geplant noch vor Einbruch des Winters stattfinden sollte.

Nun hatte er die weithin sichtbare neue Burg der kleinen Eiffilagemeinde im Rücken und schritt kräftig aus. Das Laub der Bäume zeigte schon die ersten kühnen Farben des frühen Herbstes. Der würzige Geruch des letzten hochstehenden Getreides wurde vom schweren, süßen Duft reifer Äpfel, Birnen, Pflaumen und Trauben überlagert.

Florian Grimm genoss die Wanderung durch die zauberhafte Natur, und die Sorgen, die ihn in Cöln erwarteten, rückten in weite Ferne. Ein Gefühl der Sicherheit und Kraft durchströmte ihn und bestärkte ihn in der Gewissheit, dass sich seine beruflichen wie auch die privaten Kümmernisse in Luft auflösen würden, wenn er nur erst wieder genügend Vertrauen in sich selbst setzte. Die Eskapade mit der Witwe Appelsack hing ihm noch immer nach, aber jetzt schaffte er es langsam wieder, die alte Weisheit seiner Mutter, dass man zuerst sich selbst mögen müsse, um von anderen geliebt zu werden, auf sich anzuwenden.

Grimm beschloss, für den Rückweg eine andere als die direkte Route zu wählen, um einen Abstecher nach Reginbach zu machen. Seit Jahren schon hatte er dem Ort seiner Kindheit keinen Besuch mehr abgestattet. Nicht, dass es dort noch Verwandte oder Freunde gegeben hätte, die er wiedersehen wollte, aber es interessierte ihn zu erfahren, wie es dort nach all der Zeit aussah. An seinen Vater hatte er keinerlei Erinnerung, Geschwister gab es keine, und seine Mutter war vor nun fast drei Jahren gestorben. Die Nachricht hatte ihn in Cöln erreicht, kurz bevor Elisabeth mit Valentin niedergekommen war, und es schmerzte ihn immer noch, dass er es damals nicht zu ihrer Beerdigung geschafft hatte.

Aus lichtüberfluteten Feldern führte ihn sein Weg nach einigen Stunden in ein dichtes Waldgebiet, welches bis an die Reihen der niedrigen Häuser Reginbachs heranreichte. Von nennenswerter Größe waren hier nur zwei Bauwerke: die Pfarrkirche St. Martin und die etwa hundert Jahre alte Burg der Herren von Reginbach mit ihrem schlichten, aber mächtigen runden Bergfried.

Florian Grimm lenkte seine Schritte um den Kirchbau herum und auf den dahinter liegenden Friedhof. Bald fand er das Grab seiner Mutter – die wahrlich kein leichtes Leben gehabt hatte –, verharrte eine Weile in Stille und schlenderte dann durch die wenigen Gassen des Ortes. Er sah einem alten Mann zu, der mit seinem Mistkarren unterwegs war und die Abfälle des Tages einsammelte. Er war in bunte Lumpen gehüllt, hatte eine ständig tropfende Hakennase, trübe, blutunterlaufene Augen, und seine Hände waren schmutzig und fettig bis zu den Unterarmen. Bei der Arbeit fluchte er leise vor sich hin.

Den Rufen eines Ablasskrämers folgend, der lauthals seine Litterae indulgentiales* anbot, passierte Grimm einen kleinen Platz. Der wenig vertrauenerweckende junge Mann hatte ein hageres, pockennarbiges Gesicht, und seine vorstehenden Schneidezähne verliehen ihm den Ausdruck eines erschreckten Kaninchens. Dennoch sah die kleine Gruppe der Umstehenden ihn ehrfurchtsvoll

* Indulgenzbriefe, Ablassbriefe

an, wie er da die Verkürzung der Zeit im Fegefeuer und den Erlass geringfügiger Sünden predigte.

Da es bereits dämmerte, suchte Büttel Grimm sich bald darauf einen Heuhaufen etwas außerhalb von Reginbach. Der Himmel wies keinerlei Schauerneigung auf, und die Temperaturen waren auch des Nachts noch so, dass man ohne Bedenken im Freien schlafen konnte. Er verzehrte die üppige Brotmahlzeit, die Tante Bertha ihm mit auf den Weg gegeben hatte, und streckte seine müden Glieder im Heu aus.

Am nächsten Morgen brach Florian Grimm beim ersten Tageslicht auf und setzte seine Wanderung fort. Von den Vorhöhen der Eiffila ging es nun steil bergab ins Rheintal, und gegen Mittag erreichte er die Siedlung Oppidum bonnense.

Der aufstrebende Ort war in den vergangenen Jahrzehnten aus dem Gebiet um das Cassiusstift und einer Marktsiedlung zusammengewachsen und besaß seit 1244 sogar eine rundumlaufende Befestigung, bestehend aus einem Wall, einem hölzernen Palisadenzaun und Toren aus Stein. Die Stiftskirche war unter Propst Gerhard von Are anstelle einer kleinen Märtyrerkapelle errichtet worden, welche die Grabstätte der Heiligen Cassius und Florentius bezeichnete. Diese beiden gehörten wie der Cölner Heilige Gereon zur Thebäischen Legion, jener Einheit christlicher römischer Soldaten, die sich geweigert hatten, dem Kaiser göttliche Ehren zu erweisen.

Oppidum bonnense war längst nicht so dicht bebaut wie die Stadt Cöln – überall zwischen den Gebäuden taten sich Lücken auf für Höfe, Gärten und vor allem für den Weinanbau. Außerdem gab es eine Reihe neuer Ordensniederlassungen: Zisterzienser, Franziskaner und Augustinerinnen lebten in und um das Oppidum bonnense, und immer mehr Glaubensgemeinschaften kamen hinzu.

Florian Grimm lief durch die Händlersiedlung mit ihrem Markt, die sich eines lebhaften Fernhandels mit einer bunten Mischung von Reisenden aus aller Herren Länder erfreute. Er hoffte, ein Schiff zu finden, das ihn flussabwärts bis nach Cöln mitnehmen konnte.

»Habemus papam!«

»Habemus papam!«, machte die Neuigkeit im Hafen die Runde.

Hadrian V. war am 18. August, nur zweiundvierzig Tage nach seiner Wahl und ohne je offiziell als Papst gekrönt worden zu sein, an einem Hitzschlag verstorben. Nun hatte das Konklave in Viterbo nach heftigen Diskussionen einen Mann auf den Stuhl Petri erhoben, der von seiner Ausbildung her noch nicht einmal ein Geistlicher war.

Pedro Julião war der Sohn eines wohlhabenden portugiesischen Arztes und Apothekers. Er hatte in Lissabon und in der Civitas Parisiorum studiert – dort unter anderem bei Albertus Magnus – und sich vor allem in den Fächern Philosophie und Medizin hervorgetan. Er wurde zum Leibarzt von Papst Gregor X. berufen und startete aus dieser Position heraus seine kirchliche Laufbahn. 1273 wurde er zum Erzbischof von Braga im Norden Portugals ernannt, dann zum Kardinal in der südöstlich von Rom gelegenen Stadt Tusculum, und nun, im September Anno Domini 1276, war ihm tatsächlich die höchste Würde der katholischen Kirche zuteil geworden.

»Er ist weder Italiener noch Franzose«, erfuhr Florian Grimm, während er im Hafen von Oppidum bonnense auf ein passendes Schiff wartete.

»Er will sich als Papst Johannes nennen.«

»Schon wieder Johannes? Der Wievielte ist er dann dieses Namens?«

»Der zwanzigste!«

»Ich habe aber gehört, dass er als Johannes XXI. gekrönt wird!«

»Das geht doch nicht. Kann der Mann denn nicht einmal zählen?«

»Einen zwanzigsten Johannes hatten wir doch schon, das war … äh?«

»Hatten wir eben noch nicht! Dabei soll der Neue ein ganz gelehrtes Haus sein. Und dann nicht zählen können! Hahaha!«

»Ist jedenfalls der vierte Papst in diesem Jahreslauf. Siehst du, ich kann zumindest bis vier zählen!«

Der Büttel aus Cöln mischte sich nicht in die Diskussion der Hafenarbeiter ein, sondern ließ sich auf einem Felsblock nieder. Am gegenüberliegenden Ufer erkannte er eine Ansammlung von Häusern auf einem Buele.

Allzu lange brauchte Grimm nicht auf eine Transportmöglichkeit zu warten. Schon bald ergab sich die Gelegenheit, ein rheinabwärts nach Cöln fahrendes Floß zu besteigen. Es bestand aus mindestens tausend fest miteinander verbundenen Baumstämmen und konnte eine Oberlast von noch mal so vielen Baumstämmen aufnehmen. Im Zielhafen würde man nicht nur die Holzladung zum Verkauf anbieten, sondern das komplette Gefährt auseinanderbauen und auch diese Stämme als Bauholz an den Mann bringen.

Die Reise auf einem Floß dauerte zwar deutlich länger als auf einem mit Segeln bestückten Schiff, das die frische Herbstbrise ausnutzen konnte, aber Florian Grimm hatte es nicht eilig, und die Flöße entbehrten mit ihren Hütten und sonstigen Aufbauten keineswegs einer gewissen Bequemlichkeit. So oder so würde er die Stadt, in der er lebte, noch vor dem Schließen der Stadttore erreichen.

Das Floß war noch nicht weit den Rhein hinuntergefahren, als am rechten Ufer in der Nähe der Sieghemündung die Doppelkirche von Schwarzrheindorp in Sicht kam. Auf halber Höhe erkannte Florian eine außen rings um die Kirche laufende Zwerggalerie. Der Cölner Erzbischof Arnold zu Wied hatte sie errichten lassen und hier auch seine letzte Ruhestätte gefunden. In der Doppelkapelle saß beim Gottesdienst üblicherweise die gräfliche Familie oben und das Gesinde unten. Eine Öffnung im Boden der Oberkirche gewährte den Blick auf den Altar der Unterkirche.

Nach einem dicht bewaldeten Uferstück passierten sie die kleineren Ansiedlungen Mondorf, Cassele und Reide. Letztere bestand nur aus einem großen Hof mit einer dazugehörigen Marienkapelle. Die Orte lagen auf einer Niederterrasse des Flusses. Sicherlich haben sie bei jedem Hochwasser mit bösen Überschwemmungen zu kämpfen, dachte Florian.

Das Floß lag ruhig in der sommerlich zähen Strömung des Rheins, und so gesellte sich einer der Flößer bald zu Florian Grimm.

»Ich bin der Walram«, präsentierte er sich und schlug sogleich vor: »Soll ich Euch ein wenig erzählen, was es links und rechts am Ufer so zu sehen gibt?«

Der Büttel nahm das Angebot dankend an und sollte es nicht bereuen, denn der Flößer kannte die Strecke wie seine Westentasche und plauderte im Vorbeifahren über die einzelnen Ortschaften und ihre Besonderheiten.

Auf der linken Rheinseite verlief der Limpat. An diesem kamen nun der Ort Witheich und der weitläufige Frohnhof des Ritters Ludovicus von Urvere in Sichtweite. Dann folgte Weslic, eine weitere Ansammlung einfacher Lehmhäuser, deren Bewohner vor allem von der Treidelschifffahrt lebten. Außerdem dümpelte dort eine Rheinmühle, die das Zisterzienserkloster von Ophoven 1238 als Geschenk von Ludwig von Lülsdorf erhalten hatte. Ihr Anblick ließ den Büttel wieder an die Aufgaben denken, die ihn in Cöln erwarteten.

Kurz darauf, nachdem der Strom eine breite Schleife hinter sich gebracht hatte, wurde er in Höhe Sorethe einer weiteren Schiffsmühle gewahr. Von dieser hatte er bereits gehört. Sie war 1243 dem Ritter Adolf von Bongart und seiner Frau Clementine von den Brüdern des Deutschen Ordens als Gegenleistung für deren Verzicht auf eine Anzahl Güter übergeben worden. Die Ländereien um Sorethe herum, die vor allem durch ihren reichhaltigen Weinanbau auffielen, gehörten, wie Florian Grimm ebenfalls wusste, dem Cölner Stift St. Georg.

Das Floß setzte seine ruhige Fahrt auf dem hier knapp tausend Fuß breiten Strom fort. Am rechten Ufer lag nun Zudendorp, das mit seinen zwei Kirchlein, deren Turmhauben hinter den Bäumen hervorlugten, recht unscheinbar wirkte. Aber der Eindruck täuschte!

Zudendorp war seit der Einführung des Stapelrechts der Hauptwarenumschlagplatz zur Umgehung des Cölner Vorrechts. Den Hafen, in dem die Waren aus- und auf Landfahrzeuge umgeladen wurden, bildete ein Rheinarm, der sich auf natürliche Weise zwischen dem Inselchen Groov und dem Flussufer gebildet hatte. Direkt am Wasser stand ein eigenartig stumpfer Turm – die Zollstation derer von Berg. Der Wehrturm, welcher gleichermaßen zu Wohn- wie Verteidigungszwecken diente, galt mit seinem im dritten Geschoss liegenden und nur über eine Leiter erreichbaren Eingang als uneinnehmbar.

Das Floß umschiffte langsam die Rheininsel Groov. Dichtes

Buschwerk und Weiden wechselten sich flussabwärts an beiden Gestaden mit kleinen Siedlungen ab. In Ruwenkirch wies Flößer Walram den Büttel auf eine einschiffige, dicht am Fluss gelegene Kirche von gedrungener Gestalt hin. Sie war vor vielen Jahren in Gedenken an den heiligen Maternus erbaut worden.

Hier hörte man schon von Ferne das Nahen der Stadt, den emsigen Betrieb des Hafens und den schweren Atem der Arbeit.

***

»Wo immer Menschen tätig sind, Ideen sprießen, reifen; Papier als Mittler hilft geschwind, die Dinge zu ergreifen.«

Thilman Overstolz rezitierte diesen kleinen Vers und gab damit seiner sprühend guten Laune Ausdruck.

»Wir wollen uns heute Gedanken über unser Wasserzeichen machen«, fügte er mit einem raschen Blick in die Runde hinzu. »Dass wir unsere Ware mit einem solchen kennzeichnen wollen, haben wir bereits entschieden, und unser Freund Gilberto hat uns schon erläutert, wie ein Wasserzeichen entsteht. Es wird mit feinem Draht in die Schöpfsiebe eingenäht und drückt sich derart auf jedem einzelnen Bogen Papier als dünnere, durchscheinende Stelle ab. Ich bitte um Vorschläge für unser Cölner Produkt.«

»Ich halte es für wichtig, dass der Herstellungsort im Zeichen deutlich wird«, regte Emundt Quattermart an. »Ich denke da zum Beispiel an das Dreikronensymbol oder an die Buchstabenfolge CCAA.«

»Wie wäre es mit den Wappen unserer Familien?«, schlug Goddert Hardevust vor. »Man könnte die vier Wappen eines jeden von uns in ein Viertel eines neuen gemeinsamen Wappens stellen!«

»Das ist zu kompliziert«, wandte Gilberto Varrone ein. »Man würde bei der Größe, die das Wasserzeichen am Ende hat, keine Details mehr erkennen. Nein, es sollte ein schlichtes, aber aussagekräftiges Zeichen sein.«

»Eine Rheinmühle vielleicht, in stilisierter Form?«, meinte Ephraim Meir.

»Das wäre zwar originell, kommt aber im Papier wahrscheinlich auch nicht deutlich heraus«, lehnte der Italiener abermals ab.

»Also doch drei Kronen?«, fragte Thilman Overstolz. »Oder Sancta Colonia in unverschnörkelten Lettern?«

»Die drei Kronen als Zeichen für die Ruhestätte der Heiligen Drei Könige sind überall klar verständlich«, nickte Quattermart. »Sie sind jedermann als Symbol des berühmtesten Wallfahrtsortes nördlich der Alpen bekannt. Kennt Ihr eigentlich die Geschichte, wie Rainald von Dassel die Gebeine der Heiligen Drei Könige nach Cöln geholt hat?«, fragte er den ausländischen Gast.

»In groben Zügen, ja. Aber ich bin sicher, Ihr könnt sie für mich mit Einzelheiten ausschmücken, die ich noch nicht kenne.«

»Ich werde sie erzählen«, drängte Overstolz sich vor, und Quattermart überließ ihm bereitwillig die Rolle des historischen Berichterstatters.

»Es war im Jahre 1163 nach der Menschwerdung Christi, als Kaiser Friedrich Barbarossa die Stadt Mailand in deiner Heimat belagerte. Die Überreste der Heiligen Drei Könige befanden sich zu dieser Zeit in der Kirche Sankt Eustorgius. Weil sie hochverehrt und angebetet wurden, wollte man sie vor den Belagerern in Sicherheit bringen und überführte sie in ein Frauenkloster der Stadt. Das genaue Versteck kannte nur die Äbtissin dieses Klosters.« Overstolz räusperte sich und fuhr fort:

»Nach einer langen Zeit erbitterten Widerstandes seitens der Mailänder konnte Barbarossa die Stadt schließlich erobern und ließ als Erstes ihren Bürgermeister in den Kerker werfen. Die Äbtissin jedoch, welche als Einzige wusste, wo die kostbaren Reliquien verborgen lagen, war die Schwester des Bürgermeisters. Natürlich wollte sie um alles in der Welt ihren Bruder retten. Also ging sie zu Rainald von Dassel, der als enger Vertrauter Friedrichs an der Belagerung teilgenommen hatte, und machte ihm folgenden Vorschlag: Sorge dafür, dass mein Bruder verschont wird, und ich gebe dir dafür die Gebeine der Heiligen Drei Könige. Die Aussicht auf Erhalt dieses unwahrscheinlichen Schatzes versetzte den guten Cölner Erzbischof in helle Aufregung. Doch wie sollte er bewirken, dass Kaiser Friedrich dem aufmüpfigen Bürgermeister das Leben schenkte? Da kam ihm eine Idee!« Der Patrizier legte eine Kunstpause ein, um die Spannung seiner Geschichte zu steigern. Dann hob er wieder an:

»Er wollte Barbarossa als Dank für seine treuen Dienste während der Belagerung um einen Gefallen bitten, den dieser ihm sicherlich nicht ausschlagen würde. Und er formulierte seine Bitte so: Er wolle nur so viel aus dem besiegten Mailand mitnehmen, wie eine alte Frau auf ihrem Rücken tragen könne! Der Kaiser, erstaunt über die Bescheidenheit seines Vasallen – denn wie viel Gold und Schätze konnte eine alte Frau schon schleppen? –, willigte ein. Und was geschah? Rainald von Dassel packte der Äbtissin ihren eigenen Bruder, den Bürgermeister, auf den Rücken, und so trug sie ihn zur Stadt hinaus. Friedrich Barbarossa fühlte sich zwar überrumpelt, hielt aber Wort, und Rainald von Dassel bekam von der dankbaren Äbtissin das Versteck der Reliquien genannt, die er dann nach Cöln brachte.«

»Trefflich erzählt«, lobte Emundt Quattermart, und Gilberto Varrone rief begeistert aus:

»So habe ich die Geschichte wahrlich noch niemals vernommen! Ich denke, dass das Symbol Eurer Heiligen Drei Könige, deren Gebeine Euer damaliger Erzbischof mit List und Tücke nach Cöln holen konnte, ein sehr passendes Symbol ist für eine Ware, deren Produktion mit nicht minder viel Gerissenheit und Klugheit geplant und begonnen wurde.«

So einigten sich die fünf Männer rasch auf eine schmucklose Version des Dreikronensymbols als Wasserzeichen für die Handelsware »Cölner Papier«.

Kapitel XXIV

Einige Tage nach seiner Rückkehr in die Heimatstadt wurde Florian Grimm vor das Schöffenkolleg zitiert. Nach der Aburteilung der Gewürzhändler und des Polluxmüllers Blasius Frechen hatte es keine weiteren Anhaltspunkte mehr gegeben, die für eine Beteiligung des Büttels an den Schmuggelgeschäften sprachen, und so wurde er ganz offiziell wieder in sein Amt eingesetzt. Grimm glaubte, in den Mienen Emundt Quattermarts und Goddert Hardevusts eine leichte Verärgerung über diese Entwicklung wahrzunehmen, doch hatten auch sie nichts mehr gegen ihn in der Hand.

Die Nachricht kam ihm sehr gelegen, denn für die nächsten Schritte, die er sich bezüglich der Papierherstellungspläne der Patrizier und dem eventuell damit zusammenhängenden Tod seines Freundes Luwig Titz zurechtgelegt hatte, würde ihm das Tragen seines rot-weißen Surkots von großem Nutzen sein.

Nachdem Florian Grimm kurz in der Waldemansgasse vorbeigeschaut hatte, um Elisabeth die Rückgewinnung seiner Amtswürde mitzuteilen und sich umzuziehen, machte er sich auf den Weg zur Werkstatt des Schiffsbauers Daim Pechleffel. Nach allem, was er zuletzt auf der Pollux erfahren hatte, konnte er sich keinesfalls sicher sein, ihn dort auch anzutreffen, aber er hatte Glück.

In der Werkstatt des Schreiners war die Luft schwer von Sägemehl und dem herben Duft frisch geschnittenen Holzes.

»Aha, der Meister Büttel ist wieder im Amt!«, begrüßte ihn der Zimmermann nicht unfreundlich.

Die ganze Stadt hatte natürlich von dem auf ihm lastenden Verdacht erfahren, und er musste damit rechnen, dass es eine Weile dauern konnte, bis man ihm wieder ohne jeglichen Argwohn entgegentrat. Andererseits waren der Respekt, welchen man ihm als Ordnungshüter zollte, und die Furcht, die manch einem das rot-weiße Gewand einflößte, groß genug, dass die Menschen sich hüten würden, ihm ihr Misstrauen offen zu zeigen.

»Der Verdacht gegen mich hat sich als unbegründet erwiesen,

was er ja auch war«, sagte Florian Grimm, um dann sofort auf den Punkt zu kommen. Er sagte Daim Pechleffel auf den Kopf zu, dass dieser von gewissen hohen Bürgern der Stadt mit dem Umbau der Rheinmühle Pollux zu einer Papierproduktionsstätte betraut worden war.

Der Zimmerer ließ das Vierkantholz, welches er gerade bearbeitete, fallen und wurde melatenblass.

»Ihr wisst davon?«, stammelte er ungläubig und zutiefst verwirrt: »Wie könnt Ihr von diesen Plänen wissen? Alles ist doch noch streng geheim.«

Der Büttel atmete erleichtert auf, froh, dass sein überraschender Frontalangriff sofort den gewünschten Effekt gehabt hatte und er nicht mühsam die Wahrheit aus dem Handwerker herauskitzeln musste.

»Es spielt keine Rolle, woher ich von dem Vorhaben weiß. Wichtig ist nur, dass sich mein Verdacht nun bestätigt hat.«

»Ihr hattet nur eine Vermutung?« Pechleffel stöhnte verzweifelt auf. »Und ich Blödian …!« Er schlug sich mit der flachen Hand vor die Stirn, dass die roten Locken wippten.

»Es war mehr als eine bloße Vermutung«, gab der Büttel zu. »Ich nehme an, die Herren Overstolz, Quattermart et cetera bezahlen dich gut?«

»Ihr wisst auch, wer hinter diesen Plänen steckt?«

»Ich weiß genug. Aber ehrlich gesagt geht es mir vordergründig nicht darum, dieses Papierkomplott zu enttarnen. Ich bin vielmehr immer noch auf der Suche nach dem Mörder des Müllers Titz.«

»Mörder? Wieso Mörder? Ich dachte, der wäre unglücklich gestürzt und hätte sich dabei das Genick gebrochen.«

»Dass es so nicht war, steht mittlerweile fest«, setzte Florian Grimm an und erzählte dem Zimmerer, den er seit Jahren als kreuzehrlichen und braven Mann kannte, seine Version der Geschehnisse. »Hältst du das für möglich?«, endete er.

Daim Pechleffel musste nur kurz überlegen. »Wenn man bedenkt, wie sehr die Patrizier auf die Geheimhaltung ihres Projektes bedacht sind – ich musste mich mit einer höchst seltsamen Schwurformel zu Stillschweigen verpflichten –, ja, dann ist es durchaus denkbar, dass sie ihre Pläne mit allen Mitteln schützen und auch vor Gewalttaten nicht zurückschrecken. Aber das wäre ja furchtbar!« Erst jetzt wurde dem Zimmermann die ganze Tragweite der logischen, von Grimm aufgezeigten Zusammenhänge klar.

»Wenn jemand dich fragt: Du hast mich seit vielen Wochen weder gesehen noch mit mir gesprochen«, schärfte Florian Grimm dem erschütterten Handwerker ein. »Sonst bringst du dich womöglich noch selbst in Gefahr.«

***

»Die halbe Stadt war dabei!«, berichtete Christina Appelsack aufgeregt. »Vom Kunibertsturm aus ging die Prozession zur neuen Bischofskirche hinüber und dann zum Blauen Stein auf dem Domhof.«

Elisabeth hörte wenig interessiert zu. Sie selbst ging niemals zu den öffentlichen Hinrichtungen, die für weite Teile der Bevölkerung eine spannende Unterbrechung ihres Alltags darstellten.

»Dreimal hat man den Müller hart an den Basaltblock mit dem eingemeißelten Wappen des Erzbischofs gestoßen, und dabei hat der Henker gesagt: ›Wir stüssen dich an den Blauen Stein. Du küß dinger Vader un Moder nit mie heim!‹ Gezittert hat der Lump, wie Espenlaub!«

Die Witwe schien sich beim Erzählen des Erlebten ein zweites Mal prächtig zu amüsieren.

»Dann zogen wir weiter: der Greve hoch zu Ross, zwei Schöffen ebenfalls, der Gerichtsdiener und der Scharfrichter ganz in Rot, begleitet von einem Cum gladio, der sein Richtschwert trug. Es ist noch ganz neu. Er hat es erst vor Kurzem in einer Schmiede auf dem Lande, wo er dienstlich zu tun hatte, erworben«, wusste Frau Appelsack außerdem. »Und natürlich der schlotternde Kerl auf dem schwarzen Henkerkarren.«

»Mir tun die verurteilten Kreaturen leid«, seufzte Elisabeth. »Sind doch Menschen wie du und ich.«

»Papperlapapp! Hör lieber weiter zu: Dann ging es zum Severinstor hinaus und weiter zum Velt auf dem Judenbüchel. Die Stimmung war hervorragend! Die ganze Strecke lang wurde laut gejubelt und gejohlt. Ein tolles Spektakel! Auf dem mit einem schwarzen Tuch bedeckten Henkersgerüst stand schon der Sarg bereit und wartete auf den Leichnam. Als dieser Verbrecher – Blasius Frechen hieß er, glaub ich – das sah, brach er vollends zusammen. Wir haben uns die Bäuche gehalten vor Lachen!«

»Das ist ja alles sehr aufregend, aber ich muss nun …«, versuchte Elisabeth ihre Nachbarin zu unterbrechen, doch die fuhr in munterem Plauderton fort:

»Der Gerichtsdiener hat ihm dann die Augen verbunden, und er wurde vor dem Henker in die Knie gezwungen. Mit einem überaus geschickten Hieb hat er dem Verurteilten den Kopf auf einen Streich abgetrennt. Eine wahre Meisterleistung, sage ich dir, und der Beifall der Menge belohnte seine sichere Hand und kühne Kraft. Die Hinrichtung mit dem Schwert ist nämlich gar nicht so einfach, wie es immer aussieht«, belehrte Witwe Appelsack ihre junge Nachbarin, die sich immer noch vergeblich bemühte, der schaurigen Detailbeschreibung zu entrinnen.

»Man muss nicht nur über erhebliche körperliche Kräfte verfügen, sondern auch über ein sehr präzises Augenmaß, um den Kopf freihändig genau zwischen zwei Halswirbeln hindurch glatt vom Rumpf zu trennen. Wenn es gut gemacht ist, dann sprudelt das Blut in einem einzigen dicken Schwall heraus, und spritzt nicht in alle Richtungen. Aber dieses Mal konnten wir nicht klagen. Hat er wirklich prima gemacht, unser Henker! Auf dem Rückweg bin ich dann noch mit meiner Freundin Trude ›Zum Wilden Mann‹ auf zwei, drei Becher Soore Hungk eingekehrt.«

Endlich schien die Berichterstattung beendet, und Elisabeth schlüpfte, »Einen guten Abend noch« murmelnd, an der Witwe vorbei ins Haus und die Stiege hoch.

Kapitel XXV

Mitten in der Nacht schreckte Elisabeth aus dem Schlaf hoch.

Aufspritzendes Blut und eine grölende Menschenmenge waren die letzten Bilder, die sie aus ihrem Alptraum vor Augen hatte. Doch was sie am ganzen Körper erbeben ließ, war die Tatsache, dass der Kopf, der eben in ihrem Traum vom Leib abgetrennt über den steinigen Boden gekullert war, deutlich die Gesichtszüge ihres Mannes getragen hatte.

»Florian?«, flüsterte sie in die Dunkelheit hinein und tastete nach dem vertrauten Körper. Doch sie bekam nur die kleinen Ärmchen und Beinchen Valentins zu fassen.

Wie spät mag es wohl sein?, überlegte sie und versuchte, sich mit dem Gedanken zu beruhigen, dass ihr Gatte aufgrund seiner unfreiwilligen Ausfallzeit sicherlich viel zu tun haben würde. Sie mochte weder daran denken, dass ihm etwas zugestoßen sein könnte, noch daran, dass sich ihre eifersüchtige Sorge vom Frühsommer bestätigen könnte.

Noch hatte sich die alte blinde Vertrautheit nicht wieder vollständig eingestellt, aber sie hatten sich doch weitestgehend wieder zusammengerauft, und der Rest würde schon auch zurückkehren, denn im Grunde liebte sie ihren Florian so aufrichtig, wie sie spürte, von ihm geliebt zu werden.

Bei der nächsten günstigen Gelegenheit wollte sie ihm von ihrer neuen Schwangerschaft erzählen, nahm sie sich vor. Dann übermannte sie erneut der Schlaf.

Am Alten Ufer, einem für gewöhnlich eher ruhigen Abschnitt der Rheinseite Cölns, hatte sich eine riesige Menschenmenge gebildet.

»Was ist denn hier los?«, rief einer aufgeregt. »Do sin ja mih Minsche als Flüh op nem dreckelije Hungsveh!«, stellte ein anderer fest.

Über den Limpat aus beiden Richtungen sowie durch die nächstgelegenen Sträßchen, die Waldemans- und die Goldgasse, strömten immer noch mehr Leute hinzu. Unzusammenhängende Rufe machten die Runde.

»Der Kerl ist ertrunken!«

»Wor woll stänejedrissevoll!«

»Dä lääv ald noch!«

»Stuss! Dat es en duud lichnam*!«

»Aus dem Weg! Macht Platz für den Pfarrer!«

»Wä is hä dann?«

»Wat is dann do jebacke?«

»Den kenn ich …« »Das ist doch der Büttel!«

»Dä Büddel, enä! Dä drägt ruut-wieß!«

»Sieht aber gerade so aus wie der Büttel, und der wohnt, glaub ich, auch hier um die Ecke!«

Gerade als die letzten Äußerungen laut wurden, kam Elisabeth mit Valentin an der Hand in die Gasse hinunter. Sie war nach der nur leidlichen Nachtruhe später als sonst aufgestanden und wollte nun nachsehen, was der Tumult in unmittelbarer Nähe ihrer Wohnung zu bedeuten hatte. Aus den hintersten Reihen der Neugierigen erhielt sie auf ihre zaghaften Fragen nur Antworten, die sie noch mehr verwirrten.

»Man weiß noch nicht, wer das ist, aber tot ist er!«

»Soll in der Nacht im Rhein ertrunken sein!«

»Ein noch recht junger Mann, groß und stark – dunkles Haar!«

»Du bist doch die Frau vom Büttel, oder? He, lasst doch die Frau mal vor!«

Eiskalte Angst ergriff von Elisabeth Besitz. Die Bilder aus ihrem schrecklichen Traum tauchten wieder auf, und sie merkte, wie die Übelkeit, die sie seit vielen Tagen nicht mehr verspürt hatte, sie in heftigster Form erneut übermannte. Verzweifelt versuchte sie, sich bis ins Zentrum der Menschenmenge vorzuarbeiten und gleichzeitig ihren kleinen Jungen nicht im Gewühl zu verlieren. Doch als sie es schließlich unter Einsatz von Schultern und Ellenbogen geschafft hatte, wurde der Mann, den ein Fischer im Morgengrauen am Ufer gefunden hatte, gerade abtransportiert.

»Hee is nix mi loss. Kumm, lommer jon!«, nuschelte der zahnlose Mund einer alten Frau direkt neben Elisabeth.

Diese konnte eben noch einen Blick auf den kräftigen Körper, den man mit einem dunklen Tuch abgedeckt hatte, und eine dar-

* Toter

unter hervorlugende schlaffe Männerhand erhaschen, dann wurde ihr schwarz vor Augen, die Knie gaben nach, und sie fiel ohnmächtig zu Boden.

Als Elisabeth die Augen aufschlug, nahm sie verschwommen mehrere Gestalten um sich herum wahr.

»Sie ist erwacht!«, hörte sie gleich darauf die Stimme von Christina Appelsack wie aus weiter Ferne.

Das folgende aufgeregte Getuschel wurde von einer selbstbewussten männlichen Stimme übertönt: »Dann wollen wir meine Lieblinge mal wieder einsammeln!«

Der Bader, den man zu Hilfe gerufen hatte, strahlte aufgeblasenes Selbstbewusstsein aus. Seine Nase ragte in die Luft wie ein Schnabel, und sein Gesicht glänzte ölig. Er trat an die Bettstatt in Frau Appelsacks Stube, auf der Elisabeth bleich und immer noch zittrig lag, ergriff ihren rechten Arm und löste nacheinander die durch Saugnäpfe festklebenden Blutegel, mit denen er die Frau zur Ader gelassen hatte, von ihrer Haut.

»Derartige Ohnmachtsanfälle kommen bei seelischen Verstimmungen von Frauen häufig vor«, erläuterte der Bader den vier Frauen, die um das Krankenlager herumstanden.

Eine der Nachbarinnen hielt Valentin auf dem Arm, auf dessen staubigem, kleinem Gesicht die in der letzten Stunde geflossenen Tränen helle Furchen hinterlassen hatten.

»Das Setzen von Schröpfköpfen oder Blutegeln wirkt, wie ihr seht, zuverlässig und rasch.« Geschickt pickte der medizinische Helfer auch die letzten der dunklen, länglich-ovalen und sich an beiden Enden verjüngenden Würmer von Elisabeths Arm.

»Nun seid so gut und reicht mir bitte nochmals den Rosmarinbalsam«, sagte er zu den Frauen gewandt.

Irgendjemand hatte Elisabeth das Mieder gelockert, und der Bader begann nun, ihren Hals und ihren Ausschnitt mit der würzigen Paste einzureiben.

»Was ist geschehen?«, fragte Elisabeth matt.

»Ein kleiner Schwächeanfall«, klärte der fremde Mann sie auf. »Nicht weiter dramatisch und in Eurem Zustand völlig normal. Wie weit sind wir denn schon? Im vierten, fünften Monat?«

Elisabeth schloss die Augen und drehte schnell den Kopf zur

Wandseite des Bettes, denn sie spürte, wie ihre Augen sich mit heißen Tränen füllten. Plötzlich war alles wieder da: die Unruhe in der Nacht, Florians Ausbleiben, die aufgebrachten Menschen am Alten Ufer, die Rufe »Es ist der Büttel!« und dann ihr Zusammenbruch! Die Frage nach ihrer Schwangerschaft war nun endgültig zu viel für sie. Wie sollte sie denn zwei Kinder ohne Mann durchbringen? Außerdem hatte sie nun keine Gelegenheit mehr gehabt, Florian von dem neuen Kindersegen zu erzählen und sich auch wieder vollständig mit ihm zu vertragen. War das Gottes Strafe für ihr Misstrauen?

»Ich gebe Euch nun noch etwas Theriak, die Himmelsarznei, und dann wird erst einmal geschlafen«, vernahm sie die zuversichtliche Stimme des Baders an ihrer Seite.

Im Handumdrehen hatte er ihren Kopf gewendet und angehoben und flößte ihr nun einen bitteren Trunk ein. Im Wegdämmern hörte Elisabeth noch das Gemurmel der Anwesenden, dann schwanden ihr erneut die Sinne.

***

Der Patrizier Overstolz, einer seiner Söhne, der zukünftig als Mitverantwortlicher im neuen Betrieb arbeiten sollte, und der Italiener Varrone betraten die Werkstatt des Zimmerers.

»He da, Meister Pechleffel!«, rief Thilman Overstolz ins Halbdunkel des mit Hölzern aller Art und kleinen Hügeln von Sägespänen gefüllten Raumes.

»Stets zu Euren Diensten«, meldete sich der Gesuchte, dessen roter Haarschopf hinter einem Werkstück auftauchte. Unmerklich war er beim Klang der Stimme, die er in letzter Zeit so oft hörte, zusammengezuckt.

»Wir kommen wegen des Löcherbaums, den du bis heute fertigstellen solltest. Zeig ihn uns, damit wir prüfen können, ob du ihn unseren Anweisungen gemäß gebaut hast. Oder bist du noch nicht so weit?«

»Doch, er ist fertig. Bitte folgt mir.«

Daim Pechleffel führte die wie immer kostbar gekleideten Herren in den hintersten Teil seines Reichs. »Ich bewahre ihn hier im letzten Winkel auf, um mir unnötige Fragen zu ersparen«, erklärte der Rotschopf.

»Da tust du Recht dran«, lobte Overstolz.

Sie erreichten das hölzerne Gebilde. Es war mit fünf großen Hohlräumen versehen, in die bei Betrieb der Papiermühle je drei Hämmer fallen sollten. Der Löcherbaum war als Kernstück des Stampfwerks ein wichtiger Bestandteil der neuen Mühle; hier wurden die Lumpen und Stoffe zum Faserbrei zermalmt, der den Grundstoff des Papiers bildete.

Varrone musterte den Löcherbaum mit Kennerblick, befand ihn schließlich für gelungen, und der Zimmermann freute sich über die Anerkennung in Worten und barer Münze. Nur kurz durchzuckte ihn ein Anflug von schlechtem Gewissen, als er an das Gespräch mit Florian Grimm zurückdachte.

»Die Rahmen für die Siebe hast du weitergegeben, nehme ich an?«, fragte Thilman Overstolz.

»Gewiss, schon vor drei Tagen«, bestätigte Pechleffel eifrig.

»Und wie geht die Arbeit am Ponton voran?«, erkundigte sich der Patrizier weiter.

»Ich nehme mir täglich etwas Zeit für den Weiterbau, aber es wird noch dauern, weil ich dazu ja jedes Mal nach Duyts übersetzen muss.«

Die Fertigung eines weiteren Pontons, welcher an die dreiteilige Pollux angegliedert werden sollte, konnte der Handwerker aus Gründen der Geheimhaltung nicht in seiner mitten im Hafenviertel gelegenen Werkstatt vornehmen. Man hatte ihm deshalb eine ruhige Stelle am anderen Rheinufer zugewiesen, an der er ungestört hantieren konnte. Der Ponton sollte vollständig von einem flachen Holzaufbau bedeckt werden und nach Fertigstellung der Papiermühle als Trockenraum dienen.

Varrone und Overstolz verabschiedeten sich und gingen nur einige Schritte weiter, wo sie einen anderen von ihnen beauftragten Meister aufsuchten. Es war der Drahtzieher Christoph Rotstock, der von Daim Pechleffel die Holzrahmen für die Schöpfsiebe erhalten hatte. Wie dieser, so war auch der Meister der Drahtkunst bereits in einzelne Schritte des Planes eingeweiht und vereidigt worden.

»Meister Rotstock, wie steht es um unsere Siebe?«, kam Overstolz gleich zur Sache.

»Gott zum Gruße! Die hohen Herren werden zufrieden sein. Seht her!«

Rotstock nahm eines der fertigen Siebe und hielt es gegen das Licht, das durch die Tür seiner Werkstatt fiel.

»Drei Kronen, ganz wie gewünscht und in feinster Detailtreue auf die Drahtfläche aufgenäht.«

Varrone griff nach dem Sieb, klopfte erst sanft, dann kräftiger mit der Faust darauf, schlug es gegen seinen Oberschenkel und ließ zum Schluss noch seine Fingerspitzen über das Wasserzeichen gleiten.

»Phantastisch! Wahrlich, ich möchte fast sagen, ein perfekteres Schöpfsieb ist mir noch nie untergekommen.«

Meister Rotstock nahm das Kompliment mit einem leichten Neigen seines Kopfes in Empfang.

»Ich sagte doch, dass wir hier in Cöln über ganz hervorragende Fachleute für alle Bereiche verfügen«, freute sich auch Thilman Overstolz. »Lasst uns auch noch den Meister Schmied vor dem Hahnentor aufsuchen, um zu schauen, wie er mit den Hämmern vorankommt.«

***

Auf der Pollux hatten die drei verbliebenen Mühlenarbeiter alle Hände voll zu tun. Die ersten Herbstregen hatten den Pegel des Rheins nach einem sehr trockenen Sommer wieder anschwellen lassen, und das mächtige Mühlrad wurde nun kräftig und in schwungvollem Rhythmus von den Fluten des Stroms angetrieben.

Es galt an diesem Tag, eine umfangreiche Fuhre Gerste zu mahlen, was einen viel größeren Aufwand bedeutete, als es bei anderen Getreidearten der Fall war. Die bespelzten Sorten, Gerste und Dinkel, erforderten nämlich einen zusätzlichen, dem eigentlichen Mahlprozess vorgeschalteten Arbeitsschritt: Das Korn musste von den Spelzen, den Getreidehülsen, getrennt werden. Dies geschah in einem gesonderten Mahldurchlauf, welcher bei höher gestelltem Läuferstein durchgeführt wurde. Um eine optimale Trennung des Mehlkorns von der Schale zu erreichen, musste das Getreide außerdem einen bestimmten Feuchtigkeitsgrad aufweisen.

So waren Martin und Gabriel eifrig damit beschäftigt, die Gerste mit Wasser zu benetzen, während Friedrich Unckel den Mahlvorgang beaufsichtigte. Er blickte vom festliegenden Bodenstein zum Läuferstein, der sich in Rotation befand. Das Regulieren des Läufers durch Heben und Senken, damit der Abstand zwischen den beiden Steinen möglichst präzise ausfiel, war keine leichte Sache und wirkte sich erheblich auf die Qualität des Mehls aus. Je geringer der Abstand, desto feiner das Mehl! Durch das große Loch in der Mitte des Läufersteins lief das Korn ein und wurde sogleich laut knirschend zerkleinert.

Was die Arbeit auf der Pollux und den übrigen Rheinmühlen derzeit zusätzlich verlangsamte, war die Tatsache, dass die Müller und ihre Gehilfen von oberster Stelle angewiesen worden waren, alles eingelieferte Korn genauestens nach dem giftigen Getreidepilz abzusuchen. Das, was der Büttel mit Hilfe des Gelehrten Albertus Magnus über das Mutterkorn herausgefunden und dem Schöffenkolleg berichtet hatte, war ausschlaggebend gewesen für die Einsetzung eines städtischen Kontrolleurs mit der Spezialaufgabe, die Vorgehensweise auf den Schiffsmühlen ständig zu inspizieren und im Auge zu behalten.

Zur Sext ordnete Friedrich Unckel eine Pause an, und die drei Polluxarbeiter traten mit ihrer Brotzeit auf das Plankendeck hinaus. Die Sonne machte gerade einen kläglichen Versuch, die dicke Wolkendecke zu durchbrechen, scheiterte aber letztendlich. Zumindest regnete es nicht.

»Wie lange wollen die uns eigentlich noch zu dritt hier draußen schuften lassen?«, schimpfte Gabriel und hustete dabei erst mal eine ordentliche Ladung Mehlstaub aus.

»Bald seid ihr gar nur noch zu zweit«, erinnerte ihn Unckel. »Die Reparaturarbeiten an der Hilger sind fast abgeschlossen, und dann kehre ich natürlich auf meinen alten Posten zurück. Spätestens wenn es so weit ist, werden sich die Eigner ja wohl nach Ersatz für Titz und Frechen umsehen müssen.«

»Das will ich meinen«, sagte Gabriel und biss kräftig von seiner Brotscheibe ab. Kauend fügte er hinzu: »Wir beide haben ja noch keinerlei Befugnisse zum Führen einer Mühle. Obwohl ich durchaus schon mit dem Beschreiben unserer Tafel klarkäme.«

»Echt?«, fragte Martin staunend.

»Ist doch ganz einfach: ein R für Roggen, ein W für Weizen,

ein G für Gerste und ein H für Hafer, dazu das Gewicht der Säcke. Und natürlich die Namen der Kunden. Das ist zugegebenermaßen ein bisschen schwieriger.«

»Das fällt auch mir immer schwer«, gab der Mühlenknecht und derzeit unfreiwillige Verantwortliche auf der Pollux zu. »Vergiss nicht die Kürzel für die Art des Mahlgastes.«

»Ach ja, richtig!«, fiel es Gabriel wieder ein. »Da gibt es das B für Backhaus, das H für Privathaushalt, K für Kirche, P für Pister und W wie Wirtshaus.«

»Gut«, lobte Unckel den pfiffigen Lehrburschen, »Kl für Kloster und Sp für Spital hast du noch vergessen. Aber es stimmt, du weißt wirklich schon gut Bescheid.«

»Toll«, meinte Martin nur, während er sich über seine dritte Scheibe Brot hermachte. »Kannst du nicht hier bei uns auf der Mühle bleiben, Friedrich?«, fragte er nach einer Weile stillen Kaugenusses.

»Ich habe nicht den Eindruck, dass die Herren Patrizier, denen die Pollux gehört, beabsichtigen, mich zum Müller zu befördern. Sonst hätten sie mir ein derartiges Angebot wohl längst unterbreitet. Es ist gerade so, als ob ihnen der Mühlenbetrieb völlig egal geworden wäre!«

»Einerseits«, überlegte Gabriel laut, »einerseits habe auch ich beobachtet, dass sie sich überhaupt nicht mehr für unsere Mahlleistung zu interessieren scheinen, andererseits taucht fast täglich mindestens einer von ihnen hier auf. Was hat das nur zu bedeuten? Ob das irgendwie noch mit diesem Spezereienschmuggel zusammenhängt?«

»Wo du davon anfängst ... Ich habe ja ganz vergessen, euch zu erzählen, was ich vor einiger Zeit in der Stadt erfahren habe, als ich abends auf ein Gruit und ein Spielchen im Haxenhaus war.« Friedrich Unckel wuchtete seine massige Gestalt in eine bequemere Sitzposition.

»Der Prozess gegen die Schmuggler hat nämlich stattgefunden«, begann er zu berichten. »Den Frechen hat man zum Tod durch das Schwert verurteilt. Der dürfte mittlerweile wohl schon im Fegefeuer, wenn nicht gar in der Hölle braten. Und die Gewürzhändler – vier an der Zahl sollen es gewesen sein – hat man zu hohen Geldstrafen und einem Bußgang verurteilt. Die werden in Cöln zukünftig nicht mehr viel zu melden haben. Es war übrigens auch einer der Polluxeigner unter ihnen.«

»Was?«, riefen die beiden Jungen wie aus einem Munde.

»Der Herr vom Spiegel, der war bei diesen schmutzigen Geschäften mit von der Partie.«

»Und ist der jetzt noch Mühlenerbe, oder wer bekommt seine Anteile an der Pollux?«

»Das weiß ich doch nicht«, sagte Unckel. »Vielleicht ist er nach wie vor an der Schiffsmühle beteiligt, vielleicht hat er aber auch seine Anteile verkaufen müssen, um die Geldbuße zu entrichten. Soll ziemlich hoch gewesen sein, erzählt man sich.«

»Bei uns werden es wirklich auf allen Seiten immer weniger – wie in einer richtigen Schlacht«, stöhnte Gabriel. »Wer weiß, vielleicht wollen die anderen Anteilseigner ja gar keine Getreidemühle mehr und stellen den Betrieb auf der Pollux ganz ein.«

»Quatsch«, meinte der Vorarbeiter. »So 'ne Mühle wirft doch einen enormen Gewinn ab. Wieso sollten die Erben sie stilllegen wollen?«

»Um eines noch besseren Geschäftes willen zum Beispiel«, überlegte Gabriel laut.

Die Ungewissheit, wie es in Zukunft mit dem letzten Mühlenschiff der Underrey weitergehen sollte, beschäftigte die drei noch eine Weile, bevor sie halb zerstreut, halb aufgebracht wieder an ihre Arbeit zurückgingen.

***

Ungewissheit quälte auch Elisabeth.

Nach einem hypnoseähnlichen Tiefschlaf war sie erwacht und hatte sich kräftig genug gefühlt, um mit Valentin in ihre eigene Stube zurückzukehren. Von Florian fehlte nach wie vor jegliches Lebenszeichen. Sollte es tatsächlich sein Körper gewesen sein, den man am frühen Morgen aus dem Rhein gezogen hatte? Wo hatte man den Leichnam hingebracht? Wen konnte sie fragen, um Gewissheit zu erlangen?

Kapitel XXVI

»Unser Mann scheint gute Arbeit geleistet zu haben«, sagte Thilman Overstolz. »Er war eben bei mir und hat berichtet, wie er sich des Störfaktors entledigt hat.«

»Hoffentlich ohne Spuren zu hinterlassen, die in unsere Richtung deuten könnten«, meinte Emundt Quattermart skeptisch.

»Davon dürfen wir getrost ausgehen. Er hat so sauber gearbeitet wie beim ersten Mal, und da hat wirklich niemand an etwas anderes als an einen Unfall gedacht. Ich habe ihm die vereinbarte Summe ausgehändigt. Er hat die Stadt bereits verlassen.«

»Wohin?«

»Er hat sich auf einem Weinschiff nach England eingeschifft und wird Cöln nie wieder betreten. Von dieser Seite droht unserer Sache also keine Gefahr mehr.«

»Das ist beruhigend.« Quattermart nickte versonnen. »Zu viel Unerwartetes ist in den letzten Wochen und Monaten geschehen. Zuerst die Geschichte mit dem sturen Müller, dann diese Getreideverseuchung und die Schmuggelaffäre, in die ausgerechnet unsere Mühle verwickelt war. Lasst uns hoffen, dass wir unser Projekt nun endlich in Ruhe starten können.«

»Noch etwa einen Monat, und der Umbau der Pollux wird abgeschlossen sein«, erwiderte Overstolz. »Dann können wir sofort mit der Papierproduktion beginnen, und binnen Jahresfrist, das garantiere ich dir, wird dieses Geschäft uns so stark gemacht haben, dass wir Cölner Bürger endgültig unsere Freiheit von der Macht des Erzbischofs erlangen werden.«

»Das ist schließlich unser Hauptziel«, bestätigte Emundt Quattermart.

***

Eine innere Unruhe, die sich bis zur Verzweiflung gesteigert hatte, trieb Elisabeth am folgenden Tag aus dem Haus. Durch einige gezielte Fragen in der Nachbarschaft erfuhr sie bald, wohin man die Leiche aus dem Rhein gebracht hatte.

Nun war sie auf dem Weg nach St. Kunibert, der Pfarrei, die den Mittelpunkt des Niederichs bildete und zu deren Sprengel die ganze Gegend um das Alte Ufer herum gehörte.

Das Stift war aus einer dem heiligen Märtyrerpapst Clemens geweihten Kapelle entstanden und mit der Beisetzung des Cölner Bischofs Kunibert im Jahre 663 nach diesem benannt worden. An beide Heiligen erinnerten die bunten Glasfenster der Ostapsis, welche ein Meister vor rund fünfzig Jahren geschaffen hatte. Neben den Gebeinen des heiligen Kunibert wurden in der dreischiffigen Gewölbebasilika aus hellem Tuffgestein auch die Reliquien der zwei heiligen Ewalde, angelsächsischen Brüdern, die von heidnischen Sachsen ermordet worden waren, aufbewahrt und verehrt.

Elisabeth durchschritt das Tor der Immunitätsmauer, welche die ganze Klosteranlage mit allen Wirtschaftsgebäuden und Gärten umzog, und traf bald auf Pfarrer Alfons, einen der geistlichen Herren des Stifts, den sie persönlich nur flüchtig kannte.

Er hatte eben das wöchentliche Armenbrett für die Bedürftigen seines Pfarrspiels gerichtet und war nun dabei, das Weihwasserbecken aufzufüllen. Als er die Anwesenheit der Besucherin spürte, murmelte er leise: »Die Kinder trinken das Wasser immer so schnell aus.«

Dann drehte er sich um und fragte, als er die quälende Not in Elisabeths Augen sah, überaus freundlich: »Was kann ich für dich tun, mein Kind? Möchtest du vielleicht dein Gewissen erleichtern? Es ist zwar keine offizielle Zeit zur Abnahme der Beichte, aber für Menschen in großer Verlegenheit mache ich gern eine Ausnahme.«

»Ich komme nicht, um die Beichte abzulegen«, erwiderte Elisabeth und schob eine vorwitzige Haarsträhne unter ihre Haube zurück. »Ich komme wegen des Mannes, den man aus dem Rhein gezogen und hierher gebracht hat. War er wirklich tot?«

»Handelt es sich um einen Verwandten von dir? Deinen Bruder? Deinen Mann?«

»Ich weiß es nicht! Das ist es ja gerade! Es waren so viele Menschen unten am Ufer, als man ihn fand, und irgendjemand glaubte, in dem Ertrunkenen meinen Mann erkannt zu haben. Ich wurde in dem Gedränge zwar nach vorn geschoben, aber bevor ich noch einen Blick auf den Ärmsten werfen konnte, schwanden mir die Sinne. Wisst Ihr, wer es war?«

»Leider nein, mein Kind. Ich selbst kannte ihn nicht, und von denen, die ihn hierher trugen, war er auch niemandem bekannt.«

»Kann ich ihn sehen? Bitte, lasst mich ihn sehen!«, flehte Elisabeth in drängendem Ton. »Die Ungewissheit ist das Allerschlimmste!«

»Ihn sehen?« Pfarrer Alfons' Miene nahm einen ratlosen Ausdruck an. »Das wird schwerlich möglich sein. Der Mann ist bereits unter der Erde.«

»Oh nein! So war er also tatsächlich tot?«

»Er war tot, ja. Ich habe ihm Hände, Füße und Gesicht mit Chrisam gesalbt und ein Segensgebet gesprochen. Er liegt nun hinter unserer Pfarrkirche in der Ecke des Friedhofs, die den namenlosen Toten vorbehalten ist.«

»Namenlos?«, stammelte die Frau erschüttert. »Aber wenn es mein Ehemann war, so hat er doch einen Namen! Florian Grimm, so hieß er ... so heißt er ... Ach, wenn ich doch nur wüsste, ob er es wirklich war!«

»Florian Grimm, Büttel zu Cöln?«, fragte der Geistliche. »Du bist die Gemahlin von Florian Grimm? Dann kann ich dich, glaube ich, beruhigen. Ich kenne deinen Gatten. Nicht gut zwar, aber doch dem Ansehen nach. Bei dem Toten aus dem Rhein hingegen hatte ich nicht den Eindruck, sein Gesicht jemals zuvor gesehen zu haben. Nein, ich denke nicht, dass es dein Mann war, der da im Strom ertrunken ist.«

Ein leiser Hoffnungsschimmer breitete sich über Elisabeths Gesicht aus. »Gott sei Dank! Seid Ihr Euch sicher?«

»Sicher?« Der Pfarrer wiegte bedächtig seinen Kopf. »Mit absoluter Bestimmtheit kann ich es freilich nicht sagen, denn der Mann hatte schon einige Zeit im Wasser gelegen.«

»Was hat das zu bedeuten?«, unterbrach sie ihn hastig.

»Ich möchte dich nur ungern mit den Einzelheiten erschrecken, gute Frau, aber schau, wenn ein Leichnam eine Weile im Wasser liegt, dann quillt er auf, und das verändert seinen Körper ebenso wie seine Gesichtszüge. Deshalb sagte ich, es sei nicht hundertprozentig sicher, dass es sich nicht um deinen Mann gehandelt hat. Aber mit großer Wahrscheinlichkeit hätte ich Florian Grimm dennoch erkannt, wenn er es gewesen wäre, und das war nicht der Fall. Geh nur ruhig nach Hause. Sicherlich wird dein Gatte bald wieder bei dir sein. In seinem Beruf ist es doch bestimmt nicht ungewöhnlich, dass er seinem Heim von Zeit zu Zeit länger fern bleiben muss, als ihm lieb ist.«

»Ja, das kommt allerdings hin und wieder vor. Ich danke Euch, Herr Pfarrer.«

»Gott sei mit dir, meine Liebe.«

***

In einer unscheinbaren Hütte in der Vorstadt vor dem Hahnentor saß ein kräftiger älterer Mann aufrecht auf der Bettstatt, spuckte in seine Hände und rieb seine Füße von den Fußknöcheln bis zu den Zehenspitzen ein.

»Flieh, flieh, Fußgicht und alle Schmerzen der Sehnen von meinen Füßen und allen meinen Gliedern«, murmelte er. »Gift besiegt Gift, aber nüchterner Speichel lässt sich nicht besiegen.«

Dann spuckte er nochmals in seine Hände und strich sich über die Fußsohlen.

»Ich glaube, er kommt wieder zu sich«, freute sich die junge Frau, welche die Hütte mit ihm teilte, und eilte an eine notdürftig zurechtgezimmerte Pritsche.

»Dank deiner Umsicht, mein Kind. Ich hätt für den keinen Pfifferling mehr gegeben«, antwortete der Mann, der ihr Vater war.

»Du und deine Vorliebe für Pilze!«, lachte sie. »Wenn du nicht so erpicht auf Pfifferlinge wärst, dann hätte ich mich heute in der Früh gar nicht so tief in den Wald hineinbegeben. Und wenn ich das nicht getan hätte, dann hätte ich ihn auch nicht gefunden, und er wäre ganz bestimmt gestorben.«

Aus einem irdenen Krug, der neben dem Krankenlager am Boden stand, goss sie ein wenig Wasser in eine flache Schale und hielt sie dem Fremden an die Lippen, wobei sie mit der anderen Hand seinen Kopf leicht anhob.

Die Pritsche, auf der er lag, bestand aus einem Brett, welches man über zwei Baumstümpfe gelegt und mit einer ordentlichen Portion Stroh bedeckt hatte. Sie stand in der Mitte der kleinen

Hütte vor dem Hahnentor. Eine große Truhe, eine einfache Bettstatt, eine grob gezimmerte Bank und ein Tisch, auf dem eine alte Kerze festgewachsen im heruntergetropften Talg stand, bildeten das einzige Mobiliar.

Vor dem Hahnentor lebten und arbeiteten die Schmiede Cölns. Auch der kräftige Mann, der den Verletzten aufgenommen hatte, gehörte als Rüstungsschmied dieser Zunft an. Seine Hände waren so breit wie die Schaufeln eines Mühlrads, sein Oberkörper und seine Arme ein einziges Muskelspiel, und sein schwerer, runder Kopf war mit verfilzten braunen Locken bedeckt. Ein ebenfalls brauner Vollbart zierte sein volles Gesicht, welches sich durch ein freundliches Lächeln und sanfte blaue Augen auszeichnete. Gunther Schlupens hatte früh seine Frau verloren und sich redlich bemüht, Petronia, seine einzige Tochter, allein zwischen Schmiede- und Kochherd aufzuziehen. Mit dem Ergebnis konnte er sehr zufrieden sein.

Petronia besaß einen wohlgestalteten Körper und einen wachen Geist. Sie war fleißig und hilfsbereit und führte nun schon seit einigen Jahren ihrem Vater die Wirtschaft. Gunther Schlupens' einzige Sorge galt dem Tag, an dem er sie würde vermählen müssen, und er wusste, dass er damit nicht mehr lange warten durfte. Er hatte in der Vergangenheit auch bereits den einen oder anderen Kandidaten aus der Nachbarschaft ins Auge gefasst. Letztendlich war er aber jeweils kurz vor dem entscheidenden Gespräch mit den Vätern der in Frage kommenden jungen Männer wieder davor zurückgeschreckt. Zu schmerzlich war ihm der Gedanke, seine über alles geliebte Tochter mit einem Mitgiftbündel aus seiner Hütte ausziehen zu sehen.

Petronia selbst hatte es gar nicht so eilig. Mit ihren achtzehn Jahren hatte sie die Liebe noch nicht anders kennengelernt als in Form von Liebe zu ihrem Vater. Sie fühlte sich sehr wohl bei ihm und tat sich nicht allzu schwer mit der Hausarbeit. Es fehlte ihnen beiden an nichts Essenziellem, und an diesem Zustand gedachte sie auch so bald nichts zu ändern.

Am Morgen war sie in den Wald gegangen, der sich unmittelbar an die Hütten und Werkstätten der Schmiede anschloss, um einen Korb der nun im Herbst in üppiger Zahl aus dem Boden schießenden Pilze zu sammeln. Dabei war sie tiefer als üblich in das Waldgebiet eingedrungen und über einen fast unbekleideten Mann gestolpert, der bäuchlings im Moos lag. Zwischen seinen Schulterblättern klaffte eine tiefe Wunde, aus der reichlich Blut geflossen war, und sie hatte ihn zunächst für tot gehalten. Doch dann hatte sie ein leichtes Zucken seiner linken Hand beobachtet, sich rasch über ihn gebeugt und einen ganz schwachen Atem festgestellt. Sie war nach Hause gehastet, hatte ihren Vater zu Hilfe geholt, und gemeinsam hatten sie den Verletzten in ihre Hütte getragen. Dort hatte sie seine Wunde gesäubert und mit einer Paste aus heilenden Kräutern bestrichen, die sie stets vorrätig hatte, weil auch ihr Vater sich hin und wieder berufsbedingte Verletzungen zuzog.

Der Fremde war ein stattlicher Mann mit dunklem Haar und sympathischen Gesichtszügen. Er fieberte hoch, und Petronia ruhte nicht, die Hitze mit feuchten Umschlägen aus seinem Körper zu vertreiben. Doch nun schien das Fieber zu sinken. Der Mann hatte einige Stunden geschlafen, und sein Atem wurde langsam wieder ruhiger. Endlich schien er von der Schwelle des Todes ins Leben zurückzukehren.

Soeben hatte er zum ersten Mal seine Augen aufgeschlagen. Sie waren grün, wie Petronia mit Entzücken feststellte, aber sein Blick war noch trüb und ohne Orientierung, und seine Zunge war trotz des Wassers, welches sie ihm vorsichtig einflößte, noch zu schwer zum Sprechen.

»Was ist mit mir? Wo bin ich?« Es kostete den Mann sichtlich Mühe, diese wenigen Worte herauszubringen.

»Ihr seid in Sicherheit. Ihr befindet Euch bei Meister Gunther, dem Schmied«, gab Petronia Auskunft. »Ich weiß zwar nicht, was Euch geschehen ist, aber als ich Euch fand, wart Ihr schwer verletzt. Doch nun seid Ihr auf dem Wege der Besserung. Also: Sorgt Euch nicht!«

»Verletzt?«, lallte der Mann.

»Ja, eine üble Stichwunde in Eurem Rücken, die ich nach bestem Wissen versorgt habe. Aber Ihr solltet Euch noch nicht zu sehr anstrengen. Ihr benötigt sehr viel Ruhe. Ich bereite Euch jetzt eine kräftige Brühe zu, und dann müsst Ihr wieder schlafen.«

»Danke«, murmelte er matt und schloss seine Augen wieder.

Kapitel XXVII

Einige Tage darauf fühlte sich der Verletzte kräftig genug, um mit seinen Rettern gemeinsam am Tisch zu speisen. Es gab dicke Bohnen mit Speck.

Nach der Mahlzeit, für die der Gast sich wie für jeden anderen Handgriff, den Vater und Tochter Schlupens für ihn taten, herzlich bedankte, setzte er endlich zu einer Erklärung seine Person betreffend an.

»Ihr beide wart in den vergangenen Tagen so gut zu mir, und ich habe mich bisher noch nicht einmal richtig vorgestellt. Ich heiße Florian Grimm und bin Büttel zu Cöln.«

»Ihr seid ein Büttel?«, rief Petronia erstaunt aus. »Dann wart Ihr sicherlich irgendwelchen Übeltätern auf der Spur, die Euch in jene missliche Lage gebracht haben, in der ich Euch aufgefunden habe?«

»Vermutlich, aber Genaues kann ich Euch darüber nicht berichten.«

»Eine geheime Angelegenheit, wie?«, fragte Gunther Schlupens.

»Ja und nein. Ich war tatsächlich ganz nahe an der Lösung einer bösen Geschichte, als man mich niederstach. Aus Geheimhaltungsgründen kann ich nicht mit Euch darüber sprechen. Einerseits würde ich Euch beide eventuell in Gefahr bringen, was ich keinesfalls riskieren möchte, andererseits weiß ich selbst nicht genau, wie die Sache so weit eskalieren konnte, dass man mir nach dem Leben trachtete.«

»So habt Ihr keine Ahnung, wer Euch das angetan hat?« Petronia schaute ihren Gast voll Mitleid und Bewunderung an.

»Nein, nicht wirklich. Ich habe die Befürchtung, dass ich einigen der mächtigsten Bürger Cölns unbequem geworden bin, aber dass sie so weit gehen würden, hätte ich niemals für möglich gehalten. Ah!« Florian stöhnte auf, als sich bei einer falschen Bewegung seine Wunde schmerzhaft meldete.

»Ihr solltet Euch wieder hinlegen«, schlug die junge Frau besorgt vor. »Ihr braucht noch viel Ruhe.«

»Ja, das Gefühl habe ich auch. Darf ich euch noch um einen Gefallen bitten? Ich weiß, ich mache euch beiden gerade Mühe genug, aber in meinem Heim wird man sich Gedanken um meinen Verbleib machen. Hättet ihr wohl die Güte, einen Boten in die Waldemansgasse zu schicken – ich wohne dort in dem zum Rheinufer hin gelegenen Eckhaus –, mit der Nachricht, dass ich zwar nicht unversehrt bin, doch lebe?«

»Natürlich«, sagte der alte Schlupens. »Es ist doch nur verständlich, dass man sich um Euch sorgt. Ich glaube, unser Nachbar hat dieser Tage eine Auslieferung an die Dombauhütte, das liegt ja ganz in der Nähe Eures Zuhauses. Ich werde ihn bitten, Eure Nachricht zu übermitteln.«

***

Emundt Quattermart und Thilman Overstolz ritten Seite an Seite durch die Stadt. Die Bäume trugen inzwischen ihr buntes Herbstgewand, und ein kühler Wind blies durch die Straßen.

»Die Siebe sind hervorragend gelungen«, berichtete Overstolz. »Selbst unser Freund Varrone hat seinen Augen kaum getraut, als Meister Rotstock sie uns zeigte.«

»Und wie geht es mit den Holzarbeiten voran?«

»Auch Meister Pechleffel leistet gute Arbeit. Der Löcherbaum ist fertig, und den Ponton für den Trockenraum baut er jeden Tag ein Stück weiter.«

»Die Hämmer sind auch bestellt?«, fragte Quattermart weiter.

»Nicht nur in Auftrag gegeben, sondern sogar schon an den Zimmerer ausgeliefert, der sie noch in die Mechanik des Stampfwerks einfügen muss. Das geht aber erst, wenn der Löcherbaum seinen Platz auf der Pollux eingenommen hat. Der Schmied hat sich übrigens ziemlich neugierig gezeigt, was die seltsame Form der von uns georderten Hämmer anbetrifft. Varrone schlägt vor, ihn umgehend beseitigen zu lassen.«

»Unsere Sache hat bereits zwei Morde notwendig gemacht, und ich denke, es sollten nicht noch mehr werden. Unser italienischer Berater ist für meinen Geschmack manchmal etwas zu radikal in seinen Lösungsvorschlägen. Ich sehe keine ernsthafte Gefahr, dass der Schmied von dem kleinen Teilauftrag, den er ausgeführt hat, auf das Gesamte schließen kann. Und vielleicht brauchen wir ihn später noch, wenn Reparaturen an der Stampfe anfallen«, widersprach Emundt Quattermart.

»Bisher kann niemand eine Verbindung zwischen den beiden Unfällen und uns oder der Papiermühle herstellen. Im ersten Fall hatten wir das Glück, dass Goddert herausbekam, welche Nachtwache der Müller selbst übernahm. Es gibt keinerlei Zeugen, die unseren Mann in jener Nacht auf dem Rhein gesehen haben, und außer diesem Büttel hat sowieso keiner an etwas anderes als einen Unglücksfall geglaubt. Und mit ihm werden wir ja zukünftig auch keine Scherereien mehr haben.« Zufrieden rieb er sich die Hände.

»Nein, glaube mir, was diese beiden anbelangt, so war es unbedingt notwendig, schnell und endgültig zu handeln. Wie sieht es mit den Fortschritten in deiner Angelegenheit aus?«, lenkte Overstolz ab. »Werden wir bis nächsten Monat genügend brauchbares Gesinde zusammenbekommen?«

»Die Wachmannschaft, die Tag und Nacht aufpassen wird, dass kein Neider unserer Papiermühle einen Schaden zufügt, steht. Und was die übrigen Arbeitskräfte anbelangt, so habe ich meine Erkundigungen eingezogen und werde euch allen bei unserem nächsten Treffen meine Vorschläge unterbreiten. Wir müssen sehr umsichtig sein, was die Auswahl anbetrifft, und uns genau überlegen, wer vereidigt wird.«

***

Tags darauf fühlte Florian Grimm sich schon bedeutend kräftiger. Der September neigte sich seinem Ende zu. Die Luft war frisch und klar, doch die Sonne hatte noch einen letzten Rest ihrer sommerlichen Kraft bewahrt. Hell schien sie durch das bunte Laub des Herbstwaldes.

Florian Grimm war ein Stück spazieren gegangen, zum einen, um seine körperliche Konstitution nach der schweren Verwundung zu testen, und zum anderen, um Ordnung in seine Gedanken zu bringen.

Der Anschlag auf ihn war ganz klar als Mordversuch zu interpretieren. Doch weshalb wurde er als so gefährlich eingestuft, dass man keinen anderen Weg mehr gesehen hatte, als ihn zu beseitigen? War sein Wissen wirklich so brisant? Wenn ja, dann konnte es den Polluxeignern bei dem Umbau der Rheinmühle in eine Papiermanufaktur wohl kaum nur um die eigene Bereicherung gehen. Was hatten die Patrizier vor? Klar, dass die neue Ware Papier denjenigen, die um das Geheimnis ihrer Herstellung wussten, Macht verleihen würde, aber rechtfertigte das den Mordanschlag auf eine Amtsperson?

Der Büttel fasste im Geiste nochmals zusammen: Ein völlig neuer Wirtschaftszweig in Cöln von ungeahnter Tragfähigkeit – was würde das bedeuten? Die Herstellung von Papier und das damit einhergehende Verdrängen der Pergamentmanufaktur würde eine Schwächung des Erzbischofs und eine Stärkung der Cölner Bürger zur Folge haben.

Florian Grimm war sich sicher, dass dieses Ziel momentan nichts Gutes für die Stadt mit sich bringen konnte. Zu tief war in den vergangenen Jahren die Kluft zwischen den erzbischofstreuen Patriziern und denen, die der Partei des Grafen von Jülich angehörten, gewesen. Die Vorstellung, dass letztere Patrizier eventuell einen Sturz des Stadtfürsten planten, lag zum Greifen nahe. Die Idee, eine Papiermanufaktur auf dem Rhein zu etablieren, war demnach eine Kombination aus Profitdenken und politischem Kalkül. Klar, dass die Herren Overstolz, Quattermart, Hardevust und Meir, wenn sie eine Gefährdung ihrer Pläne witterten, über Leichen gingen! Das war ihm deutlich vor Augen geführt worden.

Die Geheimhaltung der Rezeptur zur Gewinnung von Papier war den feinen Herren offenbar heilig. Doch wie weit sollte diese Geheimhaltung reichen? Sobald die Pollux ihrer neuen Funktion zugeführt war, würde sich zumindest die Tatsache, dass es eine Papiermühle auf dem Rhein gab, wie ein Lauffeuer verbreiten. Und in allzu großer Ferne schien dieser große Tag nicht zu liegen. Er selbst wusste also auch nicht mehr, als schon bald alle Welt wissen würde!

Bald … aber noch nicht in diesem Augenblick! Noch war der Umbau der Pollux nicht erfolgt, sondern bestenfalls in Vorbereitung. Er hatte die Pläne der Patrizier wohl eindeutig zu früh aufgedeckt, und nun fürchteten sie genau das, was er tatsächlich vorhatte. Er würde zum Stadtherren selbst gehen und ihn umgehend über alles in Kenntnis setzen. Nur Sifrid von Westerburg konnte das Vorhaben jetzt noch stoppen! Er war derjenige, dem die Papierverschwörer Schaden zufügen wollten, und so würde er kaum zögern, einen Weg zu finden, das Entstehen der Papiermühle zu verhindern.

Aber würde der Erzbischof ihm Glauben schenken? Und könnte er wegen eines Mordanschlags auf einen einfachen Büttel gegen die mächtigsten Familien der Stadt vorgehen? Florian ließ sich auf dem Stamm eines umgestürzten Baumes nieder. Es würde nicht leicht sein, die richtigen Worte zu finden, um dem Erzbischof die logischen Zusammenhänge, so wie er selbst sie inzwischen rekonstruiert hatte, klarzumachen.

Einen Täter für den mysteriösen Tod des Müllers Ludwig Titz konnte er zwar nicht benennen, aber er könnte als Beweise die seltsame Lage der Leiche, die Schwere der Kopfverletzung und sein Gespräch mit dem Gelehrten Albertus Magnus zum Todeszeitpunkt anführen. Titz hatte in jener Nacht die letzte Wache gehalten, und Goddert Hardevust hatte davon gewusst. Das waren Fakten, die er in seinen Verhören auf der Pollux in Erfahrung gebracht hatte.

Den Patriziern wäre es demnach ein Leichtes gewesen, einen bezahlten Totschläger mit einem entsprechenden Auftrag zum Mühlenschiff hinauszuschicken. Es gab genügend üble Subjekte in Cöln, die für ein paar Goldmünzen bereit waren, derartige Aufgaben zu übernehmen, ohne sie zu hinterfragen. Für die Patrizier ein ziemlich risikoloses Unterfangen. Die Mühleneigner mussten beileibe nicht damit rechnen, dass irgendjemand den Unfall nicht als solchen betrachten würde.

Es schien auch klar, warum der Müllermeister so grausam hatte sterben müssen. Keinesfalls konnte Titz von sich aus die Pläne bezüglich der Schiffsmühle bereits im Frühjahr aufgedeckt haben. Doch vielleicht hatten ihn die hohen Herren in ihre Verschwörung einbeziehen wollen. Deshalb auch der Besuch Hardevusts im strömenden Regen! Und natürlich hatte Ludwig Titz dieses Ansinnen abgelehnt. Dessen war Florian Grimm sich ganz gewiss. Niemals hätte sein Freund bei einem gegen den Erzbischof gerichteten Komplott mitgemacht! Wenn die Patrizier es sogar wagten, einen Büttel eiskalt aus dem Weg räumen zu lassen, so waren sie natürlich vor einigen Monaten auch nicht davor zurückgeschreckt, Ludwig Titz ermorden zu lassen!

Ja, so passte alles zusammen. So musste er bei dem bevorstehenden Gespräch mit Sifrid von Westerburg argumentieren. Er würde natürlich nicht versäumen, den Zimmerer Daim Pechleffel als Zeugen zu benennen, und sicherlich würden die Garden des Stadtfürsten noch andere Handwerker ausfindig machen, die wissentlich oder unwissentlich Teile für die Papiermühle anfertigten. Auf jeden Fall würde das, was er an Informationen zu bieten hatte, ausreichen, um den Erzbischof zu überzeugen und zum Handeln zu bewegen.

Florian Grimm war jetzt ganz ruhig. Wenn er nur rasch seine normale gesundheitliche Robustheit wiedererlangte! Es drängte ihn, nach Cöln zurückzukehren und die ganze Geschichte aufzuklären. Aber noch fühlte er sich nicht ausreichend erholt, um diese gewaltige Sache mit gewohnter Energie anzugehen. Gemächlichen Schrittes kehrte er zu Schlupens' Hütte zurück.

»Ich denke, ich werde in einigen Tagen, wenn ich mich ausreichend erholt habe, in die Stadt zurückkehren, um mit unserem verehrten Herrn Erzbischof zu sprechen.«

»Mit Sifrid von Westerburg wollt Ihr sprechen?«, fragte der Schmied. Er drehte sich zu seinem Gast um und ließ eine grobe Feile in der tiefen Tasche seiner langen Lederschürze verschwinden. »Wird man Euch denn persönlich zu ihm vorlassen?«

»Man wird sehen. Aber an das Schöffenkolleg kann ich mich nicht wenden. Auch wenn es das Gremium ist, dem ich für gewöhnlich Bericht zu erstatten habe, muss ich es in diesem Fall übergehen, denn unter den Schöffen befinden sich auf jeden Fall einige, die in diese üble Angelegenheit involviert sind. In erster Linie bin ich jedoch als Ordnungshüter der Stadt ein Untergebener unseres Herrn Erzbischof. Was liegt also näher, als mich direkt an ihn zu wenden?«

»Das sind die Schöffen aber doch auch, ich meine, Untergebene des Erzbischofs!«, wandte Petronia ein.

»Ganz richtig. Darin eben besteht mein Konflikt. Doch nun habe ich die Befürchtung, dass sich das Vorhaben jener mächtigen Patrizier gegen unseren Stadtherrn richtet, und da sehe ich es als meine Pflicht an, ihn zu warnen.«

»Was?« Gunther Schlupens' blaue Augen wurden ganz rund. »Geht der Zwist zwischen der Stadt und dem Domkapitel etwa noch weiter? Ich dachte, unter den verfeindeten Lagern wäre, seit Sifrid von Westerburg in Cöln regiert, endlich Frieden eingekehrt.«

»Es stimmt, dass sich die Situation beruhigt hat, doch ich denke, dass unterschwellig immer noch, vielleicht mehr denn je, gewisse große Familien gegen den Erzbischof opponieren.«

»Das wäre ja ... Was soll man dazu sagen?«, der Schmied schüttelte seinen massigen Kopf und erhob sich. »Lasst uns zu Bett gehen, solange man hier noch ungestört schlafen kann.«

***

Elisabeth bereitete sich einen Becher warmer Milch zu. Ohne dieses Hilfsmittel kam sie in letzter Zeit unmöglich zur Ruhe. Tag und Nacht verfolgten sie die quälenden Gedanken an ihren Mann.

Noch immer zweifelte sie, ob der Ertrunkene aus dem Rhein ihr Florian gewesen war oder nicht. Das Gespräch mit Pfarrer Alfons hatte sie für wenige Stunden beruhigen können, dann hatte die nagende Ungewissheit wieder Besitz von ihr ergriffen. Und je mehr Zeit verstrich, desto stärker breitete sich das Gefühl in ihr aus, der Geistliche habe sie mit seinen Worten nur trösten wollen. Vielleicht hatte er ja den Büttel sehr wohl erkannt und sie nur vor der harten Wahrheit verschonen wollen? Nein, das ergab keinen Sinn! So oder so würde sie ihren Mann niemals wiedersehen, wenn er es gewesen war, den man aus dem Fluss gezogen hatte.

Wenn er es aber nun nicht gewesen war? Wo steckte er dann? So viele Tage ohne ein Lebenszeichen – das passte nicht zu ihm! Sie kannte ihn gut genug, um sich sicher sein zu können, dass er sie niemals bewusst dieser furchtbaren Sorge aussetzen würde. Was war mit ihm geschehen?

Ein kräftiger Tritt von innen gegen ihre Bauchdecke ließ Elisabeth aus ihren Grübeleien hochschrecken.

»Ach du, du armes Wurm«, sagte sie leise mit geneigtem Kopf, »wirst deinen Vater wohl nie kennenlernen.«

Kapitel XXVIII

Das Rheinufer war in graue Nebelschwaden gehüllt. Dünn und fein taten sie sich vor Elisabeth auf und schlossen sich lautlos wieder hinter ihr. Die feuchte Luft raubte ihr fast vollständig die Sicht, aber sie war nicht undankbar für den Schleier, der sie umhüllte. Seit Tagen hatte sie nicht mehr richtig geschlafen. Tiefe Ringe lagen unter ihren verquollenen Augen. Klamme Nebelfinger fuhren über ihr Gesicht und kühlten es barmherzig.

Sie trug einen mit Gemüse und ein paar Birnen beladenen Korb; obenauf hatten zwei dicke Gänseeier Platz gefunden, die sie günstig auf dem Markt erstanden hatte. Mühsam stolperte sie durch das Grau zurück zur Waldemansgasse. Die Tür der unteren Wohnung wurde sofort aufgerissen.

»Gute Nachrichten«, rief Frau Appelsack ihr entgegen. »Dein Gatte lebt!«

»Er lebt? Wo ist er? Was ist ihm geschehen?« Elisabeth stellte den Korb ab und wurde von der Älteren auf einen Hocker gedrückt.

»Alle Fragen kann ich dir nicht beantworten, aber dass Florian lebt, ist gewiss!«

»Woher weißt du das?«

»Eben war ein Schmied aus dem Hahnentorviertel hier und überbrachte die Neuigkeit. Er sei zwar nicht unversehrt, lässt dein Mann ausrichten, aber wenigstens nicht tot.«

»Nicht unversehrt? Was fehlt ihm?«

»So beruhige dich doch, Kindchen!«

»Er lebt! So war es definitiv nicht mein Florian, den man aus dem Fluss gezogen hat. Gott sei Dank!« Wieder schossen ihr die Tränen in die Augen, die sie nicht aufhalten konnte, aber momentan, so schien es, war sie gar zu nah am Wasser gebaut.

»Wo ist er? Kann ich zu ihm? Was hat der Schmied noch erzählt? Wann kommt mein Ehemann zurück?«, stammelte Elisabeth, mühsam um Fassung ringend. Dabei hob sie Valentin, den sie des widrigen Wetters wegen bei der Nachbarin gelassen hatte und der sich bis eben noch intensiv der Beschäftigung mit einer Spinne hingegeben hatte, auf ihre Knie.

»Dazu kann ich dir nichts sagen«, antwortete Christina Appelsack. »Der Bote richtete nur aus, was ich dir bereits mitgeteilt habe.«

Nachdenklich stand Elisabeth auf. »Der Bote kam aus dem Schmiedsviertel, meinst du?«

»So habe ich es verstanden.«

»Was mag nur passiert sein«, murmelte Elisabeth zu sich selbst, dann wandte sie sich der Nachbarin zu: »Ich gehe mal nach oben. Hab Dank für alles, Christina.«

***

Die drei Mühlenarbeiter der Pollux saßen gemeinsam beim Abendbrot. Für Friedrich Unckel ging damit der letzte Tag auf dieser Schiffsmühle zu Ende. Morgen würde die Hilger ihren Platz in der Underrey wieder einnehmen und er selbst an seine alte Arbeitsstelle zurückkehren.

Wenn die Polluxeigner ihm den Posten des verantwortlichen Müllers in ihrem Betrieb offeriert hätten, wäre die Rückkehr auf die Hilger nicht so selbstverständlich für ihn gewesen. Doch obwohl Blasius Frechen nun schon geraume Zeit nicht mehr da war, hatte man ihm kein derartiges Angebot unterbreitet. Seltsam! Überhaupt war einiges in letzter Zeit seltsam. Andauernd weilten die Herren Overstolz, Quattermart, Meir, Hardevust und auch dieser Ausländer auf der Pollux, und nie interessierten sie sich für die Mahlleistung.

Und dann diese völlig unverständlichen Veränderungen! Man hatte eine hölzerne Rinne installiert, aus der man das Flusswasser direkt in den Innenraum des Mühlhauses leiten konnte. Wozu das wohl gut sein sollte? Oder dieser riesige Bottich, der in einer Ecke des Raumes Aufstellung gefunden hatte. So etwas benötigte man doch auf einer Getreidemühle überhaupt nicht! Es lag auf der Hand, dass die Mühlenerben mit der Umgestaltung der Pollux etwas völlig Neues bezweckten. Doch was?

»Keine Ahnung«, antwortete Unckel auf die wiederholten Fragen der Lehrburschen. »Wenn ich aus alledem schlau würde oder auch nur eine vage Vermutung hätte, wohin das alles führen soll, so würde ich es euch wohl mitteilen. Aber leider seht ihr mich ebenso ratlos wie euch selbst.«

Der schwere Mann stand auf und wendete die Fische, die in einer Pfanne auf der kleinen Kochstelle der Mühle vor sich hinbruzelten. Gedankenverloren beobachtete er den Grillvorgang, nahm die Fische dann heraus und verteilte sie auf die drei bereitstehenden Holzteller.

»Jetzt wird erst einmal gegessen, und danach erzähle ich euch, wenn ihr mögt, eine letzte Geschichte.«

»Oh ja, bitte!«

Friedrich Unckel, so mundfaul er sich im Alltag zeigte, hatte sich als begnadeter Märchenerzähler entpuppt, eine Eigenschaft, die ihm bei der stattlichen Zahl seines Nachwuchses sehr zugutekam und die auch Gabriel und Martin in den vergangenen Wochen lieben gelernt hatten.

»Die Geschichte von Partonopier und Meliur. Erfunden und niedergeschrieben von einem gewissen Konrad von Würzburg. Ich weiß gar nicht mehr, woher ich sie kenne, aber sie ist spannend. Hört her!«, hob er nach Beenden der Mahlzeit zu erzählen an.

»Partonopier, ein französischer Graf, verirrte sich als Knabe im Wald und geriet schließlich ans Meer. Dort entdeckte er ein gespenstisches Schiff, bestieg es und schlief erschöpft ein. Als er erwachte, befand er sich auf hoher See. Die Reise führte ihn auf eine menschenleere Burg, wo er von unsichtbarer Hand bewirtet wurde.«

Unckel hielt inne, um die Spannung seiner Geschichte zu steigern, aber die weit aufgerissenen, glänzenden Augen der Jungen verrieten ihm, dass das gar nicht nötig war. So fuhr er fort:

»In der Nacht erschien plötzlich eine Frau an seiner Bettstatt, Meliur, die Königin des Landes. Sie sagte ihm, dass sie ihn hierher geführt habe und zu ihrem Partner machen würde, sobald er zum Manne gereift sei. Bis dahin würde sie ihn nur des Nachts besuchen, denn er dürfe sie mit seinen Augen nicht sehen. Partonopier verbrachte seine Tage mit ritterlichen Spielen und Jagdausflügen, die Nächte aber mit Meliur. Eines Tages erfuhr er, dass sein Vater verstorben war und seine Mutter von Feinden bedrängt wurde.

Meliur ließ ihn in die Heimat zurückkehren, ermahnte ihn jedoch zur Treue.«

Friedrich Unckel erhob sich, deutete entschuldigend auf seine Leibesmitte und ging hinaus aufs Plankendeck, um einem menschlichen Bedürfnis nachzukommen. Die Jungen blieben, der Fortsetzung unruhig harrend, im Mühlhaus zurück, bis der Geselle nach einer Weile zurückkehrte und fortfuhr:

»Der Jüngling warb in der Heimat ein Heer an und zog gegen König Sornagiur und dessen Verbündete, die Könige von Norwegen, Dänemark und Gröneland. Die Auseinandersetzung endete friedlich. In der Zwischenzeit hatte Partonopiers Mutter jedoch von dessen seltsamer Liebesbeziehung erfahren und versuchte, ihn mit Hilfe eines Liebestranks an eine andere Frau zu binden. Doch die List misslang, und Partonopier kehrte zu Meliur zurück. Nach Ablauf eines Jahres bat Partonopier sie erneut, seine Mutter besuchen zu dürfen, und erhielt abermals die Erlaubnis dazu. Dieses Mal gelang es der Mutter, in ihrem Sohn die Furcht zu wecken, Meliur könne der Teufel selbst sein. Bei seiner Rückkehr zur Geliebten brach er also die Vereinbarung, sie nicht ansehen zu dürfen, und beleuchtete ihr Gesicht mit dem Schein einer Kerze.«

Unckel nahm das kleine Talglicht, das den Innenraum des Mühlenschiffs beleuchtete, in die Hand und hob es kurz ganz nah an die Gesichter der Jungen. Deren weit geöffnete Augen spiegelten die erwartete Spannung wider.

»Meliur berichtete ihm daraufhin von ihrem traurigen Schicksal: Sie sei die Tochter des Kaisers von Konstantinopel und an diesem stillen Orte untergebracht, wo sie in allen Wissenschaften unterwiesen wurde, um ihr Reich einst würdig regieren zu können. Nun, da er sie angesehen habe, könne er nicht länger ihr Partner bleiben. So wurde er verstoßen. Partonopier ging wieder nach Frankreich, zog sich dann aber, weil sein Herz zu schwer von Leid war, in die Einsiedelei zurück. Dort fand ihn nach Jahr und Tag Irekel, Meliurs Schwester. Sie nahm ihn auf und erzählte ihm von dem bevorstehenden Heiratsturnier für Meliur. Unerkannt ließ Partonopier sich neben den Königen des Orients und den Kandidaten des europäischen Hochadels als Bewerber aufstellen und erwies sich im Turnier als überlegener Kämpfer. Da verzieh Meliur ihm und nahm ihn trotz des früher begangenen Frevels zum Manne. Und wenn sie nicht gestorben sind, so leben sie noch heut!«

Mit diesen Worten endete jede der zauberhaften Geschichten des Mühlengesellen.

Martin und Gabriel mochten sich gar nicht vorstellen, dass sie zukünftig auf die abendliche Unterhaltung würden verzichten müssen.

Kapitel XXIX

An einem regnerischen Tag Anfang Oktober nahm Florian Grimm Abschied von den gütigen Menschen, die ihn gesund gepflegt hatten.

»Ihr habt mir das Leben gerettet! Dafür werde ich mich nie in ausreichender Form revanchieren können. Aber lasst mich jederzeit wissen, wenn ich irgendetwas für euch tun kann. Und dir, liebe Petronia«, er ergriff die schmalen Hände der jungen Frau, »danke ich ganz besonders. Ohne deine aufopfernde Fürsorge hätte ich diese Verletzung wohl kaum überlebt.«

Eine zarte Röte breitete sich über Petronias Wangen aus.

»Doch nun bin ich euch lange genug zur Last gefallen. Ich muss nach Cöln zurück, um klare Verhältnisse zu schaffen und den Erzbischof zu konsultieren. Außerdem wird meine Frau vor Sorge schon ganz außer sich sein.«

»Eure Frau?«, fragte Petronia. Enttäuschung schwang in ihrer Stimme mit.

»Habe ich das gar nicht erwähnt? Ja, ich habe eine Frau und einen kleinen Sohn, Valentin, der seinen Vater nicht mehr erkennen wird, wenn ich nicht bald nach Hause zurückkehre.«

»Dann lasst Euch nicht aufhalten«, meinte Gunther Schlupens und wollte seinem Gast zum Abschied freundschaftlich auf die Schulter klopfen. Im letzten Moment besann er sich jedoch der Wunde auf dem Rücken und hielt in der Bewegung inne.

»Ihr seid jederzeit in unserer bescheidenen Hütte willkommen«, sagte er stattdessen.

»Zunächst einmal möchte ich euch beide so bald als möglich bei mir zu Gast sehen. Meine Elisabeth ist eine hervorragende Köchin, und es wird ihr eine Freude sein, ein Dankesmahl für euch zu bereiten. Ich hole euch an einem der kommenden Abende hier ab.«

Der Büttel verließ den Schmied und seine Tochter, die vor der niedrigen Tür ihrer Hütte stehen blieben und dem Mann nachblickten, der unter so ungünstigen Bedingungen in ihr Heim gekommen war und nun wieder kräftig ausschreiten konnte.

***

»Im Namen des Herrn, Amen. Im Jahre des Herrn 1276, im Monat Oktober, ist dieses Schriftstück über die Teile oder Anteile angelegt worden, die den Mühlenerben an den ehemals vierunddreißig Mühlen auf dem Rhein gehören. Die Namen derer, auf die sich die besagten Teile und Anteile beziehen, sind aufgeführt.«

Mit dieser Einleitungsformel wurde jeder Quatern eröffnet. Die Anlage des ersten Mühlenschreinbuches war ein gewichtiger Akt. Alle fünfundvierzig bürgerlichen Mühlenerben hatten sich zu diesem großen Anlass im Hause des Waltelm de Aducht, einem der Coheredes molandinorum*, versammelt. Unter Berücksichtigung der ehemals vierunddreißig Rheinmühlen wurde an diesem Oktobertag Anno Domini 1276 eine Neuberechnung ihrer jeweiligen Portiones sive Partes** an den nunmehr dreizehn Mühlen vorgenommen.

Angeschreint wurden hierbei nicht die Beteiligungen an den tatsächlich existierenden Mühlen, sondern ideelle Anteile an den früheren vierunddreißig Mühlen. Jeder einzelne Mühlenanteil war in sich nochmals beliebig oft teilbar, wobei die Portiones am häufigsten in Zehnteln festgehalten wurden. Kleinere Anteile ließ man nicht zu.

Der Gewinn, welcher einem Mühlenerben aus seinem Pars an einer Rheinmühle erwuchs, war von der Mahlleistung abhängig und wurde ebenfalls anteilig nach den ursprünglichen vierunddreißig Mühlen berechnet. Die Hälfte dieses Gewinns ging an den Erzbischof und Kurfürsten zu Cöln. Derjenige, welcher zum Beispiel 1/10 an einer Mühle hielt, hatte Anspruch auf 1/340 beziehungsweise 0,29 Prozent der Hälfte des Gesamtgewinns. Hinzu kamen natürlich noch die Moltereinnahmen.

Mehrere großformatige Pergamentblätter lagen auf einem riesigen Tisch ausgebreitet und wurden nun von einem eigens zu diesem Zwecke einberufenen Schreiber in Kolumnenform beschrieben.

Das Schriftstück begann mit der Feststellung: Quod septem, qui sunt coheredes molandinorum in Reno ante Coloniam pendentium, iuraverunt tactis sacrosanctis super scrineo eorum, quod

* bürgerliche Mühlenerben
** Teile oder Anteile

pro aliquo emolumento, pretio, amicicia, ira vel odio non obmittent quoquomodo.*

Dem Schwur der Sieben, über die Schreinsordnung zu wachen, folgten die übrigen Einträge. Der Schreiber hielt am Tag der Anlegung des Scriniums lediglich die Namen der einzelnen Mühlenbesitzer sowie die Höhe ihrer Anteile fest. Zukünftig sollten alle denkbaren Rechtsgeschäfte, die in Zusammenhang mit den Mühlen standen, Gegenstand der Aufzeichnung auf den Schreinskarten sein. Wann immer irgendwelche Portiones sive Partes verkauft, vererbt, verpfändet oder sonstwie übertragen wurden, würde man diese Änderungen mal chronologisch, mal in sachlicher Ordnung unter dem Namen der jeweils betroffenen Mühle in den Schreinsbüchern notieren. Unter dem Namen einer jeden Rheinmühle wurden in einer Kopfzeile die ihrer Besitzer und die anteiligen Prozentzahlen notiert.

Nur unter dem Namen Pollux gab es bereits am Tage der Anlage des Mühlenschreins mehr als nur die Namen ihrer Besitzer zu verzeichnen. Hier hieß es:

»In nomine domini amen. Anno domini millesimo ducentesimo septuagesimo sexto mense octobre facta est hoc scriptura super portionibus sive partibus, que competunt heredibus molendinorum in triginta quatuor molendinis antiquis que fuerunt in Reno. Partes in Pollucis molendini habent: Item notum sit, quod Thilmanus dictus Overstolz habet in triginta quatuor molendinis antiquis predictis 2,5 decimas partes Pollucis molendini, quas iure et sine contradictione optinebit et divertere poterit quocumque voluerit.«**

In gleicher Weise und mit gleichem Wortlaut folgten die Na-

* … dass sieben, welche Erben an den im Rhein vor Cöln liegenden Mühlen sind, schwören, über die unverletzliche Berührung ihres Schreins (zu wachen) und dass sie zu dessen Nutzen Verdienst, Freundschaft, Zorn oder Hass hintanstellen, hinter was auch immer.

** Im Namen des Herrn, Amen. Im Jahre des Herrn 1276, im Monat Oktober, wird beschlossen und hier schriftlich festgehalten, welche Anteile und Teile den Erben an den vierunddreißig Mühlen, die sich von alters her im Rhein befinden, zustehen. Teile an der Mühle Pollux haben: So sei es bekannt, dass Thilman genannt Overstolz an den vierunddreißg oben genannten Mühlen einen Anteil von 2,5 Zehntel der Mühle Pollux hat, die er zu Recht und ohne Streit innehat, und er kann diese, wie er es möchte, teilen.

men Emundt Quattermart mit 2 Zehntel Anteilen, Goddert Hardevust mit 1,5 Zehntel Anteilen und Ephraim Meir mit 2,5 Zehntel Anteilen.

Mit den Anteilen des Linhardt vom Spiegel verhielt es sich aufgrund seiner Verurteilung in Sachen Spezereienschmuggel etwas anders:

»So sei es bekannt, dass Linhardt genannt vom Spiegel der Gertrud, seiner Mutter, seine Anteile zu 1,5 Zehntel an der Mühle Pollux schenkt und überlässt. Diese hat sie zu Recht und ohne Streit inne, und sie kann sie, wie sie es möchte, teilen.«

Der Vorsitzende, Waltelm de Aducht, sah Gertrud vom Spiegel über den Tisch hinweg an. Die alte Dame hörte regungslos zu und zeigte auch keinerlei Reaktion, als der sie betreffende Schreinsbucheintrag weiter verlesen wurde:

»Ihr werdet wohl wissen, dass die ehrenwerte Druda, Mutter des Linhardt, ihr Besitztum nicht beibehalten, ihre Abgaben nicht entrichten und sich nicht von ihren Schulden befreien kann. Aus diesem Grund überlässt und verkauft sie ihre Anteile an der Rheinmühle zu Händen des Ephraim Meir. Wir, die wir hier als Zeugen auftreten und die wir ein Siegel führen, fügen dies in das vorhandene Schriftstück ein:

So sei es bekannt, dass Ephraim genannt Meir an den vierunddreißig oben genannten Mühlen einen Anteil von 4 Zehntel der Mühle Pollux hat, die er zu Recht und ohne Streit innehat, und er kann diese, wie er es möchte, teilen.«

Zuletzt Genannter rieb sich zufrieden die Hände und warf den Miteignern der Pollux einen triumphierenden Blick zu.

Mit den Aufzeichnungen zur Rheinmühle Pollux neigte sich die lange Sitzung der Cölner Mühlenallianz ihrem Ende zu. Zuletzt bat man den Schreiber, als Anhang an die Niederschrift der Besitzverhältnisse auch die zu den Mühlen gehörigen Ankerketten zu notieren. Er schrieb sie – teils mit den Namen ihrer Eigner – auf:

»Hardevust cathena habet in longitudine XXXI fila bona, Quattermart XX bona fila longitudinis, item VI fila non tam bona oder Richmudis, XXXVIII fila magna et bona«,* teils erfolgte der Zu-

* Hardevust hat eine gute Kette in einer Länge von 31 Faden, Quattermart (hat) eine gute (Kette) von 20 Faden Länge, außerdem eine nicht so gute von 6 Faden; Richmudis (hat) eine gute und große (Kette) von 38 Faden.

satz hinter den verzeichneten Namen der Schiffsmühlen: »Cono, XXV fila longitudinis, Summus XXVIII fila magna«* et cetera.

Hernach wurden die ersten beschriebenen Blätter in den noch unberührten Mühlenschrein gelegt, was der Schreiber mit den Worten begleitete: »Quaternis huic scrinio impositis.«**

Man hatte den Schrein bei einem der besten Gold- und Silberschmiede der Stadt in Auftrag gegeben, und fünfundvierzig Augenpaare betrachteten nun stolz seine Einweihung und das sorgfältige Verschließen.

Der Schreiber, der saubere Arbeit geleistet hatte, aber nun bis zur nächsten Schreinsöffnung nicht mehr benötigt werden würde, wurde bezahlt. Einen eigenen Schreinsschreiber einzustellen, lohnte sich für die Mühleneigner nicht, da es nicht tagtäglich zu irgendwelchen Änderungen in ihrem Schreinsbuch kommen würde. Man einigte sich jedoch darauf, einen Verwalter aus eigenen Reihen zu bestellen, der sowohl das Mühlenscrinium verwahrte, als auch die neu gegründete Kasse aller Beteiligten zur Instandhaltung der Schiffsmühlen überwachte. Die Familie Aducht wurde als erste mit dieser Aufgabe betraut. Der Reihe nach sollte die Aufgabe dann an die übrigen Mühleneigner übergehen. In unregelmäßigen Abständen würde man den Schrein öffnen, nämlich immer dann, wenn sich mehrere Korrekturen bezüglich der auf dem Rhein liegenden Schiffsmühlen angesammelt hätten.

Die vier Anteilseigner der Pollux blieben nach der Zeremonie der Mühlenschreinanlegung noch eine Weile auf der Straße vor dem Hause Aducht stehen.

»Unser neues Scrinium wird wohl recht bald wieder für einen Eintrag geöffnet werden müssen«, meinte Ephraim Meir nachdenklich. »Die Pollux bleibt zwar eine Mühle, jedoch bezieht sich der Schrein ganz deutlich nur auf das Kapital, welches sich aus den Rheinmühlen ergibt, die auf dem Fluss Getreide mahlen.«

»Wohl wahr«, stimmte Emundt Quattermart zu. »Aber das soll unsere Sorge nicht sein. Man wird unsere Schiffsmühle einfach

* Cono (hat eine Kette) von 25 Faden Länge, Summus (hat) eine große (Kette) von 28 Faden.

** Die Quaterni (werden) hier in den Schrein gelegt.

aus dem Scrinium austragen. Dabei dürfte die Berechnung der übrigen Anteile sich nicht ändern, da diese sich ohnehin nicht nach den existenten sechsundzwanzig Rheinmühlen, sondern nach den ehemals vierunddreißig richten.«

»Wir sollten, sobald unser neues Geschäft floriert, daran denken, einen eigenen Schrein anzulegen«, regte Thilman Overstolz an. »Einen Papierschrein! Unsere Namen und jener der Stadt Cöln werden so als Wiege fortschrittlicher Neuerungen in die Geschichte eingehen.«

»Durch diesen revolutionären Geschäftszweig werden wir alle zu historischen Personen«, grinste Goddert Hardevust.

Die Patrizier unterhielten sich über die letzten noch fehlenden Schritte zur Realisierung ihres kühnen Plans, bevor sie sich in bester Laune trennten.

***

Es war ein seltsames Gefühl, nach so langer Zeit die Stiege seines Heims in der Waldemansgasse zu erklimmen. Florian Grimm verharrte einen Augenblick, bevor er die Tür zur Stube aufstieß.

Elisabeth saß an dem einfachen Holztisch und schälte Kohlrabi. An ihrer Seite thronte Valentin in seinem Hochstuhl und kaute zufrieden an einem Stück des hellen Wurzelgemüses. Bei Florians Eintreten blickten beide gleichzeitig auf.

Während der kleine Junge fröhlich »Papa, wieda da!« ausrief, flüsterte die Frau fassungslos: »Du lebst tatsächlich? Gott sei's gedankt! Ich konnte es gar nicht glauben. Zu lange dachte ich, du seiest ertrunken!«

Der Büttel gab seinen beiden Liebsten einen zärtlichen Kuss und ließ sich dann auf einem der freien Stühle nieder. »Ja, ich lebe. Aber, wieso ertrunken?«

Elisabeth berichtete ihm in unzusammenhängender Folge, was sich seit seinem Verschwinden zugetragen hatte: von dem Toten, den man aus dem Rhein geborgen hatte und der laut Aussage einiger Zeugen wie er ausgesehen habe, von ihrem Gang zu Pfarrer Alfons von St. Kunibert und von der quälenden Ungewissheit, die sie seither begleitete. Tiefe Schatten unter ihren geröteten Augen bezeugten, dass sie in der letzten Zeit nur wenig Schlaf gefunden und viel geweint hatte. Auch nun, beim Erzählen, liefen ihr wieder die Tränen über die Wangen, dieses Mal jedoch vor lauter Glück und Erleichterung.

»Mama weint«, kommentierte Valentin und mümmelte weiter unbekümmert an seiner Kohlrabischeibe.

Florian rückte seinen Stuhl ganz dicht an den seiner Frau heran und legte schützend seinen starken Arm um ihre Schultern.

»Da hast du Ärmste ja noch schlimmere Ängste auszustehen gehabt, als ich befürchtete. Ich wusste, dass du dich ganz entsetzlich um mich sorgen würdest, weil ich so lange nichts von mir hören lassen konnte. Aber dazu noch dieses furchtbare Missverständnis mit der Wasserleiche! Mein armer Liebling!«

Ganz sanft zog er ihren Kopf an seine Brust und strich ihr durch die unordentlichen rotblonden Locken.

»Wenn es mir irgend möglich gewesen wäre, hätte ich mich eher gemeldet, das musst du mir glauben. Doch es ist auch mir schlecht ergangen in dieser Zeit der Trennung.«

Nun beschrieb Florian seinerseits, was ihm widerfahren war und dass sein Gesundheitszustand ihm eine frühere Rückkehr leider nicht ermöglicht habe.

Elisabeth machte sich von ihm los und sprang auf. »Jemand wollte dich ermorden? Ein Messer im Rücken? Das ist absurd! Wer sollte so etwas tun?«

»Beruhige dich, mein Schatz! Es ist demjenigen, der versucht hat, mich umzubringen, ja glücklicherweise nicht gelungen.«

Elisabeth hatte sich hinter ihn gestellt und nestelte an dem von dem hilfsbereiten Schmied geborgten Gewand.

»Ist es noch sehr schlimm?«, fragte sie besorgt. »Schmerzt die Wunde noch?«

Florian erhob sich ebenfalls und streifte das Kleidungsstück ab. Zum Vorschein kam eine hässliche, kaum verheilte, dickwulstige Narbe.

Behutsam legte Elisabeth ihre Finger darauf. »Das ist ja furchtbar! Die Wunde sieht grauenhaft aus«, stöhnte sie. »Wer konnte dir das bloß antun und warum?« Wieder schossen ihr die Tränen in die Augen.

Florian drehte sich rasch um und nahm sie ganz fest in seine Arme. In der Umschlingung spürte er ihren veränderten Leibesumfang und blickte fragend von ihrem Bauch in ihr Gesicht. »Elisabeth, du bist wieder …? Ist das wahr?«

Die Frau nickte stumm und brachte ein zaghaftes Lächeln zustande. »Ich wollte es dir schon längst gesagt haben, aber da waren zuerst diese Unstimmigkeiten zwischen uns, und nun warst du fort.«

Sie ergriff seine rechte Hand und legte sie auf die Wölbung ihres Leibes. »Da, du kannst es schon spüren«, sagte sie.

Florian horchte einen Moment auf die Empfindung in seiner Hand und rief dann aufgeregt aus: »Ja, wirklich, er hat mich getreten!«

»Er?«, meinte Elisabeth schmunzelnd. »Möchtest du denn wieder einen Jungen, oder darf es dieses Mal auch ein Mädchen sein?«

»Schwester-le-le«, krähte Valentin dazwischen.

»Siehst du, dein Sohn wünscht sich zum Beispiel eine Schwester.«

»Und er kennt sogar schon das Wort dafür«, staunte der stolze Vater.

»Das liegt wohl daran, dass ich in der letzten Zeit viel mit ihm über sein Geschwisterchen gesprochen habe, und dabei meist von einem kleinen Mädchen. Und? Freust du dich?«

»Ob ich mich freue? Ich bin ganz verrückt vor Freude! Und ob es ein Junge wird oder ein Mädchen, spielt überhaupt keine Rolle, wenn es nur dir ähnelt!«

Beiden fielen immer noch weitere Einzelheiten ein, die sie in der ersten Kurzfassung der Geschehnisse zu berichten vergessen hatten. Glücklich vereint, erzählten und lachten sie den ganzen Tag über.

Als die Grimms nach einer innigen Liebesnacht am folgenden Morgen gut gelaunt bei ihrem Frühstücksbrot saßen, wurde Florians Miene auf einmal wieder ernst.

»Elisabeth, ich würde gern alle Details dieser unseligen Geschichte noch einmal mit dir durchsprechen, bevor ich zu Sifrid von Westerburg gehe. Du musst mir sagen, ob alles auch wirklich logisch durchdacht ist. Oder soll ich dich lieber damit in Ruhe lassen?«

»Ich helfe dir gern, wenn ich kann«, erwiderte Elisabeth ohne zu zögern.

»Also gut: Am Anfang steht der Mord an unserem Freund Titz. Du erinnerst dich doch sicherlich, dass auf seiner Beerdigung auch die Mühlenerben der Pollux waren und dass wir uns darüber gewundert haben, wie viel Geld sie bereit waren, für die Bestattungszeremonie auszugeben.«

»Ja, ich weiß noch gut, dass die Feierlichkeit für einen einfachen Müller viel zu pompös gestaltet war. Über etwas Geld dürfte Titz wohl verfügt haben, da er ja kaum Gelegenheit hatte, seinen Lohn auszugeben. Aber der Aufwand für seine Bestattung war absolut unverhältnismäßig. Dann lag es wohl nicht daran, dass die Mühleneigner ihrem Müller in besonderer Form die letzte Ehre erweisen wollten, sondern sie hatten schlicht und einfach ein schlechtes Gewissen«, bemerkte Elisabeth, die schon verstanden hatte, wem ihr Mann die Verantwortung für den Tod seines Freundes zuwies.

»Ganz genau«, bestätigte er ihr. »Erst ließen die Patrizier Ludwig Titz aus dem Weg räumen, und dann richteten sie ihm quasi als Wiedergutmachung« – seine Stimme nahm bei diesem Wort einen ironischen Tonfall an – »eine weit reichere Bestattung aus, als ihm eigentlich von Standes wegen gebührte. Den genauen Grund für den Mord werden wir wohl nie erfahren. Vielleicht hat unser Freund bloß irgendetwas von den Vorbereitungen mitbekommen, was er nicht wissen durfte, oder aber man hat versucht, ihn als Komplizen zu gewinnen, und er hat sich geweigert, bei diesem Papierkomplott mitzuwirken. Ich für meinen Teil halte Letzteres für wahrscheinlicher.«

»Die Patrizier wollen also aus der Rheinmühle Pollux eine Papierproduktionsstätte machen, um dadurch die Macht unseres Stadtherrn zu schwächen und ihre eigene zu stärken. Habe ich das richtig verstanden, und bist du dir da ganz sicher?«

»Ja, es deutet nicht nur alles darauf hin, sondern auch der für den Umbau der Mühle zuständige Zimmermann, Daim Pechleffel, hat mir diesen Plan als Fakt bestätigt. Der neue Wirtschaftszweig auf dem Rhein vor Cöln könnte die Macht und den Einfluss der Patrizier so enorm festigen, dass sie eventuell sogar einen Versuch unternehmen werden, den Erzbischof zu stürzen.«

»In der Tat, das wäre entsetzlich!« Elisabeth nickte. »Du musst unbedingt so schnell als möglich Sifrid von Westerburg aufsuchen. Ich weiß zwar nicht, wie du es anstellen willst, zu ihm persönlich vorgelassen zu werden, aber dir wird schon etwas einfallen.«

Kapitel XXX

Floran Grimm wartete einige Tage ab, die er dringend zur weiteren Erholung von seiner schweren Verletzung benötigte, und entwarf in dieser Zeit einen Plan, wie er sich Einlass beim Erzbischof verschaffen könnte.

Bald hatte er eine Idee. Er würde sich an Wilhelm von Schinnen, den Stiftsdechanten von St. Gereon wenden, der ihm als Dank für die rasche und diskrete Hilfe im Falle des Reliquiendiebstahls in seinem Stift sicherlich nur zu gern einen Gefallen gewähren würde.

Über die Vorbereitung dieses wichtigen Ganges vergaß der Büttel jedoch nicht, das Versprechen einzulösen, welches er seinen Rettern aus der Vorstadt vor dem Hahnentor gegeben hatte. Während Elisabeth einen phantastischen Rinderschmorbraten mit allerlei Gemüsebeilagen vorbereitete, begab er selbst sich zu der Hütte, die eine Zeit lang sein Zuhause gewesen war, und holte Gunther Schlupens und seine Tochter Petronia zum Abendessen ab.

Das üppige Mahl verlief in bester Stimmung, und man ging schon bald allerseits zum freundschaftlichen »Du« über.

Die angeregte Unterhaltung drehte sich zunächst um den Mordanschlag auf Florian, um sein Auffinden im Wald durch Petronia und um den langen, zähen Genesungsprozess. Dann wandten sich die Männer aktuellen Themen der Cölner Stadtpolitik zu, während die Schmiedstochter von Elisabeth alles über den Ehestand, das Kinderkriegen und deren Aufzucht erfahren wollte. Die junge Frau durfte auch einen Blick auf das friedlich schlafende Kleinkind werfen, und sie war hoch entzückt!

»Das alles scheint dich sehr zu interessieren. Wirst du dich denn bald selbst verehelichen?«, fragte die Gastgeberin.

Petronia errötete. »Ich glaube, ja«, gab sie zu. »Gestern hat mein Vater mit einem guten Freund und Kollegen aus unserem Viertel gesprochen, der sechs Söhne hat, die sich um die Schmiede zanken. Er wäre wohl nur zu froh, wenn er einen davon in eine andere Werkstatt hineinverheiraten könnte, und für meinen Vater ist es allemal leichter, mich zu vermählen und gleichzeitig in seiner Nähe zu behalten, als mich in einen fremden Haushalt übersiedeln zu sehen.«

Petronia bedachte ihren Vater mit einem liebevollen Seitenblick.

»Er hat doch nur mich, und auch ich habe bisher jeden Gedanken an eine Heirat weit von mir gewiesen, weil ich die Vorstellung, meinen Vater allein zurückzulassen, nicht ertragen hätte. Aber nun, wenn es so sein wird, dass sich mein zukünftiger Ehemann bei uns einquartiert, kann ich es mir viel eher vorstellen. Außerdem …« Sie stutzte kurz und fuhr dann leicht verlegen fort:

»Außerdem, wenn ich mir euch so ansehe, mit dem süßen kleinen Valentin, der im Schlaf wie ein Engelchen aussieht, und dem zweiten Kind, das in deinem Bauch heranwächst … Doch, ich glaube, nun bin auch ich bereit für einen neuen Lebensabschnitt. Und welch Freude wird es für Vater sein, wenn erst einmal seine Enkelkinder durch unsere Hütte toben!«

»Da hast du ganz bestimmt recht. Auch ich sehe in dir eine Frau, die nicht nur reif ist für den Ehestand, sondern auch eine ganz besonders gute Mutter sein wird.«

»Ja, jetzt bin ich mir sicher«, freute sich Petronia. »Ich werde der Verlobung zustimmen, und im nächsten Sommer wird Hochzeit gefeiert. Ihr drei – nein, halt, ihr werdet ja dann schon zu viert sein –, also: Ihr vier seid jetzt schon dazu eingeladen.«

***

Zwei Tage nach diesem erfreulichen Besuch machte sich der Büttel an einem stürmischen Oktobertag auf den Weg nach St. Gereon.

Wilhelm von Schinnen hatte einen Besucher, freute sich aber dennoch sichtlich, Florian Grimm wiederzusehen. Seine warmen dunklen Augen strahlten ihn an, und die silbernen Locken wippten bei dem herzhaften Begrüßungshandschlag.

»Darf ich Euch unseren Stadtschreiber, seit dem vorigen Jahr auch Pfarrer an Klein Sankt Martin, vorstellen? Gottfried Hagen – Florian Grimm, der uns bei der leidlichen Angelegenheit mit der verschwundenen Reliquie geholfen hat.«

»Hocherfreut«, sagte der Stadtschreiber. »Ihr habt dem Stift wirklich einen großen Dienst erwiesen.«

»Die Freude liegt bei mir«, erwiderte der Büttel und meinte es ganz ehrlich, denn Gottfried Hagen war alles andere als ein Unbekannter in Cöln.

Sein umfangreiches juristisches Wissen hatte den aus einem Xantener Patriziergeschlecht stammenden Mann in der Rheinmetropole rasch zu einem ausgewiesenen Spezialisten für deutsche Urkunden aufsteigen lassen, den man in vielerlei Fragen zurate zog. Im Jahre 1270 hatte er das »Boich van der stede Colne«*, seine berühmte Reimchronik verfasst, um die Cölner Bürger zur Eintracht zu ermahnen, als diese ihren damaligen Erzbischof Engelbert von Falkenburg gefangen gesetzt hatten und der Papst damit drohte, die Stadt mit dem Bann zu belegen. Das erstaunliche Buch zur Geschichte der Stadt Cöln, in welchem neben historischen Fakten aus den Jahren 1250 bis 1270 auch Legenden und Wundererzählungen einen Platz gefunden hatten, war im ripuarischen Dialekt geschrieben und jedem Bürger ein Begriff. Der Autor war trotz seines Bekanntheitsgrades in der Stadt ein einfacher und bescheidener Mensch geblieben.

Nachdem die drei einige Sätze gewechselt hatten, zeigte sich der Stiftsherr wie erwartet überglücklich, sich bei Florian Grimm für die Aufklärung des Reliquiendiebstahls mit einer so einfachen Sache wie einem Empfehlungsschreiben an den Erzbischof bedanken zu können, und wollte noch nicht einmal die Gründe dafür wissen.

***

Die Wachen vor dem erzbischöflichen Palais prüften nur das Siegel des Schreibens und warfen einen knappen Blick auf den rotweißen Surkot des Besuchers, dann ließen sie ihn ohne Weiteres eintreten. Nach einer kurzen Wartezeit wurde Florian Grimm zu Sifrid von Westerburg geführt, den die Amtsgeschäfte einmal wieder nach Cöln geführt hatten.

Die Eichentäfelung im Amtssaal des Stadtfürsten war über

* Buch von der Stadt Köln

und über mit kostbaren Gobelins behängt. Zwei große Tische und ein Dutzend Lehnstühle – alles mit reicher Schnitzerei verziert – bildeten das ganze Mobiliar.

Sifrid von Westerburg erbrach das Siegel und überflog den Brief, den Wilhelm von Schinnen geschrieben hatte, indem er die Zeilen mit dem Finger entlangfuhr. Ein schmaler goldener Ring, besetzt mit einem Saphir, glänzte an seiner Hand.

»Nun, was kann ich für Euch tun?«, wandte er sich schließlich wohlwollend an den Besucher.

Florian Grimm hatte sich eine ebenso komprimierte wie präzise Formulierung zur Schilderung aller Ereignisse zurechtgelegt. Während er sprach, blickte er beständig zu seinem Stadtherrn auf, welcher ganz in Purpur gewandet auf einem erhöhten Sessel thronte, und beobachtete, wie dessen Miene erst einen verwunderten, dann einen verkniffenen und schließlich einen wütenden Ausdruck annahm.

Als der Büttel seinen Bericht beendet hatte, brauste der Erzbischof auf.

»Das ist ungeheuerlich! Wahrscheinlich steckt mal wieder der Graf von Jülich dahinter! Ich werde sofort einige Leute aussenden, um Beweise für Eure Anschuldigungen einzuholen. Wenn es stimmt, dass diese Patrizier über die Produktion von Papier versuchen wollen, mein Pergamentmonopol und meine Macht zu untergraben oder mich gar zu stürzen, werde ich mir etwas einfallen lassen müssen. Emundt Quattermart und Goddert Hardevust sitzen im Schöffenkolleg, Ephraim Meir ist der reichste Mann der ganzen Stadt, und Thilman Overstolz gehört dem Rat an. Alle vier gehören überdies zu den ältesten und angesehensten Familien Cölns und sind somit quasi unangreifbar. Viel zu einflussreich jedenfalls, um sie wie gemeine Verbrecher vor Gericht zu stellen oder enthaupten zu lassen.« Die Stirn des Stadtfürsten legte sich unter der samtenen Haube in nachdenkliche Falten.

»Ich werde wohl meinen Freund Albertus um Rat fragen. Ihr kennt ihn ja, unseren großen Gelehrten. Ein weiser Mann, der stets die richtige Antwort weiß.«

»Ja, auch ich habe bereits mehrfach sehr brauchbare Ratschläge und Informationen von ihm erhalten«, stimmte der Büttel zu.

»Geht nun und habt Dank für die Information«, sagte Sifrid

von Westerburg und sah ihm fest in die Augen. »Wenn sich Eure Warnung als wahr und berechtigt herausstellt, bin ich Euch einen großen Gefallen schuldig. Für den Augenblick seid versichert, dass ich mich der Sache in angemessener Form annehmen und gegebenenfalls eine gerechte Strafe für die Verschwörer finden werde. Ich, Sifrid von Westerburg, Erzbischof und Kurfürst zu Cöln am Rhein, werde mich nicht von diesem Cölschen Klüngel unterkriegen lassen!«

Florian Grimm bedankte sich, dass man ihn angehört hatte, machte einen Kniefall und verließ den Saal.

Der Büttel war zufrieden. Er hatte seine Pflicht erfüllt und – hoffentlich – sein eigenes Leben dem Schutz des erzbischöflichen Stadtherrn anempfohlen. Auf dem Nachhauseweg konnte er sich die revolutionäre Idee der Papierherstellung zum ersten Mal ohne Befangenheit durch den Kopf gehen lassen. So wenig er davon wusste, so sehr faszinierte ihn der Gedanke an das neuartige Beschreibmaterial. Nicht, dass er seinen Gang zum Erzbischof bereut hätte, aber tief in seinem Inneren spürte er, dass kein Herrscher die Papierherstellung in seiner Heimat dauerhaft würde aufhalten können. Nur war jetzt die Zeit noch nicht reif.

***

»Tempora mutantur et nos mutamur in illis!«, sprachen fünf Stimmen feierlich.

»Endlich ist es so weit! Nächste Woche können wir mit der Papierproduktion beginnen«, eröffnete Thilman Overstolz das Treffen an diesem kühlen Abend im späten Herbst. »Der Umbau der Pollux ist so gut wie abgeschlossen, und morgen wird der Mahlbetrieb ganz offiziell eingestellt. Ohnehin sind momentan nur noch die beiden Lehrburschen auf der Mühle, nachdem Friedrich Unckel, der über die Sommermonate bei uns ausgeholfen hat, wieder auf die Hilger zurückgekehrt ist. Die Jungen werde ich morgen persönlich darauf vorbereiten, dass sie zukünftig ganz anders geartete Tätigkeiten zu verrichten haben werden.« Der Patrizier blätterte in den Pergamenten, die vor ihm auf dem Tisch lagen.

»Ich denke, als Lumpenreißer sind sie für den Anfang sehr

brauchbar; später kann man sie, wenn sie sich geschickt anstellen, eventuell in einen anderen Arbeitsbereich einweisen. Was die übrigen Arbeitskräfte anbetrifft, Gautscher, Ableger, Leimer, Packer und so weiter, so sind diese ebenfalls bereits ausgesucht und zum Teil auch schon vereidigt. Wann trifft der gelernte Papierer aus Italien ein?«, fragte er an Gilberto Varrone gewandt.

»Ich erwarte unseren Meister der weißen Kunst in den nächsten Tagen«, gab er zurück. »Auf jeden Fall wird er pünktlich zum Produktionsstart hier in Cöln sein.«

»Gut! Dann lasst uns nun die Gläser heben und auf den vollen Erfolg unseres Projektes anstoßen«, sagte Overstolz.

»Nicht so schnell«, warf Emundt Quattermart ein. »Ihr alle hier wisst vielleicht noch nicht, dass der Büttel Florian Grimm sich wieder in der Stadt aufhält. Bei unserer letzten Zusammenkunft habe ich euch versichert, dass der Mann uns nie wieder in die Quere kommen wird, dennoch ist er heute früh am Heumarkt gesichtet worden. Ich frage euch nun: Besteht diesbezüglich erneuter Handlungsbedarf, oder kann er uns nun nicht mehr wirklich gefährlich werden?«

Eine Weile redeten alle erregt durcheinander, dann war es schließlich der Italiener Varrone, der sich mit der laut geäußerten Forderung »Handlungsbedarf! Sicher ist sicher!« durchsetzte.

Kapitel XXXI

»Feuer!«

»Füür!«

Es war mitten in der Nacht, und immer mehr Stimmen mischten sich in den Aufruhr.

»Füür!«

»Feuer auf den Mühlen!«

»Lichter auf dem Rhein!«

»Dä Rhing steit en Flamme!«

»Rhing en Flamme!«

»Ja, seht nur, Rhein in Flammen!«

Die Menschen, die in der Nähe der Rheininsel Werthchen wohnten, schreckten durch die lauten Rufe hoch.

Feuer, das war das, wovor die Bewohner der Städte sich mehr als vor allem anderen fürchteten! Besonders in trockenen Sommermonaten musste die gut organisierte Brandwehr Cölns immer wieder ausrücken, um die alles vernichtenden Flammen in Holzhäusern, Werkstätten oder Dachstühlen zu bekämpfen. Vorderstes Ziel war es dabei stets, ein Übergreifen auf Nachbargebäude zu verhindern, aber auch das gelang nicht immer. Manches Mal schon hatte ein Großbrand ganze Häuserzeilen in Schutt und Asche gelegt.

Aber nun, im Spätherbst, wo es viel und heftig regnete, war die Feuergefahr eigentlich nicht mehr so groß. Umso entsetzter reagierten die Menschen, welche die »Feuer«-Rufe ausstießen oder hörten.

Florian Grimm hielt sich, als der Tumult losging, bei einer seiner Routinekontrollen im Haxenhaus am Rhein auf. Schnell schloss er sich der aufgeregten Menge an, die rheinaufwärts hastete, und sah schon bald den Brandherd. Je näher er dem Uferabschnitt kam, vor dem die Schiffsmühlen in zwei Reihen lagen, desto exakter konnte er die Position des Feuers lokalisieren. Und schließlich erkannte er es klar und deutlich: Es war die letzte Mühle der Underrey, es war die Pollux, die da lichterloh brannte!

»Dä Pollux!«

»Die Pollux brennt!«, erschollen weitere Rufe, und einer der Umstehenden bemerkte lakonisch:

»Nun hat sie dasselbe Schicksal ereilt wie damals ihr Zwillingsschiff Castor.«

Eine alte Frau murmelte still einen Brandsegen zur Muttergottes: »Uns lieff fraw häb auff ihr rechte handt, sie segene diesen brandt, daß er nicht schwere und nicht einfreße, ihn nhamen deß vatters, deß sohns und deß heiligen geist.«*

Florian Grimm war wohl der Einzige in der riesigen Menschenmenge, die inzwischen am Ufer zusammengelaufen war, der verstand, was hinter diesem Brand steckte.

Ein schlauer Kopf, unser Stadtherr! Wahrhaftig, er hat sich etwas einfallen lassen, dachte der Büttel, bevor er seine Schritte in die andere Richtung und auf sein Heim zu lenkte.

* Unsere liebe Frau möge ihre rechte Hand erheben, diesen Brand segnen, auf dass er nicht zu einem schweren werde und sich nicht einfresse, im Namen des Vaters, des Sohnes und des Heiligen Geistes.

Was danach geschah …

Gabriel Knieps und Martin Weyer, die beiden Lehrburschen der Pollux sind natürlich nicht in den Flammen, denen die Rheinmühle zum Opfer fiel, umgekommen. Sie konnten sich rechtzeitig auf die Nachbarmühle Cono retten, und von dort aus hatte man es mit vereinten Kräften geschafft, die Pollux aus der Underrey abzukoppeln, bevor der Brand auf die anderen Mühlen übergreifen konnte. Martin Weyer kehrte nach all den Aufregungen des Jahres 1276 in sein heimatliches Dorf zurück, während Gabriel Knieps auf der Hilger aufgenommen wurde, deren Lehrbursche nach der Renovierungspause der Schiffsmühle nicht mehr wiedergekommen war. Er freute sich riesig, von nun an regelmäßig in den Genuss von Friedrich Unckels Geschichten zu kommen.

***

Die Pollux wurde schon im folgenden Jahr durch eine neue Schiffsmühle ersetzt, welche den Namen Johann erhielt. So dümpelten bald wieder sechsundzwanzig Mühlenschiffe auf dem Rhein vor Cöln.

***

Die Verschwörer entgingen zwar einer strafrechtlichen Verfolgung, doch das Los Fortunas, der Göttin des Zufalls, schlug binnen Kurzem bei jedem einzelnen von ihnen zu.

Emundt Quattermart starb nur wenige Tage nach dem Brand der Pollux. Es hieß, er sei unglücklich mit dem Schwert in der Hand gestürzt und habe sich dabei eine tödliche Verletzung zugezogen. Ob es sich eventuell um Selbstmord gehandelt hat, lässt sich heute nicht mehr rekonstruieren.

Der arrogante Goddert Hardevust gehörte zu den letzten Opfern, welche das Antoniusfeuer im Jahre 1276 forderte.

Thilman Overstolz blieb zwar unbeschadet an Leib und Leben, jedoch spielte auch ihm das Schicksal so übel mit, dass ihm sein Dasein fortan sinnlos erschien. Nur zweieinhalb Jahre nach den geschilderten Ereignissen verlor er seine beiden Söhne zu gleicher Zeit. Sie hatten sich in jugendlich-forscher Abenteuerlust dem Habsburger König Rudolf gegen dessen Widersacher Ottokar von Böhmen angeschlossen und fielen am 26. August 1278 in der Schlacht auf dem Marchfeld bei Dürnkrut in Niederösterreich.

Auch dem reichsten Manne Cölns, Ephraim Meir, war ein jähes Ende seiner eben noch so rosig scheinenden Zukunft bestimmt. Obwohl man meinen sollte, dass er sich in pekuniären Dingen wie kein Zweiter auskannte, verlor er in den auf das Papierkomplott folgenden Jahren durch drei weitere Fehlspekulationen von gigantischem Ausmaß sein gesamtes Vermögen. Er musste schließlich die florierende Rheinmetropole verlassen und bei Verwandten in Herbipolis um Aufnahme bitten.

Von dem Italiener Gilberto Varrone hörte man in Cöln nie wieder etwas. Ebenso wenig in Fabriano! Wahrscheinlich ist er auf dem Rückweg irgendwo in der wilden Bergwelt, die er durchqueren musste, um nach Hause zu gelangen, in einen räuberischen Hinterhalt geraten, und seine Knochen liegen bis heute in einer nicht zu benennenden Alpenschlucht.

***

Bei der nächsten Schreinsöffnung der Cölner Mühlenerben wurde folgender Eintrag in der Schreinskarte notiert:

»Omnia litteris mandata, quae ad molendinum Pollucis in reno ante civitatem Coloniensem pendentem pertinent, exstinguuntur, quia molendinun deletum est. Datum anno domini MCCLXVI idibus Novembris.«*

Es folgte eine Auflistung sämtlicher einundvierzig verbliebenen privaten Mühleneigner, welche »bezeugen, dass die Bürger Thilmanus Overstolz, Emundtus Quattermart, Ephraim Meir und

* Alle schriftlichen Aufzeichnungen, die sich auf die Mühle Pollux, welche im Rhein vor der Stadt Cöln verankert lag, beziehen, werden gelöscht, weil die Mühle zerstört worden ist. Datum: im Jahr des Herrn 1276, an den Iden (Monatsmitte) des November.

Goddertus Hardevust mit sofortiger Wirkung aus dem Kreis der Cölner Mühlenerben ausgeschlossen sind.«

***

Im November klagte Sifrid von Westerburg den Grafen Wilhelm von Jülich an, dass er in Worringen ohne jegliches Recht eine Burg zur höchsten Gefahr für sein und seiner Kirche Besitztum errichtet habe. Um diesem Sicherheitsrisiko vorzubeugen, ließ er das dortige erzbischöfliche Allod mit starken Festungswerken versehen. Die Stadt Cöln, welche hierin wiederum eine Bedrohung ihrer Sicherheit zu erkennen glaubte, beschwichtigte er mit einer urkundlichen Zusicherung vom 29. November 1276, dass er sofort sämtliche Worringer Festungen werde schleifen lassen, sobald er mit Hilfe der Cölner Bürgerschaft in den Besitz der Burg des Grafen von Jülich gelangt sei. Ob der Festungsbau in irgendeinem Zusammenhang mit den vorangegangenen Ereignissen des Jahres stand, lässt sich nicht mit Bestimmtheit sagen.

***

Noch im Monat Oktober unternahm die Familie Grimm eine weitere gemeinsame Reise nach Novum Monasterium. In ungetrübter Heiterkeit wurde dort die Hochzeit von Carolina und Lothar gefeiert. Von der Schwangerschaft der jungen Frau wusste im Ort niemand, und es ist auch nie herausgekommen, dass Carolinas Erstgeborener einen anderen Vater hatte als die folgenden fünf Kinder. Nur ihrer Mutter beichtete sie irgendwann nach Jahr und Tag ihr Geheimnis, doch diese hatte das Enkelkind inzwischen so lieb gewonnen, dass sie dessen biologischer Vater nur wenig interessierte.

***

Elisabeth brachte am sechsten Februar Anno Domini 1277 ein gesundes Mädchen zur Welt. Es wurde auf den Namen Petronella getauft. Kurz zuvor hatte Familie Grimm in eine geräumigere Wohnung in der Straße »Unter Messermacher« einziehen können, welche ihnen Sifrid von Westerburg als Ausdruck seines Dankes und als Belohnung für die Treue des Cölner Büttels geschenkt hatte.

Der Abschied von ihrer Nachbarin Christina Appelsack fiel den Grimms nicht sonderlich schwer.

Anhang

Nachwort der Autorin

Mühlenschiffe, Flussmühlen beziehungsweise Schiffsmühlen lagen auf Strömen und Flüssen verankert, und waren durch Taue mit dem Ufer verbunden. An Bord der mal ein- und mal mehrteiligen Schiffe befand sich ein Gebäude, in dem das Mahlwerk untergebracht war und welches überdies dem Müller und seinen Gehilfen als Unterkunft diente sowie Platz zur Lagerung der Säcke mit Getreide und Mehl bot. Das Mühlrad – manchmal waren es auch zwei – hing je nach Bautyp direkt am Mühlhaus oder an einem eigenen Ponton. Es wurde unterschlächtig von der Strömung angetrieben und setzte das Mahlwerk in Bewegung.

Die ältesten Schiffsmühlen lagen auf dem Tiber und waren eine Art Notlösung. 537/38 n. Chr. belagerten die Goten die Stadt Rom über einen langen Zeitraum und hatten auch die Wasserzufuhr der Aquädukte unterbrochen. So konnten die römischen Wassermühlen nicht mehr mahlen, und es drohte eine Hungersnot. Da hatte der Feldherr Belisar den Einfall, Mahlwerke mit Wasserrädern auf Kähnen unterzubringen und sie von der Strömung des Tibers betreiben zu lassen. Bei der Konstruktion dieser Flussmühlen stützte er sich auf die Schriften des Ingenieurs und Architekten Vitruvius.

Für das Mittelalter und die frühe Neuzeit wissen wir, dass überall auf europäischen Strömen in unterschiedlicher Dichte Schiffsmühlen anzutreffen waren. In der Nähe größerer Städte kam es zeitweise sogar zu Mühlenballungen. Sie wurden jedoch irgendwann als großes Hindernis für die Flussschifffahrt eingestuft und mussten weichen.

Die ersten Kölner Mühlenschiffe lagen noch in Höhe der Mühlengasse auf dem Rhein. Später wurden sie ein Stück flussaufwärts verlegt und befanden sich von da an traditionell in zwei Reihen genau dort, wo der Roman sie ansiedelt, nämlich der Insel Werthchen vorgelagert. Der Rhein war in seiner damaligen unregulierten Form wesentlich breiter und flacher als heute. Viele alte

Stadtansichten zeigen die Mühlenschiffe, am besten und deutlichsten die von Anton Woensam aus dem Jahre 1531.

Die früheste quellenkundlich nachweisbare Getreidemühle auf dem Rhein ist für Straßburg um das Jahr 850 belegt. Ein archäologischer Fund bei Gimbsheim/Rheinhessen belegt die Existenz von Mühlenschiffen auf dem Rhein jedoch schon um das Jahr 760. In Köln gab es Schiffsmühlen spätestens seit der Regierungszeit Bruns I. (953–965) und dann bis ins 19. Jahrhundert hinein.

Neben Köln waren zu der Zeit, in der dieser Roman angesiedelt ist, die bekanntesten Schiffsmühlen die der Stadt Mainz. Die einzelnen erwähnten Rheinmühlen bei Wesseling und bei Sürth sind ebenfalls historisch. Ab 1287 unterhielt außerdem das Kölner Stift St. Ursula eine Mühle auf dem Rhein bei Niehl, und seit 1344 sind auch für Bonn Schiffsmühlen des Kölner Erzbischofs gesichert.

Zwischen dem 13. und dem 17. Jahrhundert kann man davon ausgehen, dass Mühlenschiffe zum Bild aller wichtigen europäischen Flüsse gehörten. Sie hatten großen Anteil an der Versorgung der Städte mit Mehl. Eine Doktorarbeit zu diesem Thema zählt mehr als siebenhundert Standorte von Schiffsmühlen an vielen europäischen Flüssen auf. Eine andere Dissertation ist ganz den Kölner Rheinmühlen und ihrem Betrieb gewidmet. Dem Autor, Horst Kranz, bin ich zu großem Dank verpflichtet, habe ich doch seinem Werk einen Großteil meines Wissens zu den mittelalterlichen Schiffsmühlen entnommen.

Der Kölner Mühlenschrein ist historisch belegt für die Zeit von Oktober 1276 bis Juli 1797. Die Eigentümer der Rheinmühlen werden darin als *coheredes molendinorum* beziehungsweise als *erfgenozen an den moilen* bezeichnet. Das Scrinium ist chronologisch in vier Bücher unterteilt, von denen das erste, bestehend aus 163 Blatt Pergament, von 1276 bis 1368 reicht; das zweite umfasst die Jahre 1368 bis 1469; das dritte den Zeitraum 1469 bis 1677, und das vierte verzeichnet alle Vorgänge auf den Kölner Mühlenschiffen zwischen 1677 und 1797. Aus dem Mühlenschrein wissen wir auch, dass die Anteile der sechsundzwanzig im Jahre 1276 vorhandenen Mühlen auf dem Rhein nach zuvor existenten vierunddreißig Schiffsmühlen berechnet wurden.

Bis 1527 hatte sich die Zahl der Kölner Rheinmühlen auf zehn reduziert, deren Namen wie folgt überliefert sind: Ludwig, Winandt, Otto, Kelner, Hilger, Thiel, Lupus, Cono, Summus und Johann. Alle im Roman verwendeten Namen sind also bis auf Castor und Pollux authentisch.

1617/18 waren noch acht Mühlen in Köln übrig, die zu diesem Zeitpunkt in nur einer Reihe zusammengefasst wurden. Nach 1776 sind noch fünf Mühlenschiffe für Köln belegt und für das Jahr 1803 gar nur noch zwei. Wie auf dem Rhein, so verschwanden überall in Europa in dieser Zeit der Industrialisierung und Erschließung neuer Energiequellen die Schiffsmühlen aus dem Bild der Flüsse.

***

Was gibt es zu den historischen Anfängen der Papierherstellung zu sagen? Wie viele der berichteten Fakten sind authentisch, welche Teile hat die Autorin frei erfunden?

Zunächst einmal muss klargestellt werden, dass die Herstellung von Pergament tatsächlich im Umkreis der klösterlichen Skriptorien stattfand und erst im Verlaufe des Spätmittelalters zu einem bürgerlichen Gewerbe wurde. Dass allerdings der Erzbischof dadurch quasi ein Monopol auf diesen Beschreibstoff hatte, ist nicht erwiesen. Dies wurde ausschließlich zur Verdeutlichung logischer Zusammenhänge im Roman so dargestellt.

Es ist allgemein bekannt, dass die Erfindung des Papiers auf die Chinesen zurückgeht. Lange Zeit glaubte man, der kaiserliche Hofbeamte Tsai Lun habe im Jahre 105 n. Chr. das erste Papier geschaffen. Inzwischen sind jedoch in chinesischen Gräbern ältere Papiere, aus dem 2. und 1. Jahrhundert vor Christus, aufgetaucht. Als Rohstoffe verwendeten die Chinesen Rindenbast vom Maulbeerbaum, Hanf und Stoffreste aus der Seidenproduktion, die mit Wasser zu einem dünnen Faserbrei zerstampft wurden.

Im Verlauf des 8. Jahrhunderts gelangte die Kenntnis der Papiermacherei in den arabisch-islamischen Kulturkreis. Als fixes Datum nimmt man das Jahr 751 an, als die Araber einen großen Sieg über die Chinesen am Fluss Talas in Turkistan erringen konnten, wobei viele Männer der unterlegenen Seite in arabische Kriegsgefangenschaft gerieten. In der Folge entstanden Papierwerkstätten in Bagdad, Damaskus und Kairo.

Vom 10. Jahrhundert an vermittelten die Araber die Papiermacherkunst nach Spanien, das damals von den Mauren besetzt war. Die um diese Zeit für ihre Bibliotheken berühmte Stadt Cordoba dürfte der erste Standort von Papiermühlen auf europäischem Boden gewesen sein, und für Xativa, bei Valencia, sind Papierproduktionsstätten ab 1074 schriftlich belegt.

In der italienischen Stadt Amalfi, die enge Seefahrtsbeziehungen zu den arabischen Städten pflegte, soll es ebenfalls bereits vor 1231 Papiermühlen gegeben haben. Das Datum steht in Zusammenhang mit einem Verbot Kaiser Friedrichs II., welcher 1231 urkundlich den Gebrauch von Papier für wichtige Dokumente untersagte.

Von Amalfi an der Westküste aus drang das Geheimnis des Papierschöpfens nach Norditalien und an die italienische Ostküste. Für Genua wird der Besitz von Papierproduktionsstätten um die Mitte des 13. Jahrhunderts angenommen, für das im Roman angeführte Fabriano bei Ancona ist dies ab 1268 tatsächlich belegt. Historisch sind auch die technischen Neuerungen, welche in Fabriano zur Verbesserung der Qualität eingeführt wurden: Das Ersetzen der Holzlamellen der Schöpfform durch solche aus Metall, die Verwendung von tierischem anstelle des bis dahin üblichen pflanzlichen Leims und das Versehen der Ware mit Wasserzeichen. Die Idee zu der Romanfigur des Gilberto Varrone hat also durchaus einen historischen Kern.

In Frankreich gehen die Zeugnisse der Papierwirtschaft bis in die erste Hälfte des 14. Jahrhunderts zurück. Die frühesten Papiermühlen dürften ab 1326 in Ambert in der Auvergne sowie ab 1348 in Troyes in der Champagne gestanden haben.

Die erste Papiermühle Deutschlands wurde durch den Fernhandelskaufmann Ulman Stromer gegründet, der 1390 die Gleißmühle vor den Toren Nürnbergs zu einer Papiermühle umrüstete. Bemerkenswert ist, dass der dortige Betrieb tatsächlich mit Hilfe von in Italien ausgebildeten Papierern aufgenommen wurde. Interessant dürfte ferner die Tatsache sein, dass gerade für diese erste deutsche Papiermühle der Geheimhaltungsfaktor erwiesen ist. Stromer ließ Mitarbeiter und Erben seiner Mühle wirklich einen Eid ablegen, die Kunst der Papierherstellung geheim zu halten, und auch die italienischen Facharbeiter hatten schwören müssen: »*in allen deutschen landen diesseits des lombardischen birgs niemant kein papier zu machen, dann mir oder meinen erben ... und sollen auch niemant lehren papier zu machen noch anweissen zu geben in keinerlei weis ... und sollen auch niemant an weisung geben noch rath noch hülf noch steur, daß jemant von welschen landen heraufkum papier zu machen ohn des Ulman Stromers oder seiner erben ... willen und wort.*«

Die Information, dass die erste für Deutschland bezeugte Papiermühle wahrhaftig aus einer umgebauten Getreidemühle entstand, beflügelte natürlich meine Phantasie bezüglich der Pläne der Cölner Patrizier. Eine derartige Umrüstung war also technisch möglich und, wenn dies auf an Bächen gelegene Wassermühlen zutrifft, warum dann nicht auch auf Schiffsmühlen?

Der Siegeszug des Papiers durch Europa war vom Ende des 14. Jahrhunderts an nicht mehr aufzuhalten: 1405 begann man in Belgien mit der Produktion, 1432 in der Schweiz, 1469 in Österreich, 1473 in Danzig und um 1490 in England.

Nicht unwesentlich zum Erfolg des Papiers beigetragen hat natürlich die Erfindung des Buchdrucks mit gegossenen, beweglichen Lettern durch Johannes Gutenberg in den fünfziger Jahren des 15. Jahrhunderts.

Papier wurde bis zum Ende des 18. Jahrhunderts vollständig von Hand hergestellt. Da erst entwickelte der Franzose Nicolas-Louis Robert eine Maschine, welche die Produktion einer fortlaufenden Papierbahn anstelle von Einzelblättern ermöglichte. Der Prototyp dieser ersten, 1789 konstruierten Papiermaschine wurde noch mit einer Handkurbel betrieben, erreichte aber bereits eine Tagesleistung von etwa einhundert Kilogramm Papier.

Etwa zwanzig Jahre später gelang dem Engländer Bryan Donkin eine Weiterentwicklung in Form von Ergänzungen der Maschine durch einen beheizten Trockenzylinder sowie durch Kalanderwalzen, die das Papier glätteten, bevor es auf Rollen gezogen wurde. Auch die Erfindung des deutschen Papiermachers Moritz Friedrich Illig aus dem Jahre 1806 brachte einen weiteren Fortschritt: Er ersetzte die bis dahin gebräuchliche, nachträgliche Oberflächenleimung durch eine Masseleimung, bei welcher Harz und Alaun schon in den Faserbrei gemischt wurden.

Das Prinzip der Papierherstellung ist bis heute weitgehend unverändert geblieben, allerdings kam es zu vielen weiteren technischen Verbesserungen und Ergänzungen. Außerdem kamen neue Rohstoffe hinzu, motorgetriebene Maschinen und die Entwicklung vieler verschiedener Papiersorten.

Aus unserem Leben ist Papier inzwischen nicht mehr fortzudenken. Wir verwenden es in mannigfachen Variationen in allen möglichen Bereichen unseres Alltags: als Banknote ebenso wie als Toilettenpapier, als Tapete, Packpapier und Karton, als Geschenkpapier und Taschentuch, als Material für Zeichnungen und Fotos, als Zigarettenpapier und natürlich als Schriftträger. Wie sonst könnten Sie dies hier lesen? Wie sonst hätte ich Ihnen diese Geschichte erzählen können?

Um nun noch einmal ganz kurz nach Köln zurückzukehren: Die Geschichte um die Papierproduktion auf einer Rheinmühle ist frei erfunden, ebenso wie die spezielle Mühle Pollux selbst fiktiv ist. Auch die Gruppe der Verschwörer ist der Phantasie der Autorin entsprungen, obgleich die Nachnamen der Kölner Patrizier – bis auf den Juden Ephraim Meir – real sind. Die historische Authentizität dieser Figuren ist jedoch nicht gegeben, was durch die Verfälschung der Vornamen angezeigt ist.

Tatsächlich stellten die Overstolzen im Jahre 1276 fünf Mühlenerben mit insgesamt 5,5 Anteilen an den Kölner Rheinmühlen. Drei von ihnen hießen allerdings Gerhard, ein weiterer Gottschalk und der letzte Constantin. Das stolze Geschlecht war in allen wichtigen Gremien der Stadt vertreten.

Aus der Familie Hardevust waren es 1276 die Brüder Bruno, Heinrich und Gottfried, welche gemeinsam 6,1 Anteile an den Rheinmühlen ihr Eigen nannten; zwei von ihnen gehörten dem Schöffenkollegium an.

Zu den Mühlenerben von 1276 gehörten auch ein Heinrich Quattermart und dessen Frau Sophia mit einem Anteil von 0,8; vor 1297 bekleidete allerdings kein Mitglied dieser Sippe irgendein öffentliches Amt.

Das Mitglied vom Spiegel, welches in der Liste der ersten schriftlich fixierten Mühlenerben auftaucht, hörte in Wahrheit auf den Namen Mathias und besaß einen Anteil von 0,5 an den Rheinmühlen. Mathias vom Spiegel gehörte ebenfalls zu den Schöffen.

Eine Familie Meir hat es im mittelalterlichen Köln nicht gegeben. Meir ist vielmehr ein hebräischer Vorname, welcher so viel bedeutet wie »erleuchtet«. Die Eigennamen der Juden setzten sich zumeist aus einem Rufnamen sowie dem Namen des Vaters zusammen, verbunden durch ein »ben« für Sohn beziehungsweise ein »bat« für Tochter.

Erst im 15. Jahrhundert kamen erste Familiennamen auf, und erst nach 1780 wurden solche durch eine Verwaltungsreform Josephs II. für Juden zur Pflicht. Einen jüdischen Mühlenerben namens Meir verzeichnet der Mühlenschrein des Jahres 1276 demnach nicht.

Kölsche Sprache – schwere Sprache

S. 28: *Meester Titz! Morje, morje! Ene heiße Fäjer opjejabelt hück Naach?* = Meister Titz! Morgen, morgen! Einen heißen Feger heute Nacht aufgegabelt?

S. 28: *Mer fahre! Hopp ald hinge rin!* = Wir fahren! Hüpf schon mal hinten rein!

S. 28: *Ming Vexeerknöschelsche!* = Mein Musikantenknöchel!

S. 28: *Määt nix. Loss jeit et!* = Macht nichts. Los geht's!

S. 29: *Zoröck en et hillije Cölle!* = Zurück ins heilige Köln!

S. 53: *Von dä Oberrey koom dä Duude.* = Von der Oberrey kam der Tote.

S. 53: *Enä, von dä Underrey.* = Nein, von der Underrey.

S. 53: *Do häs jo net hinjeluurt. Woorst met dem Trine am pussiere.* = Du hast ja gar nicht hingeguckt. Warst mit der Trine am schäkern.

S. 53: *Quatschverzäll! Dat woor vill späder hee.* = Blödsinn! Die war viel später hier.

S. 53: *Dat Trine woor hee, als dä Duude erüvver kom.* = Die Trine war hier, als der Tote herüberkam.

S. 53: *Enä, woor et net!* = Nein, war sie nicht!

S. 53: *Endoch!* = Doch!

S. 53: *Ich han et janz jenau jesenn.* = Ich habe es ganz genau gesehen.

S. 53: *Dä ahle Mattes.* = Der alte Matthes.

S. 54: *Jo, dat stemmt. Un hä koom von dä Oberrey.* = Ja, das stimmt. Und er kam von der Oberrey.

S. 55: *Schääl Sick* = schielende/blinde Seite

S. 55: *In Cölle räänt et winnisch, ävver off un dann vill.* = In Köln regnet es wenig, aber oft und dann viel.

S. 55: *Bloß dat Jlidderrieße bruche ich net* = Nur das Rheuma brauche ich nicht.

S. 55: *Wat mut, dat mut. Schwemme kunt hä jo net mih, dä ärm Düvel, stief wee dat dä woor. Han in jään jehat, dä Müller.* = Was muss, das muss. Schwimmen konnte er ja nicht mehr, der arme Teufel, so steif, wie der war. Hab ihn gern gehabt, den Müller.

S. 55: *Dä Titz von dä Pollux, jo dat stemmt. Han ihn jään jehat. Wor ne nette Kääl. Evver mer sinn jo net fimpschisch.* = Der Titz von der Pollux, ja das stimmt. Hab ihn gern gehabt. War ein netter Kerl. Aber wir sind ja nicht empfindlich.

S. 55: *En et Rad jefalle beim Brassele, heest et. Nette Kääl jewese, dä Titz.* = Ins Rad gefallen beim Arbeiten, heißt es. Netter Kerl gewesen, der Titz.

S. 55: *One Zwiefele! Ming Auche sin noch verdamp joot.* = Ohne Zweifel! Meine Augen sind noch verdammt gut.

S. 64: *Jesses, wor dat jruselig, wie dä do en däm Rään eröm lit. Un all dat Bloot!* = Jesus, war das gruselig, wie der da im Regen herumlag. Und all das Blut!

S. 64: *Na jo, net derek, ävver met su enem Loch em Dääts … do moss vell Bloot jeflosse sinn.* = Na ja, nicht direkt, aber mit so einem Loch im Kopf … da muss viel Blut geflossen sein.

S. 64: *Klor, esu jrooß!* = Klar, so groß!

S. 64: *Dä Ärm wor janz blau, ävver wat do jenau passeet es, dat weeß ich nit. Ävver wie dä do looch! Op dä Planke un dä Dääts no hinge eraf. Dä Maag dät et enem erömdrihe!* = Der Arm war ganz blau, aber was da genau passiert ist, das weiß ich nicht. Aber wie der dalag! Auf den Planken und der Kopf nach hinten herunter. Den Magen dreht es einem herum!

S. 65: *Sach ich doch: Dä Dääts hing üvver dem Rhing.* = Sag ich doch: Der Kopf hing über dem Rhein.

S. 65: *Nä, bestemmt net. Dä Frechen hät dä Titz jo net jefunge. Ich woor dat! Ich han dä Duude zoesch jesenn!* = Nein, bestimmt nicht. Der Frechen hat den Titz ja nicht gefunden. Ich war das! Ich hab den Toten als Erster gesehen.

S. 88: *Dä Kappes es jo schäpps.* = Der Kohl ist ja schlecht/verdorben.

S. 88: *Dä dät jo ald möffele!* = Der stinkt ja schon!

S. 88: *Stuss! Minge Kappes es janz fresch.* = Unsinn! Mein Kohl ist ganz frisch.

S. 88: *Dä dät möffele, saach ich.* = Der stinkt, sagte ich.

S. 88: *Denn jangk doch woanners koofe.* = Dann geh doch woanders einkaufen.

S. 88: *Dat kannse verkloppe wäm do wellst.* = Das kannst du verkaufen, wem du willst.

S. 128: *Aah, dä Büddel! Wellste metmaache?* = Ah, der Büttel! Willst du mitmachen?

S. 128: *Nemm dinge iggelije Knuppe fott, do dreggelije Bock.* = Nimm deine ekligen Finger weg, du dreckiger Bock.

S. 128: *Wat jibbet dann esu Wichtijes?* = Was gibt es denn so Wichtiges?

S. 129: *Do söökst ding Lisbeth, stemmts? Is et dann fottjeloofe?* = Du suchst deine Elisabeth, stimmt's? Ist sie denn fortgelaufen?

S. 129: *Ich han dich jo äsch jään, evver ich kann nix für dich dun. Mer han se hee net gesonn. Dat Leevche kütt janz bestemmt bald zoröck.* = Ich hab dich ja echt gern, aber ich kann nichts für dich tun. Wir haben sie hier nicht gesehen. Das Liebchen kommt ganz bestimmt bald zurück.

S. 129: *Wat för e Käälslück.* = Was für ein Mannsbild.

S. 129: *Dä hätt als enne stonn.* = Der hat schon einen stehen.

S. 129: *Luurens ming Milschjeschäff!* = Guck mal mein Milchgeschäft!

S. 129: *Najo, jede Jeck is anders.* = Na ja, jeder Verrückte ist anders.

S. 129: *Hillijefrässer!* = Heiligenfresser! (Schimpfwort für jemanden, der es mit der Religion allzu genau nimmt.)

S. 150: *Soore Hungk* = saurer Hund (Bezeichnung für den Wein, der innerhalb der Cölner Stadtmauern angebaut wurde und nicht von bester Qualität war.)

S. 194: *Daach och! Wie is et? Jot?* = Guten Tag auch! Wie geht es? Gut?

S. 195: *Wat määste dann do ald widder?* = Was machst du denn da schon wieder?

S. 195: *Die han jo woll ene Futz em Kopp! Evver du biss jo esu intellijent! Du kress dat bestemmt eruss. Dä aal Hein op da eeschte*

Müll, dä dät dir jet dorüvver verzälle. = Die haben ja wohl einen Furz im Kopf. Aber du bist ja so intelligent. Du kriegst das bestimmt raus. Der alte Hein auf der ersten Mühle, der kann dir was darüber erzählen.

S. 195: *Immer de Naas lang, et Hingerdeil kütt van selvs met.* = Immer der Nase nach, das Hinterteil kommt von selbst mit.

S. 207: *Wo jeit et dann hin? No China?* = Wo geht es denn hin? Nach China?

S. 258: *Do sin ja mih Minsche als Flüh op nem dreckelije Hungsveh.* = Da sind ja mehr Menschen als Flöhe auf einem Straßenköter!

S. 259: *Wor woll stänejedrissevolle!* = War wohl sternhagelvoll!

S. 259: *Dä lääv ald noch!* = Der lebt doch noch!

S. 259: *Stuss! Dat es en duud lichnam!* = Blödsinn! Das ist ein toter Leichnam!

S. 259: *Wä is hä dann?* = Wer ist es denn?

S. 259: *Wat is dann do jebacke?* = Was ist denn da los?

S. 259: *Dä Büddel, enä! Dä drägt ruut-wieß!* = Der Büttel, nein! Der trägt Rot-weiß!

S. 259: *Hee is nix mi loss. Kumm, lommer jon.* = Hier ist nichts mehr los. Komm, lass uns gehen.

S. 301: *Füür!* = Feuer!

S. 301: *Dä Rhing steit en Flamme!* = Der Rhein steht in Flammen!

Glossar

Allod – freies Grundeigentum im Gegensatz zum Lehnsgut

Alraune – Pflanze, die im Orient und im Mittelmeerraum wächst, nicht aber in Deutschland. Fast alle hierzulande vertriebenen und gebrauchten Alraunen waren gefälscht, das heißt, aus der gemeinen Zaunrübe zu Menschengestalt zurechtgeschnitzt. Die echte Alraune ist hochgiftig und fand vor allem als Schlafmittel, Narkotikum und in der Frauenheilkunde Verwendung.

Alrepe – Aalreif, Gerät zum Aalfang

Ämter – in Köln Bezeichnung für die Zünfte

Antoniusfeuer – auch Heiliges Feuer genannt. Krankheit, die in manchen Jahren epidemische Ausmaße annahm, und gegen die man den Eremiten Antonius um Hilfe anflehte.

Armenbrett – Tisch, an dem die Armen eines Pfarrsprengels ein regelmäßiges Almosen in Empfang nehmen konnten

Ars moriendi – Kunst des heilsamen Sterbens; fester Begriff im Mittelalter

Babela – Malve

Beinhaus – überdachter Raum, in dem die Gebeine von Toten liegen

Bockwindmühle – auf einem Bock, einem Untergestell, welches das Mühlhaus und das Mahlgetriebe aufnahm, errichtete Windmühle. Die Bockwindmühle auf der Stadtmauer von Köln gilt mit dem Datum 1222 als die älteste europäische Bockwindmühle.

Burggraf – Oberster der Ministerialen

Büttel – Ordnungshüter mit vielfältigen Aufgaben, zum Beispiel: Verbrecherjagd, Marktaufsicht, Folterknecht und Gerichtsbote, Aufsicht über das verbotene Glückspiel und über die Dirnen; Berufstracht war ein rot-weiß gestreifter Surkot.

Codex – Sammlung aus mehreren an einer Seite zusammengeschnürten Pergamentblättern; Vorbild für die heutige Form des Buches; verdrängte in der Spätantike die Papyrusrollen nicht zuletzt wegen der besseren Möglichkeit des Nachschlagens.

Cölnische Mark – Unterteilung in: 8 Unzen, 16 Lot, 64 Quentchen, 256 Pfennige, 512 Heller, 4020 Kölnische As oder 65536 Richtpfennige

Contrapasso – nach mittelalterlicher Vorstellung (im Sinne der aristotelischen Ethik) wurde in der Hölle jeder Sünder derart bestraft, dass er Ähnliches zu erleiden hatte, wie er seinem Opfer auf Erden zugefügt hatte; so werden zum Beispiel Neidische zu blinden Bettlern, Wollüstige landen im ewigen Feuer und Ähnliches.

Cum gladio – mit dem Schwert; Gewaltrichterbote, dessen Aufgabe es war, das Schwert des Henkers zu tragen.

Dekagon – Zehneck

Distelkarden – zwei genagelte Holzbrettchen mit Handgriff, die zum Aufrauhen/Kämmen/Kardieren von Tuch verwendet wurden. Der Name Distelkarden kommt vom Vorgänger dieses Werkzeugs, der Pflanze Weberkarde (dipsacus sativus), deren getrocknete Blütenstände für eben diese Tätigkeit eingesetzt wurden.

Domkaule – Steinbruch der Dombauhütte am Drachenfels

Doppelkönigtum – 1256 wählten der rheinische Fürst Richard von Cornwall und die Großen der Stauferpartei Alfons X. von Kastilien zum deutschen König.

Eidam – Schwiegersohn

Esche – Boot, das vorwiegend die Mühlentransporte besorgte

Filum – Faden, Längenmaß. Nach Kölner Quellen besaß der Faden im Garnhandel eine Länge von 2,33 Metern, in der Seefahrt eine von 1,642 bis zu 1,883 Metern.

Fondaco dei tedeschi – seit 1222 bestehender deutscher Markt und Warenumschlagplatz in Venedig

Fraternitas Danica – dänische Bruderschaft; auf den Skandinavienhandel spezialisierte Kaufmannsvereinigung

Fuß – entsprach im Mittelalter dem römischen *pes*, einem Längenmaß von 296 Millimetern, also etwa einer Fußlänge

Goldene Heilige – Bezeichnung für St. Gereon, wegen des goldenen Scheins, welchen die ursprüngliche, von der heiligen Helena errichtete Märtyrerkirche ausstrahlte

Gosse – Trichter zum Eingießen des Getreides im Mühlenbetrieb

Großer Schied – Im sogenannten Laudum Conradinum, dem Großen Schied vom 28. Mai 1258, der unter der Federführung des Albertus Magnus zustande kam, wurden die erzbischöflichen und die städtischen Rechte endgültig voneinander abgegrenzt, wobei die Oberhoheit des Erzbischofs über die Stadt unantastbar blieb, wie der Schiedsspruch ausdrücklich betonte: »Wir sagen, dass die gesamte Fülle der Gewalt und aller Mittel dem Erzbischof gehört, in geistlichen und weltlichen Dingen. Es wird hiermit aber auch die städtische Selbstverwaltung als rechtmäßig bestätigt. Endlich solle Frieden sein zwischen dem Erzbischof und der Stadt Cöln, und jedes Unrecht, jede Beleidigung, jede Gewalttat solle vergessen werden. Die Stadt solle dem Erzbischof ihre Huldigung erneuern mit einem Eide, wie solches gebräuchlich ist, und der Erzbischof solle der Stadt dagegen geloben, dass er ihr in Güte ein gnädiger Herr sein wolle, und er soll sie beschirmen, wie es einem Erzbischofe gezieme, seine Bürger zu beschirmen. Der Erzbischof solle ferner die städtischen Rechte schützen, die Stadt aber den Nutzen des Erzbischofs bestens fördern.«

Gruit – typisches mittelalterliches Gerstenbier

Hadern – abgenutzte Textilien, Lumpen

Hildebold-Dom – Vorgängerbau des gotischen Doms; Baubeginn um 800, Weihe 873; benannt nach Erzbischof Hildebold (gestorben 818). 1248, im Jahr der Grundsteinlegung des neuen Doms, brannte der karolingische Hildebold-Dom bei den Abbrucharbeiten fast vollständig ab, der Westteil wurde jedoch so wieder hergerichtet, dass dort Messfeiern abgehalten werden konnten.

Hübschlerin – Prostituierte, Dirne

Johanni – Festtag des heiligen Johannes des Täufers am 24. Juni

Kacks – Pranger, Schandpfahl; Schreibweise auch: Kax

Kalfatern – Abdichten der hölzernen Schiffsteile mit Pech

Kanoniker – in einem Stift lebende und wirkende Geistliche

Katharer – vom griechischen Wort *katharos* = rein. Manichäische Sekte, zurückgehend auf den persischen Religionsstifter Mani (216–276), dessen Lehre Christentum und andere Religionen vermischte. Die Katharer lehnten das Alte Testament ab, erklärten die priesterliche Gewalt der Kirche für ungültig, verurteilten die Sakramente mit Ausnahme der Taufe, nannten jede Eheschließung außer bei unberührten Partnern Unzucht und glaubten nicht an die Fürsprache der Heiligen.

Kleiner Schied – Am dritten Tage nach Palmsonntag 1252 wurden Albertus Magnus und der Kardinallegat Hugo von St. Sabina beauftragt, einen Schiedsspruch bezüglich der Kompetenzstreitigkeiten zwischen den erzbischöflichen Amtsleuten und den Organen der städtischen Verwaltung zu fällen. Am 17. April anno 1252 legten die beiden Herren ihren Kompromissvorschlag vor und konnten derart zwischen den in Konflikt geratenen Parteien einen Vergleich herbeiführen.

Komplet – 21.00 Uhr beziehungsweise Sonnenuntergang

Kurfürsten, sieben – Erzbischöfe von Köln, Mainz und Trier, Pfalzgraf bei Rhein, König von Böhmen, Herzog von Sachsen und Markgraf von Brandenburg

Kustos – Küster

Laxativum – Abführmittel

Legenda aurea – Legendensammlung des Jacobus de Voragine. In 182 Kapiteln werden die Heiligen des Kirchenjahres und ihre Lebensgeschichten dargestellt, wobei der Erzählstil eine unverkennbare Mischung aus *sex and crime* aufweist. Die Legenda aurea war im Mittelalter verbreiteter als die Bibel.

Lektor – im Mittelalter gleichbedeutend mit Lehrer/Lesemeister

Leyen – Schiefer

Limpat – Leinpfad, Treidelpfad, auf dem man für die Strecke von Neuss nach Köln etwa zwei Tage benötigte

Lisene – senkrechter, aus der Mauer zur Gliederung der Wand heraustretender Streifen

Mahlakzise – Steuer, die seit 1212 für das Mahlen von Getreide erhoben wurde

Mahlgast – jeder Kunde, der in den Mühlen Getreide mahlen ließ

Malter – ein Kölner Malter entsprach ca. 140 bis 150 Litern; das entsprach in etwa 108 kg Roggen, 117 kg Weizen, 105 kg Gerste und 63 kg Hafer

Median – Mittellinie des Körpers oder der Handinnenfläche

melatenblass – leichenblass, totenblass (in Anspielung auf den Melatenfriedhof)

Ministeriale – in Köln Verwaltungsbeamte des Erzbischofs; allgemein auch Schicht des niederen Dienstadels

Molter – Gebühr für das Mahlen von Getreide, die – oft in Form von Mehl – an die Besitzer einer Mühle zu entrichten war

Moltener – Molterschreiber; war zuständig für das Kassieren der Molter. In Köln gab es zwei, die jeweils für eine der beiden Mühlenreihen zuständig waren.

Müdder – für die Kontrolle einer bestimmten Warengruppe Zuständige

Mühlenschrein – auch Mühlenscrinium → Schrein

Nadler – Hersteller von Nähnadeln

Non – 15.00 Uhr

Oberländer – wichtigstes Frachtschiff des Mittelrheins, als Typus seit der vorrömischen Eisenzeit belegt. Der trapezförmige Grundriss ergab sich von selbst, wenn man das dünnere Ende eines Baumstamms als Vorderteil und das dickere als Achterteil des Schiffes wählte. Der Baum wurde der Länge nach halbiert, dann wurden zwischen die beiden Hälften dicke Bodenplanken eingefügt.

Palimpsest – erneut beschriebene Blätter aus Handschriften. Bei → Pergament wurden die alten Buchstaben mit Bimsstein oder einem Messer abgeschabt, bei der Wiederverwendung von → Papyrus entfernte man die Schrift, zum Beispiel durch Abwaschen mit Milchlauge.

Pallium – Schulterschmuck des Papstes; schmales Band aus weißer Wolle mit schwarzen Kreuzen

Papyrus – üblicher Beschreibstoff der Antike (neben Wachstafeln und *Ostraka*, Tonscherben, die überall in Schutthaufen zu finden waren). Zur Gewinnung des Materials wurde das weiche, poröse Mark der Papyrusstaude, die nur im Tal des Nils wuchs, so geschält, dass möglichst breite, dünne Streifen entstanden. Diese wurden in zwei rechtwinklig zueinander gelegten Schichten gepresst, wobei sie durch den eigenen Pflanzensaft zusammenklebten. Die so gewonnenen Papyrusbögen fügte man schließlich zu einer Rolle zusammen und glättete die Oberfläche der Seite, die zum Beschreiben vorgesehen vor.

Pergament – kam im 2. Jahrhundert v. Chr. als Beschreibstoff in Konkurrenz zum Papyrus auf; Herstellung aus enthaarten, gereinigten, nach Spannung und Trocknung geglätteten Tierhäuten. Das Pergament konnte bis zum frühen Mittelalter den Papyrus verdrängen, da es ihm gegenüber viele Vorteile bot: bessere Haltbarkeit, beidseitige Beschreibbarkeit, bessere Eignung für Buchmalerei und vor allem die Möglichkeit der Heftung in Lagen zu *Codices*.

Physiologus – von einem unbekannten Autor etwa im 2./3. Jahrhundert verfasstes Volksbuch, welches teils wirkliche, teils fabulöse Tiere, Pflanzen und Steine symbolisch erklärt und typologisch-allegorisch auf christliche Glaubenssätze hin deutet. Ursprünglich in griechischer Sprache verfasst, wurde der Physiologus in zahlreiche Sprachen übersetzt und war im Mittelalter weit verbreitet.

Pister – Backbetriebe der Stifte

Prim – 6.00 Uhr beziehungsweise Sonnenaufgang

Pütz – Brunnen

Punitio – Strafe, Bestrafung

Quaternus – Pergamente eines Schreinsbuches; bestanden zumeist aus zwei Doppelblättern, die man einmal faltete und ineinanderlegte. Durchschnittliche Größe eines Quatern war 28,8 x 25,5 cm; insgesamt jedoch unregelmäßig zugeschnitten.

Rachede – Ankerplatz

Regula Benedicti – Ordensregel der Benediktiner

Reichsacht – vom König beziehungsweise Kaiser unter Mitwirkung der Reichsgerichte verhängte Ächtung, die sich auf das ganze Gebiet des Heiligen Römischen Reiches Deutscher Nation erstreckte

Reimchronik – *Dyt is dat boich van der stede Colne* des Gottfried Hagen, 1270; in Reimen abgefasste, älteste Chronik der Stadt Köln

Richerzeche – Bruderschaft der Reichen der Stadt Köln, welche die beiden Bürgermeister stellte und nach und nach diverse Rechte übernahm, die zuvor beim Erzbischof lagen

Rigor mortis – Leichenstarre

Ripuarischer Dialekt – rheinische Volkssprache des Mittelalters

Rotabulum – am Trichter einer Mühle befestigter Rüttelstock, in den das zu mahlende Getreide eingeführt wird

Schlupfhure – Frau, die der heimlichen Prostitution nachging

Schmuggel – das Wort wird hier verwendet, obwohl es eigentlich als fester Begriff erst in der Neuzeit auftaucht. Die Umschreibung mit Ausdrücken wie »Umgehung von Handelsschranken«, »Verstoß gegen Ein- und Ausfuhrauflagen« oder Ähnliches hätten jedoch den Lesefluss massiv gestört.

Schöffenbrüder – Anwärter auf das Schöffenamt

Schrein – vom lateinischen *scrinium* = Schachtel, Kiste, zylinderförmiger Behälter. Schriftliches Verzeichnis von Grundstücks,- Liegenschafts- und Eigentumsverhältnissen in mittelalterlichen Städten. Festgehalten wurden alle möglichen Geschäfte wie Käufe, Teilungen, Vererbungen, Schenkungen, Verpfändungen und Ähnliches. In ihrer Funktion vergleichbar den heutigen Grundbüchern.

Schreinsbücher beziehungsweise -karten – großformatige Pergamentblätter, → Quaterni, die in Kolumnen beschrieben und im Schrein aufbewahrt wurden

Sext – 12.00 Uhr mittags

Skriptorium – Schreibstube in Klöstern zum Verfassen, Abschreiben und Illustrieren religiöser und wissenschaftlicher Texte

Spiritus familiaris – Hausgeist

Stadtsiegel – handtellergroßer Stempel aus Messing. Das erste Kölner Stadtsiegel ging im Jahre 1267 im Verlaufe der Zwistigkeiten zwischen den großen Patrizierfamilien verloren. So ließ der Rat der Stadt 1268 einen neuen Stempel anfertigen. Dieser befindet sich heute im Kölnischen Stadtmuseum und zeigt die thronende Gestalt des heiligen Petrus vor dem Hintergrund einer gotischen Architektur. In seiner Rechten hält er zwei übereinanderliegende Schlüssel und mit der Linken ein auf seinen Knien ruhendes Buch. Die Umschrift des Siegels lautet: SANCTA · COLONIA · DEI · GRACIA · ROMANE · ECCLESIE · FIDELIS · FILIA.

Stift – geistliches Institut, in dem sich Männer – seltener auch Frauen – als religiöse Gemeinschaft zusammenschlossen. Im Gegensatz zu den Mönchen und Nonnen in den Klöstern legten die Stiftsherren oder → Kanoniker keinerlei Gelübde des Gehorsams, der Keuschheit oder der Armut ab. Sie trugen auch keine Ordenstracht, konnten weiterhin über ihr Vermögen verfügen und die Stiftsgemeinschaft jederzeit verlassen. Gerade wohlangesehene Bürger, reiche Patrizier und Adelige sahen es gern, wenn ihre Söhne und Töchter sich für ein Leben im Stift entschieden, wo sie sich mit Gebeten, Gesängen und Gottesdiensten ganz dem christlichen Glauben hingaben.

Sümmer – 1/4 Malter; auch Eichgefäß zum Abwiegen der gleichnamigen Menge. Ein solches – eine große, flache Messingschale mit dem Kölner Wappen in der Mitte – ist zum Beispiel im Kölnischen Stadtmuseum ausgestellt.

Surkot – Überkleid ohne Ärmel, welches über dem Leibrock getragen und manchmal von einem Gürtel gehalten wurde

Tasseln – Metallspangen, welche die Tasselriemen am Mantel zusammenhielten

Terz – 9.00 Uhr

Theriak – galt im Mittelalter als universelles Heil- und Wundermittel. Es wurde aus mehr als sechzig verschiedenen Bestandteilen, unter anderem pflanzlichen Drogen und Opiaten, zusammengemixt.

Thesaurar – Schatz- und Zahlmeister eines Klosters oder Konvents

Tintenhörnchen – Behälter für Schreibtinte, hergestellt aus einem ausgehöhlten Rinderhorn

Titanen – griechisches Göttergeschlecht, Kinder des Uranos (Himmel) und der Gaia (Erde), Vorgängergeschlecht der Olympier

Torschreiber – Buchhalter, der an der Rheingassenpforte saß und alle Waren kontrollierte, so auch das Getreide, welches auf die Mühlen beziehungsweise wieder zurück in die Stadt gebracht wurde

Tympanon – Giebelfeld über großen Fenstern und Türen

Underrey – Niederreihe ↔ Oberreihe (Oberrey); die Schiffsmühlen auf dem Rhein vor Köln waren in zwei langen Reihen quer über den Fluss angeordnet

unterschlächtig – Bezeichnung für Räder von Wassermühlen, deren Antrieb von unten durch die Fließkraft des Stromes erfolgt

Velt – Richtstätte vor den Toren der Stadt

Vesper – 18.00 Uhr

Winterwich – Winterquartier

Wundarzt – Chirurg, dessen operative Befugnisse über die eines Baders hinausgingen

Zweites Konzil von Lyon – Kirchentreffen unter Leitung von Papst Gregor X. im Mai 1274, bei dem drei Fragen debattiert wurden: die Planung eines Kreuzzuges, die Kirchenreform und eine Union mit den Griechen der Ostkirche.

Verzeichnis der historischen Eigennamen und Orte

Albertus Magnus – (um 1200–1280), auch Albert der Große, Dominikaner. 1228 erfolgte seine Priesterweihe, und er begann in Städten wie Hildesheim, Freiburg, Regensburg, Köln und Straßburg zu unterrichten. In den Jahren 1243 und 1248 führte ihn seine Lehrtätigkeit nach Paris, wo er Thomas von Aquin in die Reihen seiner Schüler aufnahm. 1260 von Papst Alexander IV. zum Bischof von Regensburg ernannt, bat er nur knappe zwei Jahre später um die Entlassung aus diesem Ehrenposten. Danach dauerhafter Aufenthalt in Köln, wo er ein enges Vertrauensverhältnis zu Sifrid von Westerburg unterhielt. Heiligsprechung 1931. Gedenktag 15. November.

Amalphis – Amalfi

Ammon – auch Amun; seit dem Neuen Reich (16. Jahrhundert v. Chr.) durch Verbindung mit dem Sonnengott Re höchste ägyptische Gottheit; dargestellt mit zwei Federn auf dem Haupt beziehungsweise als Gans oder Widder

Anno II. – (um 1010–4.12.1075) Kölner Erzbischof von 1056 bis 1075; Heiligsprechung 1183; Gedenktag 4./5. Dezember

Antonius der Große, der Eremit – (251/252–356) bedeutender ägyptischer Mönchsvater und Ordensgründer; 1095 Überführung seiner Reliquien nach La-Motte-aux-Bois in der Dauphiné und ebendort Gründung einer Laienbruderschaft, aus welcher sich der Orden der Antoniter entwickelte. Gedenktag 17. Januar.

Antonius von Padua – (1195–1231) portugiesischer Franziskaner; predigte vor allem in Marokko und Italien; Gedenktag 13. Juni

Aquisgranum – Aachen

Argentina – Straßburg

Aristoteles – (384–322 v. Chr.) griechischer Philosoph und Universalwissenschaftler, Lehrer Alexanders des Großen

Arnefe – Erft

Arnold zu Wied – (um 1098–1156) Kölner Erzbischof von 1151 bis 1156

Athena – Tochter des Zeus, Göttin der Weisheit und Schutzherrin der Stadt Athen

Augstkirche – Euskirchen

Augustinus – (13.11.354–28.8.430) Heiliger, Kirchenlehrer und Bischof von Hippo in Nordafrika – Zitat aus: *De ordine* 2, 4 Sp. 100; Gedenktag: 28. August

Avicenna – (980–1037) arabischer Arzt, Naturwissenschaftler, Philosoph und Astronom. Seine Werke, vor allem seine medizinischen Lehrbücher, waren im Mittelalter über ganz Europa verbreitet.

Belisar – (505–565) römischer Feldherr, General Justinians I.

Benedikt von Nursia – (um 480–547) wundertätiger Mönch und Klostergründer; Heilungen und Totenerweckungen werden von ihm berichtet. Seine Zwillingsschwester ist die heilige Scholastika. Gedenktage 21. März und 11. Juli.

Brun I. – (925–11. Oktober 965) jüngster Sohn Kaiser Heinrichs I.; Kölner Erzbischof von 953 bis 956; Gründer von St. Pantaleon; Gedenktag 11. Oktober

Buele – Hügel; daraus entstand die Bezeichnung Beuel für den heutigen Bonner Stadtteil

Caesar – (100–44 v. Chr.) Gaius Julius Caesar, römischer Feldherr und Staatsmann; 60 v. Chr. erstes Triumvirat mit Crassus und Pompeius; unterwarf Gallien und Britannien; Imperator und Alleinherrscher seit 45 v. Chr.; an den Iden des März im Senat ermordet

Cassele – Niederkassel

Castor – siehe Pollux

China – nach mittelalterlicher Vorstellung war die Welt nach der Sintflut unter den Söhnen Noahs in drei Kontinente aufgeteilt worden: Sem erhielt Asien, Jafet Europa und Ham Afrika. In der Kartographie des Mittelalters wird die Erde kreisförmig dargestellt, wobei China die obere Hälfte des Kreises einnimmt, während sich Europa und Afrika die untere teilen; im Zentrum aller mittelalterlichen Weltkarten liegt Jerusalem.

CCAA – Colonia Claudia Ara Agrippinensium (Köln)

Civitas Parisiorum – Paris

Diether V. von Katzenelnbogen – (unbekannt-1276), Sohn des Grafen Diether IV. und Bruder des Eberhard von Katzenelnbogen; regierte als erster Herr von Burg Rheinfels, die er 1245 erbauen ließ

Diokletian – (243–313) römischer Kaiser von 284 bis 305; massive Christenverfolgungen

Duyts – Deutz

Eiffila – Eifel

Embedörfer – Nieder- und Oberembt bei Elsdorf (*Embe Inferoris* = Niederembt)

Engelbert II. von Falkenburg – (1220–1274) Kölner Erzbischof von 1261 bis 1274

Erenfrid Ezzo – (um 955–1034) Pfalzgraf von Lothringen

Eumenes II. – (197–158 v.Chr.) König von Pergamon

Fabriano – italienische Stadt südöstlich von Ancona. Der Name des Ortes geht zurück auf das altrömische Geschlecht der Faberii. Als *locus fabriani* bestand die Stadt seit 1065. Genau hundert Jahre später wurde sie zur Kommune erhoben. Von da an ging es demographisch und wirtschaftlich steil bergauf. Die Stadtgeschäfte lagen bei der Podestà, einer Institution ähnlich dem Rat der Stadt Köln. Bedeutendste Familie waren die Chiavelli. Fabriano verfügte im Mittelalter über zwei Castra und einen vollständigen Mauerring.

Finkelbach – erhielt seinen Namen erst viel später; im Mittelalter hieß er einfach »*Baach*«

Flavius Iosephus – (37/38–100 n.Chr.) römischer Geschichtsschreiber aus einem jüdischen Priestergeschlecht; Zitat zur Alraune: Bell.Iud. 7,6,3

Friedrich Barbarossa – (um 1121–10.6.1190) seit 1152 deutscher König; seit 1155 Kaiser des Heiligen Römischen Reichs; auf dem dritten Kreuzzug im Fluss Saleph ertrunken

Friedrich II. – (1194–1250) deutscher König von 1212 bis 1215 und Kaiser von Sizilien von 1220 bis 1250; erließ unter anderem ein Verbot, Papier für wichtige Dokumente zu verwenden

Galen(os) – (129–199) griechischer Arzt, praktizierte unter anderem als Leibarzt am römischen Kaiserhof; verfasste zahlreiche medizinische Schriften, die im Mittelalter bestimmend für die gesamte Medizin waren

Gerhard von Are – (1124–1169) aus dem Geschlecht derer von Are und Hochstaden, deren Stammsitz die Burg Altenahr war; bedeutendster Propst des Bonner Cassiusstiftes

Gerhard von Cremona – (1135–1187) Gelehrter und bedeutender Übersetzer arabischer Schriften

Germania inferior – nördlicher Teil der römischen Provinz Germania/Niederrhein; Gegensatz: *Germania superior* als südlicher Teil/Oberrhein

Gottfried Hagen – (1230–1299) Stadtschreiber von Köln und seit 1275 Pfarrer von Klein St. Martin; Verfasser der → *Reimchronik* der Stadt Köln

Gottfried von Molenark – stiftete 1238 dem Kloster Schweinheim die Reliquien der unschuldigen Kinder, welche er bei einer Romwallfahrt vom Papst als Geschenk erhalten hatte.

Gottfried zu Drachenfels – (gestorben nach 1273); Burggraf der Burg Drachenfels im Siebengebirge; verkaufte 1267 dem Kölner Domkapitel einen Weg vom Domsteinbruch am Drachenfels bis zum Rhein

Gregor X. – (1210–10.1.1276) Papst von 1271 bis Januar 1276; bürgerlicher Name Tebaldo Visconti

Hadrian V. – (um 1205–18.8.1276) Papst vom 11. Juli bis 18. August des Jahres 1276; bürgerlicher Name Ottobono Fieschi dei Conti di Lavagna

Heidilberc – Heidelberg

Heinrich von Heinsberg – (um 1210–1277) Propst an St. Aposteln von 1228/1232 bis zu seinem Tod

Helena, heilige – (um 255–330) 275 Ehe mit Constantinus Chlorus, einem Mitkaiser Diokletians; Mutter von Konstantin dem Großen. 313 zur Christin geworden, setzte sie sich stark für ihren neuen Glauben ein. Gedenktag 18. August.

Herbipolis – Würzburg

Hesiod – (um 700 v. Chr.) erster historisch fassbarer griechischer Dichter; sein Hauptwerk, die Theogonie (= Abstammung der Götter) deutet die Welt durch den Mythos

Hippokrates von Kos – (um 460–370 v.Chr.) griechischer Arzt, gilt als Begründer der wissenschaftlichen Medizin

Homer – (8. Jahrhundert v.Chr.) erster griechischer und somit europäischer Dichter; Hauptwerke *Ilias* und *Odyssee*

Hugo von Saint-Cher – (um 1200–1263) Dominikaner, Kardinal von St. Sabina und einer der einflussreichsten Bibelkommentatoren des Mittelalters

Innozenz V. – (1225–22.6.1276) Papst vom 21. Januar bis zum 22. Juni 1276; bürgerlicher Name Pierre de Tarantaise

Jacobus de Voragine – (um 1230–1298) Verfasser der → *Legenda aurea*, die er zwischen 1263 und 1273 niederschrieb; Dominikaner und ab 1292 Erzbischof von Genua

Johann von Arenberg – ab 1267 Burggraf von Köln; verkaufte das Amt 1279

Johannes XXI. – (um 1205–20.5.1277) Papst seit dem 8. September 1276; bürgerlicher Name Pedro Julião; nannte sich als Papst fälschlicherweise XXI., obwohl er der korrekten Zählung nach Johannes XX. gewesen wäre

Karl von Anjou – (1226–1285) König von Sizilien von 1266 bis 1282 sowie von Neapel von 1268 bis 1282

Konrad von Hochstaden – (1205–1261) Kölner Erzbischof von 1238 bis 1261

Konrad von Würzburg – (1230–1287) deutscher Lyriker, Epiker und didaktischer Dichter bürgerlicher Herkunft

Konstantin der Große – (272–337) römischer Kaiser seit 306; empfing auf dem Sterbebett die christliche Taufe; Gedenktag 21. Mai

Lacus bodamicus – Bodensee

Ludovicus de Urvere – Ritter und Herr des Frohnhofes Urfeld

Magenza – Mainz

Mahlberg – Ort in der Eifel am Fuße des Michelsberges. Etymologisch kommt der Name von dem indogermanischen Ausdruck *mal, mahl, maal*, was so viel bedeutet wie »sprechen«. Es handelt sich also höchstwahrscheinlich um eine Stelle, an der die Germanen »sich besprachen« beziehungsweise auch »Recht sprachen«.

Mars – römischer Gott des Krieges

Maternus – (gestorben um 328) erster historisch sicher belegter Bischof von Köln; Gedenktag 11. beziehungsweise 14. September

Maximian – (250–310) römischer Kaiser von 286 bis 305; Mitregent des Diokletian

Metropolis civitas Agripinensium – Köln

Mieszko II. – (um 990–1034) aus dem Adelsgeschlecht der Piasten; König von Polen seit 1025

Neapolis – Neapel

Niederich – der Stadtteil Kölns, welcher sich zwischen Rhein, Dom und dem Eigelsteinviertel erstreckt

Niederländer – wichtigster Frachtschifftyp des Niederrheins, der auch für die Küstenschifffahrt tauglich, also seetüchtig war

Novo Mercato – Neumarkt

Novum Monasterium – Bad Münstereifel

Nuorenberc – Nürnberg

Nuys – Neuss

Oppidum bonnense – Bonn

Ottokar von Böhmen – (um 1232–1278) aus dem Haus der Premysliden; König von Böhmen seit 1253, außerdem Herzog von Österreich, Kärnten und der Steiermark

Pandora – in der griechischen Sage die erste Frau; brachte als Strafe für den Feuerraub des Prometheus (→ S. 179f.) in einer *Büchse* alles Übel über die Menschheit .

Pergamon – heute Bergama, Festung und Stadt in Nordwestkleinasien; höchste Blüte unter Eumenes II., welcher auch den berühmten Großen Altar stiftete, einen dem Zeus und der Athena geweihten monumentalen Bau mit umlaufenden Relieffriesen, der sich heute im Berliner Pergamonmuseum befindet

Phalenze – Pfalz

Pirmin – (um 680–753) Wanderbischof und Heiliger; geweiht 723; zahlreiche Klostergründungen im Bodenseeraum und im Elsass, unter anderem Mittelzell, Murbach und Neuweiler. Im Kloster Hornbach, seiner letzten Gründung, verstorben. Seine

Reliquien wurden im 16. Jahrhundert nach Innsbruck verbracht. Gedenktag 3. November.

Pollux – Castor und Pollux, die Dioskuren, Zwillingssöhne des Zeus, galten als unzertrennliches ritterliches Paar, als Nothelfer in Kampf und Sturm. Als Castor getötet wurde, lebten die beiden Brüder hernach mit Zeus' Erlaubnis abwechselnd gemeinsam in der Unterwelt und im Olymp. Besondere Verehrung fanden die Dioskuren als Schützer der Schifffahrt. Auch das Elmsfeuer (benannt nach Erasmus von Antiocheia, 240–303, Bischof und Märtyrer, auch bekannt unter dem Namen Elmo), die Funkentladung an den Mastspitzen der Schiffe, wurde ihnen zugeschrieben.

Promia – Prüm

Quirinus von Neuss, heiliger – (gestorben um 115) Gedenktag ist der 30. April

Rainald von Dassel – (um 1120–1167) Erzbischof von Köln von 1159 bis 1167

Reganesburg – Regensburg

Reginbach – Rheinbach; der Name hat nichts mit dem Rhein zu tun, sondern leitet sich wahrscheinlich von *regin* = Regen ab.

Reide – Rheidt

Ressa uber – das »fruchtbare Rees« am Niederrhein; so genannt wegen seiner blühenden Landwirtschaft

Rhenus anteriur/Rhenus posteriur = »vorderer«/»hinterer« Rhein

Richeza – (um 995–1063) Tochter des Pfalzgrafen Ezzo von Lothringen, verheiratet mit Mieszko von Polen

Rudolf von Habsburg – (1218–15.7.1291) erster römisch-deutscher Kaiser aus dem Hause Habsburg; Wahl zum König durch die sieben Kurfürsten; Krönung 1273; Kampf gegen den König von Böhmen 1273–1277

Ruwenkirch – Rodenkirchen

Sifrid von Westerburg – (unbekannt–1297) ab 1275 Erzbischof und Kurfürst von Cöln

Sieghe – Sieg

Silva nigra – Schwarzwald

Sorethe – Sürth

Stotsheim – Stotzheim, Kreis Euskirchen

Theophanu – (um 955–991) Gemahlin Kaiser Ottos II., beigesetzt in St. Pantaleon in Köln

Thomas von Aquin – (um 1225–1274) Freund und Schüler des Albertus Magnus; bedeutender Kirchenlehrer; Heiligsprechung 1323; Gedenktage 28. Januar und 7. März

Treviris – Trier

Vesta – römische Göttin des ewig brennenden Staatsfeuers und des Herdes

Villa Duria – Düren

Vitruv – M. V. Vitruvius, römischer Baumeister und Fachschriftsteller der frühaugusteischen Zeit. Unter seinem Namen überliefert ist das Werk *De architectura libri X.*

Waltelm de Aducht – Mitglied der Mühleneignerfamilie Aducht des Jahres 1276

Weslic – Wesseling

Wilhelm IV. von Jülich – (1210–1278) Graf von Jülich seit 1225

Wilhelm von Schinnen – Stiftsdechant und somit oberster Kanoniker von St. Gereon in der Zeit von etwa 1275/76 bis 1283

Witheich – Widdig

Wormatia – Worms

Zeus – höchster griechischer Gott, Sohn des Kronos und der Rhea, Göttervater und Herrscher des Olymp

Zudendorp – Zündorf